걸리버 여행기

부클래식
052

걸리버 여행기

조너선 스위프트
현혜진 옮김

부북스

일러두기

본 역서에서 번역의 기준으로 삼은 판본은 *Gulliver's Travels*, Penguine, 2003과 *Gulliver's Travels,* Oxford, 2008이다.

차례

걸리버 선장이 사촌 심프슨에게 보내는 편지 • 7

발행자가 독자에게 • 14

제1부 릴리퍼트 여행 • 17

제2부 브롭딩낵 여행 • 105

제3부 라퓨타, 발니바르비, 럭낵, 글럽덥드립, 일본 여행 • 201

제4부 휴이넘 나라 여행 • 297

걸리버 선장이 사촌 심프슨에게 보내는 편지[01]

엉성하고 부정확한 내 여행기를 출판하자고 당신이 시도 때도 없이 졸라대며 나를 설득했다는 것을, 당신은 요청받을 때마다, 기꺼이 공개적으로 인정하기를 바란다. 그리고 내 사촌 댐피어(Dampier)[02]가《세계 일주 여행 A Voyage round the world》이라는 자신의 책에서 내 충고대로 했듯이, 옥스퍼드나 케임브리지 대학의 젊은이 몇 명을 고용하여 여행기를 정리하게 하고 문체를 교정하게 했다는 것도 같이 알려주길 바란다. 그러나 나는 아무거나 생략하라고 당신에게 승인 권한을 준 기억이 없는데, 하물며 아무거나 삽입하라 했겠는가. 따라서 후자와 관련하여 나는 이 편지를 빌어 그런 종류의 모든 것을 부인하는 바다. 특히 가장 경건하고 영광스럽게 기억하고 있는 고(故) 앤 여왕 폐하에 대한 단락은 특히 그렇다. 아무리 내가 그녀를 인간 종 그 누구보다 숭배하고 존경했을지라도 말이다.

---

01 비록 이 편지가 1727년 4월 2일, 즉 같은 해 5월 4일 모트(Motte)의 '두 번째 판' 출간 직전에 쓰였지만, 이 부분은 1735년에 처음 세상에 등장했다. 심프슨이라는 이름은《A New Voyage to the East-Indies(1715)》을 쓴 익명의 저자, 윌리엄 심프슨을 언급한 것 같다.

02 《A New Voyage Round the World(1697)》의 저자 윌리엄 댐피어. 스위프트는 세 번째 판권을 소유했다. (1698)

당신이나 당신의 가필자[03]는, 내 뜻과 달리, 내 주인인 휴이넘[04] 앞에서 우리의 기질을 가진 그 어떤 동물을 칭송하는 것은 적절치 못하다는 것을 고려했어야 했다. 게다가 그것은 전적으로 거짓이다. 여왕 폐하의 통치 시기 얼마 동안 영국에 있었기에, 내가 알기로 여왕은 수상을 두고 나라를 다스렸는데, 아니, 심지어 잇달아 두 명을 둔 적도 있었다. 그것과 관련해서 첫 번째는 고돌핀 경이었고 두 번째는 옥스퍼드[05]경이었는데, 결국 당신은 나로 하여금 없는 것을 말하게 했다.[06] 마찬가지로, 연구원 아카데미에 대한 설명에서, 그리고 내 주인 휴이넘과 나눈 담론 몇몇 구절에서도, 당신은 여러 중요한 상황들을 누락시키거나 나 자신의 작품이라는 것을 거의 알아볼 수 없게 그 내용을 잘라버리거나 바꿔버렸다. 이전에 내가 편지[07]에서 이것에 대해 좀 이야기했을 때, 당신이 불쾌하게 할까 봐 걱정된다면서, 힘 있는 사람들이 그 출판물을 상당히 예의주시하고 있으며, 빈정거림(내 생각에 당신은 그렇게 부를 것 같아서)처럼 보이는 것은 뭐든지 그렇게 해석해서 처벌하는 경향이 있다고 대답했다. 하지만 그렇게나 여러 해 전에, 약 2만 7천 킬로미터나 떨어진 곳에서,

---

03 어떤 원문에 임의로 자기 문구를 넣는 사람.

04 4부에서 걸리버는 말같이 생긴 이 동물 집으로 들어간다.

05 시드니 고돌핀과 옥스퍼드의 백작 로버트 할리는 앤 여왕 치하에서 잇달아 재무상 자리를 차지했다. 스위프트는 자신의 대변인 걸리버처럼 앤 여왕의 통치 기간의 얼마 동안 영국에서 보냈고 1710~14년까지 토리 정부에서 일했다.

06 휴이넘 말에는 존재하지 않는 '거짓말'을 일컫는 관용구.

07 스위프트는 벤자민 모트(Motte)에게 편지 한 통을 보내라고 찰스 포드에게 지시(1727년 1월 3일)했는데, 그 편지에서 그는 '출판사의 실수들'과 앤 여왕에 대한 '아첨'을 삽입한 것에 대해 항의했다. (스위프트의 편지 3:194-5) 또한 그 편지에는 '다른 판'에 삽입하기로 한 특별한 수정 사항들 다수가 포함되어 있었다.

다른 통치 세력에 대해, 내가 얘기했던 내용이 현재 대중을 지배한다는 야후[08]들 중 누구에게 적용될 수 있단 말인가. 특히 그 당시 나는 그들 치하에서 삶의 불행을 두려워하지 않고 생각한 적도 거의 없었는데 말이다. 휴이넘은 짐승이고 야후는 이성적 존재인 양, 휴이넘들이 이 야후들을 수레에 태워 다니는 것을 볼 때 울화통이 터지지 않겠는가? 정말 그 끔찍하고 혐오스러운 광경을 피하려는 것이 이곳[09]을 내 은신처로 삼은 중요한 동기였다.

당신과 관련해서 그리고 당신에게 거는 믿음과 관련해서, 당신에게 이 정도는 말해도 된다고 생각했다.

다음으로 나는, 당신과 다른 몇몇 사람들의 간청과 잘못된 추론에, 내 의견과 완전히 반하게, 설득당해서 여행기가 출간되도록 내버려 둔 엄청난 판단 부족에 대해 하소연을 하고자 한다. 당신이 공공선의 동기를 강조할 때, 야후들은 계율이나 본보기로 절대 고쳐질 수 없는 동물 종이라는 사실을 당신이 고려해주길 얼마나 자주 내가 원했는지 떠올려보길 바란다. 그건 그렇게 증명되었다. 내가 예상한 대로, 적어도 이 작은 섬 영국에서 모든 남용과 부패를 완전히 근절시키기는커녕, 보라, 6개월 이상의 경고 후에도 내 책은 내가 의도한 단 하나의 결과도 이뤄내지 못했다. 정당과 파벌이 사라질 때, 판사들의 학식이 풍부해지고 고결해질 때, 변호사들이 조금이나마 상식적이며 정직하고 겸손해질 때, 스미스필드[10]가 피라미드처럼 쌓인 법률 서적들이 불타오를 때, 젊은 귀족들을 위한 교육

08 4부의 휴이넘에 의해 지배당하는 인간과 비슷한 존재

09 노팅엄셔의 뉴어크 근처에 있는 집.

10 런던 시 근처에 위치한 개활지로, 16세기에 이단자들이 자신의 책과 함께 매장된 곳이다.

이 완전히 바뀔 때, 의사들이 추방될 때, 암컷 야후들에게 미덕과 명예, 진실, 양식이 풍부해질 때, 궁궐들과 알현식을 완전히 없애고 휩쓸어 버릴 때, 위트와 가치, 학문이 보상받을 때, 산문과 운문으로 쓰인 출판물을 불명예스럽게 하는 모든 사람은 자신들의 책[11]만 식량으로 먹고 자신들의 잉크로 갈증을 해소하라는 형을 선고받았을 때, 내게 편지로 알려달라고 간절히 부탁했다. 이런 일들과 수많은 다른 개혁들이 당신의 격려로 이뤄질 거라 나는 믿어 의심치 않았다. 사실 그것들은 내 책에 실린 교훈에서 확실히 추정할 수 있었다. 그리고 만약 야후들의 천성에 아주 조금이나마 미덕이나 지혜 같은 자질이 갖춰져 있다면, 야후들이 빠지기 쉬운 모든 악행과 어리석음을 고치는 데 일곱 달이면 충분할 거라고 분명히 인정한다. 그럼에도 불구하고 당신의 어떤 편지에서도 나의 기대에 답하기는커녕, 그와는 정반대로 매주 집배원에게 명예훼손과 해결의 실마리, 반영된 생각, 회고록, 감상평[12]을 잔뜩 안겨 주고 있는데, 내가 위대한 영국 국민들을 비난하고, 인간 본성(그들은 여전히 그것을 거리낌 없이 그렇게 칭한다)을 비하하며, 여성을 욕보였다고 비난받고 있다. 물론 이런 글을 한 다발 적어 보낸 사람들 사이에서도 의견이 분분하다는 사실을 알고 있다. 그들 중 어떤 이는 나를 내 여행기의 저자로 인정하려 하지 않고, 어떤 이는 심지어 내가 전혀 모르는 책의

---

11 18세기에 주로 목화로 만들었던 종이(OED II.8.1752)

12 Teerink(pp.244~6)은 서로 다른 18개의 비난하는 글(Libels), 해석(Keys), 그 외에 《Lemuel Gulliver's Travels into Several Remote Nations of the World》를 포함한 1727년까지의 걸리버 여행기들에 대한 반응들을 목록으로 만들었다. 《Compendiously methodised, for public Benefit(London: Curb, 1726)》, 네 부분들의 각각은 걸리버 여행기에 대한 'Key'라고 불린다.

저자로 만들어 버린다.

또한, 내가 알기로 당신의 인쇄공은 시기를 혼동하고 몇몇 항해 날짜와 귀국 날짜가 틀릴 정도로 너무나 조심성이 없어서, 결국 정확한 연도나 달이나 날을 정하지도 못한 채, 책을 출판한 후 원본[13]을 모두 파기했다는 얘기를 들었다. 나한테도 사본이 전혀 남아있지 않지만, 만약 두 번째 판이 발행될 경우에 글에 삽입할 몇 가지 수정 사항들을 당신에게 보냈다. 나는 이런 일을 참을 수 없음에도, 사려 깊고 솔직한 독자들에게, 그들이 원하는 대로 판단하도록, 그 문제를 그들에게 맡기고자 한다.

몇몇 바다 야후들이 내 항해 용어에서 실수를 발견했다는 얘기를 듣곤 한다. 많은 부분에서 적합하지도 현재 사용하지도 않는다고. 그것은 어쩔 수 없는 일이다. 젊은 시절 첫 항해에서, 나는 고령의 선원들에게 교육을 받았고 그들이 말하는 대로 말하는 법을 배웠으니까. 하지만 그 후 육지 야후들처럼 바다 야후들은 언어에서 최신 유행을 따라가는 경향이 있다는 사실을 알게 되었다. 육지 야후들은 언어를 매년 바꿨는데, 내가 귀국할 때마다 이전 말들이 너무 바뀌는 바람에 새로운 말을 거의 알아들을 수 없었던 기억이 난다. 그리고 몇몇 야후들이 런던에서 호기심이 발동하여 집에 있는 나를 찾아왔을 때 우리 중 누구도 상대방에게 이해 가능한 방법으로 서로의 생각을 전할 수 없었다.

만약 야후들의 비난이 어떤 식으로든 내게 영향을 미쳤다면, 감히 내 여행기를 내 머리에서 나온 단순한 소설이라 생각하고 심지어

---

13 사실 그것은 18세기의 거의 모든 원고들처럼 책이 활자로 조판된 후 파기되었다.

휴이넘과 야후는 유토피아[14]의 주민처럼 존재하지 않는다고 암시하기까지 하는 사람들이 있다고 불평했어야 마땅하다.

진실로 고백하건대, 릴리퍼트와 브롭딩랙(이 단어는 '브롭딩낵'이 아니라, 이렇게 썼어야 한다), 라퓨타 사람들과 관련해서, 지금까지 주제넘게 그들의 존재나 그들에 대해 언급한 사실들을 야후가 반박하는 것을 들어본 적이 나는 없다. 그 진실성은 즉시 모든 독자에게 확신을 주기 때문이다. 심지어 이 도시에도 수많은 야후가 살고 있는데, 이들이 재잘거리고 벌거벗고 다니지 않는 것만 제외하면, 휴이넘 나라에 있는 그들의 형제인 야후들과 다르지 않음이 드러났는데도, 휴이넘이나 야후에 대한 내 설명에 개연성이 거의 없다는 것일까? 나는 야후들의 인정 아닌 개선을 위해 여행기를 썼다. 모든 사람이 다 같이 찬사를 보낸다 해도, 내 마구간에서 기르는 퇴보한 휴이넘 두 마리가 히힝 거리는 소리보다 중요하지 않다. 아무리 녀석들이 퇴보했다 해도 나는 여전히 그들 덕분에 사악함에 섞이지 않고 다양한 미덕 속에서 나아지고 있기 때문이다.

이 비참한 동물들은 내가 나의 진실성을 정당화할 정도로 아주 타락했다고 생각할까? 휴이넘 나라에서는 아주 잘 알려진 사실인데, 나도 야후지만, 내 훌륭한 주인의 교육과 본보기를 통해 거짓말, 사기, 기만, 어물쩍 넘어가기 등 이런 지긋지긋한 습관을 없애는 데(물론 고백하건대 무척이나 힘들었다) 2년이라는 시간이 걸렸다. 모든 종족, 특히 유럽인들의 마음에는 이런 습관들이 아주 깊이 뿌리박혀 있기 때문이다.

---

14 토머스 모어 경의 작품(1516)에 등장하는 가상의 지역. 스위프트는 1631년에 출판된 책을 가지고 있었다.

이런 짜증나는 상황에 더 첨가할 다른 불만거리가 있지만, 더는 나 자신이나 당신을 힘들게 하지 않겠다. 솔직히 고백하자면, 내 마지막 귀국 이후 당신 종족의 몇몇 사람과, 특히 불가피한 일로 가족들과 대화를 나누다가 나의 야후 본성 중 몇몇 타락한 마음이 되살아났다. 그 밖에 나는 이 세계에서 야후 종족을 개선하겠다는 그처럼 어리석은 계획을 절대 시도하지 말았어야 했다. 그러나 이제 나는 영원히 그런 꿈같은 계획은 집어치웠다.

발행자가 독자에게

이 여행기의 저자인 레뮤엘 걸리버는 나의 오랜 절친한 친구이며, 외가 쪽으로 친척뻘 되는 사이다. 대략 3년 전, 레드리프[15]에 있는 자기 집에 호기심 많은 무리가 찾아오는 것에 진저리를 치던 걸리버는 고향인 노팅엄셔의 뉴어크 근처에 아담한 집 한 채와 땅을 조금 사서, 지금은 은퇴한 후 그곳에서 이웃들에게 많은 존경을 받으며 살고 있다.

비록 걸리버가 노팅엄셔에서 태어났고 그의 아버지도 그곳에서 살았지만, 그의 가족은 원래 옥스퍼드 주 출신이라는 말을 그에게 들었다. 나는 그것을 확인하기 위해 옥스퍼드 주의 반베리에 갔다가 그곳 교회 묘지에서 걸리버 가문의 무덤과 기념비를 발견했다.[16]

그가 레드리프를 떠나기 전에 다음의 원고를 내게 맡기면서 내가 적당하다고 생각할 때 그것을 처분할 권리를 일임했다. 나는 그 원고를 세 번이나 정독했다. 문체가 아주 간단명료했고 내가 찾은 유일한 오점이라고 한다면, 다른 여행가들처럼 설명이 너무 자세하다는 것이었다. 전체적으로 진실한 태도가 확연히 엿보였다. 사실

15 런던 남부 지역인 사우스웍 옆에 자리 잡고 있다.

16 실제로 옥스퍼드와 스트렛포드 사이에 위치한 도시 반베리에는 걸리버 이름을 가진 사람의 비석 여러 개가 존재한다. 청교도주의나 엄격한 신교도로 유명해졌다.

저자는 무척이나 정직해서, 레드리프에 사는 그의 이웃들 사이에서 누구든 뭔가를 장담할 때, '걸리버 씨가 그렇게 말할 정도로 그것은 진실이다'라는 말이 일종의 속담처럼 되었다고 한다.

이 원고를 받아본 몇몇 훌륭한 분들의 조언에 따라, 저자의 동의와 함께 나는 적어도 언젠가는 이 책이 젊은 귀족들에게 정치나 정당과 관련된 여느 흔한 졸작들보다 더 나은 읽을거리가 되기를 바라며 이제 용기를 내어 세상에 내놓는다.

만약 여러 항해 중의 [나침반의] 편차, 방향뿐만 아니라 바람과 조수, 더불어 폭풍 속에서 배를 조종하는 자세한 묘사와 선원들의 옷차림, 경도와 위도에 대한 설명과 관련하여 셀 수 없이 많은 구절을 과감하게 생략하지 않았다면, 이 책은 최소한 지금보다 두 배는 더 두꺼웠을 것이다. 그 점에서 걸리버 씨가 조금 못마땅해할 거라는 것을 나는 이해한다. 그러나 나는 이 작품을 가능한 한 일반 독자들의 역량에 맞추기로 했다. 그럼에도, 만약 바다 일의 무지로 인해 어떤 실수가 있다면, 그 책임은 전적으로 나에게만 있다. 그리고 만약 어떤 여행가가 작품 전체를 보고 싶어 한다면, 저자에게서 직접 작품을 받았기에, 나는 그를 만족하게 해 줄 준비가 되어 있다.

저자와 관련해서 좀 더 자세한 사항을 알고 싶은 독자는 이 책의 첫 페이지에서부터 만족할 것이다.

리처드 심프슨

제1부
릴리퍼트 여행

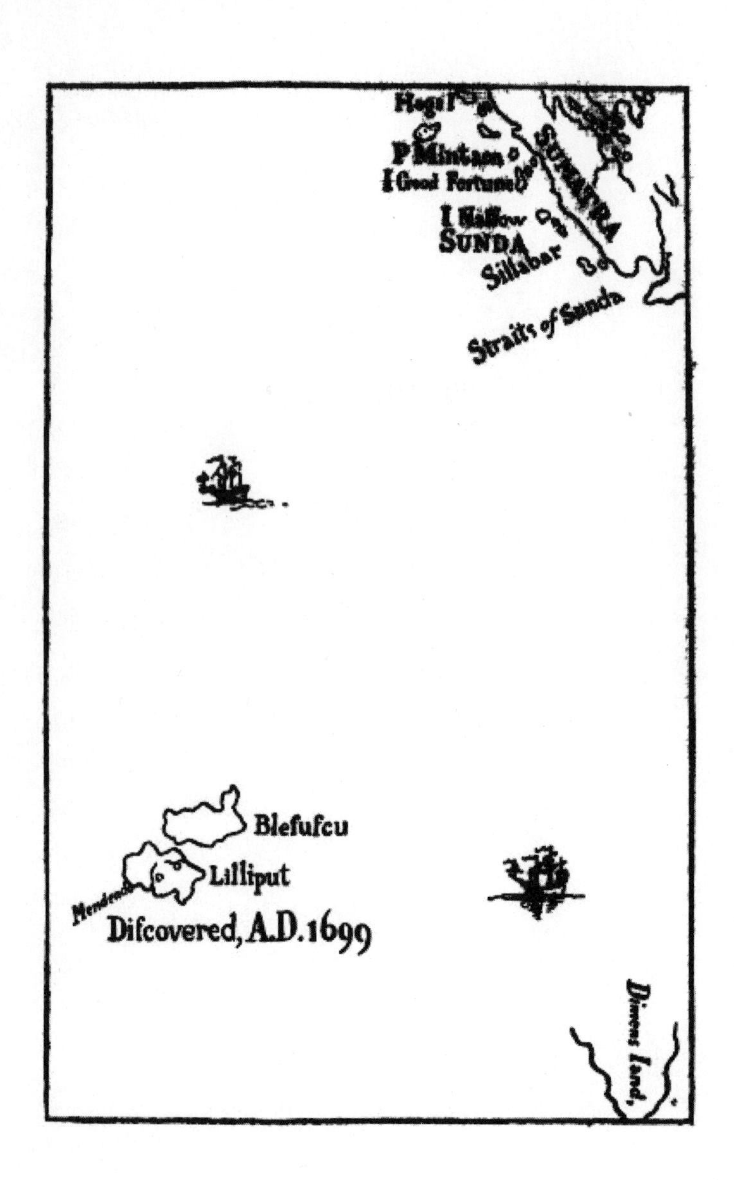
Hogs I
P Mintam
I Good Fortune
I Hallow
SUNDA
SUMATRA
Sillabar
Straits of Sunda
Blefufcu
Lilliput
Difcovered, A.D. 1699
Dimens land,

1장

저자는 자신과 가족에 대해, 그리고 여행을 떠나게 된 첫 동기에 관해 이야기한다. 그는 조난을 당한 후 필사적으로 헤엄을 친다. 릴리퍼트라는 나라 해안에 무사히 도착하지만, 포로 신세가 되어 그 나라로 이송된다.

아버지는 노팅엄셔에 소규모의 땅을 소유하고 계셨고 나는 다섯 형제 중 셋째였다. 내가 열네 살 때[01] 아버지는 나를 케임브리지에 있는 이마누엘 칼리지[02]로 보냈는데, 나는 그곳에서 3년 동안 지내면서 학업에 전념했다. 그러나 돈이 부족하여 생활비(용돈도 한참 부족하긴 했지만)를 대기가 너무 버거웠던 나는 런던에 사는 저명한 외과의사 제임스 베이츠 씨의 조수가 되어 그와 함께 4년을 보냈다. 아버지는 가끔 내게 얼마 안 되는 돈을 보내주셔서, 언젠가 여행을 떠나는 것이 내 운명이라고 늘 믿고 있었던 나는 항해술과 여행을 계획하는 사람들에게 유용한 수학의 다른 분야를 배우는데 그 돈을 투자했다. 나는 베이츠 씨와 헤어져 아버지에게 내려갔고, 그곳에서 아버지와 존 삼촌, 몇몇 다른 친척들의 도움으로 40파운드를 받고 레이든 대학[03]에서의 내 생활비로 1년에 30파운드의 약속까지 받아

01 스위프트가 더블린에 있는 트리니티 대학에 입학했던 나이. 그 당시 대학에 들어가기에는 어린 나이였지만 그렇게 드문 일도 아니었다.

02 17세기에 비국교파의 견해를 지지하는 것으로 유명했던 대학.

03 네덜란드에 있는 대학. 네덜란드는 영국 교회에서 지지하는 것보다 좀 더 진보적인 신교도적인 전통을 가진 나라다.

냈다. 나는 레이든에서 2년 7개월 동안 의학을 공부했는데, 오랜 항해에 유용할 것으로 생각했기 때문이다.

레이든에서 돌아온 직후, 나는 훌륭한 스승인 베이츠 씨의 추천을 받아 에이브러햄 패널 선장의 스월로우 호의 선의(船醫)가 되었고, 그와 함께 3년 반 동안 동부 지중해를 비롯한 여러 다른 지역들을 한두 번씩 항해했다. 귀국 후, 내 스승인 베이츠 씨의 권유로 런던에 정착하기로 했고 그는 내게 환자 여러 명을 추천해주기도 했다. 나는 올드 주리(Old Jury)[04]에 있는 한 작은 집에서 살았는데, 내 상황에 변화를 줘보라는 조언을 받고 뉴게이트 스트리트에서 양품점을 하는 에드먼드 버튼의 둘째 딸 메리 버튼(Mrs. Mary Burton)[05]과 결혼했고 그녀와 함께 지참금[06]으로 4백 파운드를 받았다.

하지만 2년 후, 훌륭한 스승인 베이츠 씨가 죽은 데다, 나는 친구도 거의 없어, 사업까지 망하기 시작했다. 동료 의사들 가운데 아주 많은 사람이 저지르는 부정한 의료행태를 따라 하는 것을 양심이 허락지 않았기 때문이다. 결국, 아내와 몇몇 지인들과의 논의 끝에, 나는 다시 바다로 떠나기로 했다. 나는 두 척의 배에서 연이어 선의(船醫)를 맡아 6년 동안 동인도에서 서인도까지 여러 차례 항해했으며 덕분에 재산이 약간 늘었다. 배에는 수많은 책이 항상 비치되어 있어, 고금의 유명 작가들의 책을 읽으면서 여가를 보냈다. 그리

04 혹시 Old Jewry의 철자를 잘못 쓴 것이 아닌가 싶다. 그 당시 Old Jewry는 비국교파 신교도들이 거주했던, 런던 중심부에 위치한 지역이었다.

05 여기서 Mrs.는 여성(mistress)의 약어로서, 결혼한 여자를 지칭하는 '~ 부인'이라기보다는 정중한 호칭에 해당한다.

06 부인의 재산. 걸리버는 아내를 맞이하면서 중산층에 해당하는 상당한 재산을 얻었다. (2001년 화폐 가치로 따지면 적어도 6만 파운드, 혹은 10만 달러 정도 될 것이다.)

고 육지에 다다르면, 그곳 사람들의 관습과 기질을 관찰하였고, 또한 그들의 언어를 익혔는데 기억력만큼은 비상했다.

그러나 항해 끝에 그다지 재미를 보지 못했던 나는 바다에 대해 점점 싫증이 났고 그래서 아내, 가족과 함께 고향에서 지내기로 했다. 나는 올드 주리에서 페터 레인으로, 그리고 거기에서 워핑[07]으로 거처를 옮기면서, 선원들을 대상으로 개업하려 했지만, 그것도 뜻대로 되지 않았다. 상황이 좋아지기를 기대하며 보낸 지 3년 후, 나는 남태평양을 항해 중인 앤틸로프 호의 선장 윌리엄 프리처드 선장의 솔깃한 제안을 받아들였다. 우리는 1699년 5월 4일 브리스톨에서 항해를 시작했고 초반에는 항해가 무척 순조로웠다.

이 바다에서의 모험을 장황하게 늘어놓아 독자 여러분을 괴롭히는 것은 여러 가지 이유로 적절치 못한 것 같다. 동인도로 항해하던 중 격렬한 폭풍을 만나 반 디멘스랜드(Van Diemen's Land)[08] 북서쪽으로 떠밀려갔다는 정도만 얘기해도 독자에겐 충분할 것이다. 우리는 관측을 통해, 우리가 남쪽으로 위도 30도 2분에 있다는 것을 알아냈다. 선원 중 12명이 과로와 상한 음식 때문에 목숨을 잃었고, 나머지는 기력이 무척 쇠약해진 상태였다. 이 지역에서 여름이 시작되는 11월 5일, 안개까지 잔뜩 낀 날씨에 선원들은 배의 닻줄 길이[09]의 절반도 안 되는 거리에서 암초를 발견했다. 하지만 바

07 처음 이사한 곳은 런던 시에서 서쪽으로 몇 블록 떨어진 곳이었고, 그다음은 당시 선원들과 매춘부들이 거주하는 부두 지역으로 런던 시에서 동쪽으로 상당히 떨어져 있는 곳이었다.

08 호주 남쪽에 위치한 큰 섬인 타스마니아(Tasmania)의 옛 이름. 네덜란드인이 발견했고 경도 146, 위도 42선에서 두 갈래로 갈라졌다. p18에 있는 상상의 지도를 참고하라.

09 600m.

람이 너무 강한 탓에 우리는 암초 쪽으로 곧장 떠밀려서 배는 이내 산산조각이 나고 말았다. 나를 포함한 선원 6명은 보트를 바다에 내린 다음 그것을 타고 가까스로 배와 암초에서 완전히 벗어났다. 내 계산에 따르면, 16㎞ 정도 노를 저어갔는데, 우리는 난파선에 있는 동안 이미 힘든 일들을 많이 당한 상태였기 때문에 더는 노를 저을 수가 없었다. 그래서 파도의 자비에 우리의 운명을 맡겼고, 약 30분쯤 지나자 북쪽에서 불어온 갑작스러운 돌풍에 보트는 전복되고 말았다. 암초를 피하거나 배에 남아 있던 사람들뿐만 아니라, 보트에 있던 나의 동료들이 어떻게 됐는지 나는 전혀 알지 못하지만, 그들 모두를 잃었다고 결론을 내렸다. 내 경우, 운명이 나를 인도하는 대로 헤엄을 쳤고 바람과 조류에 의해 앞쪽으로 밀려갔다. 가끔 다리를 내려 보기도 했지만, 바닥이 느껴지지 않았다. 그러다가 거의 기진맥진해서 더는 허우적거리지도 못할 지경에 이르러서야, 발이 바닥에 닿았다. 그 무렵 폭풍우도 많이 잦아들었다. 내리막길 경사도 완만해 거의 1.6㎞ 정도 걷자 해안가에 도착했고 저녁 8시쯤 된 것 같았다. 그 후 거의 0.8㎞ 정도 더 걸었는데 집이나 주민의 흔적이라고는 눈 씻고 찾아봐도 찾을 수 없었다. 어쨌든 나는 기력이 아주 쇠한 상태라 그런 것들에 주의를 기울이지 못했다. 나는 완전 탈진 상태인데다, 무더운 날씨와 배에서 떠나면서 마셨던 반 파인트 분량의 브랜디 때문에 졸음이 쏟아졌다. 나는 아주 짧고 부드러운 풀밭에 드러누운 채, 난생처음으로 깊은 단잠에 빠졌고, 내가 인식하기로, 9시간 이상을 잔 것 같다. 잠에서 깼을 때, 막 여명이 밝아오고 있어서였다. 그런데 어찌 된 일인지 일어나려고 했지만, 몸이 꿈쩍도 안 했다. 내가 등을 땅에 대고 누운 채로 팔과 다리가 바닥에 꽁꽁 묶여 있었기 때문이다. 숱 많고 긴 내 머리카락도 같은 방법으로 묶여 있었다. 게다가 가느다란 끈 몇 개가 겨드랑이에서부터 넓적다리까지 내 몸을 가로 지르고 있다는 느낌도 들었다. 나는 위쪽만 볼 수 있었고 햇볕은 점점 뜨거워지기 시작했던 터라 눈을 뜨고 있기가 힘들었다. 내 주변에서 뭔가 알 수 없는 소리가 들렸지만, 누운 자세에서는 하늘 빼고는 아무것도 볼 수 없었다. 잠시 후 살아 있는 뭔가가 내 왼쪽 다리로 올라와 가슴 위로 천천히 다가오는 것이 느껴졌고 거의 내 턱까지 다가왔다. 내가 최대한 눈을 아래쪽으로 내리떴을 때, 그것은 키가 15㎝도 안 되는 인간이라는 것을 알아챘다. 그의 손에는 활과 화살이, 등에는 화살 통이 있었다. 그러는 사이, 첫 번째 사람 뒤로(추측건대) 같은 종류의 사람이 적어도 40명 이상 뒤따라오는 것 같았다. 나는 까무러칠 정도로 놀란 나머지 크게 고함을 질렀고, 그들도 덩달아 놀라 줄행랑을 놓았다. 나중에 들은 이야기지만, 그중 몇 명은 내 옆구리에서 바닥으로 뛰어내리다가 낙상을 당했다고 한다. 하지만 그들은 이내 돌아왔고 그들 중 한 명은 위험을 무릅쓰고 내 얼굴 정면까지 와서 감탄의 표시로 손을 높이 쳐들고 눈을 치켜뜬 채 날카롭지만 분명한 목소리로 헤키나 데굴(Hekinab Degul: 세상에나!)[10]이라고 비명을 질렀다. 다른 사

10 Paul Odell Clark의 강력한 주장에 따르면, 스위프트의 '생소한' 말들은 그가 《스텔라에게 쓴 일기 Journal to Stella》에서 자주 사용했던 유아어나 '어린애 같은 언어(little language)'를 본뜬 문자를 대입하여 철자를 바꿔 복잡하게 만든 말이라고 한다. 그 방법으로, 모음은 거의 모두 교체 가능하며 자음 중에서는 l과 r, b와 v, h와 w, t와 c를 바꿔 사용했다. 이 문구를 해석하면 'What in the Devil!'이다. 하지만 클라크 본인도 인정했다시피, 직감과 소리의 민감성은 종종 방법론적이고 현학적인 고찰이라기보다는 스위프트의 언어 조작능력이 좀 더 적절한 근거라 할 수 있다.

람들도 똑같은 말을 여러 차례 반복했지만, 당시 나는 그 말이 무슨 뜻인지 몰랐다. 독자 여러분도 상상이 되겠지만 나는 그 시간 내내 아주 불안해하며 누워 있었다. 마침내 밧줄을 풀려고 발버둥 친 끝에, 운 좋게도 줄을 끊고 왼쪽 팔을 바닥에 고정했던 말뚝을 확 비틀어 빼냈다. 나는 얼굴 가까이 그것을 들어 올려 보고는 그들이 나를 묶은 방법을 알 수 있었다. 그와 동시에 왼쪽에 내 머리카락을 바짝 잡아당겨, 무척 고통이 따랐지만, 묶어 놓았던 밧줄들을 조금 느슨하게 풀었다. 그랬더니 머리를 5cm 정도 겨우 돌릴 수 있었다. 하지만 그 사람들은 내가 잡기도 전에 또다시 달아났다. 그 뒤 굉장히 날카로운 비명이 들렸고 그 소리가 멈추자 그들 중 한 사람이 큰소리로 "톨고 포낙"이라고 외치는 소리가 들렸다. 그 순간 내 왼손에 백여 개 이상의 화살이 발사됐다. 마치 수많은 바늘로 나를 찌르는 것 같았다. 게다가 유럽에서 우리가 폭격하듯이, 그들도 다시 한 번 화살을 공중으로 일제히 발사했다. 그 많은 화살이 내 몸 위로 쏟아졌던 것 같은데 별 느낌이 없었고, 얼굴에도 여러 개가 떨어졌지만 나는 바로 왼손으로 얼굴을 가렸다. 억수같이 퍼붓던 화살 세례가 끝난 후, 내가 고통과 통증에 괴로워하다가 다시 밧줄을 풀기 위해 안간힘을 쓰고 있을 때, 그들은 처음보다 더 큰 규모로 다시 한 번 일제히 화살을 발사했다. 그들 중 몇몇이 창으로 내 옆구리를 찌르려고 시도했지만, 다행히 나는 버프 제킨[11]을 입고 있었던 터라 그들은 뚫을 수 없었다. 나는 가만히 누워 있는 것이 가장 현명한 방법이라는 생각이 들었고, 왼손은 이미 풀려 있으니까 그런 식으로 밤까지

11 버펄로 가죽 재킷.

계속 있다 보면 쉽게 도망칠 수 있을 거로 생각했다. 그리고 주민들과 관련해서, 만일 그들도 내가 봤던 사람들과 같은 크기라면 그들이 나에게 대적하려고 데려온 군대가 제아무리 대단하더라도 충분히 상대할 수 있을 거로 생각했다. 하지만 운명은 나를 다른 상황에 부닥치게 했다. 내가 미동도 없다는 것을 안 사람들은 더는 화살을 쏘지 않았다. 하지만 웅성대는 소리가 점점 커졌기에, 나는 그들의 수가 점점 더 늘어나고 있음을 알았다. 내 오른쪽 귀 너머 4m 정도 떨어진 곳에서 사람들이 작업이라도 하는 듯, 한 시간이 넘게 뭔가를 두드리는 소리가 들렸다. 말뚝과 밧줄들이 허용하는 한도 내에서 그 방향으로 고개를 돌리니, 땅에서부터 45cm 정도 되는 높이에 주민 네 명 정도가 올라갈 수 있는 연단이 세워져 있었고, 그곳에 오르는 사다리도 두세 개 보였다. 신분이 높아 보이는 한 사람이 그곳에서 내게 일장연설을 늘어놓았지만, 한마디도 알아들을 수 없었다. 아 참, 이 말도 언급했어야 했는데, 그 신분이 높아 보인다는 사람이 연설을 시작하기 전에 "랑그로 데훌 산(이 말과 이전에 언급한 말은 그 후에도 계속 반복되었고 나는 그에 대한 설명을 들었다.)"이라고 세 번을 외쳤다. 그러자 곧바로 50여 명의 사람이 다가와서는 내 머리 왼쪽에 묶여 있던 밧줄을 잘랐고, 덕분에 나는 자유롭게 머리를 오른쪽으로 돌려 연설하는 그 사람과 그의 몸짓을 볼 수 있었다. 그는 중년처럼 보였고 그의 시종 세 명보다 좀 더 커 보였다. 시종 중 내 중지보다 약간 커 보이는 한 사람이 그의 옷자락을 들고 있었고 다른 두 사람은 양옆에 서서 그를 도와주었다. 그는 모든 면에서 웅변가처럼 행동했고, 나는 수많은 협박조의 문장들을 비롯한 약속과 연민, 친절을 표현하는 문장들을 알아챌 수 있었다. 나는 몇 마디 말로 답했지만 아주 순종적인 태도로 마치 태양을 증인으로 요청한 듯 왼손을 치켜들고 태양을 바라보았다. 나는 배가 고파 거의 아사 직전 상태였고 배에서 탈출하기 몇 시간 전부터 아무것도 먹지 않은 터라, 먹을 것을 달라는 뜻으로 손가락을 자꾸 입에 갖다 대어서, 조바심치는 내 마음(아마도 체면이라는 엄격한 관례에 어긋나겠지만)은 참을 수 없을 만큼 본능적 욕구를 강하게 표현했다. 후르고(나중에 알게 되었지만, 사람들은 지체 높은 귀족을 이렇게 불렀다)는 내 의도를 제대로 간파했다. 그는 연단에서 내려와 여러 개의 사다리를 내 옆구리 쪽에 갖다 대라고 지시했고 백여 명 이상의 사람들이 그 사다리들을 타고 올라와 고기가 잔뜩 든 바구니들을 들고 내 입 쪽으로 걸어왔다. 그 고기들은 내 소식을 처음 접하자마자 왕의 지시로 그곳으로 보내져 준비해둔 것이었다. 나는 여러 종류의 고기가 있다는 것은 알았지만, 맛으로 그것들을 구별할 수는 없었다. 양의 어깨, 다리, 엉덩이처럼 생긴 것들이 있었고 손질도 아주 깔끔했지만, 종달새의 날개보다 작았다. 나는 한입에 두세 마리씩 먹어치웠고 머스킷 총알 크기만 한 빵은 한 번에 세 덩어리씩 먹었다. 그들은 내 식사량과 식욕에 경이로움과 놀라움을 금치 못하면서 그들이 할 수 있는 대로 빨리 내게 음식을 날라주었다. 그런 다음 나는 다시 한 번 마실 것을 달라는 신호를 보냈다. 내 식사량으로 보아 적은 양으로는 나를 만족하게 할 수 없을 거라는 사실을 깨달은 그들은 영리하게도 가장 큰 통 중 하나를 능숙하게 밀어 올린 후 내 손 쪽으로 그것을 굴리더니 뚜껑을 냅다 걷어찼다. 나는 물을 통째로 들이마셨다. 그게 무리가 아니었던 것이, 그 통에는 물이 반 리터도 들어가지 않았기 때문이다. 그리고 알코올 도수가 낮은 버건디 맛이 났지만, 훨씬 맛있었다. 그들은 내게 두 번째 큰 통을 가져왔고, 나는 같은 방법으로 마신 후 더 달라는 신호를 보냈지만 이제 내게 줄 것이 하나도 없었다. 내가 이런 놀라운 행동들을 보였을 때, 그들은 즐거워하며 소리를 질렀고 그들이 처음에 그랬던 것처럼 "헤키나 데굴"을 여러 차례 반복하며 내 가슴 위에서 춤을 췄다. 그들은 내게 두 번째 통을 아래로 던져야 한다고 신호를 보냈지만, 우선 아래 있는 사람들에게 큰 소리로 "보락 미볼라"라고 소리치며 비켜 서 있으라고 주의를 시켰다. 그들은 공중에 있는 통을 보자 이구동성으로 "헤키나 데굴"이라고 고함을 질렀다. 솔직히 말하면, 나는 그들이 내 몸을 여기저기 들쑤시고 돌아다닐 때 제일 먼저 내 곁으로 다가오는 4~50명의 사람을 잡아 그들을 땅바닥에다 내동댕이치고 싶은 마음이 자꾸 들었다. 하지만 아까 당한 일(어쩌면 그들은 그보다 더한 행동도 할 수 있을지 모른다)에 대한 기억과 내가 그들에게 했던 경의의 약속(그것은 나름대로 복종의 행동이라고 해석할 수 있다)은 이내 이런 생각들을 몰아냈다. 게다가 이제 접대의 율법[12]에 따라 아주 큰 비용을 들여 나를 융숭하게 대접해준 사람들에게 매여 있다는 생각마저 들었다. 하지만 그들에게 틀림없이 아주 어마어마한 존재로 보였을 텐데 그 모습에 벌벌 떨지도 않고, 내 한 손이 풀려있는 와중에도 감히 겁도 없이 내 몸 위로 올라와 걸어 다니는 이 조그마한 인간들의 대담함에 대단히 놀랐다. 얼마 후, 내가 더는 고기를 원하지 않는다는 것을 그들이 알아챌 무렵, 황제가 보낸 고위층 인사가 내 앞에 나타났다. 그 사람은 내 오른쪽 발목으로 올라

12 손님을 자기 집에 있는 동안 보호할 의무.

와서 약 12명의 수행원과 함께 내 얼굴 쪽으로 다가왔다. 그리고 옥새가 찍힌 신임장을 꺼내 내 눈 가까이에 가져오더니 화난 표정은 아니었지만, 일종의 결연한 의지를 담아 10분 동안 연설을 했다. 종종 앞쪽을 가리켰는데, 나중에 알게 되었지만, 그 방향은 약 800m 정도 떨어진 수도를 가리키고 있었고, 자문 위원회에서 나를 그곳으로 옮기기로 황제의 승인을 받았다고 했다. 나는 몇 마디 하긴 했지만, 전혀 소용없었고, 풀려 있는 내 손을 다른 한쪽 손에 댔다가(하지만 그나 그의 일행이 다칠까 두려워 그의 머리 위쪽으로) 그다음은 머리에, 몸에도 대면서 내가 자유를 원한다는 의사표시를 했다. 그는 내 의사를 충분히 이해한 것처럼 보였다. 그가 불허의 의미로 고개를 가로저으며 내가 죄수로서 운반되어야 한다는 걸 손짓으로 보여줬기 때문이다. 하지만 그는 또 다른 몸짓으로 내가 고기와 마실 것을 충분히 먹게 될 것이며 아주 후한 대접을 받을 것임을 이해시켰다. 그 때문에, 나는 다시 한 번 밧줄을 끊어야겠다고 생각했지만 내 얼굴과 양손에 화살이 박히면서 느꼈던 고통이 다시금 떠올랐고, 거기에는 온통 물집이 잡혀 있고 많은 화살이 여전히 그 자리에 박혀 있었다. 마찬가지로 적들의 수도 늘어났다는 것을 알게 된 나는 그들이 원하는 대로 나를 처리해도 좋다는 신호를 보냈다. 이를 계기로 후르고와 그의 일행은 아주 정중하면서도 흐뭇한 표정으로 물러났다. 그 직후, 나는 모든 사람이 "페플롬 셀란"이라는 말을 자꾸 반복해서 외치는 소리를 들었다. 그리고 내 왼쪽에 있는 수많은 사람이 밧줄을 어느 정도 느슨하게 해줘서 오른쪽으로 몸을 돌릴 수 있었고 편하게 소변을 볼 수도 있었다. 소변량이 무척이나 많아서, 내가 무엇을 할지 내 행동을 보고 짐작한 사람들은 깜짝 놀라면서 엄청나게 큰 소리와 함께 맹렬하게 쏟아지는 억수 같은 소변 줄기를 피하고자 양쪽으로 즉시 갈라졌다. 하지만 이에 앞서 그들은 내 얼굴과 양손에 향기가 아주 좋은 연고를 발라주었다. 덕분에 몇 분 후 화살로 인한 통증은 말끔히 사라졌다. 영양가 많은 음식물과 마실 것으로 원기를 회복한 상태에 이런 상황들까지 더해지자 스르르 졸음이 몰려왔다. 나중에 안 사실이지만 나는 여덟 시간가량 잤고, 그것은 전혀 이상한 일이 아니었다. 황제의 명령으로 의사들이 커다란 와인 통에 수면제를 섞었기 때문이다.

내가 육지에 도착한 후 땅에 누워 잠든 채 발견되자마자, 황제는 전령을 통해 그 소식을 즉시 보고받았고 자문위원회에서는 앞서 언급했던 그 방법으로 나를 묶고(내가 잠들어 있는 동안 밤새 작업이 이뤄졌다), 많은 양의 고기와 마실 것들을 내게 보내고 나를 수도로 옮기기 위한 장비도 준비해야 한다고 결정한 모양이었다.

아마도 이 결정은 아주 대담하고 위험해 보이는데, 만약 유럽 황제가 이와 유사한 상황에 처했다면 이렇게 행동하지 못할 거라 확신한다. 하지만 이 결정은 관대하면서도 상당히 현명한 방법이었던 것 같다. 만약 이 사람들이 내가 잠들어 있는 사이에 그들의 창과 화살로 나를 죽이고자 시도했다면, 나는 분명 처음 통증을 느꼈던 그 순간에 깨어났을 것이고 부글부글 화가 치밀고 힘을 주체하지 못해 나를 묶었던 밧줄들을 끊어버렸을지도 모른다. 그 후 그들은 저항하기는커녕 내게서 어떤 자비도 기대할 수 없었을 것이다.

이 사람들은 아주 뛰어난 수학자들로서, 유명한 학문 애호가인 황제의 지지와 격려로 기계학 분야는 아주 완벽한 수준에 올라 있었다. 이 나라 황제는 나무와 그 외의 다른 육중한 물건들을 운반하기 위해 여러 가지 기계장비에 바퀴를 달게 했다. 그는 가끔 나무가 자라는 숲 속에서 아주 거대한 군함들(개중에는 길이가 270㎝인 것도 있다)을 만든 다음, 이런 바퀴 달린 장비에 실어 3~400m 떨어진 바다로 옮기기도 했다. 즉시 500여 명의 목수와 기술자들은 가장 거대한 장비를 준비하는 데 착수했다. 그것은 길이가 210㎝, 너비가 130㎝ 정도, 땅에서 8㎝ 올라가 있는, 22개의 바퀴를 달고 움직이는 목재 구조물이었다. 내가 들었던 그 고함은 이 장비가 도착했을 때였고 그것은 내가 육지에 도착한 지 네 시간 후에 착수한 것 같았다. 그 장비는 누워 있는 내 옆으로 옮겨졌다. 하지만 제일 어려운 일은 나를 이 수레에 들어 올려놓는 일이었다. 이를 위해 각각 30㎝ 높이의 기둥 80개가 세워졌고, 굵은 노끈으로 만든 아주 질긴 밧줄들을 고리를 이용해서, 일꾼들이 내 목과 손, 몸통, 다리 주변을 묶은 수많은 붕대에 연결했다. 기둥에 고정된 수많은 도르래로 이 밧줄을 끌어당기기 위해 900명의 아주 건장한 남자들이 동원되었고 이리하여 세 시간도 안 돼 나는 그 장비 위에 옮겨진 후 거기에 꽁꽁 묶였다. 모든 작업이 진행되는 동안 나는 마실 것에 주입된 수면제의 영향으로 깊이 잠들어 있었기 때문에, 이 이야기는 모두 전해들은 것이다. 아까 말한 대로 800m 정도 떨어져 있는 수도로 나를 옮기기 위해 키가 12㎝ 정도 되는 황제의 초대형 말 1,500마리가 동원되었다.

우리가 이동을 시작한 지 약 4시간 후, 나는 아주 어이없는 사건 때문에 잠에서 깼다. 무언가가 고장이 나서 정비하기 위해 잠시 수레가 멈췄을 때, 젊은이 두세 명이 잠든 내 모습이 어떤지 보고 싶은 마음에 수레 위로 기어 올라와 내 얼굴 쪽으로 아주 조심스레 다가

와서는, 그중 한 명인 호송 장교가 날카로운 창끝을 내 왼쪽 콧구멍 안으로 꽤 깊이 집어넣었고, 그게 지푸라기처럼 내 코를 간질이는 바람에 나는 심한 재채기를 하고 말았다. 그래서 그들은 눈치 못 채게 달아났고, 나는 3주나 지나서야 내가 갑자기 깨어난 이유를 알게 되었다. 우리는 그 날 내내 오랜 행군을 했고 500명의 호위병이 내 양옆에 정렬한 채로 밤을 보냈다. 호위병의 반은 횃불을, 나머지 반은 활과 화살을 지닌 채 내가 소동을 일으킬 경우 나를 쏠 준비를 하고 있었다. 다음 날 아침 동틀 녘, 우리는 행군을 계속 이어갔고 정오 무렵 성문에서 200m도 안 되는 곳에 도착했다. 황제를 비롯한 모든 궁전 사람들이 우리를 맞이하기 위해 나왔지만, 고위 관료들은 황제가 몸소 내 몸 위에 올라가는 위험한 상황에 부닥치게 하지 않았다.

수레가 멈춘 곳에 이 나라에서 가장 큰 것으로 생각되는 유서 깊은 사원 하나가 있었는데, 수년 전에 벌어진 무자비한 살인 사건[13]으로 그곳이 더럽혀지면서, 이 나라 사람들의 열망에 따라, 그 사원은 불경한 곳으로 간주되고, 결국 공공시설로 적용되어 모든 장신구와 가구들을 치웠다. 그들은 나를 이 건물에 거주시키기로 했다. 북쪽으로 나 있는 큰 문의 높이는 120㎝ 정도, 너비는 거의 60㎝에 가까워서 나도 그곳으로 쉽게 기어들어갈 수 있었다. 문 양옆에는 바닥에서 15㎝가 채 안 되는 높이에 작은 창문이 하나 있었고 그곳을 통해 왼쪽을 보니, 왕궁의 대장장이들이 유럽의 귀부인용 시계에 달린 것과 같은 줄을, 거의 그 정도의 큰 쇠사슬 아흔한 개를 실어 나르고 있었다. 그 쇠사슬들은 구십 개의 자물통에 연결되어 내

13 웨스트민스터 홀에 대한 암시로, 1649년 이곳에서 찰스 1세가 사형 선고를 받았다.

왼쪽 다리에 채워졌다. 이 사원 너머 아주 커다란 대로 맞은편에 6m 정도 떨어진 곳에는 높이가 적어도 150㎝ 정도 되는 망루가 하나 있었다. 내가 들은 바에 따르면, 나는 그들을 볼 수 없어서, 황제는 나를 보기 위해 궁정의 수많은 고위 관료들과 함께 이곳에 올라왔었다고 한다. 십만이 넘는 사람들이 같은 용건으로 마을을 벗어나서 왔고, 경비병들이 있음에도 불구하고 족히 만 명이나 되는 사람들이 사다리를 타고 내 몸 위로 여러 차례 올라온 거로 추정했다. 하지만 곧 '위반 즉시 사형'이라는 조건으로 그런 행위를 금지하는 포고령이 공표되었다. 내가 도망칠 수 없다는 것을 깨달은 일꾼들은 나를 묶고 있던 모든 밧줄을 풀어주었고, 그 때문에 평생 살면서 지금까지 한 번도 경험하지 못한 비참한 기분을 느끼며 몸을 일으켰다. 그러나 내가 일어나서 걸어 다니는 모습을 지켜본 사람들의 깜짝 놀람과 고함은 그 어떤 말로도 형용할 수 없었다. 왼쪽 다리에 채워진 쇠사슬은 길이가 약 2m 정도여서, 반원 안에서 앞뒤로 걸어 다닐 수 있는 자유가 주어졌고, 또한 문에서 10㎝ 정도 떨어진 곳에 묶여 있었기 때문에 안으로 기어들어가, 사원 안에서 몸을 쭉 뻗고 누울 수도 있었다.

2장

귀족 여러 명을 대동한 릴리퍼트 황제는 저자가 감금된 곳으로 찾아 온다. 황제의 용체와 습관이 묘사된다. 저자에게 릴리퍼트 언어를 가르치기 위해 학식 있는 사람들이 지명된다. 저자는 온화한 성품으로 호감을 얻는다. 사람들은 그의 주머니를 뒤져 칼과 총을 빼앗아 간다.

나는 일어설 수 있게 되자 주위를 둘러보았고, 고백건대 이보다 더 흥미진진한 광경은 본 적이 없었다. 둥그스름한 이 나라는 마치 끝없이 펼쳐진 정원 같았고, 보통 12m²로 울타리 친 들판들은 수많은 꽃밭을 닮았다. 이런 들판들은 반 스탱[14]의 숲과 어우러져 있었고, 판단하건대 제일 큰 나무들의 높이는 2m 정도 되는 듯했다. 왼쪽에 있는 마을을 바라보니, 마치 극장에 그려진 도시 그림 같았다.

나는 생리현상 탓에 몇 시간 동안 상당히 고통스러워하고 있었다. 그도 그럴 것이, 내가 마지막으로 볼일을 본 지가 거의 이틀이 지났기 때문이다. 나는 다급한 마음과 수치스러움 사이에서 무척 난감해하고 있었다. 내가 궁리할 수 있는 최선의 방책은 내 집 안으로 기어들어 가는 것이었기에 당연히 그렇게 했고, 내 뒤로 문을 닫은 다음 사슬의 길이가 허용하는 한 멀리까지 가서 내 몸에서 그 불쾌한 짐 덩어리를 내보냈다. 하지만 그렇게 불결한 짓을 저지른 것은 이번 딱 한 번뿐이었다. 공정한 독자 여러분이 내가 처한 상황과 고충을 신중하면서도 편견 없이 고려한 후 이를 정상참작 해

14 0.25 에이커

주기만 바랄 뿐이다. 이때부터 나는 일어나자마자 쇠사슬이 허용하는 집 밖 가장 먼 곳에서 볼일을 보는 것이 일상적인 습관이 되었고, 매일 아침 손님들이 오기 전에 불쾌한 물질을 손수레에 실어 버리는 적절한 조치가 취해졌는데, 이러한 목적으로 일꾼 두 명이 배정되었다. 만약 깔끔한 내 성격에 대해 세상에 해명해야 한다는 생각을 하지 않았다면, 언뜻 보기에 별로 중요하지도 않은 이런 사정을 이렇게 장황하게 늘어놓지도 않았을 것이다. 나를 비방하는 몇몇 사람들이 이런저런 상황들에 대해 이의를 제기한다는 얘기를 들었기 때문이다.

이런 모험을 마친 나는 신선한 공기를 쐬려고 다시 내 집 밖으로 나왔다. 황제(Emperor)는 이미 망루에서 내려와 말 등에 타고 내 쪽으로 다가왔는데, 하마터면 황제가 큰일을 당할 뻔했다. 그 말이 아무리 훈련을 잘 받았다 해도, 제 앞에 산만 한 것이 다가오는 그런 광경에는 전혀 익숙지 않아 뒷발로 선 채 앞발을 번쩍 들어 올렸다. 하지만 뛰어난 기수인 군주(Prince)는 자기 안장에 계속 앉아 있었고, 수행원들이 달려와 고삐를 잡은 동안에 말에서 내려왔다. 황제는 말에서 내리더니 감탄을 금치 못한 채 나를 살펴보았지만 내 쇠사슬이 미치는 곳 밖에 머물렀다. 그는 이미 대기하고 있던 요리사와 집사들에게 내게 음식과 마실 것을 제공하라고 지시했고 그들은 바퀴가 달린 수레를 내 손이 닿는 곳까지 밀어주었다. 나는 수레들을 들고 그것들을 순식간에 먹어치웠다. 그 수레 중 20대에는 고기가, 다른 10대에는 음료수가 잔뜩 채워져 있었는데, 처음 것은 한 대당 두세 입 거리였다. 흙으로 빚은 호리병 10통에 들어 있는 마실 것을 수레 한 곳에 부어 단번에 쭉 들이켰다. 그리고 나머지도 그렇게 했다. 황후, 왕자와 공주는 많은 귀부인을 대동하고 좀 떨어져 있는 자기들의 의자에 앉아 있었지만, 황제의 말이 일으킨 소동 때문에 그들은 벌떡 일어나 황제 가까이 다가왔다. 나는 이제부터 그에 대해 설명하고자 한다. 황제는 궁중 사람들보다 거의 내 손톱 너비만큼 더 큰데, 그것만으로도 보는 이에게 경외감을 불러일으키기에 충분했다. 그의 외모는 건장하고 남자다웠으며, 오스트리아인의 입술과 아치형 코[15], 올리브 빛깔의 안색, 긴장한 표정, 균형이 잘 잡힌 몸매와 팔다리에 그의 모든 행동은 고상했고 몸가짐에서 위엄이 느껴졌다. 당시 그는 전성기가 지난 시기로 28년하고도 3/4이 지난 나이였지만 약 7년 동안 아주 훌륭하게 나라를 다스렸고 대부분 만족스러웠다. 그를 좀 더 가까이에서 보기 위해 옆으로 누웠더니 내 얼굴이 그의 얼굴과 나란해졌고 그는 겨우 3m 떨어진 곳에 서 있었다. 하지만 전에도 여러 번 그를 내 손에 올려놓았던 적이 있었기 때문에 묘사를 잘못할 리가 없다. 그의 옷은 아주 소박하고 평범했으며 아시아풍과 유럽풍이 섞인 스타일이었다. 하지만 투구 꼭대기에는 깃털이 달려 있고 보석 장식이 있는 가벼운 황금 투구를 쓰고 있었다. 그는 내가 밧줄을 끊으면 바로 자신을 방어할 기세로 칼을 뽑은 채 손에 들고 있었다. 칼의 길이는 거의 8㎝ 정도였고 자루 부분과 칼집은 다이아몬드로 장식한 금으로 만들었다. 그의 목소리는 날카로웠지만 아주 분명하여, 내가 서 있어도 발음을 또박또박 들을 수 있었다. 귀부인들과 대신들의 옷차림은 무척 화려해서, 그들이 서 있는 곳은 금색 은색 무늬들로 수놓은 속치마가 바닥에 펼쳐

15 아랫입술을 쑥 내민 모습, 조지 1세를 희화한 표현.

져 있는 곳 같았다. 황제가 내게 종종 말을 건넸고 나는 대답을 했지만, 우리 둘 다 한 음절도 알아들을 수 없었다. 그곳에는(그들의 복장에서 추측해보건대) 사제들과 법률가들도 참석했는데, 그들은 내게 자신들을 소개하라는 지시를 받았고, 나는 가능한 한 내가 조금이라도 알고 있는 언어, 말하자면 독일어(High Dutch)와 네덜란드어(Low Dutch), 라틴어, 프랑스어, 스페인어, 이탈리아어, 만국 공통어(Lingua Franca)[16] 등을 사용해서 그들과 이야기를 나눠보았다. 하지만 모두 부질없는 짓이었다. 두 시간이 지나자, 궁중 사람들은 물러갔고 내 곁에는 힘센 경비병 한 명만 남았는데, 아마도 폭도들의 엉뚱하고 악의적인 행동을 막기 위해서였던 것 같다. 그들은 감히 내 주변 가까이에 몰려들고 싶어 아주 안달이 나 있었고 그들 중 몇몇은 무례하게도 내가 대문 앞에 앉아 있을 때 내게 화살을 쏘기도 했다. 그중 한 발은 아주 간발의 차로 내 왼쪽 눈을 스치고 지나갔다. 그러나 대장은 6명의 주모자를 체포하라고 명령했고 그들을 묶은 채로 내 손에 올려놓는 것만큼 적당한 처벌은 없을 거로 생각했다. 그래서 몇몇 병사들이 창끝으로 그들을 내 손이 닿는 곳으로 계속 밀어붙였다. 나는 그들 모두를 오른손으로 잡은 다음 그들 중 다섯 명을 내 코트 주머니 속에 집어넣었고 여섯 번째 사람에게는 마치 산 채로 잡아 먹어버리겠다는 표정을 지어 보였다. 불쌍한 그 남자는 끔찍하게 비명을 질러댔고 특히 내가 주머니칼을 꺼내는 것을 봤을 때는 대장과 그의 부하들도 기겁했다. 하지만 나는 이내 그들을 두려움에서 벗어나게 해주었다. 나는 그를 인자하게 바라보며

16 무역상들 간에 사용되던 이탈리아어와 그 밖의 다른 지중해 언어들이 섞인 말.

밧줄을 즉시 풀어주고는 조심스럽게 바닥에 내려놓았다. 그러자 그는 멀리 줄행랑을 쳤다. 나는 나머지 사람들도 주머니에서 한 사람씩 꺼내, 같은 방법으로 풀어주었다. 그리고 병사들과 사람들이 나의 이런 관대한 행동을 무척 고맙게 여긴다는 것을 느꼈고 그것은 내게 아주 유리하게 궁전에 전해졌다.

밤이 되어, 나는 조금 힘겹게 집 안으로 기어들어가 그곳 바닥에 누웠다. 약 이 주일간을 계속해서 그렇게 지냈다. 그러는 동안 황제는 나를 위해 침대 하나를 마련하도록 지시했다. 보통 크기의 침대 매트리스 600개를 수레에 싣고 와 집에서 작업했다. 함께 들어온 150개의 침대로 폭과 길이를 만들었고, 매트리스가 네 겹이었지만, 내게는 매끄러운 돌로 된 딱딱한 바닥과 별반 다를 게 없었다. 그들은 같은 계산법으로 시트와 담요, 침대보를 마련했는데 오랫동안 고생을 해본 나 같은 사람이라면 충분히 견딜만했다.

내 도착 소식이 왕국 전역에 퍼지자, 부자와 게으른 사람들, 호기심 많은 수많은 사람이 나를 보고 싶어 하는 바람에 마을이 거의 텅 빌 지경이었다. 만약 황제가 이런 난감한 상황에 국가 차원의 여러 포고령과 명령을 따로 마련하지 않았다면 경작지와 집안일을 나 몰라라 하는 일이 틀림없이 뒤따랐을 것이다. 황제는 이미 나를 본 사람들은 집으로 돌아가야 하며, 궁전의 허가증 없이 감히 내 집의 50m 안으로 들어가선 안 된다는 명령을 내렸다. 그 허가증 덕분에 대신[17]들은 상당한 돈을 벌었다.

그러는 사이, 황제는 나를 어떤 식으로 처리해야 할지 논의하기

17 국가 문서를 발행하고 국내외에 왕의 명령을 발표하는 책임을 진 공직자들로서, 영국과 마찬가지로 그들의 업무도 부패해졌다고 스위프트는 추정한다.

위해 자주 회의를 열었다. 그 후 나는 아주 지체 높고 아주 많은 비밀을 알고 있는 특별한 친구를 통해 궁전이 나와 관련해서 아주 많은 곤경에 처해 있다는 사실을 알게 되었다. 그들은 내가 밧줄을 풀고 도주할까 봐, 내 음식비용이 너무 많이 들어서 기근이 일어날까 봐 걱정했다. 때때로 그들은 나를 굶겨 죽이거나, 아니면 최소한 얼굴과 손에 나를 신속히 죽게 할 독화살을 쏘기로 결정했다. 하지만 그 커다란 시체에서 풍기는 악취가 도시에 전염병을 일으킬 수 있고 어쩌면 그것은 왕국 전체로 퍼져나갈지도 모른다고 다시 생각했다. 이러한 논의가 이어지는 와중에, 몇 명의 장교들이 커다란 회의실 문으로 들어왔고 그들 중 두 명이 허락을 받고 위에 언급된 여섯 명의 죄인들에게 한 내 행동을 보고했다. 그것은 황제와 모든 위원의 마음에, 내 편으로, 호의적인 인상을 심어주었고 결국 도시 주변 900m 내에 있는 모든 마을에 아침마다 내가 먹을 소 여섯 마리, 양 40마리, 그 밖의 다른 음식들과 더불어 그에 상응하는 분량의 빵과 와인, 그 외의 마실 것들을 의무적으로 제공해야 한다는 황제의 명령이 발표되었다. 그에 대한 적절한 지급 문제와 관련해서 황제는 재무부에 그 권한을 양도했다. 이 나라 군주는 주로 자신의 영지를 통해 먹고 살기 때문에, 이런 일은 좀처럼 드문 일이었다. 황제의 전쟁에 자비를 들여 참전할 의무가 있는 그의 부하들에게 지급하는 보조금을 올리는 특별한 경우를 제외하면 말이다. 또한, 내 집안일을 도와줄 하인 600명이 배정되었는데, 이들은 생계를 고려하여 식사와 숙소를 받았고 그들을 위해 텐트가 사원 양쪽에 아주 편리하게 설치되었다. 마찬가지로 3백 명의 재단사들에게는 그 나라 차림새에 맞춰 내 양복을 만들라고, 그리고 그들의 언어를 내게 가르치기 위해 가장 위대한 학자 여섯 명을 고용하라는 지시가 내려졌다. 마지막으로 황제뿐만 아니라 귀족들, 경비대의 말들이 내게 익숙해지도록 내 앞에서 자주 훈련을 시키라는 지시도 있었다. 이런 모든 명령은 적절한 절차에 따라 시행되었고 약 3주가 지나자 나는 그들의 언어를 배우는 데 놀랄만한 진척을 보였다. 그 시간 동안 황제는 영광스럽게도 나를 자주 방문했고 내 스승들이 나를 가르치는 걸 흔쾌히 도와주었다. 우리는 벌써 어느 정도 함께 대화를 나누기 시작했는데, 내가 처음으로 배운 말은 황제가 내게 자유를 줬으면 한다는 내 소원을 표현하는 것이었다. 나는 매일 무릎을 꿇고 그 말을 반복해서 말했다. 내가 이해한 대로, 황제의 대답은 이러했다. "그것은 위원회와의 협의 없이 판단할 문제가 아니며 반드시 시간이 걸리는 일이니, 일단 너는 '루모스 켈민 페소 데스마 론 엠포소(황제와 그의 나라에 평화를 맹세)' 해야 한다." 하지만 나는 극진한 대접을 받을 것이라는 말과 더불어 내게 인내심과 신중한 태도로 황제와 그의 백성들에게 호감을 얻으라고 그는 충고했다. 황제는 만일 자기가 어떤 장교들에게 나를 수색하도록 지시한다 해도[18] 그것을 언짢게 여기지 말기를 바랐다. 어쩌면 내가 여러 무기를 지니고 있을지도 모르고 만일 그것들이 엄청나게 큰 사람에게 맞는 무기라면 분명 위험하기 때문이라 했다. 나는 폐하 앞에서 옷을 벗어 주머니를 뒤집어 보일 준비가 되어 있기 때문에 폐하는 만족해할 것이라고 말했다. 나는 이 말을 하면서 어떤 부분은 말로, 어떤 부분은 몸짓으로 전달했다. 그는 나라의 규칙에 따라 내가 장교 두 명의 수색을

18 1714년 스위프트가 근무했던 그 당시 앤 여왕을 죽음으로 몰고 간 토리 정부의 폭동 선동 가능성에 대한 휘그당의 조사를 의미하는 것 같다.

받아야 한다고 대답했다. 이것은 내 허락과 도움 없이는 행해질 수 없음을 자기도 알고 있다면서 내 손에 자국민을 맡길 만큼 나의 관대함과 공정함을 좋게 생각한다고 말했다. 그들이 나로부터 압수한 것은 뭐든지, 내가 이 나라를 떠날 때 돌려받을 것이며, 아니면 그것들에 대해 내가 정하는 가격을 지급하겠다고 했다. 나는 내 손에 장교 두 명을 올려놓은 다음, 일단 그들을 내 코트 주머니 안으로, 그 다음에는 그 외의 다른 모든 주머니 안으로 집어넣었다. 단, 시계를 넣는 조그마한 주머니 두 개와 수색 받고 싶은 마음이 전혀 없는 또 다른 비밀 주머니는 제외했다. 나는 그 안에 사소한 필수품들을 넣어뒀는데 나 이외에는 누구에게도 중요치 않은 물건들이었다. 시계를 넣는 조그마한 주머니 중 한 곳에는 은시계가, 다른 곳에는 소량의 금이 들어 있는 작은 주머니가 있었다. 이 장교들은 펜과 잉크, 종이를 지니고서 자기들이 본 것들을 전부 정확한 목록으로 만들었다. 작업을 마친 그들은 그 목록을 황제에게 전달할 수 있도록 자기들을 내려달라고 부탁했다. 그 후, 나는 이 목록들을 다음과 같이 글자 그대로, 영어로 번역했다.

임피리미스(IMPIRIMIS)[19], 아주 꼼꼼하게 살펴본 결과 산처럼 큰 사람(퀸버스 플레스트린[20]이라는 말을 이렇게 해석했다)의 오른쪽 코트 주머니에서 거친 천 조각 하나만 발견됐는데, 그것은 궁전 대전에 깔린 양탄자가 되기에 충분할 만큼 컸다. 왼쪽 주머니에서는 은에 싸인 같은 재질의 커다란 은상자가 나왔지만, 우리 수색자들의 힘으로는 도저히

19 '우선'이라는 의미의 법률 용어

20 아마도 '반장화(buskin: kin-bus)를 신었다'는 의미인 것 같다. (Clark, 603)

들 수가 없었다. 우리는 상자를 열고 싶은 마음에 우리 중 한 명이 그 안에 발을 내디뎠는데 다리 절반이 먼지 같은 것에 파묻혔다. 먼지 일부분이 얼굴 쪽으로 날아오는 바람에 우리는 수차례 재채기를 했다. 오른쪽 조끼 주머니에는 얇고 흰색의 큰 꾸러미가 반으로 접혀서, 장정 세 사람 크기에, 질긴 끈에 묶여, 검은색 문양들이 새겨져 있었다. 송구스럽지만 우리는 그것을 문서라고 생각하는데, 글자 하나가 우리 손바닥 크기의 절반만 했다. 왼쪽에는 일종의 기구 같은 것이 있었는데, 그것의 위편에는 20개의 긴 기둥들이 늘어져 있어서 마치 황제의 궁전 앞에 있는 철책을 닮았다. 그에게 우리를 이해시킨다는 게 대단히 어려운 일임을 알기 때문에, 질문하여 매번 그를 괴롭힐 수 없었다. 우리가 한 번 추측해보건대, 그 산처럼 큰 사람은 그것으로 머리를 빗을 거로 생각한다. 우리는 그의 허리 덮개(나는 그들이 말한 란플로 Ranfu-Lo라는 단어의 의미를 내 바지로 해석했다) 오른쪽 커다란 주머니에서 한 사람 정도 길이의 속이 빈 철 기둥을 발견했는데, 그 기둥보다 좀 더 크고 딱딱한 나뭇조각에 고정되어 기둥 한쪽 위에는 커다란 철 조각들이 툭 튀어나와 있었고 이상한 숫자들이 새겨져 있었는데 우리는 그것의 용도가 무엇인지 알아내지 못했다. 왼쪽 주머니에서도 같은 종류의 도구가 하나 더 있었다. 오른쪽 더 작은 주머니에는 크기가 서로 다른, 흰색과 빨간색의 둥글넓적한 금속 조각들이 여러 개 있었는데, 그중 흰색 금속은 은인 것 같았고 아주 크고 무거워서 나와 동료들은 거의 들 수가 없을 정도였다. 왼쪽 주머니에는 난잡한 모양의 검은 기둥 두 개가 있었는데, 우리는 그의 주머니 바닥에 서 있었기 때문에 그것들의 맨 꼭대기까지 오르는 것이 만만치 않았다. 그중 하나는 뭔가로 덮여 있었고 같은 재질로 보였다. 하지만 다른 하나의 윗부분 끝에는 우리 머리 크기의 두 배 정도 되는 둥그스름한 흰색 물체 같은 것이 있었고, 그 안에는 각각 엄청난 크기의 철판이 들어 있었다. 우리는 규정대로 그에게 그것을 우리에게 보여 달라고 요구했다. 그것들이 위험한 기구일까 봐 염려스러웠기 때문이다. 그는 그것들을 케이스에서 꺼내면서 자기 나라에서는 이 중 하나로 수염을 깎고 다른 하나로는 고기를 자르는 관습이 있다고 말했다. 우리가 들어가지 못한 주머니가 두 개 있었는데, 그는 이곳을 시계 넣는 주머니라고 불렀고, 이 주머니들은 허리 덮개 맨 위쪽에 위치하며 안쪽으로 커다란 두 개의 구멍이 뚫려 있었지만, 그의 배의 압력으로 꽉 눌려져 있었다. 오른쪽 주머니 밖으로 커다란 은줄이 매달려 있었는데 그 끝에는 멋진 장치가 달려 있었다. 우리는 그 은줄에 고정된 것이 무엇이든 그것을 꺼내달라고 그에게 지시했다. 그것은 지구본 같았는데, 반은 은색, 반은 투명한 재질로 되어 있었다. 투명한 쪽에는 이상한 숫자들이 빙 둘러 그려져 있었고, 그 투명한 물질에 손가락이 가로막히기 전까지는 그것들을 만질 수 있을 거로 생각했다. 그가 이 장치를 우리 귀에 갖다 댔는데, 물레방아에서 나는 소리가 계속해서 들렸다. 그리고 우리는 그것이 미지의 동물이거나 그가 숭배하는 신쯤으로 생각한다. 하지만 우리의 생각은 후자에 좀 더 치우치는데, (우리가 그의 말을 제대로 이해했다면, 그가 아주 애매하게 표현했기 때문이다) 그는 그것과 상의하는 일 없이는 거의 아무 일도 하지 않는다고 우리에게 확신시켰기 때문이다. 그는 그것을 자신의 신탁이라고 불렀고 삶 속에서 모든 활동에 알맞은 시간을 그것이 알려준다고 말했다. 그는 왼쪽 시계 주머니에서 거의 어부가 사용해도 될 만한 커다란 그물 하나를 꺼냈지만, 지갑처럼 열었다 닫았다 할 수 있도록 만들어졌고 그와 똑같은 용도로 쓰였다. 우리는 그 안에서 커다란 노란색 금속 조각 몇 개를 발견했는데 만약 그것들이 진짜 금이라면 분명 어마어마한 가치가 있을 것이다.

우리는 그런 식으로 황제의 명령에 따라 모든 주머니를 샅샅이 수색하던 중, 그의 허리 주변에서 어떤 거대한 동물의 가죽으로 만든 띠를 발견했다. 그 왼쪽에는 다섯 사람 길이의 칼이 걸려 있었고, 오른쪽에는 두 칸으로 나누어진 가방 혹은 주머니가 달려 있었는데 각 칸은 황제의 백성 세 명이 들어갈 수 있는 크기였다. 이 중 한 칸에는 아주 묵직한 금속 공이 여러 개 들어 있었고 거의 우리 머리 크기만 했으며 그것들을 들어 올리는데 힘센 장사가 필요했다. 또 다른 칸에는 다량의 검은 곡식들이 들어 있었지만 그다지 무거운 편은 아니었기 때문에, 우리는 손바닥에 그것들 50개 이상을 들 수 있었다.

이상이 황제의 명령에 마땅히 존경을 표시하며 아주 예의 바르게 우리를 대해 준, 산처럼 큰 사람의 몸 주변에서 발견한 것들을 정확하게 작성한 목록이다. 황제의 상서로운 통치 제89개월 4일에 서명 날인되었다.

클레프렌 프레록, 마르시 프레록

이 목록을 꼼꼼히 들은 황제는 아주 정중한 말투이긴 하지만 내게 몇 가지 항목을 넘겨 달라고 지시했다. 그는 우선 내게 초승달 모양의 칼과 칼집까지 요청했다. 그러는 사이 황제는 이미 활과 화살을 발사할 준비를 마친 3천 명의(당시 황제를 보필하던) 최정예 부대에 나를 먼 거리에서 포위하라고 명령했다. 하지만 나는 황제만 뚫어지게 쳐다보고 있었기 때문에 그런 상황을 눈치채지 못했다. 황제는 바닷물 때문에 약간 녹이 슬긴 했지만 대체로 휘황찬란한 초승달 칼을 꺼내라고 요구했다. 나는 그렇게 했고 그 순간 모든 병사는 두려움과 놀라움에 소리를 질렀다. 태양이 밝게 빛나는 탓에, 내가 칼을 잡고 앞뒤로 흔들자, 태양에 반사된 빛이 그들의 눈을 부시게 했기 때문이다. 황제는 아주 배짱이 두둑한 군주라서 내가 예상했던 것보다 겁을 덜 먹었다. 그는 내게 칼을 칼집에 도로 넣고 쇠사슬 끝에서 약 2m 정도 떨어진 바닥에 최대한 살살 던지라고 지시했다. 황제가 다음으로 요구한 물건은 속이 빈 철 기둥 중 하나였는데, 내 소형 권총을 말하는 것이었다. 나는 그것을 꺼내 황제가 원하는 대로 최선을 다해 그것의 사용법을 설명했다. 그리고 올이 촘촘한 내 주머니 덕분에 바다에서 물에 젖지 않은(현명한 뱃사람이라면 그런 곤란한 상황에 대비하여 특별 조처를 하기 마련이다) 화약을 총에 장전한 나는 우선 황제에게 두려워하지 말라고 주의를 시킨 후 공중에 총을 발사했다. 이번의 놀람은 초승달 칼을 볼 때보다 훨씬 더 심했다. 수백 명의 사람이 마치 뭔가에 맞아 죽은 듯 쓰러졌다. 게다가 황제도 버티고 있긴 했지만 잠시 제정신이 아니었다. 나는 칼을 건네준 같은 방법으로 내 권총 두 개를, 그다음에는 화약과 총알이 든 주머니를 넘겨주었고 그러면서 아무리 작은 불똥이라도 화약에 튀게 되면 황제의 궁전을 공중으로 날려버릴 수 있기에, 화약의 경우 불을 피해달라고 부탁했다. 마찬가지 방법으로 시계를 넘겨주었는데, 그것을 몹시 보고 싶어 한 황제는 가장 키가 큰 호위병 두 명에게 어깨 위에 막대를 올려 거기에 시계를 싣고 오라고 명령했다. 마치 영국에서 짐꾼들이 에일 맥주 통을 운반하는 것처럼 말이다. 황제는 시계에서 계속 나는 소음과 분침의 움직임에 놀라움을 금치 못했다. 그들의 시력은 우리보다 훨씬 예민했기 때문에 그 움직임을 쉽게 알아볼 수 있었다. 그리고 그는 옆에 있는 학자들에게 시계에 대한 의견을 물었는데, 내가 되풀이하지 않아도 독자 여러분이 당연히 상상할 수 있겠지만, 다양하면서도 아주 황당한 의견들이 많이 나왔다. 물론 내가 그들의 얘기를 완벽하게 이해했다고 할 순 없지만 말이다. 그다음으로 나는 은화와 동전, 커다란 금 조각들과 그보다 좀 더 작은 금 조각들이 들어 있는 지갑, 칼과 면도칼, 빗과 코담배 갑, 손수건과 일기장을 내주었다. 내 칼과 권총, 화약 주머니는 마차에 실려 황제의 창고로 옮겨졌지만, 그 나머지 물건들은 내게 돌려주었다.

앞에서도 언급했듯이, 내게는 그들의 수색을 피한 비밀 주머니가 하나 있었는데, 그 안에는 안경(가끔 잘 보이지 않을 때 사용한다), 작은 망원경, 그 외의 몇 가지 작은 유용품들이 들어 있었다. 그것들은 황제에게 별로 중요하지 않기 때문에 나는 도의적으로 밝혀야 한다고 생각하지 않았고, 혹시라도 내 물건들을 그들에게 맡겼다가 그들이 잃어버리거나 망가뜨리면 어쩌나 걱정스럽기도 했다.

3장

저자는 아주 특별한 방법으로 황제와 남녀 귀족들을 즐겁게 해준다. 릴리퍼트 궁전에서 즐기는 오락 거리에 대한 설명이 이어진다. 저자는 특정 조건으로 자유를 허용받는다.

나는 신사답고 관대한 행동 덕분에 황제나 궁정 사람들은 물론이고 병사들이나 일반 사람들과도 상당히 친해졌고 그래서 가까운 시기에 자유를 얻을 거라는 기대를 하기 시작했다. 나는 이 호감을 주는 성격을 고양하기 위해 갖은 방법을 총동원했다. 원주민들은 나로 인한 위험에 대해 점차 덜 걱정하게 되었다. 간혹 내가 누워 있을 때 대여섯 사람들이 내 손 위에서 춤을 추도록 내버려 둔 적도 있었다. 급기야 남녀 꼬마 녀석들도 겁 없이 다가와서는 내 머릿속에서 숨바꼭질 놀이를 하기도 했다. 그즈음 나는 그들의 언어를 말하고 이해하는 데 상당히 진전을 보였다. 어느 날 황제는 그 나라의 여러 가지 쇼를 보여주며 나를 즐겁게 해줬는데, 쇼에서 본 놀라운 솜씨와 화려함은 내가 알고 있는 그 어떤 나라에서보다 훨씬 뛰어났다. 무엇보다도 바닥으로부터 30㎝ 높이에 있는, 약 60㎝ 길이의 가느다란 흰색 끈 위에서 펼쳐진 줄타기 곡예사들의 쇼는 최고로 재미있었다. 독자 여러분이 참아주신다면, 그것에 대해 좀 자세히 설명하고 싶다.

이 오락은 궁중에서 고위직이나 많은 총애를 받는 입후보자들만이 실행할 수 있다. 이들은 어린 시절부터 줄타기 기술을 훈련하는데, 반드시 귀족 출신이거나 많은 교육을 받은 사람들이어야 하는 것은 아니다. 사망하거나 왕의 눈 밖에 나거나 해서(종종 있는 일이지만), 고위직에 공석이 생길 경우, 이런 후보자 대여섯 명이 줄타기로 황제와 대신들을 즐겁게 해주겠다고 탄원한 후, 떨어지지 않고 가장 높이 뛰어오르는 사람이 그 자리를 계승하게 되는 것이다. 고위직 대신들도 자신의 줄타기 기술을 보여주어, 황제에게 자신들의 기량이 녹슬지 않았음을 확신시키도록 빈번히 명령받는다. 재무대신 플림냅[21]은 가느다란 줄 위에서 왕국 전체의 다른 어떤 귀족보다 최소한 25㎜ 더 높게 뛴다고 인정받았다. 나는 그가 영국에서 평범한 노끈보다 두껍지 않은 줄에 고정된 나무 쟁반 위에서 한 번에 몇 번 공중제비를 도는 것을 보았다. 만약 내가 편파적인 게 아니라면 사적 업무를 담당하는 비서실장인 내 친구 렐드레살[22]이 재무대신 다음인 것 같고 나머지 고위직들은 거의 비슷한 수준이었다.

이러한 묘기들은 종종 치명적인 사고를 동반하기도 하는데, 그것에 대한 기록이 상당히 많았다. 나 자신도 후보자 두세 명의 팔다리가 부러지는 것을 본 적이 있다. 하지만 대신들이 자신의 재주를 보여주도록 요구받을 경우, 그 위험은 훨씬 더 크다. 서로 자기가 훨씬 뛰어나다고 주장하면서 너무 무리하는 바람에 낙상을 당하지 않은 사람이 거의 없을 지경이었고 몇몇은 두세 번의 낙상 사고를 당했다. 내가 도착하기 한두 해 전, 만약 그 당시 우연히 바닥에 놓여

21 막강한 휘그당 수상인 로버트 월폴을 말하는 듯하다.

22 아마도 스위프트의 친구인 카트레트 경 같은데, 그는 아일랜드의 주지사로《드레피어의 편지(Drapier's Letters)》라는 스위프트의 반정부 소논문의 저자 확인에 대한 보상을 제안했다.

있던 왕의 방석[23] 중 하나가 플림냅이 떨어질 때의 충격을 완화하지 않았더라면 그는 영락없이 목이 부러졌을 거라고 했다.

또 다른 묘기도 마찬가지였는데, 그것은 특별한 경우에 황제와 황후, 그리고 총리대신 앞에서만 펼쳐졌다. 황제는 15㎝ 길이의 얇은 비단실, 세 가닥을 탁자 위에 놓는다. 하나는 파란색, 다른 하나는 빨간색, 세 번째는 녹색이다.[24] 이 실들은 황제가 자신의 총애를 받는 사람들을 구별하고자 그 사람들에게 내리는 상이라고 할 수 있다. 이 의식은 황제의 알현실에서 이뤄지고 이곳에서 후보자들은 이전과는 전혀 색다른 재주를 겨루는 시합을 치르게 되는데, 구세계[25]든, 신세계[26]든 어디에서도 본 적 없는 그런 것이었다. 황제가 막대기를 양손으로 잡아, 양 끝이 수평이 되면 후보자들이 한 사람씩 다가와 막대기가 올라가고 내려가는 것에 따라 그 막대기를 넘기도 하고 그 아래로 기어들어갔다 나오기를 수차례 시행한다. 간혹 황제가 막대기의 한쪽 끝을, 총리대신이 다른 한쪽을 잡기도 하고, 전적으로 총리대신 혼자서 잡고 있을 때도 종종 있다. 누구든 아주

---

23 왕의 정부인 켄달 공작부인은 1717년 월폴이 다시 왕의 환심을 사려는 것을 도와주었을 뿐만 아니라 아일랜드에서 구리로 주조된 주화를 팔 계획인, '우드의 반페니짜리 동전(Wood's Halfpenny)' 계획에도 일조했다. 그리고 스위프트의 《드레피어의 편지(Drapier's Letters)》는 이 계획의 연장선에 있던 공격이었다.

24 각각 파란색, 빨간색, 초록색과 연관된 가터(Garter), 바스(Bath), 엉겅퀴(Thistlee)라는 귀족 훈위에 대한 풍자를 피하거나 숨기기 위해, 1726년에는 그 색깔들이 자주색, 노란색, 흰색이었다. 걸리버 여행기의 주석본에서 원래 색깔들이 복원된 것 같다. 하지만 정정의 예로서 이러한 '복원'된 내용을 보고 싶다면 Lock(1980), p.79를 참조하라.

25 유럽, 아시아, 아프리카를 가리킴.

26 특히 과거에 남북 아메리카를 가리키던 말.

민첩하게 자신의 역할을 하며, 뛰어넘고 기는 일에 가장 오랫동안 버티는 사람이 파란색 비단실을 상으로 받았다. 그다음 사람에게는 빨간색 비단실을, 3등에게는 녹색 비단실을 하사했는데, 사람들은 모두 그 실을 허리 주변에 빙 둘러 감는다. 그리고 이 궁전의 고위직 중 이러한 띠 장식을 하나라도 하지 않은 사람들은 거의 없었다.

군마들과 황제 마구간의 말들은 매일 내 앞으로 데려오기 때문에, 겁을 먹기는커녕 전혀 놀라지 않고, 바로 내 발이 있는 곳까지 다가왔다. 내가 땅에 손을 놔두면, 기수들은 말들이 내 손 위로 뛰어넘게 했고, 커다란 준마 위에 탄 황제의 사냥꾼 한 명은 내 발과 신까지 뛰어넘었는데, 그것은 실로 엄청난 도약이었다. 다음 날, 나는 아주 기발한 방법으로 황제를 즐겁게 해줄 좋은 기회를 얻었다. 나는 60㎝ 길이의 막대기 여러 개와 두께가 보통인 지팡이 하나를 내게 가져다주라는 지시를 내려달라고 황제에게 부탁했다. 그래서 황제는 숲을 담당하는 관리에게 그에 따른 적절한 지시를 내리라고 명령했고 다음 날 아침 나무꾼 여섯 명이 각각 여덟 마리 말이 끄는 여섯 개의 마차를 타고 도착했다. 나는 이 막대기 중 아홉 개를 골라 2.5제곱피트의 사각형 모양으로 그것들을 땅속에 단단히 고정한 다음, 다른 막대기 네 개를 골라 바닥으로부터 60㎝ 정도 높이 각 코너에서 그것들을 평행하게 묶었다. 그런 후 똑바로 서 있는 아홉 개의 막대기에 내 손수건을 맸고 북의 윗부분처럼 아주 팽팽해질 때까지 사방으로 잡아당겼다. 손수건보다 약 12㎝ 더 높이 올라가 평행한 네 개의 막대기들은 각 가장자리에서 가로대 역할을 했다. 나는 작업을 마치고 나서, 총 24마리인 황제의 최정예 말들로 구성된 기마 부대를 불러 이 천 위에서 훈련하게 해달라고 황제에게 부탁했다. 황제는 그 제안을 받아들였고, 말들을 훈련시키기에 알맞은 장교들이 이미 탄 말들을 한 마리씩 손으로 들어 올렸다. 그들이 정렬하자마자 그들은 두 편으로 나뉘었고 소규모 모의 전투를 벌였다. 뭉툭한 화살을 발사했고 칼을 겨누고 도망가고 추격하고 공격하고 후퇴하면서, 요컨대 내가 본 것 중 가장 최고의 군사 훈련을 보여주었다. 평행한 막대기들은 병사들과 말들이 그곳에서 떨어지지 않도록 안전하게 보호해 주었다. 황제는 몹시 즐거워하면서 며칠 동안 이 놀이를 계속하라고 지시했다. 한 번은 황제가 직접 위로 올라가 호령하기도 했다. 그리고 몹시 어렵게 황후까지 설득하여 무대에서 약 2m 정도 떨어진 곳에 그녀를 태운 가마를 내게 들고 있으라고 했다. 황후는 그곳에서 모든 훈련 상황을 한눈에 다 볼 수 있었다. 이 쇼에서 그 어떤 불상사도 일어나지 않은 것은 나의 행운이었다. 다만 딱 한 번 어떤 대장이 타고 있던 사나운 말 한 마리가 말굽으로 발길질하다가 손수건에 구멍을 내는 바람에 그만 발이 미끄러지면서 기수와 말이 전복되는 사고가 발생했다. 하지만 나는 즉시 그 둘을 구해냈고 한 손으로 구멍을 막고 다른 한 손으로 아까와 같은 방법으로 기마 부대를 내려주었다. 떨어졌던 말은 왼쪽 어깨가 접질렸지만, 기수는 상처 하나 없었고 나는 최선을 다해 손수건을 수선했다. 하지만 나는 이런 위험한 계획에 있어, 더는 손수건의 강도를 믿을 수 없었다.

내가 자유로워지기 이삼일 전쯤에, 내가 이런 종류의 눈요기로 궁정 사람들을 즐겁게 해주고 있을 때, 급보가 날아들었다. 왕의 부하 몇 명이 내가 처음 발견된 장소 근처를 말을 타고 지나가다가 땅에서, 아주 이상하게 생긴 커다란 검은 물건을 발견하여, 가장자리가 둥글고 황제 폐하의 침실만큼 넓게 펼쳐져 있으며 중간 부분이 한 사람 키만큼 높이 솟아있다는 소식을 황제에게 전하는 내용이었다. 또한, 그것은 아무 움직임 없이 풀밭에 놓여 있었기 때문에 그들이 처음에 파악했듯이 살아있는 생물이 아니라는 내용, 그리고 그들 중 몇몇이 수차례 그 주위를 돌아다니다가 서로의 어깨에 올라타 그 물건의 맨 꼭대기에 오르니 납작하고 평평했으며 그 위에서 발을 굴러 보고 나서야 속이 비었다는 것을 알게 되었다는 내용, 그리고 송구스럽게도 그것이 산처럼 큰 사람의 것일지도 모른다고 생각했다는 내용, 만일 황제 폐하가 원하신다면 말 다섯 마리만으로 책임지고 그것을 가져오겠다는 내용이 담겨 있었다. 나는 그들이 말하는 것이 뭔지 대번에 알았고 이 정보를 받게 되어 진심으로 기뻤다. 우리 배가 난파된 해변에 처음 도착했을 때 나는 제정신이 아닌 상태였기 때문에, 내가 잠들었던 그곳으로 가기 전에, 노를 젓는 동안 내 머리에 끈으로 묶여, 헤엄을 치는 내내 계속해서 부딪혔던 모자가 육지에 도착한 후 떨어졌던 모양이다. 내가 알지도 못하는 어떤 사고로 끈이 끊어져 바다에서 모자를 잃어버렸다고 나는 생각했었다. 나는 황제에게 그것의 사용 방법과 특징을 설명하면서 그것을 가능한 한 빨리 내게 가져오도록 지시해달라고 부탁했다. 그리고 다음 날 마부들이 그것을 갖고 도착했지만, 상태가 그다지 좋지 않았다. 그들은 챙 가장자리에서 35㎜ 정도 들어간 부분에 구멍 두 개를 뚫었고 그 구멍에 갈고리 두 개를 고정했다. 이 갈고리들은 긴 줄로 마구에 연결되어 있었고 그런 식으로 내 모자는 800m 이상을 계속 끌려왔다. 하지만 이 나라의 땅은 아주 매끄럽고 평평했기 때문에 짐작했던 것보다는 덜 망가졌다. 이 희한한 사건이 있은 지 이

틀 후, 황제는 도시 안과 주변에 숙영[27] 중이던 그의 군대 중 일부에게 준비 태세를 갖추라고 명령을 내리더니, 아주 특이한 방법으로 기분 전환을 하고 싶어 했다. 그는 내게 다리를 편히 벌릴 수 있는 한 넓게 벌린 채 거대한 동상처럼 서 있어 달라고 부탁했다. 그런 다음 장군(오랜 경험을 가진 노련한 리더이자 나의 위대한 후원자였다)에게 병사들을 밀집 대형으로 정렬시킨 다음, 내 밑으로 행진을 하라고 명령했는데, 나란히 선 24명의 보병과 16명의 기병이 드럼을 치고 깃발을 날리며 창을 앞쪽으로 내밀었다. 이 본대는 보병 3천 명과 기병 천 명으로 구성되어 있었다. 황제는 행군하는 모든 병사에게 나에 대해 절대적으로 예의를 지키라고 명령하면서 이를 위반할 시 사형에 처한다고 했다. 하지만 그것만으로는 일부 젊은 장교들이 내 아래쪽을 통과할 때 위를 올려다보는 것을 막을 수는 없었다. 그리고 사실을 고백하자면, 당시 내 바지 상태가 아주 안 좋았기 때문에 그들이 웃고 놀랄 기회를 제공하고 말았다.

나는 내 자유를 위해 청원서와 진정서를 수도 없이 보냈기 때문에 결국 황제는 처음에는 내각에서, 그다음에는 전체 의회에서 그 문제를 언급했다. 그곳에서는 스키레슈 볼골람[28] 외에는 아무도 반대하지 않았다. 그의 비위를 건드린 일도 없건만, 내겐 철천지원수였다. 전체 위원회에서 그 사람만 반대 의견이었고, 황제의 승인도 받았다. 스키레슈 볼골람은 '갈베트', 즉 왕국의 해군 장성이며 황제의 신뢰를 한 몸에 받고 업무 능력도 아주 뛰어난 사람이었지만, 성

27 군대가 훈련이나 전쟁을 수행하기 위하여 병영 밖에서 머물러 지내는 일.

28 성을 통해 말보로 공작임을 추측할 수 있는데, 이 사람은 스위프트의 중요한 정적이었다.

미가 까다롭고 뚱한 성격의 소유자였다. 결국, 그도 그 의견을 따르도록 설득 당했지만 내가 자유의 몸이 될 경우 맹세해야 할 계약 조항과 조건을 자신이 직접 작성하겠다고 나섰다. 스키레슈 볼골람은 차관 두 명과 고위직 몇 사람을 대동하고 이러한 조항들을 몸소 내게 전달했다. 그 조항들을 다 듣고 난 후, 그것들을 지키라는 맹세를 요구받았다. 처음에는 영국식으로, 그다음은 그들의 법에서 규정하는 방법으로 맹세했다. 그들의 맹세 방법은 왼손으로 오른쪽 발을 잡은 다음 머리 정수리에 오른손 중지를, 오른쪽 귀 끝에 엄지를 대는 것이었다. 아마도 독자 여러분들은 자유를 되찾기 위한 계약 조항뿐만 아니라 그 사람들의 특별한 표현법과 방식이 알고 싶을 것이다. 그래서 나는 계약서 전체를 가능한 한 아주 비슷하게 글자 그대로 번역해서 여기에 공개하는 바이다.

우주의 기쁨이자 두려움의 존재인 위대한 릴리퍼트 황제 폐하 '골바스토 모마렌 에블레임 거딜로 쉬핀 물리 울리 규'의 영토는 지구 맨 끝까지 5천 블러스트럭스(둘레로 치자면 약 12마일 정도)나 펼쳐져 있다. 모든 군주 중의 군주, 인간의 아들 중 가장 큰 분, 그의 발은 저 아래 지구 중심까지 누르고 그의 머리는 태양과 맞서도다. 그의 고갯짓에 지구의 군주들은 오금이 저렸고, 봄처럼 즐겁고 여름처럼 편안하며 가을처럼 풍성하고 겨울처럼 무시무시하도다. 가장 고귀하신 황제 폐하는 최근에 우리의 신성한 영토에 도착한 산처럼 큰 사람에게 다음과 같은 조항들을 제안하니, 그는 엄숙한 맹세를 통해 그 조항들을 반드시 지켜야 하느니라.

첫째, 산처럼 큰 사람은 국새가 찍힌 허가서 없이는 함부로 우리 영토를 떠나선 안 된다.

둘째, 그는 우리의 신속한 명령 없이 함부로 도성 안으로 들어와선 안 된다. 그럴 경우, 두 시간 전에 주민들에게 집 안에 있으라는 경고를 해야 한다.

셋째, 앞에 말한 산처럼 큰 사람이 산책할 경우, 주요 도로까지만 제한할 것이며 초원이나 곡식을 심어 놓은 들판을 걸어 다니거나 누워선 안 된다.

넷째, 그가 앞서 말한 도로들을 걸어 다닐 때 우리의 사랑스러운 백성들과 말들, 혹은 마차 그 어느 것도 짓밟지 않도록 최대한 주의해야 하며 앞서 말한 백성들의 동의 없이는 누구도 손으로 잡아선 안 된다.

다섯째, 만약 특별한 급보가 신속하게 전달되어야 할 경우, 산처럼 큰 사람은 매달 한 번씩 6일 동안 의무적으로 전령과 말을 주머니에 실어 운반하고, (필요하다면) 앞서 말한 전령을 어전으로 무사히 데려와야 한다.

여섯째, 그는 블레퓌스크 섬[29]에 사는 우리의 적에 대항하는 협력자가 되어야 하며, 현재 우리를 침략하기 위해 준비하고 있는 그들의 함대를 쳐부수는 데 최선을 다해야 한다.

일곱째, 위에 적은 산처럼 큰 사람은 한가한 시간에 주요 군용지의 성벽을 쌓거나 왕궁을 보호하기 위해 특정한 큰 돌들을 들어 올리는 일을 도와주어 일꾼들을 지원하고 협조해야 한다.

여덟째, 위에 적은 산처럼 큰 사람은 두 달에 한 번씩 해안 둘레를 그 자신의 발걸음으로 계산하여 우리 영토의 둘레를 정확하게 조사해

---

29 정치적 비유로서, 프랑스를 의미한다.

야 한다.

마지막으로, 위의 모든 조항을 준수하겠다는 엄숙한 선서에 따라, 우리 국민 1,728명의 하루분 양식인 고기와 음료를 먹게 될 것이며 더불어 우리 왕족을 자유롭게 만날 수 있고 우리의 호의를 보여주는 그 밖의 다른 징표들도 받게 될 것이다. 통치 91개월 제12일 벨포락의 왕궁에서 작성함.

나는 기꺼이 아주 기분 좋게 이 조항들에 맹세하고 서명했다. 비록 몇몇 조항들은 내가 원한 만큼 공정하진 않았지만 말이다. 그런 조항들은 전적으로 해군 사령관 스키레슈 볼골람의 악의에서 만들어졌다. 그 후 나는 쇠사슬에서 즉시 풀려났고 완전한 자유의 몸이 되었다. 그리고 황제는 친히 모든 의식이 진행되는 동안 내게 자기 곁에 있으라는 영광을 베풀었다. 나는 황제의 발 앞에 엎드려 감사의 마음을 전했다. 하지만 그는 내게 일어나라고 지시했고(잘난 체한다고 질책할까 봐 다시 언급하지는 않겠지만) 여러 자비로운 말들을 건넨 후, 내가 유능한 신하임을 입증하고 자신이 이미 내게 베풀었거나 장차 베풀게 될 모든 은혜를 받을 만한 가치가 충분히 있는 사람이기를 바란다고 덧붙여 말했다.

독자 여러분은 자유를 되찾기 위한 마지막 조항에서 황제가 내게 1,728명의 릴리퍼트인을 먹여 살리기에 충분한 양의 고기와 음료를 내게 제공하겠노라 규정한 조항을 주목하길 바란다. 얼마 후, 궁전에 있는 한 친구에게 그들이 어떻게 그 정확한 숫자를 알아냈는지 묻자, 황제의 수학자들이 사분의(四分儀)를 이용해서 내 키를 재고, 자기들의 키보다 12배나 크다는 사실을 알아낸 다음 자신들의 신체와 비슷하다는 사실을 통해, 적어도 내가 자신들 1,728명과 같아서 결과적으로 그와 같은 숫자의 릴리퍼트 인들을 먹여 살리는 데 필요한 양만큼의 음식이 필요하다는 결론을 내린 것이라고 말했다. 이것을 통해, 독자 여러분은 위대한 군주가 얼마나 신중하고 정확한 경제관념을 가졌는지, 그리고 이 나라 백성들이 얼마나 영특한지 알았을 것이다.

4장

황제의 궁전과 함께 릴리퍼트의 수도 밀덴도[30]에 대해 설명한다. 이 나라의 국정과 관련하여 저자는 수상과 대화를 나누고 전쟁 시 황제를 돕겠다고 저자는 제안한다.

자유를 얻은 후 내가 처음으로 부탁한 것은 수도인 밀덴도를 볼 수 있도록 허락해달라는 것이었다. 황제는 흔쾌히 내 요청을 수락했지만, 주민이든 주택이든 어느 것도 피해를 줘선 안 된다는 특별 지시를 내렸다. 사람들은 포고문에 의해서 나의 마을 방문 계획을 알았다. 도시를 둘러싸고 있는 성벽의 높이는 75㎝이고 너비는 적어도 26㎝는 되기 때문에, 여러 말이 끄는 마차 한 대가 아주 안전하게 성벽을 돌아다닐 수 있다. 그 옆으로 3m 정도 떨어진 곳에 튼튼한 탑들이 세워져 있다. 나는 커다란 서쪽 성문을 넘은 다음, 내 코트 자락이 집들의 지붕과 처마를 망가트릴까 봐 아주 짧은 조끼만 입고, 두 개의 주요 도로를 비스듬히 아주 조심스레 지나갔다. 비록 모든 사람이 위험에 직면하여 집에 붙어있어야 한다는 아주 엄중한 명령이 내려졌지만, 혹시나 거리에 남아 있을지도 모를 부랑아들을 밟지 않으려고 최대한 주의를 기울여 발걸음을 옮겼다. 다락방 창문들과 옥상에는 구경꾼들이 잔뜩 모여 있었는데, 여행하면서 이렇게 사람 많은 곳은 처음 본 것 같았다. 이 도시는 정사각형이고 성벽 한쪽의 길이는 150m 된다. 폭이 150㎝ 되는 두 개의 커다란 거

30 당시 실제 런던 동쪽에 위치한 좀 더 가난한 지역인 마일 엔드(Mile End)를 떠올리게 하는 어순으로 런던과 거의 비슷하게 철자를 바꾼 말이다.

리가 서로 교차하여 그 도시를 네 구역으로 나눈다. 길과 골목에 들어갈 수 없지만 지나가면서 보니 그 너비가 30~45㎝ 된다. 이 도시는 5십만 명[31]을 수용할 수 있다. 집들은 3~5층으로 되어 있고 가게와 시장에도 물건이 풍족하다.

궁전은 도시 중심부, 커다란 두 거리가 만나는 곳에 놓여있다. 60㎝ 높이의 성벽이 둘러싸고 있고, 여러 건물과는 6m 떨어진 곳에 세워져 있다. 나는 이 성벽을 넘어가도 된다는 황제의 허락을 받았고, 그 성벽과 궁전 사이의 공간이 아주 넓었기 때문에 궁전 여기저기를 잘 볼 수 있었다. 겉보기에 궁전은 12m 높이의 사각형이며 두 개의 다른 궁전을 포함하고 있다. 가장 안쪽에는 황제가 머무르는 처소가 있어, 나는 이곳이 무척이나 보고 싶었지만, 결코 쉬운 일이 아니었다. 한 궁전에서 다른 궁전으로 들어가는 문이 제아무리 크다 해도 그 높이는 고작 45㎝에 너비는 18㎝에 불과했기 때문이다. 그리고 성벽들은 깎아서 만든 돌로 튼튼하게 지어졌고 두께가 10㎝ 되었음에도, 바깥쪽 궁전들의 높이가 150㎝이었기 때문에 건물에 막대한 손상을 입히지 않고는 그 위를 성큼성큼 걸어 다니는 것이 불가능했다. 동시에 황제는 웅장한 자신의 궁전을 내게 무척이나 보여주고 싶어 했지만, 사흘이 지나서야 그렇게 할 수 있었다. 그 사흘 동안 도시에서 약 100m 떨어진 왕실 정원에서 가장 커다란 나무 몇 그루를 칼로 벤 다음, 이 나무들로 각각 약 90㎝ 높이로, 내 무게를 견딜 만큼 튼튼한 의자 두 개를 만들었다. 사람들은 이미 통고를 두 번째 받은 상태여서, 나는 의자 두 개를 들고 다시 도시를

---

31 거의 1700년의 런던의 인구수에 가깝다.

지나 궁전으로 향했다. 나는 바깥 궁전 쪽에 도착했을 때, 의자 위로 올라섰고 다른 하나는 들고 있었다. 나는 그것을 지붕 위로 번쩍 들어 올린 다음 너비가 240㎝ 되는 첫 번째와 두 번째 궁전 사이 공간에 살살 내려놓았다. 그리고 의자에서 다른 의자까지 아주 편안하게 건물들 위를 넘어갔고 갈고리 지팡이로 첫 번째 의자를 위로 잡아당겼다. 이러한 계획 덕분에 나는 가장 안쪽에 있는 궁전으로 들어갔다. 모로 누운 다음 일부러 열어둔 중간층 창문에 내 얼굴을 가져다 댔는데, 상상을 초월한 아주 휘황찬란한 방을 발견했다. 그곳에서 나는 여러 방에서 황후와 어린 왕자들을 보았고 그들 주변에는 최고 수행원들이 함께 있었다. 황후는 반가워하며 나에게 아주 우아한 미소를 지어 보여주며 손에 키스하도록 창문 밖으로 손을 내밀었다.

하지만 나는 이런 종류의 설명을 미리 하여 독자 여러분을 걱정시키지 않을 생각이다. 곧 출간될 더 훌륭한 작품을 위해 이런 설명들은 아껴두고자 한다. 그 책에는 이 제국의 건립 초기부터 수많은 군주를 거치는 전반적인 서술뿐만 아니라, 전쟁과 정치, 법률, 교육, 종교, 동식물, 그들의 독특한 양식과 관습에 대한 상세한 설명, 호기심을 유발하며 매우 유용한 또 다른 내용을 담고 있다. 당분간 주로 이 제국에서 약 9달 동안 머무는 동안 일반 국민들이나 나 자신에게 일어났던 사건이나 협상에 관해서만 얘기할 계획이다.

내가 자유를 얻은 지 약 2주일이 지난 어느 날 아침, 사적 업무를 맡은(그들이 칭하는 대로 말하자면) 비서실장 렐드레살이 수행원 한 명만 대동하고 우리 집에 찾아왔다. 그는 마차를 먼 곳에 기다리게 해놓고 내게 한 시간의 접견 기회를 달라고 부탁했다. 사실 내가 궁전에서 요청했을 때 그가 내게 보여준 여러 가지 배려뿐만 아니라 그의 높은 신분과 인품 때문에, 나는 기꺼이 그 청을 수락했다. 그의 말이 내 귀에 훨씬 잘 도달하도록 눕겠다고 제안했지만, 그는 오히려 우리가 대화하는 동안 자신을 내 손에 올려놓아 달라고 했다. 그는 내가 자유의 몸이 된 것에 대한 축하인사로 말문을 열면서 거기에 어느 정도 자기 공이 있다고 강하게 주장했다. 하지만 궁전 상황이 지금과 같지 않았다면 나는 그렇게 빨리 자유를 얻지 못했을 거라고 덧붙였다. 그러면서 그것에 대해 그는 이렇게 말했다. "외국인의 눈에는 우리가 번창한 것처럼 보일지 모르지만, 우리는 엄청난 두 가지 재앙, 그러니까 국내의 치열한 당파 싸움과 국외의 강력한 적들의 침략 위험에 시달리고 있다. 첫 번째 문제의 경우, 70개월도 훨씬 전부터 이 제국에는 서로 못 잡아먹어 안달하는 트라멕산 당과 슬라멕산 당[32]이라는 두 당이 있다는 걸 당신은 알아야 한다. 이들은 신발 굽의 높고 낮음으로 서로 구별했다.

사실 높은 굽 쪽이 우리의 구헌법에 아주 적합하다고 우기지만, 아무리 그렇다 할지라도 폐하께서는 정부 운영을 비롯한(당신도 알 수밖에 없겠지만) 왕실의 모든 임명직에 낮은 굽을 신은 사람들만 기용하기로 했다. 그리고 특히 폐하의 화려한 굽은 최소한 궁중의 누구보다 1 드러르(Drurr는 1인치의 약 1/14 정도의 수치를 말한다) 정도 더 낮다. 이 두 정당 사이의 적대감은 아주 격해서 서로 같이 밥을 먹지도, 술을 마시지도 말을 섞지도 않을 정도다. 트라멕산(높은 굽) 당은 숫자상으로는 우리보다 훨씬 많은 것으로 추정된다.

32 각각 고교회파(로마 가톨릭 교회와 가장 유사한 영국 국교회의 한 파)인 토리당과 저교회파(영국 성공회의 한 파로 전통적인 의식이나 형식보다 개인적 신앙과 예배를 더 중시함)인 휘그당을 암시하는 것 같다.

하지만 힘으로는 우리 쪽이 단연 우세하다. 우리는 황위 계승자[33]인 황태자가 높은 굽 쪽으로 기울어질까 봐 염려스럽다. 최소한 굽 하나가 다른 굽보다 더 높은 것을 분명히 볼 수 있는데, 이것으로 인해 전하는 걸을 때마다 절뚝거리는 것이다. 자, 이렇게 국내가 불안한 와중에 우리는 이 세계의 또 다른 거대 제국인 블레퓌스크라는 섬나라로부터 침략 위협을 받았는데, 거의 폐하가 다스리는 이 나라만큼이나 크고 강한 나라다. 우리가 듣기로 세상에는 당신처럼 큰 인간이 사는 또 다른 왕국들과 나라들이 있다는[34] 당신의 주장에 대해 우리 학자들은 아주 의심스러워하고 있다. 당신과 같은 거구의 인간들 백여 명이면 황제 폐하의 영토에 있는 과일과 가축들을 순식간에 쓸어버리고, 게다가 6천 개월에 달하는 우리 역사에도 릴리퍼트와 블레퓌스크 같은 두 강대국 이외의 다른 지역에 대한 언급이 전혀 없으므로 오히려 당신이 달이나 혹은 별 중 한 곳에서 떨어졌다고 추측하는 게 낫다. 내가 당신에게 말하겠지만, 이 두 강대국은 지난 36개월 동안 아주 치열하게 전쟁을 치르고 있다. 그것은 다음과 같은 이유로 시작됐다. 우리나라 사람들은 다들 달걀을 먹기 전에 좀 더 넓은 끝 부분을 깨서 먹는 옛날 방식을 받아들였다. 하지만 현재 황제의 할아버지[35]께서 어렸을 때 달걀을 먹으려고 옛날 방식에 따라 그것을 깨뜨리다가 손가락 하나를 베이는 일이 발

33 1714년 이후 웨일스의 왕자, 조지 2세(1727~60), 이 사람은 왕좌에 오르기 전에는 토리당을 지지했던 것 같지만 일단 왕위에 오르자 월폴과 그의 휘그당 정부를 존속시켰다.

34 사람이 사는 그 밖의 다른 세상의 존재에 대해 18세기의 이론적인 논쟁에 대한 암시.

35 종종 헨리 8세로 해석되는데, 이 왕은 가톨릭교회(빅 엔디언스)와 결별하고 영국 국교회(리틀 엔디언스)를 만들었다. 이 양자 간의 분열은《A Tale of a Tub》에서 스위프트의 종교적 차이에 대한 풍자에 등장하는 비국교도의 프로테스탄트들을 배제한다.

생했다. 결국, 황제이셨던 아버지는 칙령을 발표했고 모든 신하에게 위반하면 엄하게 벌하는 조건으로 달걀의 더 좁은 끝 부분을 깨도록 명령하게 된 것이다. 백성들이 이 법에 몹시 분개하여 여섯 번의 반란이 일어났다고 역사는 말해주고 있다. 그 와중에 한 황제가 목숨을 잃었고 어떤 황제는 왕위까지 빼앗겼다.[36] 이러한 시민 폭동은 항상 블레퓌스크 군주들에 의해 선동되었고, 폭동이 진압되면 추방자들은 늘 그 제국으로 피신했다. 추산에 따르면, 수차례에 걸쳐 11,000여 명의 사람이 달걀의 더 좁은 끝 부분을 깨뜨리는 데 항복하기보다는 죽임을 당했다고 한다. 이 논란과 관련된 장서들이 수백 권이나 출간되었다. 하지만 빅 엔디언[37] 의 책들은 오랫동안 금지되었고 고용유지법에 따라 그 파벌 전체가 일자리조차 구할 수 없었다.[38] 이러한 문제들이 불거진 와중에, 블레퓌스크 황제들은 브런데크랄(그들의 경전이다)의 54장에 나오는 위대한 예언자 러스트록의 근본적인 가르침을 위배함으로써 종교의 분열[39]을 초래한다고 우리를 비난하면서 그들의 대사들을 통해 번번이 훈계해댔다. 하지만 이것은 그 텍스트에 대한 단순한 왜곡에 불과하다. 54장의 내용을 보면, '진정한 모든 신봉자는 편안한 끝 부분에서 달걀을 깨도록 하라'고 되어 있는데, 나의 부족한 식견으로는 그 편안한 끝 부분이

36 1649년에 참수형을 당한 찰스 1세와 1688년에 폐위된 제임스 2세를 암시함.

37 넓은 방향의 끝 부분.

38 찰스 2세 집권기에 그 정부 하에서는 영국 국교회 회원들에게 공직을 제한하도록 재정한 법인 선서령(the Test Acts)을 암시함.

39 스위프트는 '분열'을 국가 종교에 대한 위반이라고 정의한다. 《Sentiments of a Church of England Man(1708)》와 《Johnson's Dictionary(s.v.schism)》을 참고하라.

란 각자의 신념에 맡기거나, 혹은 적어도 지사에게 결정할 권한을 주어야 할 것 같다고 생각한다. 이제 빅 엔디언스 추방자들은 블레퀴스크 왕실의 황제를 무척 신뢰하게 되었고 여기 본국에 있는 자기 파벌 사람들로부터 개인적인 도움과 위안을 많이 받았기 때문에, 32개월 동안 양국 사이에는 다양한 승리와 함께 피비린내 나는 전쟁이 이어졌다. 그 와중에 우리는 주력함 40척과 더 많은 수의 작은 군함들, 더불어 3만여 명의 최정예 선원과 군인들을 잃었고, 적들에게 입은 피해 또한 우리가 준 피해보다 다소 큰 것으로 예상하고 있다. 하지만 현재 그들은 수많은 함대를 갖췄고 실제로도 우리를 습격할 준비를 하는 중이다. 황제 폐하는 당신의 용기와 힘을 대단히 신뢰하기에 자신의 문제에 대한 이러한 이야기를 당신에게 전하라고 내게 분부하셨다."

나는 황제에게 나의 경의의 뜻을 전해달라고 비서실장에게 부탁하면서, 외국인인 내가 당파 간의 문제에 간섭하는 것은 적절치 않은 것 같지만 내 생명의 위험을 무릅쓰고 모든 침입자에 맞서 황제와 이 나라를 보호할 준비가 되어 있다는 것을 황제에게 알려주기를 청했다.

5장

저자는 비상한 묘안을 짜내 침략을 막아낸다. 영예로운 높은 칭호가 그에게 수여된다. 블레퓌스크 황제의 특사들이 도착하고 화평을 청한다. 사고로 황후 처소에 불이 난다. 저자는 그 궁전의 나머지 부분을 지키는 데 이바지한다.

블레퓌스크 왕국은 릴리퍼트의 북북동쪽에 위치한 섬나라로, 릴리퍼트와는 730m 너비의 해협 하나만을 사이에 두고 떨어져 있다. 나는 아직 그곳을 본 적이 없지만, 침략 계획에 대한 소식을 듣자마자, 적의 군함에 발견될까 봐 염려스러워, 그쪽 해안으로는 얼씬도 하지 않았다. 전쟁 중 두 나라 사이의 모든 왕래는 엄격히 금지되었고 이를 위반하면 사형에 처했으며 우리 황제는 어떤 선박이든 상관없이 금수조치를 취했기 때문에, 그들은 나에 대해 전혀 알지 못했다. 나는 적의 모든 함대를 빼앗아 오겠다는 내 계획을 황제에게 알렸다. 우리 쪽 정찰병들이 확신한 대로, 적의 함대는 첫 번째 순풍을 받아 항해할 준비를 한 채 항구에 닻을 내리고 정박해 있는 상태였다. 나는 해협의 깊이를 측정했던 아주 노련한 선원들과 그것에 대해 상의를 했는데 그들이 말한 바로는 만조 시에는 바다 한가운데의 깊이가 70 글럼글루프스(유럽 기준으로 180㎝)이고 그 나머지는 기껏해야 50 글럼글루프스 정도라고 했다. 나는 블레퓌스크 맞은편 북동쪽 해안으로 걸어가서 어느 낮은 언덕에 엎드린 후 작은 주머니에서 망원경을 꺼내 부두에 정박한 적군의 함대를 유심히 살펴보았다. 함대는 약 50여 대의 군함과 수많은 군용 수송선으로 구성되어 있었다. 나는 집으로 돌아와 아주 단단한 철제 밧줄과 쇠막대를 많이 구해달라고 지시했다. (나는 허가증을 가지고 있었다) 철제 밧줄의 두께는 노끈만큼 두꺼웠고 길이는 쇠막대, 크기는 뜨개바늘만 했다. 나는 밧줄을 더 튼튼하게 하려고 세 겹으로 만들었고 같은 이유로 쇠막대 세 개를 함께 꼬아 이은 다음, 양 끝단을 구부려 갈고리 모양으로 만들었다. 나는 이런 식으로 50여 개의 밧줄을 50여 개의 고리에 고정한 후 북동 해안으로 다시 나갔다. 그리고 만조가 되기 30분 전에 내 코트와 신발, 긴 양말을 벗고 가죽조끼를 입은 채 바다로 걸어 들어갔다. 나는 내가 할 수 있는 한 서둘러 바다를 헤치며 걸어갔고 약 274m 정도 깊은 바다를 헤엄쳐가니 드디어 바닥이 느껴졌다. 나는 30분도 안 돼서 함대가 있는 곳에 도착했다. 적군은 나를 보고는 너무 놀란 나머지 배에서 뛰어내려 해안까지 헤엄을 쳤는데, 그곳에 최소한 3만여 명은 있었다. 그때 나는 밧줄을 꺼내 밧줄에 연결된 갈고리를 각 뱃머리 구멍에 고정한 다음 모든 밧줄의 끝 부분을 한데 묶었다. 내가 이렇게 작업을 하는 동안, 적군은 수천 발의 화살을 발사했고 그중 다수가 내 손과 얼굴에 꽂혔다. 무척 욱신거릴 뿐만 아니라 작업을 하는 데 상당히 방해되었다. 가장 염려스러웠던 것은 눈이었는데, 만일 그 순간 묘안이 퍼뜩 떠오르지 않았다면 나는 영락없이 시력을 잃고 말았을 것이다. 나는 내 비밀 주머니에 다른 필수품들과 함께 안경을 넣어뒀는데, 내가 앞에서 말했듯이 그것은 황제의 수색대들의 눈에 띄지 않았다. 나는 안경을 꺼내 내 코에 가능한 한 단단히 고정했고 그렇게 무장한 덕분에 적들이 화살을 쏘는데도 대담하게 내 일을 계속해서 진행할 수 있었다. 그 화살들은 내 안경알을 강타했지만, 안경을 조금

건드렸을 뿐 그 이상의 어떤 영향도 주지 못했다. 이제 나는 모든 갈고리를 배에 고정하고 손으로 틀어쥔 다음, 잡아당기기 시작했다. 하지만 배가 하나도 꿈쩍하지 않았다. 닻으로 단단히 고정되어 있었기 때문이다. 내 계획의 가장 위험한 부분이 남아있었다. 나는 줄을 놔두고 고리를 배에 고정한 채 얼굴과 손에 200여 발의 화살을 맞으면서 닻에 매여 있던 밧줄을 칼로 완전히 잘라냈다. 그런 다음 갈고리에 연결된 밧줄 매듭 끝을 위로 들어 올렸다. 그리고 아주 쉽게 적군의 거대한 군함 50여 척을 끌어당겼다.

내가 하려 했던 계획에 대해 전혀 상상도 못한 블레퀴스크 사람들은 처음에는 너무 놀라 어안이 벙벙했다. 그들은 내가 밧줄을 자르는 것을 보고 배들을 표류하게 하거나 서로 충돌하게 하는 것이 내 계획일 거로 생각했다. 하지만 모든 배가 질서 있게 움직이는 것을 눈치 채고 내가 그 끝 부분을 잡아당기는 모습을 봤을 때, 그들은 비탄과 절망 섞인 비명을 질러대기 시작했는데, 그것은 거의 표현도 상상도 할 수 없을 정도였다. 위험한 곳에서 빠져나온 나는 잠시 멈춰 서서 손과 얼굴에 박힌 화살들을 뽑아내고 이전에 언급했던, 내가 처음 도착했을 때 받았던 그 연고를 발랐다. 그런 다음 안경을 벗고 파도가 좀 잠잠해질 때까지 약 한 시간 정도를 기다린 다음 배를 끌고 바다 한가운데를 헤치며 걸어갔고 드디어 릴리퍼트 왕실 항구에 안전하게 도착했다.

황제와 모든 궁정 사람들은 이 대단한 모험의 결과를 기대하며 해안가에 서 있었다. 그들은 배들이 커다란 반달 모양으로 전진해 오는 것을 보았지만, 가슴까지 물에 잠겨 있는 나를 발견하지는 못했다. 내가 해협 중간에 이르렀을 때 나는 여전히 목까지 물에 잠겨 있었기 때문에 그들의 걱정은 한층 더 심해졌다. 결국, 황제는 내가 물에 빠져 죽었으며 적의 함대가 앙심을 품고 다가오는 중이라는 결론을 내렸다. 하지만 그는 이내 그런 두려움에서 벗어났다. 내가 한발 한발 내디딜 때마다 해협은 점점 얕아졌고 나는 얼마 안 있어 사람들의 소리가 들리는 곳에 도착했다. 함대를 묶고 있는 밧줄 끝을 잡고 있던 나는 큰소리로 이렇게 외쳤다. 가장 강대한 릴리퍼트 황제 폐하 만세! 이 위대한 군주는 할 수 있는 온갖 찬사로 상륙하는 나를 맞아주었고 현장에서 나에게 나르닥이라는 가장 높은 칭호를 내려주었다.

황제는 기회를 봐서 적들의 나머지 배들까지 몽땅 그의 항구로 끌고 와 달라고 부탁했다. 그뿐만 아니라 군주의 야망은 한도 끝도 없어서, 블레퀴스크 제국 전체를 그야말로 한 주로 격하시켜 총독이 그곳을 지배하게 할 생각인 것 같았다. 그리고 빅 엔디언들 망명자들을 파멸시키고 그 나라 사람들에게는 달걀의 좀 더 좁은 쪽을 깨도록 강요함으로써 자신이 세상의 유일한 군주로 남으려고 하는 듯했다. 하지만 나는 정의만이 아니라 정치에 대한 명언에서 얻은 여러 가지 주장들을 통해, 이런 야망으로부터 마음을 돌리게 하려고 무던히도 노력했다. 나는 자유롭고 용맹한 국민을 노예로 만드는 일에 앞잡이가 될 생각이 전혀 없음을 분명하게 전했다. 그리고 그 문제가 자문위원회에서 논의되었을 때, 아주 현명한 대신들은 내 의견에 동의했다.

이 공개적이고 대담한 내 발언은 황제의 계획과 정책에 너무나 상반되는 것이기에, 황제는 그것을 절대로 용서할 수 없었다. 황제는 자문위원회에서 그 발언을 아주 교묘한 방법으로 언급했고, 그곳에서 몇몇 현자들은 최소한 침묵하는 것으로 나의 의견에 동조하는 것 같았지만, 나의 은밀한 적들인 다른 사람들은 간접적으로 나를 헐뜯는 발언을 서슴지 않았다는 말을 들었다. 이때부터 황제와 나에 대해 악의를 품고 있는 대신 도당들 사이에 음모가 진행되기 시작했는데, 그 사건은 두 달도 안 돼서 발생했고 나의 파멸에 거의 완전히 종지부를 찍을 뻔했다. 일단 황제의 욕망을 충족시키기를 거부하는 쪽으로 기울면, 황제들을 위한 공적이 아무리 대단하더라도, 그 가치는 떨어지기 마련이다.

이러한 공훈을 세운 지 약 3주 후, 블레훠스크에서 근엄한 특사가 도착하여 굴욕적인 화평[40]을 제의했고, 얼마 후 우리 황제에게 아주 이로운 조건으로 화평조약이 체결되었다. 나는 그 내용으로 독자를 괴롭히진 않겠다. 여섯 명의 대사와 약 500여 명의 일행이 있었고 그들의 등장은 블레훠스크 왕의 위엄과 사안의 중요성에 걸맞게 아주 웅장했다. 조약이 체결되는 그 당시 어떤 점에서 나는 궁정의 신뢰를 받고 있어서, 아니 최소한 궁정에서는 그런 것처럼 보였기 때문에 그들에게 여러 가지 도움을 주었는데, 조약이 체결된 후 내가 자신들을 얼마나 많이 지지했는지 비밀리에 이야기를 전해 들은 블레훠스크 대사들은 내게 공식적으로 외교적 접근을 시도했다. 그들은 나의 용기와 관대함에 많은 찬사를 보내기 시작했고 그들 황제의 이름으로 자기 나라에 나를 초청했으며 나의 괴력에 대한 증거를 보여 달라고 부탁했다. 그들은 그와 관련된 경이로운 이야기들을 많이 들었기 때문이다. 나는 그들의 소원을 선뜻 들어주었는

---

40 전쟁 종식을 위해 토리정부에 의해 타결된 프랑스와의 논란 많은 위트레흐트 조약에 대한 이야기. 하지만 휘그당에게 우유부단하다고 경멸당하기도 했다.

데, 거기에 대한 상세한 내용으로 독자 여러분을 괴롭히진 않겠다.

내가 얼마 동안 대사들을 한없이 즐겁게 해주자, 그들은 매우 흡족해하면서 감탄을 금치 못할 때, 나는 그들의 황제에게 보잘것없지만, 경의를 표할 수 있는 영광을 내게 베풀어 달라고 요청했다. 그들 황제의 덕망에 대한 명성이 그 세계 전체에 감탄할 정도로 가득 퍼져 있어서 나는 조국으로 돌아가기 전에 그를 알현하기로 했다. 그 후 영광스럽게도 릴리퍼트 황제를 만나게 되었을 때, 나는 블레퓌스크 황제를 만나도 된다는 허가증을 부탁했다. 그는 대놓고 아주 쌀쌀맞은 태도로 허락해주었는데, 나는 어떤 사람으로부터 그 소문을 들을 때까지 그 이유를 짐작할 수 없었다. 그 소문에 의하면, 플림냅과 볼골람은 내가 그 대사들과 교류하는 것을 불만의 표시라고 주장했다는데, 나는 그것에 대해 한 치의 거리낌도 없음을 장담하는 바이다. 그리고 이때부터 나는 궁정 사람들과 대신들에 대해 불완전한 생각을 품기 시작했다.

여기서 알아야 할 것은, 이 대사들은 통역관을 통해 양국 언어가 유럽의 두 나라만큼이나 서로 많이 다르며 각국은 이웃 나라의 언어에 대해 노골적으로 경멸하고 자기 나라 언어의 유서 깊음과 아름다움, 힘에 대해 자랑스러워한다고 내게 말했다는 점이다. 하지만 우리 황제는 그들의 함대를 강탈함으로써 얻은 유리한 입장을 내세워, 릴리퍼트 언어로 된 신임장을 제출하고 릴리퍼트 어로 말할 것을 강요했다. 사실 양국 사이에는 통상무역 교류가 활발하고, 서로 추방자들을 계속 받아들이며, 자신을 갈고닦기 위해, 세상을 보고 인간과 관습을 이해함으로써, 자기 나라의 젊은 귀족들과 부유한 상류층들을 상대 나라로 보내는 전통이 있기 때문에, 해안 지역에 거주하는 귀족이나 상인들, 선원들 가운데 두 나라말로 대화하지 못하는 사람은 거의 없었다는 점을 꼭 말하고자 한다. 몇 주 후 블레퓌스크 황제에게 경의를 표하러 갔을 때 깨달았듯이, 나의 적들의 앙심 때문에 지독한 불운을 겪고 있던 와중에 진행된 그 방문은 분명 내게 아주 행복한 모험이었다. 이것에 대해서는 적당한 곳에서 언급할 것이다.

독자들은 기억할 거다. 내가 자유를 되찾기 위한 조항들에 서명했을 때, 너무나 굴욕적이라서 내가 몹시 싫어했던 조항이 몇 가지 있었던 것을 말이다. 내가 극도로 다급한 상황이 아니었다면 그 어떤 것에 억지로 굴복하는 일은 없었을 것이다. 하지만 이제 이 왕국에서 가장 높은 나르닥 칭호를 받았기 때문에, 그러한 조항들은 나의 작위에 어울리지 않는 것으로 여겨졌고(공정히 말하자면) 황제는 내게 그것들에 대해 한 번도 언급한 적이 없었다. 하지만 오래지 않아(적어도 당시 내 생각으로는) 황제에게 아주 큰 도움을 줄 기회가 생겼다. 나는 한밤중에 내 집 문 앞에서 수백 명의 사람이 질러대는 비명에 깜짝 놀랐다. 그 소리에 느닷없이 잠이 깬 나는 두려움에 빠졌다. '버글럼'이라는 말이 계속해서 들렸다. 몇몇 궁중 대신들이 군중 속을 헤치며 다가오더니 내게 당장 궁전으로 와 달라고 간청했다. 로맨스 소설을 읽다가 잠이 든 황후 시녀의 부주의로, 궁전의 황후 처소에 불이 났다는 것이다.[41] 나는 그 즉시 벌떡 일어나서 내 앞의 길을 비켜주라는 명령을 내렸다. 게다가 그 날 밤은 달빛이 환하게 비치고 있어서, 나는 한 사람도 밟는 일 없이 잽싸게 움직여

41 여성들을 게으른 로맨스 독자들로 조롱하는 행태는 적어도 유베날리스(고대 로마의 풍자 시인)가 살던 옛날 옛적으로 거슬러 올라간다.

궁전으로 향했다. 사람들은 이미 황후 처소 담벼락에 사다리를 걸쳐놓은 상태였고 양동이들은 충분했지만, 바다까지의 거리가 꽤 먼 데다, 양동이들 크기도 커다란 골무만 했다. 이 불쌍한 사람들은 자기들이 할 수 있는 한 잽싸게 양동이들을 내게 전달했다. 하지만 불길이 워낙 거세다 보니 그다지 도움이 안 됐다. 어쩌면 코트로 불길을 쉽게 잠재울 수 있을지도 몰랐다. 하지만 안타깝게도 너무 서둘러 오는 바람에 코트는 두고 가죽조끼만 걸친 채 나왔다. 이 상황은 무척 절망스러워 보였고 개탄스럽기 짝이 없었다. 만약 평소와 달리, 침착하게 대책을 퍼뜩 생각해내지 않았다면, 이 으리으리한 궁전은 영락없이 잿더미가 됐을지도 모른다. 나는 전날 밤 '글리미그림(블레퓌스크 사람들은 이것을 훌루네[42]라고 부르지만, 우리 것이 좀 더 좋은 종류라고 평가받는다)'이라는 아주 맛좋은 와인을 잔뜩 마셨는데, 이 와인은 배뇨를 촉진한다. 억세게 운 좋게도, 나는 그때까지 소변을 보지 않았다. 불 아주 가까이 다가가 고생고생하며 진압하다 보니 어느새 불길이 잡히기는 했지만, 와인의 효과가 나타나면서 소변이 마렵기 시작했다. 나는 아주 많은 양의 소변을 배출했고 정확한 장소에 아주 적절하게 사용하여 3분 만에 불길을 완전히 잠재워 건립하는 데 아주 많은 세월이 걸렸을 그 웅장한 건물의 나머지 부분이 파괴되는 것을 막을 수 있었다.

어느덧 여명이 밝아, 나는 황제의 칭찬도 기다리지 않고 집으로 돌아왔다. 내가 아주 훌륭한 공로를 세우긴 했지만, 그 방법에 대해 황제가 얼마나 불쾌해할지 알 수 없었기 때문이다. 이 나라 헌법에

42 라틴어로 대충 flumen(강)처럼 들린다.

따르면, 아무리 고위직이라 하더라도 궁전 경내에서 소변을 보는 자는 사형감이었다. 하지만 나는 황제로부터 어떤 전갈을 받고 약간은 안심을 했는데, 그가 서면으로 나의 죄를 용서하고 넘어갈 것을 대법관에게 명령했다는 것이다. 그럼에도 나는 용서 받을 수 없었다. 그리고 은밀히 확인한 바로는, 내 행동에 대해 극도의 혐오감을 느낀 황후[43]가 궁전에서 가장 멀리 떨어진 곳으로 거처를 옮겼고 자기가 사용하기 위해 그 건물들을 수리하는 일은 절대 없을 거라고 단단히 못을 박았다는 것이다. 그리고 측근들 앞에서는 감정을 억누르지 못하고 복수를 다짐했다고도 했다.

43 이것은《A Tale of a Tub》에 대한 앤 왕비의 반응과 그의 여왕을 위한 공로에도 불구하고 그에게 주교직을 허락하지 않은 것을 빗대어 나타내는 것으로 해석된다. 하지만 앤 여왕이 로버트 할리 옥스퍼드 경을 해고한 것은 여왕에 대한 무례 때문이라는 것이 좀 더 적절한 비유적 해석이라고 할 수 있다. 그것이 책에 나온 정치적 비유의 또 다른 측면들과 일치하기 때문이다.

6장

릴리퍼트 국민들, 그들의 학문과 법, 관습, 자녀들의 교육 방법에 대해 설명한다. 저자가 그 나라에서 살아가는 방식에 대해서도 들려준다. 저자는 한 귀부인을 변호한다.

나는 이 제국에 대한 서술을 특별한 논문으로 남겨볼까 했지만, 그 사이에 일반적인 관념으로 호기심 많은 독자 여러분을 만족하게 할 작정이다. 이 나라 주민의 평균 키는 약 15㎝가 안 되는데, 식물과 나무뿐만 아니라 다른 모든 동물도 정확히 이에 비례한다. 예를 들면, 제일 큰 말이나 황소라고 해도 키가 10~13㎝고 양은 대략 4㎝ 정도다. 거위는 참새 크기만 하다. 그런 식으로 여러 단계 내려가다 보면 가장 작은 동물에 이르는데, 내 시력으로는 거의 보이지 않을 정도다. 하지만 자연은 모든 물체를 제대로 볼 수 있도록 릴리퍼트인들의 눈을 적응시켜놓았기 때문에 물체가 멀리 떨어져 있지 않은 한, 그들은 매우 정확히 잘 본다. 그리고 가까이 있는 물체들에 대한 그들의 예리한 시력을 증명하는 데, 요리사가 파리보다 작은 종달새의 털을 뽑고 어린 소녀가 눈에 보이지도 않는 실을 보이지도 않는 바늘에 끼우는 모습을 보는 것으로 나는 충분히 만족했다. 가장 큰 나무라고 해도 높이가 2m밖에 되지 않는다. 내가 말하는 나무들은 커다란 왕실 정원에 있는 것들을 얘기하는 것인데 주먹을 쥔 채로 뻗어도 그 꼭대기에 닿을 수 있었다. 그 밖의 다른 채소들의 크기도 이와 같은 비율이었지만 그것은 독자의 상상에 맡기겠다.

오랜 세월 동안 모든 분야에서 꽃을 피운, 그들의 학문에 대해서 현재로서는 거의 말하지 않겠지만, 글 쓰는 방법은 아주 독특했다. 유럽인처럼 왼쪽에서 오른쪽으로도, 아랍인처럼 오른쪽에서 왼쪽으로도 쓰지 않았다. 그렇다고 중국인처럼 위에서 아래로 쓰지도, 카스카지아인[44]처럼 아래에서 위로 쓰지 않았고, 영국 귀부인처럼 종이의 한쪽 귀퉁이에서 다른 쪽 귀퉁이로 비스듬하게 썼다.

그들은 죽은 사람의 머리를 곧장 아래쪽으로 해서 묻었는데, 11,000개월이 지나면 죽은 사람들이 모두 다시 부활한다는 생각을 하고 있기 때문이다. 그 기간 땅(그들은 땅이 평평하다고 생각했다)의 위아래가 뒤집히게 되는데, 이런 식으로 매장해야 그들이 부활할 때 바로 설 수 있다는 것이다. 그들 가운데 학식이 풍부한 사람들은 이런 학설이 터무니없음을 시인하지만, 일반 사람들은 이런 관습을 계속해서 따르고 있다.

이 제국에는 아주 독특한 법과 관습들이 있어, 만일 내 조국의 그것과 그렇게 상반되지 않았다면, 나는 조금이나마 그것들의 정당성에 대해 말하고 싶었을 것이다. 그것들도 제대로 시행되기를 나는 바랄 뿐이다. 우선 나는 밀고자 이야기를 언급할까 한다. 이 나라에서는 국가에 반하는 모든 범죄는 극형에 처한다. 하지만 만일 고소당한 사람이 법정에서 자신의 결백을 분명하게 입증한다면, 고발자는 그 즉시 불명예스러운 죽임을 당하게 된다. 재산과 토지를 잃은 무고한 사람은 자신의 시간적 손실과 겪었던 위험과 투옥이라는 고충에 대해, 그리고 변호할 때 사용된 모든 법적 비용에 대해 그 네

44 스페인의 서부 피레네 산맥 지방에 사는 현대 바스크인들과 관련된, Casontes나 Vascontes와 비슷하게 만든 이름.

배로 보상을 받는다. 만약 보상할 자금이 부족하다면, 주로 황제가 지급한다. 황제 또한, 무고한 사람에게 황제의 공적인 호의의 징표를 부여하며 도시 전체에 그의 무죄를 선포한다.

그들은 사기를 절도보다 훨씬 중한 범죄로 간주하기 때문에 사기죄를 사형으로 처벌하지 않는 경우는 거의 없다. 지극히 일반적인 이해력을 가지고 주의와 경계를 한다면, 도둑으로부터 개인의 재산을 지킬 수 있지만, 정직은 훨씬 뛰어난 교활함은 당해낼 재간이 없다고들 주장한다. 그리고 사고팔기와 외상 거래는 분명 계속될 텐데, 그런 곳에서 사기가 허용되고 묵인되거나, 혹은 그것을 처벌할 법마저 없다면, 정직한 상인들은 늘 실패하고 정직하지 못한 놈들만 이익을 챙기기 때문이다. 예전에 나는 주인을 속이고 환어음으로 받은 많은 돈을 챙겨 도망친 범인에 대해 선처를 왕에게 호소했던 적이 있었다. 그것은 단지 신뢰의 위반일 뿐이니 정상 참작해 달라고 황제에게 부탁했었다. 황제는 변호인으로서 내가 그 범죄를 더욱 심각하게 만드는 터무니없는 짓을 저지르고 있다고 생각했다. 사실 나는 거기에 대한 답변으로 나라마다 관습이 다르다는 상투적인 말 외에는 거의 아무 말도 하지 못했다. 고백하건대, 나는 진심으로 창피했다.

흔히 우리는 보상과 처벌을 모든 정부가 의지하는 두 개의 경첩이라고 하지만, 나는 릴리퍼트를 제외한 어떤 나라에서도 이러한 원칙이 제대로 지켜지는 것을 본 적이 없다. 누구든 73개월 동안 이 나라의 법을 엄격하게 준수했다는 충분한 증거를 댈 수 있는 사람은 누구나, 그 용도로 만든 충당금에서 그 사람의 삶의 조건과 질에 따라, 상응하는 돈과 함께 어떤 특권을 요구한다. 또한, 후대에 물려줄 수는 없지만, 그의 이름에 추가로 붙일 수 있는 스닐팔(합법적인)이라는 칭호를 얻는다. 내가 이 나라 사람들에게 영국의 법은 보상에 대한 언급은 없고 오로지 처벌로만 집행된다고 말하자, 그들은 그것이 우리 정책의 엄청난 결함이라고 꼬집었다. 그런 연유에서 그들 법정에 있는 정의의 여신상은 용의주도를 나타내기 위해 여섯 개의 눈(앞쪽에 두 개, 뒤쪽에 두 개, 각 옆에 한 개씩)이 달려 있고, 그녀가 처벌보다는 보상을 좀 더 생각한다는 것을 보여주기 위해 오른손에는 열려 있는 황금 주머니가, 왼손에는 칼집에 들어 있는 칼이 들려 있다.

이 나라 사람들은 직업에 적합한 사람을 채용할 때 대단한 능력보다는 훌륭한 인품을 좀 더 중시한다. 통치는 인류에게 꼭 필요하므로 보통 수준의 이해력을 가진 사람이라면 어느 직책에나 적합하다고 생각한다. 공직은 신비한 것이어서 한 시대에 거의 세 명도 태어나기도 힘든 몇몇 최고의 천재들만 이해할 수 있다는 것은 결코 신의 섭리가 아니라고 생각한다. 그러나 그들은 진실, 정의, 절제 등등이 모든 인간의 능력 안에 있고, 경험과 좋은 의도의 도움을 받아 그러한 덕목들을 실천한다면 누구나 공직을 수행할 만한 자격이 있는 거로 생각한다. 단, 학습 과정이 필요한 분야는 제외다. 하지만 도덕적인 덕목의 결핍은 아무리 우수한 지적 재능으로도 충족될 수 없으므로 그런 특질이 있는 사람들의 위험한 손에 직책을 맡겨선 안 된다고 생각한다. 적어도 도덕적인 성향의 사람이 무지에 의해 저지른 실수는, 타락하려는 성향이 다분하고 자신의 부정행위를 조작, 확대, 옹호하는 데 대단한 능력을 갖춘 사람의 계획만큼이나 공공복리에 치명적인 결과를 초래할 리 없다고 생각한다.

마찬가지로, 신성한 신의 섭리를 믿지 않는 사람은 어떤 공직도 맡을 수 없다.[45] 왜냐하면 자고로 왕은 신의 섭리를 받드는 대리인임을 스스로 맹세하기 때문에 군주가 자신의 권위를 부인하는 그런 사람들을 채용하는 것보다 더 어리석은 짓은 없다고 릴리퍼트 인들은 생각하기 때문이다.

위의 법들과 다음에 언급할 법들과 관련해서, 나는 제도 그 자체에 대해 말하고자 하는 것이지, 인간의 타락한 본성에 의해 이 나라 사람들이 빠진 아주 불명예스러운 부패에 대해 말하려는 것이 아님을 알아줬으면 한다. 밧줄 위에서 춤을 춰야 고위직을 얻는다든가, 막대기 위를 뛰어넘거나 아래로 기어가야 총애와 우대를 얻을 수 있는 그런 형편없는 관행과 관련해서, 독자 여러분은 그런 것들이 현재 통치하는 황제의 할아버지에 의해 처음 도입되었고 파벌이 점차 증가하면서 현재 최고 절정에 이르렀다는 것을 알게 될 것이다.

이 나라에서는 배은망덕이 중죄인데, 다른 몇몇 나라도 그렇다는 것을 읽은 적이 있다. 누구든 자기를 도와준 은인에게 사악한 보답을 하는 자는 아무 은혜도 받지 않은 나머지 다른 인류의 공공의 적이며 따라서 그런 사람은 살 가치가 없다고 그들은 판단한다.

부모와 자식의 의무에 대한 그들의 생각은 우리와 상당히 다르다. 남자와 여자의 결합은 종족을 번식시키고 지속시키기 위해 대자연의 법칙에 따라 만들어졌기 때문이란다. 남자와 여자는 다른 동물들처럼 강한 성욕이라는 동기에 의해 결합하며 자식을 향한 애정 역시 똑같은 자연의 법칙에 의해 발생한다고 릴리퍼트인들은 반드시

---

45 심사법에 대한 모든 내용을 총망라한 표현.

주장한다. 그런 이유로 그들은, 자식이 자신을 낳아준 아버지나 자신을 세상에서 기른 어머니에게 져야 할 어떤 책임도 인정하지 않는다. 인생의 고통을 생각하면 태어났다는 그 자체는 은혜로운 일도 아니며 부모들은 그렇게 의도하지도 않았다. 사랑을 나눌 때 부모의 생각은 그와는 다르다. 이것에 비추어 보아 그리고 이와 같은 이유로, 부모란 자식 교육을 맡기에 가장 부적합한 사람이라는 것이 그들의 생각이다. 그래서 그들은 도시마다 탁아소를 운영하여, 가난한 농부들과 노동자를 제외하고, 모든 자식이 20개월이 되면 양육과 교육을 위해 남녀 아이를 탁아소로 보내야 할 의무가 있다. 이 시기의 아이들은 어느 정도 배울 기초가 있다고 여겨진다. 이러한 학교들은 신분이나 성별에 맞춰 몇 종류로 나누어져 있다. 그리고 학교마다 아이들의 성향뿐만 아니라 능력, 부모의 신분에 걸맞은 생활조건을 아이들에게 제대로 준비시킬 노련한 교수들이 몇 명씩 배치되어 있다. 나는 우선 남자아이 탁아소의 중요한 점을 이야기한 다음 여자아이들의 탁아소에 대해 말하겠다.

귀족이나 명망가의 남자아이들을 위한 보육원에는 근엄하고 학식이 풍부한 교수들이나 그들의 대리인들이 배치된다. 아이들의 의복과 음식들은 소박하고 평범하다. 그들은 명예와 정의, 용기, 겸손, 관용, 종교, 애국이라는 원칙하에서 가르침을 받는다. 그리고 아주 짧게 먹고 자는 시간 그리고 신체 운동을 포함한 두 시간 정도의 오락시간을 제외하면 언제나 임무 수행 중이다. 그들은 네 살이 될 때까지 남자 하인들이 옷을 입혀주지만, 그 이후부터는 아무리 신분이 높아도 스스로 옷을 입어야 한다. 영국 나이로 환산하면 50세인 여자 보모들은 아주 천한 일만 한다. 남자아이들은 하인들과 대화를 나눠선 안 되고 여러 명과 함께 놀러 가되 항상 교수 한 명 혹은 대리인 한 명이 동행해야 한다. 그렇게 하면 우리 아이들이 일찍부터 빠지는 어리석은 행동과 악행의 영향을 받지 않는다. 그들의 부모는 일 년에 딱 두 번 그들을 볼 수 있으며 방문 시간은 한 시간을 넘지 않는다. 그들은 만나고 헤어질 때 아이에게 키스해 줄 수 있다. 하지만 그럴 때 선생 한 명이 항상 옆에 붙어 있으면서, 그들이 아이들에게 귓속말이나 애정 표현을 하거나 장난감, 사탕, 기타 등등을 선물로 주는 행위를 일절 허용하지 않는다.

교육과 놀이에 대한 보조금의 경우, 지급하지 않으면, 황제의 관리인들이 부과한다.

서민과 상인, 무역업자, 수공업자들의 자녀를 위한 보육원도 같은 방식에 따라 균형을 맞춰 운영된다. 다만 사업을 할 예정인 아이들은 11살 때 수습생으로 빠진다. 그것에 반하여 귀족 가문의 아이들은 영국 나이로 21살에 해당하는 15살이 될 때까지 보육원에서 계속 수련을 받는다. 그러나 마지막 3년 동안은 그런 통제가 점차 느슨해진다.

여자아이들이 다니는 보육원의 경우, 귀족 집안의 여자아이들은 남자아이들과 상당히 유사한 교육을 받는다. 다만 그들은 다섯 살이 되어 자기 스스로 옷을 입을 때까지 예의 바른 여자 하인이 옷을 입혀 주되, 선생나 대리인이 항상 함께 한다. 그리고 만약 이 보모들이 여자아이들에게 끔찍하거나 어리석은 이야기, 혹은 영국의 하녀들이 저지르는 통속적인 엉뚱한 짓으로 아이들의 관심을 끈 것이 발각되면, 그들은 시내 곳곳에서 공개적으로 세 차례 채찍질을 당한 다음 1년 동안 감옥에 갇혔다가 그 나라에서 가장 외진 곳으로 평생 추방당하게 된다. 이처럼 그곳의 젊은 여자들은 남자들만큼 겁쟁이나 바보 취급받는 것을 무척 수치스러워하며 품위와 청결의 도를 넘어서는 개인적인 장신구들을 경멸한다. 나는 성별 차이를 염두에 두고 만들어진 그들의 교육에서 어떤 차이점도 발견하지 못했다. 다만 여자아이들이 하는 운동은 그다지 격렬하지 않고 가정생활과 관련된 몇 가지 규칙들이 그들에게 주어진다는 점, 그리고 그들에게 부과된 교육의 범위가 좀 더 좁다는 점이 다를 뿐이다. 왜냐하면, 귀족 중에서 아내란 영원히 젊음을 유지할 수 있는 것이 아니기에 언제나 합리적이면서 상냥한 동반자여야 한다는 것이 보육원의 원칙이기 때문이다. 여자아이들이 그들 사이에서 결혼 적령기인 20살이 되면, 부모나 보호자들은 선생들에게 진심 어린 감사 표시를 한 뒤 아이들을 집으로 데려가고 어린 소녀들이나 동료들이 눈물을 흘리지 않는 일이 드물다.

좀 더 낮은 신분 여자아이의 보육원에서, 아이들은 성별과 여러 신분에 걸맞은 모든 종류의 일들을 배운다. 수습생이 되고자 하는 아이들은 7살 때 보육원을 떠나고 나머지는 11살까지 계속 머문다.

이런 보육원에 아이를 맡긴 형편이 어려운 가정은 최대한 낮게 책정된 연간 생활보조금 외에, 아이를 위한 몫으로 그들의 수입 중 얼마 되지 않은 한 달 치 금액을 보육원 관리인에게 보내야 한다. 따라서 모든 부모는 법에 따라 지출에 제한을 받는다. 왜냐하면, 릴리퍼트 인들은 사람들이 자신의 욕구에 굴복해서 자식을 낳아 놓고 자식의 부양 의무를 국가에 떠넘기는 것만큼 부당한 짓은 없다고 생각하기 때문이다. 귀족들의 경우, 자기 형편에 따라 아이들을 위해 일정 금액을 책정하기 위해 담보물을 제공하는데, 이러한 기금들은 알뜰하고 아주 공명정대하게 운용된다.

농부나 노동자들은 하는 일이 고작해야 땅을 경작하고 일구는 일이기 때문에 아이들을 집에 놔둔다. 따라서 그들의 교육은 국가 입장에서 그다지 중요하지 않다. 하지만 그들 중 나이 들고 병든 사람들은 요양원의 지원을 받는다. 이 나라에서는 구걸이라는 것이 존재하지 않기 때문이다.

그럼 이쯤 해서, 내가 이 나라에서 9개월하고도 13일 동안 체류하면서 했던 생활방식과 살림살이에 대한 이야기로 호기심 많은 독자를 즐겁게 해주고 싶다. 나는 왕실 정원에 있는 아주 커다란 나무로 그런대로 요긴한 테이블과 의자를 직접 만들었다. 자연스럽게 생각이 그쪽으로 돌아갔고 게다가 부득이하게 필요했기 때문이다. 200명의 여자 재봉사가 내게 셔츠뿐만 아니라 침대보와 식탁보를 만들어주기 위해 동원되었는데, 아무리 튼튼하고 질긴 천들을 구했다 해도, 가장 두꺼운 천이라고 해봐야 면포보다 약간 얇은 편이었기 때문에 어쩔 수 없이 여러 겹 겹쳐서 누벼야 했다. 천의 너비는 대개 8㎝인데, 90㎝는 되어야 한 장을 만든다. 여자 재봉사들은 내가 땅바닥에 눕자, 내 치수를 쟀다. 내 목 쪽에 한 사람이, 다리 중간에 또 다른 한 사람이 서서 튼튼한 밧줄의 각 끝을 잡고 길게 늘이면, 세 번째 사람이 25㎜ 길이의 자로 그 밧줄의 길이를 재는 식이었다. 그런 다음 그들은 내 오른쪽 엄지손가락을 재더니 더 이상은 요구하지 않았다. 수학적 계산법에 따르면, 엄지손가락 둘레의 두 배가 손목 둘레가 되고 목과 허리에 대해서도 그런 식으로 계산할 수 있다는 것이다. 그리고 내가 본보기용으로 그들 앞쪽 바닥에 펼쳐놓았던 낡은 셔츠를 이용해서 그들은 내 치수를 정확하게 맞췄다. 마찬가지로 300명의 재단사가 내 옷을 만들기 위해 동원되었지만, 그들은 또 다른 묘안을 짜내서 내 치수를 쟀다. 내가 무릎을 꿇고 앉으면, 그들은 땅바닥에서 내 목까지 사다리를 세워놓고 이 사다리 위로 한사람이 올라간 다음, 내 옷깃에서부터 바닥까지 다림줄[46]을 늘어뜨렸다. 바로 그 치수가 내 코트 길이었다. 하지만 내 허리와 팔 치수는 내가 직접 쟀다. 내 옷이 완성되었을 때, 우리 집에서(그들의 집이 아무리 크더라도 내 옷들을 넣어둘 수 없기 때문에) 재단한 그 옷들은 영국에서 귀부인들이 만든 패치워크[47]처럼 보였는데, 다만 내 옷은 한 가지 색상으로 만들어졌다.

내게는 식사를 준비하는 요리사가 3백 명이나 있었는데, 그들은 집 근처에 지은 편리한 작은 오두막에서 가족과 함께 살면서, 각자 나에게 2인분의 음식을 마련해주었다. 나는 20명의 시종을 손으로 들어 올려 테이블 위에 놓아주었고, 100여 명 이상의 사람들이 아래쪽에서 시중을 들었다. 일부는 고기 요리 시중을 들었고, 일부는 와인이나 그 밖의 음료 통을 어깨에 메고 다녔다. 위쪽에 있는 시종들은 특정 밧줄을 이용해서 아주 기발한 방법으로 내가 원하는 음식을 위로 끌어당겼는데, 마치 유럽의 우물에서 두레박을 끌어 올리는 것과 같은 이치였다. 한 접시 분량의 고기는 한 입 거리였으며 한 통 분량의 술은 보통 한 모금 정도였다. 그들의 양고기는 영국 것보다 못하지만, 소고기는 진짜 맛있었다. 내가 먹은 등심 부위는 크기가 워낙 커서 어쩔 수 없이 세 번은 베어 물어야 할 정도였지만 그런 경우는 드문 일이다. 우리나라에서 종달새 다리를 먹을 때처럼,

---

46 수평이나 수직을 헤아릴 때 사용하는 줄.

47 각양각색의 헝겊을 잇댄 세공.

내가 고기를 뼈째 먹는 것을 본 시종들은 기겁했다. 그들의 거위와 칠면조는 보통 내 한 입 거리였는데, 그 고기들은 우리 것보다 훨씬 맛있다는 것을 인정하지 않을 수 없다. 좀 더 작은 크기의 새들의 경우, 나는 칼끝에 20~30마리씩 꽂아 한꺼번에 먹어치울 수 있었다.

어느 날 내가 사는 모습을 전해들은 황제는 황후와 어린 왕자, 공주들과 함께 나와 식사를 하는 행복(그가 이렇게 부르기를 좋아해서)을 느끼고 싶다고 했다. 그래서 그들이 찾아왔고 나는 테이블 위 내 바로 맞은편에 있는 왕좌들에 그들을 내려놓았고, 그 주변에는 근위병들이 자리했다. 플림냅 재무대신 역시 자신의 흰 지팡이를 들고 그 자리에 참석했다. 나는 그가 뚱한 표정으로 나를 자주 쳐다본다는 것을 알아챘는데, 나는 그것에 관해 관심 없는 체하고, 감탄사를 연발하며 아첨을 잔뜩 늘어놓았을 뿐만 아니라 내 사랑하는 조국의 명예를 걸고 평소보다 훨씬 더 많이 먹었다. 황제의 이번 방문에서 플림냅은 황제에게 나를 모함할 기회를 얻은 것 같은데, 개인적으로 그렇게 생각하는 이유가 몇 가지 있다. 뚱한 성격인 그 대신은 겉으로는 평소보다 내게 훨씬 더 친절하게 굴었지만 늘 나의 은밀한 적이었다. 그는 황제에게 열악한 재무 상황에 대해, 그리고 그가 어쩔 수 없이 엄청난 선이자를 물고 돈을 쓸 수밖에 없으며 국채가 원래 가치의 91% 이상으로는 팔리지 않고 있다고 지적했다. 그러면서, 간단히 말해 나 때문에 황제는 150만 스프럭(그들 나라에서 가장 큰 금화로, 스팽글만 한 크기다) 이상의 비용을 치렀으니 전반적인 상황으로 보아, 나를 내쫓아버릴 가장 적절한 기회를 찾는 것이 전하에게 상책이라고 주장했다.

나는 이쯤 해서 나 때문에 죄 없이 고통 받는 어느 훌륭한 귀부인의 명예를 회복시켜줘야 할 것 같다. 그 재무대신은 악의적으로 고약하게 입을 놀리는 몇몇 사람들로부터 아내가 나에게 격정적인 애정을 품고 있다는 이야기를 듣고 아내에게 질투심을 느꼈고, 그녀가 내 거처를 몰래 찾아온 적이 있다는 추문이 한동안 궁전에 파다하게 퍼졌었다. 그 부인은 자유와 우정이라는 순수한 의미로 나를 대했을 뿐, 그 추문은 그 이상의 어떤 근거도 없는, 아주 악랄한 거짓말이라고 나는 엄숙하게 선언하는 바이다. 그녀가 이따금 우리 집에 찾아온 것은 인정한다. 하지만 언제나 공적인 일이었고, 타고 온 마차 안에는 늘 세 명 이상의 사람들이 있었으며 보통은 그녀의 여동생과 어린 딸, 몇몇 특별한 지인들과 함께였다. 하지만 이런 일은 궁정의 다른 많은 귀부인에게 흔히 있는 일이었다. 게다가 주변에 있는 하인들에게 누가 안에 타고 있는지 모르는 마차가 내 문 앞에 서 있는 것을 한 번이라도 본 적이 있는지 나는 여전히 물어본다. 그런 방문이 있을 때 하인이 내게 통보를 하면, 바로 문으로 가는 것이 내 습관이었다. 그리고 인사를 한 후, 마차와 말 두 마리를 이주 조심스럽게 손으로 들어(만약 말이 여섯 마리라면 선두에 있는 마부가 항상 네 마리의 마구를 풀어준다) 테이블 위에 내려놓았는데, 그곳에는 사고를 미리 방지하기 위해 12㎝ 높이의 이동용 둥근 테두리를 고정해 놓았다. 그리고 나는 이따금 손님으로 가득한 테이블 위에 네 대의 4륜 마차와 말들을 한 번에 올려놓은 적이 있었는데, 나는 그들에게 고개를 기울이면서 의자에 앉았다. 그리고 내가 한 마차의 손님들과 이야기를 나누고 있으면 다른 마차의 마부들은 테이블 주변을 천천히 말을 몰곤 했다. 나는 이렇게 담소를 나누면서 여러 오후를 아주 즐겁게 보냈다. 하지만 내가 앞서 말한, 황제의 긴급 명령으로 파견된 비서실장 렐드레살을 제외하고, 누구든 자기 신분을 숨기고 나를 찾아온 사람이 있으면 어디 증명해보라고 재무대신이나 그의 정보원 두 명(나는 그들의 이름을 밝힐 것이고 그들이 그것을 최대한 이용하도록 내버려 둘 것이다) 클러스트릴과 드런로에게 강하게 요구하는 바이다. 내 명예는 말할 것도 없고, 훌륭한 귀부인의 명예와 이렇게 밀접하게 연관된 상황이 아니었다면 나는 이 사실에 대해 이렇게 장황하게 늘어놓지 않았을 것이다. 그 당시 나는 재무대신에게는 없는 '나르닥'이라는 칭호를 하사받았고, 그는 그보다 한 단계 낮은 칭호인 클럼글럼일 뿐이라는 것(영국식으로 하면, 후작과 공작과의 관계와 같다)을 삼척동자도 다 아는 사실이지만 나는 그가 내 앞 오른쪽 자리에 앉도록 내버려두었다. 이러한 엉터리 정보(입에 담기에 부적절한 사건으로 그 사실을 후에 알게 되었다) 때문에 재무대신 플림냅은 한동안 험상궂은 표정으로 아내를 대했고 내게도 훨씬 심했다. 마침내 그는 자신의 잘못을 깨달아 부인과 화해했지만, 그럼에도 나는 그를 더는 믿을 수 없었고, 총애 받는 그 사람의 말에 마구 휘둘리는 황제와 나의 관계도 급속하게 소원해져 갔다.

7장

자신을 대역죄로 고소하려는 계획을 알아챈 저자는 블레훠스크로 피신한다. 그곳에서 그는 환대를 받는다.

내가 이 나라를 떠나게 된 정황을 이야기하기 전에, 두 달 동안 나를 해하려는 음모가 비밀리에 진행되고 있었다는 사실을 독자 여러분에게 알리는 것이 타당할 것 같다.

나는 신분이 미천하여 자격이 없다 보니, 그때까지 평생 궁중 생활에 대해 문외한이었다. 사실 나는 위대한 군주들과 대신들의 기질에 대해 익히 듣고 책도 많이 읽어 봤지만, 유럽과는 전혀 다른 원칙에 의해 지배되는, 내가 생각하기에, 이처럼 먼 나라에서 그러한 기질들의 끔찍한 결과를 발견하리라고는 상상도 못 했다.

내가 블레훠스크 황제를 알현하기 위해 막 준비를 하고 있을 때, 궁전에서 온 한 저명인사(그가 황제의 심기를 아주 불편하게 했을 때, 나는 그 사람에게 많은 도움을 주었다)가 밀폐된 가마를 타고 아주 은밀하게 우리 집에 찾아와서는, 자기 이름도 밝히지 않고 안으로 들어가길 원했다. 나는 가마꾼들을 돌려보냈고 그 귀족이 타고 있는 가마를 코트 주머니에 집어넣었다. 그리고 믿을 만한 하인 한 명에게 내가 몸이 좋지 않아 잠자리에 들었다고 말하라고 지시한 다음, 문을 잠그고 평소 습관대로 가마를 테이블 위에 올려놓은 후 그 옆에 앉았다. 통상적인 인사말을 나눈 후, 그 귀족의 얼굴에 수심이 가득해 보여서 그 연유를 물으니 그는 내 명예와 목숨과 밀접하게 연관된 문제라면서 자기 말을 참을성 있게 들어달라고 부탁했다. 그의 말은 다음과 같은 취지였다. 나는 그가 떠나자마자 그 내용을 기록했다.

그는 이렇게 말했다. "최근 당신 문제로 아주 비밀리에 여러 차례 대책 위원회가 소집된 사실을 당신은 알아야 한다. 그리고 불과 이틀 전에 황제가 최종 결정을 내렸다.

해군 장성 스키레슈 볼골람은 당신이 도착한 이후부터 이제껏 당신을 철천지원수로 여겼다는 것을 잘 알고 있을 것이다. 그 근본적인 이유는 나도 모르지만, 당신이 블레훠스크에 맞서 대승을 거둔 후 해군 장성으로서의 자신의 승리가 빛을 잃어가면서, 그의 증오심은 훨씬 심해졌다. 자기 부인 때문에 당신에게 적개심을 품게 됐다는 악명 높은 플림냅 재무대신, 육군 장성 림톡, 궁내대신 랄콘, 대법관 발무프와 더불어 그는 당신을 대역죄와 그 외의 다른 중죄로 고발하는 탄핵 조항을 마련했다."

나는 내 공로와 결백함을 생각하자, 머리말을 도저히 참을 수가 없어서 그의 말을 끊으려고 하자 그는 내게 조용히 있어 줄 것을 간청한 후 계속해서 말을 이어갔다.

"당신이 내게 보여준 호의에 감사하는 마음으로, 나는 모든 진행 절차에 대한 정보, 조항 사본을 입수했고 당신을 도와주기 위해 내 목숨을 걸었다.

산처럼 큰 사람에 대한 탄핵 조항[48]

제1항

칼린 데파르 플룬 황제의 재임 기간에 만들어진 법령에 따르면, 누구든 왕궁 경내에 소변을 본 자에게는 대역죄에 해당하는 처벌과 벌금을 물려야 한다고 규정되어 있다. 그럼에도 불구하고 위에 적은 산처럼 큰 사람은 친애하는 황후 처소에 붙은 불을 끈다는 핑계로, 상술한 법령을 공개적으로 위반하여 악의적이고 불충하며 극악무도하게도 위에 적은 왕궁 경내에 계속 머무르면서, 소변을 배출하여 위의 처소에 붙은 불을 껐다. 이는 규정된 그 사례에 대한 법령에 어긋나며 의무에도 어긋난다.

제2항

위의 산처럼 큰 사람은 블레훠스크 함대를 릴리피트 항구로 데려왔고 그 후 상기의 블레훠스크의 다른 모든 배도 빼앗아 그 왕국을 한 주로 격하시키고 이제부터 총독의 지배를 받도록 했다. 달걀의 넓은 끝 부분을 먹는 모든 망명자뿐만 아니라 달걀의 넓은 끝 부분을 먹는 이단 행위를 즉시 중단하지 않는 그 나라의 모든 사람 역시 처단하고 죽이라는 황제의 명령을 받았다. 위의 산처럼 큰 사람은 양심을 저버리거나 무고한

48 스위프트가 함께 일했던 토리당 주요 각료들, 특히 로버트 할리 옥스퍼드 경과 헨리 세인트 존 볼링브룩 자작을 기소한 것에 대한 패러디.

사람들의 자유와 삶을 망가뜨리는 것이 내키지 않는다는 핑계로, 상서롭고 평화로운 황제 폐하의 불충한 배신자처럼 위의 임무를 거두어 달라고 간청했다.

제3항

화평을 청하기 위해 몇몇 블레훠스크 대사들이 궁중에 도착했을 때, 그들이 최근까지 황제의 공공연한 적이었으며 위의 황제에 대항하여 전쟁을 일으킨 군주의 신하들이라는 것을 알고 있음에도 불구하고, 위의 산처럼 큰 사람은 졸렬한 매국노처럼 위의 대사들을 도와주고 부추기고 달래며 즐겁게 해주었다.

제4항

위의 산처럼 큰 사람은 충직한 신하의 의무와는 상반되는, 즉, 블레훠스크 궁정과 왕국을 여행하려고 지금 준비 중이며 그것에 대해 그는 폐하로부터 구두로만 허가를 받은 상태다. 위의 허가를 핑계로, 위의 여행을 하고 그렇게 함으로써 위선적이며 불충하게도 최근까지 적이었고 전술한 황제와의 전쟁을 일으킨 블레훠스크 왕을 돕고 달래며 부추기려 하고 있다.

다른 조항도 몇 개 더 있지만, 이것들이 가장 중요하며 나는 당신에게 그것들을 간략하게 들려준 것이다.

이 고발에 대해 여러 차례 논의가 있었는데, 사실 황제 폐하는 당신이 자신을 위해 한 공로를 자주 언급하고 당신 죄를 가볍게 해주려고 무던히도 노력하면서 황제의 관대한 모습을 보여주었다. 재무대신과 해군 장성은 한밤중에 당신 집에 불을 질러 아주 고통스럽고 불명예스러운 죽음을 맞도록 해야 한다고 주장했고 육군 장성은 독화살로 무장한 2만여 군인들을 대동하고 와서 당신의 얼굴과 손에 화살을 쏘겠다고 엄포를 놓았다. 당신 하인 몇몇이 당신 셔츠에 독을 탄 주스를 뿌리라는 비밀 지령이 실행되면, 당신은 곧바로 살이 찢기고 최악의 고통 속에서 죽게 될 것이다.[49] 육군 장성도 같은 의견이었고 그래서 한동안 당신에게 불리한 의견이 대다수였다. 하지만 될 수 있는 대로 당신 목숨을 살려주기로 마음먹은 황제 폐하는 결국 궁내 대신을 설득하는 데 성공했다.

이 일과 관련해서, 황제 폐하는 당신의 진정한 친구임을 늘 자부하는 비서실장 렐드레살에게 자신의 의견을 말하도록 지시했고, 그는 황제의 말을 따라서 했으며, 그 후 즉시 당신이 황제에 대해 갖는 좋은 생각을 정당화했다. 그는 당신의 죄가 무척 크다는 것을 인정하지만 그럼에도 불구하고, 군주로서 가장 훌륭한 덕목이며 폐하가 칭송받아 마땅한 이유인 '자애로움'을 베풀 여지는 여전히 존재한다고 말했다. 그는 당신과 자신 사이의 우정은 세상에 너무 잘 알려져서 아마도 존경하는 위원회에서는 자신을 편파적이라고 생각할지도 모른다고 했다. 하지만 그가 받아들인 위원회에 따라서 자신의 소회를 솔직하게 털어놓았다. 당신 공로를 고려하여, 폐하의 자애로운 성품에 따라, 황제 폐하가 기꺼이 당신의 목숨만은 살려주고 두 눈만 제거하라고 명령을 내린다면, 이러한 조

49 헤라클레스를 죽였던 네소스의 셔츠를 언급함.

치[50]로 정의도 어느 정도 충족될 수 있고 세상 모든 사람은 황제의 관대함뿐만 아니라 황제의 자문위원이 된 사람들의 공정하고 너그러운 처리 방식을 칭송할 거라고 그는 황송해하며 말했다. 또한, 당신이 눈을 잃는다 해도 체력에는 어떤 장애도 없을 테니 당신은 여전히 황제에게 도움을 줄 수 있을 거라고도 했다. 눈이 안 보이면 위험들이 보이지 않기 때문에 더 용맹스러워질 거라고도 했다. 눈 때문에 당신이 겪었던 두려움으로 인해 적들의 함대를 끌고 오는데 아주 큰 어려움이 있었으니, 당신은 대신들의 눈으로 보는 것만으로도 충분할 거라고 말했다. 아무리 위대한 군주라도 그 이상은 하지 않는다면서.

이러한 제안은 위원회 모든 사람의 격렬한 반대에 부딪혔다. 해군 장성 볼골람은 분노를 억누르지 못하고 불같이 화를 내면서, 비서실장이라는 사람이 어떻게 감히 매국노의 목숨 따위를 살려주자는 의견을 낼 수 있는지 이해가 안 된다고 반박했다. 정치적인 상황을 고려하면, 당신이 세운 공로들은 당신 죄를 더욱 가중시킨다고 그리고 황후의 거처에 소변(그는 이 말을 언급하면서 두려워했다)을 배출하여 불을 끈 당신이, 다른 경우에 똑같은 방법으로 침수를 일으켜 왕궁 전체를 물에 잠기게 할지도 모른다고, 그러다가 불만이

---

50 스위프트의 글에서 숨은 뜻이 있는 단어. Modest Proposal(〈아일랜드 빈민의 자녀를 유용하게 쓰기 위한 겸허한 제안〉:스위프트의 풍자적 소책자(1729))을 참고하라. 이 책에서 그 미친 계획자는 아이들을 이용하는 그의 계획 말고는 아일랜드의 빈곤에 대한 그 어떤 해결책도 듣지 못할 것이다. ('어느 누구도 나에게 이런 비슷한 조치들에 대해 말하게 내버려두지 않겠다.') 걸리버의 눈을 멀게 하자는 제안은 성경에 나오는 삼손의 운명을 의미하지만, 그것은 또한 옥스퍼드 경과 볼링브룩 자작이 반역죄로 사형을 당했다기보다 오히려 숱한 비행으로 자신의 모든 직위를 빼앗겨야 했다는 휘그당의 제안을 패러디한 것이다.

라도 생기기 시작하면, 적군의 함대를 끌고 왔던 그 힘으로 다시 그것을 끌고 갈지도 모른다고 주장했다. 그는 당신이 내심 달걀의 넓은 부분을 먹는 사람[51]이라고 생각하는 확실한 단서들이 있다고 주장했다. 그리고 반역죄는 외적 행위로 나타나기 전에 이미 마음속에서 시작되기 때문에, 그는 그 이유를 기초로 당신을 매국노로 고발하니 당신을 사형에 처해야 마땅하다고 주장했다.

재무대신도 같은 의견이었다. 그는 당신을 부양하는 비용 때문에 황제의 재정 상태가 얼마나 궁핍해졌는지, 그리고 머지않아 그 비용이 감당할 수 없을 지경으로 불어날 것이라고 설명했다. 당신의 눈을 멀게 하자는 비서실장의 방편은 결코 이러한 폐해의 해결책이 될 수 없으니, 몇몇 새의 경우 앞이 안 보이면 더 빨리 먹고 순식간에 살이 찌는 통례만 봐도 십중팔구 폐해를 악화시킬 게 뻔하다고 주장했다. 당신을 재판하는 존경하는 황제 폐하와 위원회는 양심상 당신의 유죄를 전적으로 확신하고 있고 그것은 엄격한 법령에서 요구하는 공식적인 증기 없이도 당신에게 사형을 선고할 충분한 사유가 된다고 주장했다.

하지만 사형을 절대 반대하기로 한 황제는 황감하옵게도 위원회에서 당신 눈을 멀게 하는 징계가 너무 가볍다고 생각한다면 다음에 다른 징계를 가할 수도 있다고 말씀하셨다. 그리고 다시 말할 기회를 정중히 요청한 당신 친구 렐드레살 비서실장은 황제 폐하가 당신을 먹여 살리는데 드는 엄청난 비용과 관련하여 재무대신이 항의한 내용에 대해 답하기를, 황제 폐하의 재정을 도맡아 관리하

51 옥스퍼드 경은 스튜어트의 주장에 동조하며 가톨릭이라고 고발당했다.

는 재무대신이 당신에게 들어가는 비용을 점차 줄이면 그러한 폐해에 충분히 대비할 수 있을 것이며, 그렇게 함으로써 음식이 부족해지면 당신은 점차 쇠약해지고 현기증을 일으키고 식욕도 잃어 결국 몇 개월 내에 죽게 될 거라고 했다. 당신 시체가 바싹 말라 절반 이상으로 줄어들면 시체에서 풍기는 악취는 그다지 위험하지 않을 것이고 당신이 죽은 직후, 전염을 예방하기 위해 5~6천 명의 백성들이 이삼일 동안 당신 뼈에서 살을 발라내, 그것을 수레에 실어 날라 멀리 떨어진 지역에 그것을 묻고 뼈대는 자랑스러운 기념물로서 후대에 남길 수 있다고 했다.

이처럼, 비서실장의 진한 우정 덕분에 모든 문제가 해결되었다. 당신을 서서히 굶겨 죽이겠다는 계획은 비밀에 부치되, 당신의 눈을 멀게 한다는 판결은 기록부에 기재하라는 엄중한 지시가 내려졌다. 황후의 앞잡이인 볼골람 해군 장성을 제외하고는 누구도 이의를 제기하지 않았는데, 황후는 볼골람에게 당신의 사형을 계속해서 요구하라고 부추겼다고 한다. 황후는 자신의 거처에 난 화재를 진압하기 위해 당신이 취한 무례하고 불법적인 방법 때문에 당신에게 계속해서 앙심을 품고 있었기 때문이다.

사흘 후, 당신 친구 비서실장은 당신 집을 방문하여, 당신 앞에서 탄핵 조항을 읽고, 그런 다음 당신이 눈을 잃는 판결만 받은 것은 황제와 위원회의 훌륭한 자비와 배려임을 공표하라는 명을 받을 것이다. 황제 폐하는 당신이 그 판결에 감사하며 겸허한 마음으로 받아들일 것이라는 데에 한 치의 의심도 없다. 그리고 당신이 땅에 누워 있을 때 20명의 황제 주치의들이 당신 눈알에 아주 날카로운 화살을 발사하여 수술이 제대로 시행되었는지 보기 위해 참석할 것이다.

당신이 어떤 대책을 마련해야 할지 신중을 기하라. 나는 의심을 피하고자 내가 왔던 것처럼 은밀히 즉시 돌아가겠다."

그 귀족은 그렇게 했고, 나는 수많은 의문과 당황스러운 심정으로 홀로 남았다.

현 군주와 대신들이 도입한 관습(확신컨대 이전 시대의 방식과는 전혀 다른)이 하나 생겼는데, 잔인한 사형을 결정한 후 궁중에서 군주의 분노나 총신의 악의를 만족하게 하려고, 황제는 세상 모든 사람에게 알려졌고 인정받은 자질인양, 자신의 위대한 자비심과 자애로움을 표현하는 연설을 전체 위원회에서 항상 하는 것이었다. 이 연설은 즉시 왕국 전체로 공표되며, 황제의 자비에 대한 그러한 찬사만큼 사람들을 두렵게 하는 것은 없었다. 이러한 칭송이 점점 확대되고 계속 강조될수록, 처벌은 점점 더 잔혹해졌고 무고한 사람들이 고통을 받는 일도 점점 많아졌다. 고백하건대, 내 경우, 출신이나 교육으로 조신이 되려고 한 적이 한 번도 없었기에, 본 사건에 대한 판결에 아주 못마땅했던 터라 이번 판결에서 자비나 배려를 도통 찾을 수 없었다. 그러나 이번 판결은 관대하기보다는 오히려 가혹한 것이(어쩌면 틀릴 수도 있지만) 아닌가 싶었다. 나는 때때로 재판을 받아볼까 하는 생각을 했다. 왜냐하면, 몇몇 항목에서 주장하는 사실들은 부인하기 힘들겠지만, 그들이 어느 정도 정상 참작을 해줄 것이라 기대했기 때문이다. 하지만 일생을 살면서 많은 국사범 재판을 숙독하면서 재판관들이 적합한 판결이라고 생각하면 그것으로 끝난다는 사실을 알게 되었기 때문에, 나는 너무나 중대한 시점에, 이렇게 막강한 적들에 대항하여 그런 위험한 결정에 의지할 엄두를 낼 수 없었다. 한 번은 나도 강력하게 저항해보려 했다. 내가 자유로워지면 이 왕국 사람들이 모두 덤벼도 나를 이기기에는 역부족이고, 돌을 던져 도시를 간단히 쑥대밭으로 만들 수 있기 때문이다. 하지만 내가 황제에게 했던 맹세와 그로부터 받은 호의, 그리고 그가 하사한 나르닥이라는 영광스런 칭호가 생각나자 이내 두려움에 그 계획을 포기했다. 그렇다고 황제의 이번 가혹한 처사로 과거의 내 모든 의무를 제거했다고 생각할 정도로, 조신들의 고마움을 알게 된 것도 아니다.

마침내 나는 결심을 굳혔다. 그 때문에 어떤 비난을 받을지도 모르고 어쩌면 그 비난은 당연할지도 모른다. 왜냐하면, 내가 눈을 잃지 않고 결과적으로 자유를 얻을 수 있었던 건 내 성급함과 경험 부족 때문이라는 것을 시인한다. 내가 그 당시 군주와 대신들의 본성을 알았다면(그 이후 나는 다른 많은 궁정에서 그들의 본성을, 그리고 나보다 덜 추악한 죄인들을 다루는 그들의 방법을 관찰했다), 그토록 가벼운 처벌은 쾌히, 기꺼운 마음으로 받아들였을 것이다. 하지만 나는 젊은 치기로 화급한 마음에 블레퓨스크 황제의 알현 허락을 황제에게 받은 지 사흘도 안 돼서, 허가도 받았으니 이 기회를 잡아 그날 아침 블레퓨스크로 가기로 했다는 나의 결정을 편지에 담아 친구인 비서실장에게 보냈다. 그리고 답장을 기다리지 않고 그 섬의 우리 함대가 정박해 있는 쪽으로 향했다. 나는 커다란 돛이 달린 군함 한 척을 잡아 뱃머리를 밧줄로 묶고, 닻을 들어 올리고, 옷을 벗어(겨드랑이에 끼고 온 침대보와 함께) 배 안에 집어넣었다. 배를 끌면서 물속을 걷기도 하고 헤엄을 치기도 하면서 블레훠스크 항구에 도착했는데, 그곳에서 사람들이 나를 오랫동안 기다리고 있었다. 그들은 나라 이름과 같은 수도로 나를 인도하기 위해 두 명의 호위병을 보내주었다. 나는 그들을 손에 들고 성문의 180 m 안까지 들어가서는, 내가 도착한 사실을 비서관 중 한 명에게 알려달라고 호위병에게 말했고, 이곳에서 황제의 명령을 기다리겠다고 비서관에게 알려달라고 부탁했다. 약 한 시간이 지나, 나는 왕실 가족들과 궁정 관리들을 거느리고 황제가 나를 맞이하기 위해 오고 있다는 전갈을 받았다. 나는 100m 앞으로 걸어갔다. 황제와 그 일행은 말에서 내렸고 황후와 귀부인들은 마차에서 내렸다. 그들은 전혀 놀라거나 걱정하는 기색이 없었다. 나는 땅에 엎드려 황제와 황후의 손에 입을 맞추었다. 나는 약속한 대로, 릴리퍼트 황제의 허락을 받아 방문하게 되었으며 위대한 군주를 만나 영광스럽고 우리 황제에 대한 의무를 벗어나지 않는 선에서 힘닿는 데까지 도와주겠다고 황제에게 말했다. 나의 불명예스러운 일에 대해서는 한마디도 언급하지 않았는데, 나는 여태까지 그 일에 대한 공식적인 통보를 들은 바 없으니 그러한 계획을 전혀 모르는 게 맞을 것이다. 게다가 아무리 황제라 해도 내가 그의 힘이 미치지 않는 곳에 있는 한 당연히 그 비밀을 발설할 거라고는 생각하지 않았다. 하지만 내 생각이 틀렸음이 바로 드러났다.

나는 이 궁정에서 받은 접대를 상세히 이야기하여 독자를 괴롭힐 생각은 없지만, 그것은 위대한 군주의 관대함에 걸맞은 접대였다. 그리고 집과 침대가 없는 탓에 어쩔 수 없이 이불을 꽁꽁 싸매고 땅바닥에 누웠던 힘든 상황들에 대해서도 언급하지 않겠다.

8장

운 좋게도 저자는 블레퓌스크를 떠날 방법을 찾아내고 여러 역경을 치른 끝에 조국으로 무사히 돌아간다.

도착한 지 사흘 후, 호기심이 생겨 이 섬의 북동쪽 해안을 거닐던 나는 약 2km 떨어진 바다에서 어딘지 모르게, 왠지 전복된 배로 보이는 것을 발견했다. 신발과 양말을 벗고 200~300m 앞으로 걸어가니, 그 물체가 조류의 힘으로 점점 가까이 접근해 왔다. 그러자 그것이 진짜 보트라는 사실을 확실히 알게 되었는데, 아마 그 보트는 폭풍에 휩쓸려 큰 배에서 떨어져 나온 것 같다. 그래서 나는 즉시 수도 쪽으로 돌아가서, 나에게 함대를 빼앗긴 후 남아 있는 것 중 가장 큰 군함 20척과 부함장의 통솔하에 있는 3천 명의 해군들을 빌려달라고 황제에게 부탁했다. 이 함대가 돌아가는 동안 나는 지름길로 처음 보트를 발견한 해안으로 되돌아갔다. 조류 덕분에 그것은 훨씬 더 가까이 다가 와 있었다. 해군들은 전부 밧줄을 받았는데 나는 사전에 그것들을 아주 튼튼하게 꼬아놓았다. 함대들이 다가왔을 때, 나는 옷을 벗고 보트의 90m 전방까지 걸어갔고 그 후부터는 어쩔 수 없이 헤엄을 쳐서 그곳에 당도했다. 해군들은 내게 밧줄 끝부분을 던졌고 나는 그것을 보트 앞부분에 있는 구멍에, 다른 한쪽 끝은 군함에 고정했다. 하지만 내 힘으로도 어쩔 수 없다는 것을 알게 되었다. 수심이 너무 깊어 작업을 할 수 없었기 때문이다. 이렇게 어려운 상황에서는 뒤쪽에서 헤엄을 치며 한 손으로 가능한 한 자주 보트를 앞으로 미는 방법밖에는 없었다. 조류가 내게 호의적이라 아주 멀리까지 나아갈 수 있었고 어느덧 턱을 들어 올리고 바닥을 느낄 수 있었다. 나는 2~3분 쉰 다음 보트를 또다시 밀었고 수심이 겨드랑이 정도 올 때까지 계속 그렇게 했다. 이제 가장 힘든 일을 끝내고, 나는 배에 실어두었던 다른 밧줄들을 꺼내 우선 그것들을 보트에 고정하고 그다음 나를 호위하던 배 아홉 척에도 고정했다. 순풍에 해군들이 보트를 끌어당겼고 나는 해안가에서 36m 되는 곳에 도착할 때까지 힘껏 밀고 썰물 때까지 기다렸다가 물에 잠기지 않은 보트에 다가갔다. 나는 2천여 명의 해군들과 밧줄, 장비 덕분에 방향을 바꿔 배를 뒤집었고 거의 파손되지 않았음을 알았다.

나는 열흘이 걸려 만든 노들을 이용해서 보트를 블레퓌스크 항구까지 끌고 왔던 그 고생담으로 독자 여러분을 괴롭힐 생각은 없다. 내가 도착할 때 그곳에 엄청난 인파가 몰려들고 그 거대한 보트의 모습에 놀라움을 감추지 못했다. 나는 황제에게 내 행운의 여신이 이 보트를 내 쪽으로 끌어당겨 내가 조국으로 돌아갈 수 있는 어떤 장소로 나를 실어다가 줄 거라고 말했다. 떠날 허가장과 함께 보트를 수리할 자재를 준비해달라고 황제에게 간곡히 요청했다. 황제는 몇 마디 충고 후 기꺼이 허락해주었다. 나는 블레퓌스크 궁정 사람들이 이 기간 내내 나와 릴리퍼트 황제와 관련된 어떤 급보도 전해 듣지 못했다는 사실에 매우 의아해했다. 그러나 나중에 개인적으로 알게 된 사실이지만, 릴리퍼트 황제는 내가 자신의 계획을 조금이라도 알고 있다는 생각은 전혀 못 하고 단지 자신의 허락을 받아 약속 이행 차원에서 블레퓌스크로 갔을 뿐이라고 믿고 있었고,

릴리퍼트 궁정사람들도 그렇게 알고 있었고, 며칠 후 행사가 끝나면 내가 돌아올 것으로 생각했다. 하지만 결국 내 오랜 부재에 고민에 빠졌던 황제는 재무대신, 그리고 나머지 대신들과 논의 끝에 나에 대한 탄핵문을 특사를 통해 보내왔다. 이 특사는 눈을 멀게 하는 정도의 처벌로 만족해하는 자기 황제의 넓디넓은 아량을 블레푸스크 군주에게 설명했고 내가 재판을 피해 도망쳤으며[52] 만에 하나, 내가 두 시간 내에 돌아오지 않으면 나르닥 칭호를 박탈하고 반역자로 선포할 거라는 황제의 명령을 전했다. 이에 덧붙여, 두 제국의 평화와 우호를 유지하기 위해 형제 나라 블레푸스크는 내가 반역자로 처벌받도록 내 손과 발을 포박하여 릴리퍼트로 돌려보내도록 명하라는 황제의 뜻을 전했다.

사흘 동안 논의를 한 블레푸스크 황제는 정중함과 사과의 표현을 담아 답장을 보냈다. 그는 나를 포박하여 돌려보내는 것과 관련해서, 그것이 불가능하다는 것은 릴리퍼트 황제도 알고 있을 거라고 하면서, 비록 내가 자기 나라 함대를 빼앗아 갔지만, 평화를 유지하는데 내가 베푼 수많은 배려에 크나큰 신세를 졌다고 적었다. 그리고 나를 태워줄 커다란 배를 해안에서 발견했으며, 나의 도움과 지시를 받아 배를 수리하라고 명령을 내렸으니 몇 주 후면 양 제국은 도저히 먹여 살릴 수 없는 부양자로부터 해방될 거니, 이제 곧 양국의 황제들은 안심해도 될 것이라고 했다.

특사는 이 답신을 지니고, 릴리퍼트로 돌아갔고 블레푸스크 황제는 그동안 있었던 모든 일을 내게 들려주면서, 동시에 만일 내가

52 볼링브록도 걸리버처럼 자신의 탄핵 재판을 피해 프랑스로 도망쳤다.

계속해서 자신을 도와주면 성심성의껏 보호해 주겠다며 강한 자신감을 내비쳤다. 그 점에서 나는 그가 진심이라는 것을 믿지만 피할 수만 있다면 될 수 있는 대로 군주나 대신들을 더는 믿지 않겠다고 결심한 터였다. 따라서 나는 그의 호의적인 의도에 정중히 감사의 뜻을 표하며 겸손하게 양해를 구했다. 행운이든 불운이든 운명의 여신이 내 쪽으로 배를 보냈으니, 강력한 두 군주 사이에서 불화의 원인이 되기보다는 차라리 위험을 무릅쓰고서라도 바다로 나가겠다는 내 결심을 블레퓌스크 황제에게 전했다. 황제는 전혀 불쾌해하지 않았고, 그가 내 결정에 매우 흡족해했고 대신들 대부분도 마찬가지였다는 사실도 우연한 기회에 알게 되었다.

이러한 연유로, 나는 생각했던 것보다 다소 빨리 출항을 서두르게 되었고 내가 어서 떠나기를 바라는 궁정 사람들은 흔쾌히 도움을 주었다. 500명의 일꾼이 동원되어 내 지시에 따라, 가장 질긴 리넨 소재의 천 13겹을 누벼 배에 달 돛을 두 개 만들었다. 나는 고생고생하며 가장 질기고 튼튼한 밧줄들을 10줄, 20줄, 30줄로 꼬았다. 오랫동안 해안가를 수색하다가 우연히 발견한 커다란 돌을 닻으로 사용했다. 나는 소 300마리에서 짜낸 기름으로 배와 다른 장비에 기름칠했다. 나는 아주 커다란 목재 몇 그루를 베어 노와 돛대를 만드느라 말도 못할 고생을 했지만, 황제의 배 목수들이 그것들을 매끄럽게 다듬는 일을 거들어서, 많은 도움을 받았다.

약 한 달 후 만반의 준비가 끝났다. 나는 왕의 명령을 받아 출발하기 위해 사람을 보냈다. 황제와 왕실 가족들은 궁전 밖으로 나왔다. 나는 고개를 숙여서 아주 정중하게 내민 황제의 손에 입을 맞췄다. 황후와 어린 왕자들도 똑같이 행동했다. 황제는 금 200스프럭이 들어있는 50개의 주머니를 비롯한 실물 크기의 자신의 초상화를 선물했는데, 나는 그것이 훼손되지 않도록 즉시 한쪽 장갑에 집어넣었다. 출발 의식이 너무 많아 독자 여러분이 괴로워할 정도다.

나는 보트에 황소 300마리와 양 300마리분의 고기 그리고 비율에 맞는 빵과 음료, 400명의 요리사가 미리 손질해둔 많은 고기를 싫었다. 나는 고향으로 데려가 키워 번식시킬 요량으로, 살아있는 황소 두 마리와 암소 여섯 마리, 그리고 같은 수의 암양과 숫양도 배에 실었다. 그리고 배에서 녀석들에게 먹일 커다란 건초더미와 곡식 한 자루도 함께 실었다. 나는 블레훠스크 사람들 십여 명도 데려가고 싶었지만, 이는 황제가 절대 허락하지 않은 일이었다. 게다가 내 주머니까지 샅샅이 뒤진 황제는 자기 백성들이 허락하고 원한다 할지라도 절대 한 사람도 데려가지 않겠다는 내 약속을 받아냈다.

그렇게 내가 할 수 있는 일을 비롯한 모든 준비를 마친 나는 1701년 7월 24일 새벽 6시에 출항했다. 남동풍을 받으며 북쪽으로 약 19㎞쯤 갔을 때, 저녁 6시쯤, 나는 북서쪽으로 2.5㎞ 떨어진 곳에 자그마한 섬을 하나 발견했다. 나는 앞으로 나갔고 그 섬의 내리바람 쪽에 닻을 내렸는데, 사람이 살지 않는 것 같았다. 그래서 나는 음식을 먹고 휴식을 취했다. 나는 단잠에 빠져 최소한 6시간은 잔 것 같았다. 내가 깨어난 지 두 시간 후에 날이 밝았기 때문이다. 청명한 밤이었다. 나는 태양이 떠오르기 전에 아침을 먹었고, 순풍에 닻을 올린 나는 소형 나침반의 지시에 따라 전날 내가 가려고 했던 그 항로로 배를 몰았다. 내 계획은 가능한 한 밴디맨 대륙 북동쪽에 있다고 믿는 섬 중 한 곳에 도착하는 것이었다. 나는 그날 온종일 아무것도 발견하지 못했지만, 다음 날 오후 3시쯤 내 계산에 의하면 블레훠스크에서 약 115㎞ 정도 떨어진 곳에서 남동쪽으로 움직이는 배 한 척을 발견했고 내 항로는 정남이었다. 나는 그 배를 큰 소리로 불렀지만 아무 대답도 없었다. 하지만 바람이 약해지면서 나는 그 배에 점점 가까워졌다. 나는 할 수 있는 한 모든 닻을 높이 올렸는데, 30분쯤 지나자 그 배에서 나를 알아채고 깃발을 매달고 포를 발사했다. 내 사랑하는 조국과 그곳에 두고 온 그리운 가족들을 다시 볼 수 있으리라는 예상치 못한 기대에 부푼 그 행복감은 이루 말로 표현하기 힘들었다. 그 배는 돛을 느슨하게 풀었고 나는 7월 26일 오후 5~6시 사이에 그 배에 접근했다. 그런데 영국 국기를 보자 가슴이 마구 뛰었다. 나는 코트 주머니에 소와 양들을 집어넣고 내 조그마한 음식물들을 들고 배에 올랐다. 그 배는 북태평양과 남태평양을 경유하여 일본에서 돌아가는 영국 상선이고, 데포드 출신의 존 피델 선장은 아주 예의 바른 사람이며 노련한 항해사였다. 이제 우리는 남위 30도 위치에 있었다. 배 안에는 50여 명의 사람이 있었고 나는 그곳에서 나의 오랜 동료 피터 윌리엄즈를 만났는데, 그는 선장에게 내가 좋은 사람이라고 말해주었다. 이 신사는 내게 친절하게 대해 주면서 내가 마지막으로 갔다 온 그곳이 어떤 곳인지, 내가 어디를 향해 가고 있었는지 듣고 싶어 했다. 내가 몇 마디 했지만, 그는 내가 헛소리를 한다고 생각했다. 위험한 일들을 겪다 보니 정신이 이상해진 것 같다고 말이다. 그때 나는 주머니에서 검은 소와 양을 꺼냈고 그 덕분에 깜짝 놀란 선장은 내 말의 진실성을 확신했다. 그다음 나는 실물 크기의 블레훠스크 초상화와 그 밖에 그 나라의 다른 진기한 물건들을 비롯하여 블레훠스크 황제가 나에게 준 금화도 선장에게 보여주었다. 나는 금화 200스프럭이 들어 있는 주머니 두 개를 선장에게 주었고 우리가 영국에 도착하면 소와 새끼 가진 양 한 마리를 선물로 주겠다고 약속했다.

대부분 아주 순조로웠던 이 항해에 대해 자세히 이야기하여 독자 여러분을 힘들게 하진 않겠다. 우리는 1702년 4월 13일에 다운즈 항구에 도착했다. 나에게 딱 한 가지 불운이 있었는데, 배 안의 쥐들이 내 양 중 한 마리를 물고 가 버린 것이다. 나는 구멍 한 군데에서 살이 깨끗이 발라진 양의 뼈를 발견했다. 나머지 가축은 무사히 육지까지 데려왔고 그리니치의 잔디밭 구기장에서 그들에게 풀을 뜯어 먹게 했다. 나는 풀을 안 먹을까 봐 노심초사했는데 그곳 풀이 하도 부드러워 녀석들이 아주 맛있게 풀을 먹었다. 만약에 선장이 준 맛좋은 비스킷을 비벼서 가루로 만들어 물과 섞어 그놈들에게 계속해서 주지 못했다면, 나는 오랜 항해기간 동안 녀석들을 지켜내지 못했을 것이다. 영국에서 머문 짧은 시간 동안 나는 수많은 귀족과 그 외의 사람들에게 내가 가져온 소들을 보여주면서 상당한 이득을 챙겼고 두 번째 항해를 시작하기 전 그놈들을 600파운드에 팔았다. 내가 마지막 여행에서 돌아오니, 그 수가 상당히 많이 늘어난 상태였고 양은 특히 더 많았다. 질 좋은 양털이 양모 제조업[53]에 상당한 도움이 되길 기대한다.

아내, 가족과 함께 보낸 시간은 고작 두 달 정도였다. 다른 나라들을 보고 싶어 하는 만족하지 못하는 내 욕망 때문에, 더는 머물 수 없었다. 나는 아내에게 1,500파운드를 남겨주고 레드리프에 좋

53 아이러니하게도, 스위프트는 활자를 통해 아일랜드산 양모에 대한 영국의 독점을 반대하는 캠페인을 펼쳤다. 《Proposal for the Universal Use of Irish Manufacture(1720)》를 참고하라.

은 집 하나를 마련해 주었다. 남은 재산 중 일부는 현금으로, 일부는 재산을 불리고 싶은 마음에 물품으로 가져갔다. 큰삼촌 존이 에핑[54] 근처에 있는 땅을 내게 물려주어 1년에 약 30파운드의 소득을 얻고, 페터 라인에 있는 블랙 불[55]에 오랫동안 세를 놓아 그곳에서 그보다 좀 더 많은 수입을 내게 안겨준 터라, 그 지역에 가족들을 남겨둔다고 위험하진 않았다. 삼촌의 이름을 따른 내 아들 조니는 그래머 스쿨[56]에 다니고 장래가 촉망되는 아이였다. (결혼도 잘해서 이제 자식까지 둔) 딸 베티는 당시 바느질일을 했다. 나는 양 볼에 눈물을 흘리며 아내와 아들, 딸의 곁을 떠나, 리버풀 출신의 존 니콜라스 선장이 지휘하는 수라트[57] 행 300톤급 상선 '어드벤처' 호에 올랐다. 하지만 이 항해 이야기는 나의 여행기 2부에서 언급하겠다.

1부 끝

54 영국의 북동쪽 끝에 위치한 장이 서는 마을.

55 런던의 홀버른에 자리한 실제 여관과 실제 위치.

56 중세에 라틴어를 가르치는 학교였으나 희랍어, 유럽 언어로 범위가 확장되었다.

57 아라비아 해의 캄베이 만에 위치하며, 인도에서 가장 오래된 항구 중 하나.

제2부

브롭딩낵 여행

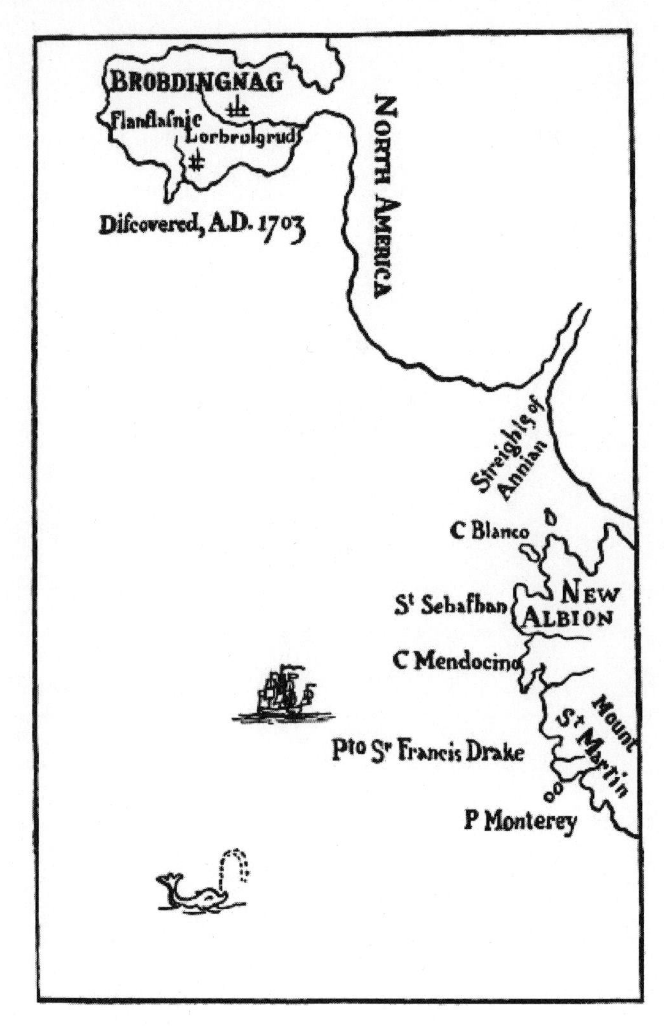

*지도 삽화

뉴 엘비언은 캘리포니아의 옛 이름이고 캘리포니언이라는 또 다른 이름도 있다. Straits of Annian은 아마 샌프란시스코 만에 해당하는 것 같지만, 그 이름에 내포된 지저분한 의미는 좀 더 분명해진다.

1장

거대한 폭풍을 설명하고. 먹을 물을 구하기 위해 대형보트를 보내고, 저자는 그 나라를 알아보기 위해 보트를 타고 간다. 그는 해안에 남아 있다가 한 원주민에게 붙잡혀 어느 농부의 집에 끌려간다. 그곳에서의 접대와 거기서 벌어지는 몇 가지 사건. 주민들의 묘사.

본성과 운명에 의해 파란만장하고 분주한 삶을 살도록 타고난 나는 귀국한 지 두 달 만에 다시 고향을 떠났다. 1702년 6월 20일 다운즈 항에서 콘월 주 출신 존 니콜라스 선장이 지휘하는 어드벤처 호를 타고 수라트로 향했다. 우리는 아주 적절한 강풍을 맞으며 희망봉에 도착했고 신선한 물을 위해 상륙했다가 배의 누수를 발견하여 짐을 내리고 그곳에서 겨울을 났다. 그러다가 선장이 학질에 걸리는 바람에 우리는 3월 말이 될 때까지 희망봉을 떠날 수 없었다. 그 후 다시 항해를 시작했고 마다가스카르 해협을 지날 때까지 항해는 순조로웠다. 하지만 4월 19일경 그 섬의 북쪽, 약 남위 5도 지점에 이르자, 매우 격렬한 바람이 불기 시작했고(이 바다에서는 12월 초에서 5월 초까지 항상 일정하게 북쪽과 서쪽 사이로 부는 돌풍이 관찰된다) 평소보다 서쪽으로 좀 더 심하게 불었다. 20일 동안 쉬지 않고 그렇게 불었고 그러는 동안 우리는 몰루카 군도[01]의 동쪽으로 좀 더 이동하게 되었다. 5월 2일 선장이 관측한 바로는, 적도에서 북쪽으로

01 필리핀의 남쪽, 뉴기니 동쪽에 위치한 인도네시아 섬으로, 네덜란드인이 지배할 때까지 초기 근대 유럽민족들이 이곳을 둘러싸고 많은 다툼을 벌였다.

3도 정도 떨어진 곳으로, 그때는 바람이 잠잠했고 쥐 죽은 듯이 고요해서, 나는 적잖이 기뻤다. 하지만 그런 바다를 항해한 경험이 많은 선장은 우리에게 폭풍에 대비하라고 경고했다. 그리고 다음 날, 진짜 그의 말대로 몬순이라는 남풍이 불기 시작했다.

폭풍이 휘몰아칠 기세를 보이자, 우리는 막대 돛을 접고 앞 돛대의 돛을 접기 위해 대기했다. 그러나 날씨가 험악해지면서, 대포가 단단히 고정되어 있는지 확인했고 배의 뒷 돛대의 세로돛을 감아올렸다. 배가 육지에서 꽤 멀리 떨어져 있었기 때문에, 이것저것 시도해보거나 모든 돛대를 접고 바다 위를 표류하느니 차라리 바다를 향해 노를 저어가는 편이 낫겠다 싶었다. 우리는 앞 돛대의 돛 크기를 줄여 고정한 다음 앞 돛의 아랫자락을 묶은 밧줄을 선미 쪽으로 잡아당겼다. 거친 비바람에도 조타장치는 꿋꿋하게 버텼다. 배는 거침없이 방향을 바꾸었다. 우리는 앞 돛 당김 밧줄을 잡아맸지만, 돛은 찢어졌고, 활대[02]를 아래로 잡아당긴 다음 돛을 배 안으로 집어넣었고 돛에 있는 다른 모든 것들도 전부 풀었다. 아주 격렬한 폭풍이었다. 바다는 낯설고 위험하게 변했다. 우리는 키의 손잡이에 묶인 밧줄을 힘껏 잡아당겨 키를 잡고 있는 사람을 도왔다. 중간 돛대는 내리지 않고 모두 그대로 놔두었다. 배가 바람을 받아 잘 달려주었기 때문이다. 우리는 중간 돛대가 높이 있어야 배가 훨씬 안전하며, 조종하기에 충분한 해역을 가졌기에 바다를 잘 헤치고 나아갈 수 있다는 걸 알았다. 폭풍이 잠잠해지자, 우리는 앞 돛대와 주 돛을 세우고 배를 이동시켰다. 그런 다음 배의 후미 쪽에 있는 작은 돛대

---

02 돛 위에 가로 댄 나무.

와 큰 돛대의 중간 돛, 앞 돛대의 가운데 돛을 펼쳤다. 우리의 항로는 동북동이었고 바람은 남서풍이었다. 우리는 항로를 돌려 바람을 우현 쪽으로 받고, 아딧줄[03]과 활대줄을 풀었다. 우리는 배 측면의 밧줄을 잡아당기고 볼링 밧줄을 당겨 돛을 바람 방향으로 펼치고, 그것들을 단단히 당긴 다음 밧줄을 감아 맸다. 그런 다음 배의 후미 쪽에 있는 작은 돛대를 바람 부는 방향으로 잡아당겼고 그것이 놓여 있는 곳 근처에서 계속 힘껏 잡아당겼다.

이 폭풍 이후 강한 서남서풍이 잇따라 몰아치는 바람에 우리는 동쪽으로 약 2,400㎞ 이동했다는 계산이 나왔는데, 승선 경험이 많은 선원도 우리가 어느 곳에 있는지 알 수 없었다. 식량은 충분했고 배 역시 끄떡없었으며 선원들의 건강상태도 모두 양호했다. 하지만 물 때문에 극도로 괴로운 상태에 있었다. 우리는 훨씬 북쪽으로 향하는 것보다는 차라리 같은 항로를 유지하는 편이 상책이지 싶었다. 북쪽으로 가다 북동 아시아의 북서지역을 지나 얼음 바다로 들어갈 수 있기 때문이었다.

1703년 6월 16일, 중간 돛대에 있던 선원이 육지를 발견했다. 17일, 우리는 커다란 섬 혹은 대륙(둘 중 어디인지 잘 몰랐기 때문이다)의 전경을 보았다. 그곳의 남쪽에는 육지의 작은 돌출부가 바다 쪽으로 튀어나왔고 작은 만은 수심이 너무 얕아 110톤 이상의 배는 들어갈 수 없었다. 우리는 이 만(灣)에서 5㎞ 되는 곳에 닻을 내렸고 선장은 대형 보트에 제대로 무장한 선원 십여 명을 태워 보내면서 혹시 물을 찾을지 몰라 용기도 함께 딸려 보냈다. 나는 선장에

03 바람의 방향을 맞추기 위하여 돛을 매어 쓰는 줄.

게, 그 나라를 살펴보고 뭔가를 발견하게, 그들과 함께 보내달라고 요청했다. 우리가 육지에 도착했을 때, 강이나 샘은커녕, 사람의 어떤 흔적도 발견하지 못했다. 따라서 선원들은 바다 근처의 담수라도 찾을 요량으로 해안가를 돌아다녔고, 나는 반대편으로 약 1마일 정도 떨어진 곳으로 혼자 걸어갔고, 그곳에서 그 나라가 온통 바위투성이에다 황폐한 곳이라는 걸 알았다. 나는 이제 점점 지치기 시작했으며, 게다가 호기심을 충족시킬 만한 것도 전혀 눈에 띄질 않아, 만을 향해 천천히 되돌아 내려갔다. 그런데 눈앞에 펼쳐진 바다에는 선원들이 이미 배에 올라타 필사적으로 노를 젓고 있었다. 아무 소용없었겠지만 나는 그들 뒤에 대고 소리를 지르려고 했다. 그런데 그때, 거대한 사람이 그들을 따라 재빠르게 바다로 들어가는 것을 보았다. 그가 물을 헤치며 걸어가는 데 수심이 무릎보다 깊지 않았고 매우 큰 걸음으로 성큼성큼 걸었다. 하지만 선원들은 2.5㎞ 앞서 있었고 그 근처 바다에는 날카롭고 뾰족한 바위들이 가득했기 때문에, 괴물은 보트를 따라잡을 수 없었다. 이 부분은 내가 나중에 전해 들은 이야기이고, 그 당시 나는 그 진기한 사건의 결말을 계속 지켜볼 엄두가 나지 않아 그저 내가 처음 갔던 그 방향으로 가능한 한 재빠르게 도망쳐 가파른 언덕으로 기어 올라갔다. 거기서 그 나라의 조망을 좀 보게 되었다. 그곳은 온통 경작지였다. 하지만 무엇보다 가장 놀란 것은 풀의 높이였는데, 건초로 사용하기 위해 들판에 심은 듯한 풀의 높이가 무려 6m가 넘었다.

나는 큰길에 들어섰는데, 거주민들에게는 그저 보리밭 사이로 난 30㎝ 길로 보일지 모르지만, 나에게는 그렇게 여겨졌다. 한동안 이곳을 걸어 다녔다. 그러나 길 양옆으로 거의 아무것도 보이지 않았다. 이제 추수가 가까워져 곡식들이 거의 12m 자라 있었기 때문이다. 나는 한 시간 정도 걸어 이 들판 끝에 이르렀는데, 그곳에는 적어도 36m 높이의 산울타리가 처져 있었고 나무들의 키도 무척 커서 도저히 그 높이를 가늠할 수 없었다. 이 들판에서 옆 들판으로 통하는 계단식 출입구가 있었다. 계단이 네 개 있었고 맨 위까지 올라가니 돌로 바뀌어 있었다. 나는 이 계단들을 도저히 올라갈 수 없었는데, 계단마다 높이가 180㎝나 됐고 맨 위쪽 돌의 높이도 6m가 넘었기 때문이다. 산울타리에 있는 틈을 찾아 헤매고 있을 때, 이웃 밭의 주민 한 명이 계단식 출입구로 다가오는 것이 보였는데 그는 바다에서 보트를 쫓던 그 사람과 같은 체구였다. 그는 흔히 보는 첨탑만큼 커 보였고 내가 판단하기에는 보폭도 얼추 9m는 되는 것 같았다. 극도의 공포와 경악을 금할 수 없었던 나는 곡식 속으로 급히 몸을 숨겼다. 그곳에서 계단 맨 꼭대기에 있는 그가 오른쪽의 이웃 밭을 돌아보는 것을 보았고 그가 확성기보다 몇 배나 더 큰 목소리로 누군가를 부르는 소리를 들었다. 하지만 그 소리는 하늘 높이 들렸기 때문에, 처음에는 분명 천둥소리인 줄 알았다. 그때 그와 비슷한 일곱 명의 괴물들이 보통 낫 여섯 배 크기의 낫을 들고 그에게 다가왔다. 이 사람들은 첫 번째 사람만큼 옷을 잘 차려입지 않았는데, 마치 그의 하인이나 일꾼들인 것 같았다. 그가 몇 마디 하자, 그들은 내가 있던 밭에 가서 곡식을 거둬들였기 때문이다. 나는 될 수 있는 한 그들에게서 멀리 떨어져 있으려 했지만, 이동이 굉장히 힘들 수밖에 없었다. 이따금 곡식 줄기들의 간격이 30㎝밖에 안 되는 경우도 있었기 때문에 그것들 사이로 거의 비집고 들어갈 수가 없었다. 하지만 계속 앞으로 움직여 비바람에 곡식이 쓰러져 있는 밭에 이르렀다. 그곳에 도착하니 한 걸음도 뗄 수가 없었다. 기어들어갈 수 없을 정도로 줄기들이 얼기설기 뒤섞여 있었고 떨어진 이삭의 까끄라기[04]들이 하도 억세고 뾰족해서 내 옷을 뚫고 들어와 살을 파고들었기 때문이다. 바로 그때 나는 내 뒤로 100m도 안 되는 거리에서 수확하는 사람들의 소리를 들었다. 힘이 들어 기진맥진한 상태에서 근심과 절망감에 완전히 사로잡혀 있던 나는 두 개의 이랑 사이에 누워 거기에서 내 인생이 끝나기를 진심으로 바랐다. 쓸쓸하게 혼자 된 아내와 아빠 잃은 아이들 생각에 마음이 미어졌다. 친구들과 친척들의 충고를 무시하고 두 번째 항해를 시도했던 나 자신의 어리석음과 옹고집을 한탄했다. 나는 이 극심한 불안감 속에서 릴리퍼트를 생각하지 않을 수 없었다. 그곳 사람들은 나를 세상에서 가장 놀라운 존재로 여겼다. 블레푸스크 함대를 끌고 왔으며 그 나라의 역사책에 길이 남을 그 외의 여러 활동을 펼쳤다. 물론 수백만 사람들이 증언한다 해도 후세 사람들은 그런 일들을 거의 믿지 않겠지만 말이다. 우리 사이에 있는 단 한 명의 릴리퍼드인처럼, 내가 이 나라에서 하찮은 존재로 보일 거라는 생각이 들자 굴욕감이 밀려들었다. 하지만 이 정도의 불행쯤은 별것 아니라는 생각이 들었다. 알려진 바로는, 인간이란 동물은 그 크기에 비례해서 더 야만적이고 잔인해진다고 했으니, 나를 잡게 될 이 거대한 야만인 가운데 첫 번째 사람의 한 입 거리라는 생각 외에 어떤 생각을 할 수 있었겠는가! 비교 말고는 크고 작음을 가릴 방법은 없다는 철학자들의 말은 의심의 여지없이, 지당하다. 릴리퍼트 사람들도, 그들이 내게 그런 만큼,

04 벼, 보리 따위의 낟알 껍질에 붙은 깔끄러운 수염.

그들에 비해 작은 사람들이 사는 나라를 발견하는 행운을 얻을지도 모른다. 어쩌면 아직 우리가 발견하지 못한 세상 저편 어딘가에는 이 엄청나게 큰 인종들도 꼼짝 못 하게 만들 강적이 있을지 모른다.

내가 잔뜩 겁을 먹고 당황해도, 이런 생각에서 헤어나지 못하고 있었다. 그때, 곡식을 수확하는 한 명이 내가 숨어 있는 이랑 쪽 10 m도 안 되는 곳까지 다가왔는데, 한 걸음만 더 걸으면 나는 그의 발에 깔려 죽게 되거나 그의 낫에 두 동강이 날 판이었다. 그래서 그가 다시 움직이려고 하는 찰나, 나는 공포에 질려 큰소리로 비명을 질렀다. 그 거인은 얼마 안 걷더니, 한동안 아래쪽 주변을 둘러보았고 마침내 땅에 엎드려 있는 나를 발견했다. 그는 이 작고 위험한 동물에게 할퀴거나 물리지 않고 잡으려고 노력하는 사람처럼 주의를 기울이며 잠시 생각에 잠겼다. 영국에서 족제비를 잡을 때 내가 종종 그랬던 것처럼 말이다. 마침내 그는 과감하게 자신의 엄지와 검지로 내 허리 부분을 집어, 그의 눈앞 3m 안쪽으로 들어 올려 내 모습을 좀 더 자세히 살펴보았다. 나는 그의 의도를 알아챘고 다행이라는 생각에 나는 훨씬 더 침착해졌다. 그래서 그가 아무리 내 옆구리를 세게 잡고 있더라도, 그가 지상에서 2m 이상 되는 공중에서 나를 들고 있을 때, 자칫 손가락 사이로 빠질 수 있으니, 적어도 발버둥은 치지 않겠다고 결심했다. 위험을 무릅쓰고 내가 한 행동이라고는 태양을 쳐다보며, 기도하는 자세로 두 손을 모은 다음 당시 내가 처한 상황에 어울리는 겸손하고 애처로운 어조로 몇 마디 하는 것뿐이었다. 평소 우리가 죽이고 싶을 정도로 혐오스러운 작은 동물들에게 하듯, 그가 나를 땅바닥에 내동댕이칠까 봐 매 순간 나는 두려웠다. 하지만 운 좋게도, 그는 내 목소리와 행동에 즐거워하는 것처럼 보였다. 비록 그가 내 말을 이해할 순 없겠지만 또렷한 발음으로 내가 말하는 것을 듣더니 매우 놀라워하며 어느덧 나를 진기한 존재로 여기기 시작했다. 그러는 사이, 나는 신음과 흐르는 눈물을 참지 못하고, 고개를 옆으로 돌려 내가 그의 엄지와 검지의 힘에 눌려 얼마나 고통스러운지 그에게 가능한 한 제대로 알려주었다. 그는 내 말뜻을 이해한 것 같았다. 그가 겉옷의 옷깃을 들어 올리더니 나를 그 안으로 조심스레 집어넣더니 즉시 주인에게 달려갔기 때문이다. 주인은 재산이 많은 농부였고 내가 처음에 밭에서 봤던 바로 그 사람이었다.

하인이 전해 준 나에 관한 이야기를(내가 그들의 대화를 듣고 짐작한 것이지만) 들은 농부는 보행용 지팡이만 한 크기의 작은 지푸라기 하나를 들고 내 겉옷 옷깃을 들춰보았다. 그는 그것이 자연적으로 생긴 일종의 껍질인 줄 알았던 모양이다. 농부는 내 얼굴을 좀 더 자세히 보기 위해 내 머리카락을 옆으로 불어 날렸다. 그는 제 주변에 있던 하인들을 부르더니 그들에게(나중에 알게 된 이야기지만) 나랑 닮은 작은 생물을 밭에서 본 적이 있는지 물었다. 그러더니 내가 네 발로 땅을 딛도록 살포시 내려놓았다. 하지만 나는 바로 일어서서 천천히 앞뒤로 걸어가, 도망갈 의사가 전혀 없음을 그 사람들에게 보여주었다. 그들은 내 행동을 좀 더 자세히 관찰하기 위해 모두 내 주변에 둥그렇게 둘러앉았다. 나는 모자를 벗은 다음, 농부를 향해 깍듯이 인사를 했다. 나는 무릎을 꿇은 채 손을 들고 위를 쳐다보면서 최대한 큰 소리로 몇 마디를 했다. 나는 호주머니에서 금화 지갑을 꺼내 정중하게 그에게 바쳤다. 그는 그것을 손바닥에 받더니 뭔지 보기 위해 눈 가까이 가져갔고 그 후

(그가 소매에서 빼낸) 핀 끝으로 그것을 여러 차례 굴려봤지만 도통 알 수가 없었다. 그래서 나는 그에게 손을 바닥에 놓으라는 신호를 보냈다. 나는 지갑을 들어 그것을 열고는 그의 손바닥에 금화를 몽땅 쏟아 부었다. 20~30여 개의 조그마한 금화들 외에도 4 피스톨짜리 스페인 금화 여섯 개도 있었다. 그는 새끼손가락 끝을 혀에 대, 침을 묻히더니 가장 큰 금화 하나를, 그다음에는 다른 금화를 들었다. 하지만 그것들이 무엇인지는 전혀 모르는 눈치였다. 그는 주머니에 그것들을 다시 넣으라는 신호를 내게 보냈다. 나는 여러 차례 그것을 그에게 주려고 한 후라 그가 하라는 대로 하는 게 상책이라고 생각했다.

이때쯤 농부는 내가 이성을 가진 생물이라는 것을 확신했다. 그는 종종 내게 말을 걸었지만, 그의 목소리는 물레방아[05] 소리처럼 내 귀를 찔렀다. 그럼에도 그의 말은 아주 또렷했다. 나는 최대한 크게, 여러 나라 언어로 대답했고 그는 종종 나에게서 2m 정도 떨어진 곳에 제 귀를 갖다 댔지만 아무 소용이 없었다. 우리는 서로의 말을 전혀 알아들 수 없었기 때문이다. 그는 하인들을 일하러 보낸 다음 주머니에서 손수건을 꺼내더니 그것을 반으로 접어 왼손에 펼쳤고, 그 손바닥을 위로한 채 땅에 평평하게 놓더니 내게 그 안으로 들어오라는 신호를 보냈다. 손바닥 두께가 30㎝를 넘지 않았기 때문에 나는 쉽게 올라갈 수 있었다. 나는 그에게 복종하는 것이 내 일이라는 생각이 들었고 떨어질까 봐 손수건 위에 길게 누웠다. 그는 좀 더 안전하게 하려고 손수건의 나머지 부분으로 내 머리 위까지 둘러싸

05 릴리퍼트인에게 걸리버의 시계 소리와 같다.

더니, 그렇게 나를 자기 집까지 데려갔다. 집에서 아내를 불러 나를 보여주지만, 영국 여성이 두꺼비나 거미를 볼 때 그렇게 하듯 그녀도 비명을 지르며 내뺐다. 하지만 그녀는 잠시 내 행동을 살펴보더니, 내가 남편의 신호를 얼마나 잘 따르는지 관찰하고 나서, 곧 상황을 받아들이고 점차 내게 아주 친절해졌다.

정오 무렵 하인이 식사를 가져왔다. (농부의 소박한 형편에 맞게) 아주 커다란 고기 요리 딱 하나뿐이었는데, 지름이 무려 7m나 되는 접시에 담겨 있었다. 농부와 아내, 세 명의 아이들과 나이 든 할머니가 함께 있었다. 그들이 자리에 앉자 농부는 바닥에서 9m 높이의 테이블 위에, 자기한테서 약간 떨어진 곳에 나를 내려놓았다. 나는 기겁을 하며 떨어질까 봐 모서리에서 가능한 한 멀리 떨어져 있었다. 농부의 아내는 고기 한 점을 잘게 다졌고 나무 쟁반 위에 빵을 바스러뜨린 다음 그것을 내 앞에 놓았다. 나는 그녀에게 깍듯하게 인사했고 내 칼과 포크를 꺼내 먹기 시작했다. 그것은 그들에게 대단한 즐거움을 주었다. 안주인은 하녀에게 2갤런 정도 담을 수 있는 작은 컵 하나를 가져오게 했고 그곳에 마실 것을 가득 채웠다. 나는 양손으로 아주 힘겹게 잔을 들고는 아주 정중한 방법으로 부인의 건강을 위해 건배했다. 나는 영어로 최대한 큰소리로 건배를 외쳤고, 그 소리에 그곳에 모인 사람들이 너무나 크게 웃음을 터뜨려 그 웃음소리에 내 귀가 먹을 지경이었다. 이 음료는 사이다 같은 맛이 났고 그리 나쁘지 않았다. 주인은 내게 자신의 나무 쟁반 옆으로 오라는 신호를 보냈다. 그런데(관대한 독자 여러분은 쉽게 이해하고 봐주시겠지만) 줄곧 잔뜩 겁에 질려있던 나는 테이블 위를 걷다가 그만 빵 부스러기에 걸려 앞으로 넘어졌지만 다친 곳은 전혀 없었다. 나는 바로 일어나서 무척 염려하고 있는 맘씨 좋은 사람들을 보고는, (예의 바르게 겨드랑이에 끼고 있던) 모자를 머리 위로 흔들어 만세 삼창을 부르면서, 넘어졌지만 멀쩡하다는 것을 보여주었다. 그런데 나의 주인(나는 이제부터 그를 이렇게 부르겠다)을 향해 앞으로 다가가고 있을 때, 그 옆에 앉아 있던 열 살쯤 돼 보이는 장난꾸러기 막내아들이 내 다리를 잡고 나를 공중으로 높이 들어 올려, 그 바람에 나는 사지가 덜덜 떨렸다. 하지만 그의 아버지가 아들에게서 나를 냅다 채 갔고, 동시에 유럽 기병대 한 대대를 땅바닥에 내동댕이칠 정도로 왼쪽 빰을 때리더니 식탁에서 꺼지라며 호통을 쳤다. 나는 혹시나 소년이 내게 앙심을 품지나 않을까 걱정되어, 본래 아이들이란 다람쥐나 토끼, 새끼 고양이, 강아지에게 짓궂게 군다는 걸 잘 알고 있던 터라, 무릎을 꿇고 소년을 가리키며 아들을 용서해 달라고 주인을 최대한 잘 구슬렸다. 아버지는 그 말을 따랐고 사내아이는 다시 제 자리에 앉았다. 나는 아이에게 가서 손에 입을 맞췄고 주인은 아이의 손을 들어 나를 살며시 쓰다듬게 했다.

식사하는 와중에, 안주인이 애지중지하는 고양이가 그녀의 무릎 위로 올라왔다. 내 뒤에서 십여 명의 양말 방직공들이 일하는 것 같은 소리가 들렸다. 고개를 돌린 나는 안주인이 먹이를 주면서 쓰다듬는 동안 그 동물이 가르릉 거리는 소리라는 걸 알게 되었다. 그 동물의 머리와 앞발로 추정해보건대, 황소보다 세배 나 더 큰 것 같았다. 비록 내가 15m나 떨어진 위쪽 테이블 저만치 끝에 서 있었고 고양이가 훌쩍 뛰어올라 발톱으로 나를 잡아챌까 봐 안주인이 고양이를 꼭 붙잡고 있었지만, 그래도 고양이의 그 표독스런 표정에 나는 완전히 제정신이 아니었다. 하지만 별 위험은 없었다. 주인이 고양이로부터 3m 떨어진 곳에 나를 놔둬도 그 고양이는 내게 조금도 신경 쓰지 않았기 때문이다. 그리고 내가 늘 들어왔고 여행 경험을 통해 사실로 확인했다시피, 사나운 동물 앞에서 도망치거나 두려움을 드러내는 것은 동물에게 당신을 뒤쫓으라거나 공격하라거나 하는 확실한 방법이기 때문에, 나는 이 위험한 시점에 두려워하는 어떤 모습도 보여주지 않겠다고 다짐했다. 나는 용맹하게 고양이의 머리 바로 앞까지 대여섯 차례 다가갔고 고양이한테서 50㎝ 이내 가까운 곳까지 다가갔다. 그러자 고양이는 마치 내가 많이 두려운 듯 뒤로 물러났다. 개들 서너 마리가 방에 들어왔는데, 사실 농가에서는 흔한 일이어서, 나는 걱정을 덜 했다. 한 마리는 마스티프 종[06]으로 코끼리 네 배만 했고 다른 하나는 마스티프 종보다 키는 다소 컸지만, 몸집은 그다지 크지 않은 그레이하운드 종이었다.

식사를 거의 마칠 무렵, 유모가 한 살짜리 아이를 안고 들어왔는데, 아이는 나를 보자마자 나를 장난감으로 가지고 놀겠다며 떼를 쓰듯 런던 다리에서 첼시까지[07] 들릴 정도로 소리를 질러댔다. 아이의 못 말리는 응석에 어머니는 나를 들어 아이에게 데려다 주었다. 아이는 즐거워하며 내 허리를 잡고는 내 머리를 입속에 넣었다. 그때 내가 워낙 큰 소리로 고함을 지르는 바람에 그 개구쟁이는 깜짝 놀라 나를 떨어뜨렸다. 만약 어머니가 앞치마로 나를 받쳐주지 않았다면 분명 내 목은 부러졌을 것이다. 유모는 아기를 달래기 위해 딸랑이를 사용했는데, 속이 빈 용기에 커다란 돌을 채운 것이

---

06 털이 짧고 덩치가 큰 개. 흔히 건물 경비견으로 쓰임.

07 4~5마일 정도 되는 거리다.

었고 아이 허리에 줄로 묶여 있었다. 하지만 아무 소용이 없자 그녀는 어쩔 수 없이 아기에게 젖을 물리는 최후의 조처를 했다. 고백하건대, 그녀의 괴기스러운 가슴처럼 역겨운 것을 본 적이 없었다. 그것의 크기와 모양, 색깔에 대해 호기심 많은 독자 여러분에게 알려주려면 비교할만한 대상이 있어야 하는데 도저히 생각나지 않는다. 그것은 180㎝ 정도 툭 튀어나와 있었고 가슴둘레도 5m 이상이었다. 젖꼭지는 내 머리 크기의 절반 정도 되었고 양 가슴과 젖꼭지의 색깔은 반점과 뾰루지, 주근깨 같은 것으로 얼룩덜룩했으며 그것보다 더 구역질나게 생긴 것은 없을 정도였다. 그녀는 젖을 먹이기 위해 좀 더 편안하게 앉아 있는 동안, 나는 테이블 위에 서 있었기 때문에 나는 그녀를 가까이서 지켜볼 수 있었다. 문득 영국 귀부인들의 고운 살결이 생각났다. 그것이 우리에게 아름다워 보이는 것은 단지 우리와 같은 크기이며 그것의 결점들은 돋보기를 통해서가 아니면 보이지 않기 때문이다. 돋보기로 살펴보면, 아무리 부드럽고 새하얀 피부라도 울퉁불퉁하고 거칠고 피부색도 안 좋다는 걸 경험으로 안다.

생각해보니, 릴리퍼트에 있을 때 나는 그 조그마한 사람들의 안색이 세상에서 가장 고와 보였다. 당시 나는 그곳에서 나랑 절친했던 학자와 이것을 주제로 삼아 대화를 나눴는데, 내가 자기를 손바닥에 들어 올려 좀 더 가까이서 모습을 봤을 때보다, 땅에서 나를 올려다봤을 때 내 얼굴이 훨씬 더 뽀얗고 매끄러워 보였다고 말했다. 맨 처음 가까이에서 봤을 때는 매우 충격적인 모습이었다고 고백했다. 내 피부에서 커다란 구멍들을 발견했고 내 짧은 턱수염은 수퇘지의 뻣뻣한 털보다 10배는 더 억셌고, 안색 역시 전혀 마음에 안 드는 여러 가지 색깔들로 이뤄져 있었다고 했다. 비록 내 피부는 영국의 대다수 남자치고는 좋은 편이며 여행을 많이 다니긴 했지만 거의 타지도 않았다고 변명이라도 할 수 있게 해달라고 간청했지만. 한편, 그는 릴리퍼트 궁중에 있는 귀부인들에 관해 이야기하면서 어떤 여자는 주근깨가 있다느니, 어떤 여자는 입이 너무 크다느니, 어떤 여자는 코가 너무 크다느니 하는 얘기를 하곤 했는데 나는 그 어떤 것도 구별할 수 없었다. 이런 생각은 지극히 당연한 얘기라는 걸 나는 인정한다. 하지만 이 거대한 사람들이 실제 흉하게 생겼다고 독자 여러분이 오해할까 봐 가만있을 수 없다. 잘 따져보면 그들은 잘생긴 종족이다. 특히 내 주인은 비록 농부이긴 하나 18m 높이에서 그를 바라보면, 매우 균형 잡혀 보였다.

식사를 마치자 주인은 일꾼들에게 갔고, 그의 목소리와 행동으로 짐작건대, 그는 아내에게 나를 잘 돌봐주라고 단단히 이르는 것 같았다. 나는 너무 피곤해서 한숨 푹 자고 싶은 마음뿐이었는데, 그런 내 마음을 알아챈 안주인은 나를 자기 침대에 눕히고 깨끗한 흰 손수건으로 나를 덮어주었다. 하지만 그 손수건은 군함의 큰 돛보다 훨씬 크고 거칠었다.

나는 두 시간가량 자면서, 아내와 아이들과 함께 집에 있는 꿈을 꿨다. 잠에서 깨어나 보니 넓이가 60~90m, 높이가 60m인 커다란 방에, 넓이가 20m의 침대에 홀로 있다는 사실을 깨닫자 슬픔이 북받쳤다. 안주인은 집안일을 하려고 나갔고, 나를 안에 두고 문을 잠갔다. 침대에서 바닥까지의 높이는 8m였다. 나는 생리현상 때문에 아래로 내려가야 했다. 나는 감히 뻔뻔스럽게 소리를 지를 수가 없었고 만일 그렇게 한다 해도, 내가 누워있는 방에서 가족들이 있는 부엌 그 먼 거리까지 내 목소리로는 어림도 없었을 것이다. 그런데 내가 이런 상황에 있을 때, 쥐 두 마리가 커튼 위로 기어 올라오더니 침대 위에서 이리저리 냄새를 맡으며 뛰어다녔다. 녀석 중 한 마리가 내 얼굴이 있는 곳까지 바짝 다가왔고 그 바람에 깜짝 놀란 나는 자신을 방어하기 위해 단검을 뽑았다. 이 끔찍한 동물들은 배짱 좋게 양쪽에서 나를 공격했고 그중 한 마리의 앞발이 내 옷깃에 닿았다. 하지만 운 좋게도 녀석이 나를 해코지하기 전에 내가 녀석의 배를 칼로 찔렀다. 녀석은 내 발 앞에 쓰러졌고 다른 녀석은 자기 동료의 죽음을 보고는 줄행랑을 쳤다. 하지만 녀석이 도망칠 때 내가 녀석의 등 쪽에 큰 상처를 입히는 바람에 녀석은 피를 흘리며 도망쳤다. 이런 공적을 세운 후, 나는 침대 위를 천천히 이리저리 돌아다니면서 한숨도 돌리고 정신도 차렸다. 이 동물들은 커다란 마스티프 종만 했지만, 대단히 날렵하고 사나웠기 때문에 만약 내가 자기 전에 칼이 달린 벨트를 풀어놨더라면 나는 분명 갈기갈기 찢겨 잡아먹혔을 것이다. 죽은 쥐의 꼬리를 재보니 3cm 부족한 2m 되는 길이었다. 나는 속이 너무 메스꺼워, 계속해서 피를 흘리고 있는 그 시체를 침대 밖으로 끌어내릴 수가 없었다. 나는 아직 녀석의 목숨이 붙어 있는 것을 발견하고는 목에 칼을 강하게 내리쳐 완전히 죽여 버렸다.

얼마 후, 안주인이 방에 들어와 내가 피범벅이가 된 것을 보고는 달려와서 나를 들어 올렸다. 나는 죽은 쥐를 가리키며 멀쩡하다는 신호를 보냈고 싱긋 웃었다. 그녀는 그것에 대해 매우 기뻐하며 하녀를 불러 죽은 쥐를 집게로 집어 창문 밖으로 던져버리게 했다. 그런 다음 테이블에 나를 올려놓았는데, 그곳에서 나는 그녀에게 피투성이의 내 단검을 보여주었고 겉옷 자락으로 닦은 다음 그것을 칼집에 도로 집어넣었다. 나는 급하게 할 일이 한 가지 더 있었다. 그것은 나 대신 다른 사람이 해줄 수 있는 일이 아니었기 때문에 나는 안주인에게 나를 바닥에 내려놓아 줬으면 한다는 것을 이해시키려고 애를 썼다. 그녀가 그렇게 해줬지만 나는 도저히 부끄러워서, 문을 가리키며 몇 번이고 허리를 구부리는 것 외에 더는 표현을 하지 못했다. 마침내 맘씨 좋은 그 부인은 어렵사리 내가 어떤 상황인지 알아채고는 다시 나를 손에 넣어 들고서는 정원으로 가서 나를 내려놓았다. 나는 약 200m 떨어진 한쪽 구석으로 갔고, 그녀가 나를 보거나 따라오지 않는다는 것을 확인한 다음 괭이밥 잎사귀 사이에 숨어 볼일을 보았다.

내가 이렇게 시시콜콜하게 이야기하며 곱씹는 것에 대해 친절한 독자 여러분이 이해해주길 바란다. 비굴하고 천박한 사람들에게는 이런 이야기들이 무의미해 보이겠지만, 철학자에게는 그의 생각과 상상력을 풍부하게 해서 그것들을 개인적인 삶뿐만 아니라 공익에 적용하는 데 분명 도움이 될 것이다. 이것이 바로 내가 이 여행기와 그 외의 다른 여행기들을 세상 사람들에게 소개하는 유일한 목적이다. 그 속에 나는 학식이나 문체 따위로 포장하지 않고 무엇보다 진실에 힘을 쏟았다. 그러나 이 여행에 등장하는 모든 장소는 내 마음속에 너무나 강렬한 인상을 남겼고 뇌리에 아주 깊이 박혀 있기 때문에, 이것을 책으로 만들면서 중요한 상황은 하나도 생략하지 않았다. 하지만 철저히 검토한 후, 지루하고 하찮다고 비난받을까 봐 초고에서 덜 중요한 몇 구절은 완전히 없애버렸다. 여행가들은 종종(어쩌면 당연하지만) 그런 것 때문에 비난을 받기도 한다.

2장

농부 딸에 대한 설명. 읍내 장터에서 대도시로 이동한 저자. 자세한 그의 여정.

안주인에게는 아홉 살 난 딸이 하나 있었는데, 그 나이치고는 말을 잘 듣는 편이었고, 바느질을 무척 잘하고 인형 옷도 잘 만들었다. 소녀와 엄마는 밤까지 나를 위해 인형 요람을 개조했다. 장식장의 작은 서랍 안에 요람을 집어넣고, 쥐 때문에 그 서랍을 벽걸이 선반 위에 얹어두었다. 이것이 내가 이 사람들과 같이 있는 내내 머물렀던 내 침대였다. 내가 그들의 언어를 배우기 시작하고 내 요구를 그들에게 알릴 수 있게 되면서 침대가 점점 더 사용하기 편해졌다. 이 어린 소녀는 손재주가 아주 좋아서 내가 아이 앞에서 옷을 벗는 모습을 한두 번 보더니, 소녀는 내 옷을 입혀주고 벗겨줄 수 있었다. 하지만 내가 직접 하도록 그녀가 내버려 둘 경우, 그녀에게 그런 수고를 끼치지 않았다. 소녀는 나에게 셔츠 일곱 벌과 최대한 고운 천으로 된 속옷 몇 벌을 만들어 주었는데, 사실 부대 자루보다 더 거칠었다. 그리고 항상 나 대신 이것들을 직접 빨아주었다. 게다가 학교 선생님들처럼 내게 언어를 가르쳐주었다. 내가 뭔가를 가리키면 소녀는 자기 나라 언어로 그것의 명칭을 알려주었고, 그래서 며칠 만에 나는 뭐든 원하는 것을 부탁할 수 있었다. 소녀는 성격이 아주 좋고 키도 12m를 넘지 않았으며 또래보다 작은 편이었다. 소녀는 내게 그릴드릭[08]이라는 이름을 지어주었는데, 가족들뿐만 아니라 나중에는 그 나라의 모든 사람이 그렇게 불렀다. 그 말은 라틴어로 나눈클루스[09], 이탈리아어로 호문첼레티노, 영어로 난쟁이라는 의미를 내포하고 있다. 내가 그 나라에서 목숨을 부지할 수 있었던 건 주로 그 아이 덕분이었다. 내가 그곳에 있는 동안 우리는 한 번도 떨어져 본 적이 없다. 나는 소녀를 '글룸달클리치'[10] 즉 꼬마 유모라고 불렀다. 그리고 나에 대한 그녀의 관심과 사랑에 대해 자랑스럽게 언급하지 않는다면 나는 배은망덕한 죄를 범하는 것이다. 심히 염려스럽긴 하지만, 나도 모르게 그녀를 욕보이는 안 좋은 계기가 되기보다는 그녀가 마땅히 받아야 할 은혜에, 보답하기 위해 힘닿는 한 전력을 다하고 싶다.

이제 온 동네에 소문이 파다하게 퍼져 사람들의 입에 오르내리기 시작했다. 내 주인이 밭에서 이상한 동물을 하나 발견했는데, 스플락넉만큼 크지만, 모든 부분이 인간의 모습과 판박이며 행동 하나하나가 인간을 쏙 빼닮았고 인간이 쓰는 귀여운 언어로[11] 말하는 것처럼 보였으며, 이미 우리말도 몇 마디 배웠다. 두 다리로 서서 걸어 다니며 온순하고 예의 발라서 이름이 불리면 늘 왔고 시키는 것은 뭐든지 했고, 그리고 세상에서 가장 얇은 팔다리에, 세 살짜리 귀족의 딸보다 더 고운 살결을 지녔다고 했다. 아주 가깝게 사는 다른

08 클라크는 '여자아이 것(girl-thing)'이라고 해독한다.

09 호문첼레티노(Homunceletino)처럼, homunculus에 근거하되 homo(인간) 대신 라틴어 nanus(난쟁이)로 대체하여 지어낸 이름이다.

10 클라크는 Clutch-doll-grim(ly)라고 해석한다.

11 Journal to Stella라는, 스위프트가 에스더 존슨에게 보낸 편지에서 그가 사용하곤 했던 '어구의 철자를 바꾼' 유아어에 대해 스위프트가 지어낸 말.

농부는, 우리 주인과 절친한 사이인데, 이 소문의 진상을 알아보려고 일부러 찾아왔다. 주인은 나를 즉시 꺼내 테이블 위에 올려놓았고 나는 시키는 대로 걸어 다니면서 단검을 뽑았다가 다시 넣으면서 주인의 손님에게 경의를 표했다. 그러면서 그가 무슨 일을 하는지 그 나라 언어로 물었고 꼬마 유모가 내게 가르쳐준 대로, 그에게 환영의 인사를 건넸다. 나이 많고 눈이 침침한 이 남자는 나를 더 잘 보기 위해 안경을 꼈는데, 그때 나는 배꼽을 잡고 웃지 않을 수 없었다. 그의 두 눈이 마치 두 개의 창문을 통해 방으로 비치는 보름달처럼 보였기 때문이다. 내가 웃는 이유를 알아챈 이 집안사람들도 함께 웃었다. 나이 든 친구는 화가 났고 무안할 정도로 웃음거리가 되었다. 그는 대단한 구두쇠였다. 나에겐 유감스럽게, 말을 타면 30분 정도 걸리고, 우리 집에서 약 35*km* 떨어져 있는 옆 마을 장날에 나를 구경거리로 보여주라는 저주받을 충고를 우리 주인에게 한 그런 사람이었다. 주인과 친구가 함께 오랫동안 소곤거리면서 이따금 나를 가리키는 것을 봤을 때, 뭔가 나쁜 짓을 꾸미고 있다는 생각이 들었다. 나는 두려운 나머지 내가 그들의 말 일부를 엿듣고 알아차렸다고 착각하게 했다. 하지만 다음 날 아침, 꼬마 유모 글룸달클리치는 영악하게 엄마로부터 알아낸 그 이야기를 전부 내게 해주었다. 그 가엾은 소녀는 나를 품에 안고 창피함과 걱정스러운 마음에 눈물을 흘렸다. 짓궂고 야비한 사람들이 나를 눌러 죽이거나 손으로 잡아 사지 중 한 곳을 부러뜨리는 등, 내게 나쁜 짓이 일어날까 봐 그녀는 염려했다. 소녀는 또한 내 성격이 얼마나 겸손한지, 내가 명예를 얼마나 소중히 여기는지, 그리고 돈벌이용으로, 아주 미천한 사람들에게 공개적으로 구경거리가 되는 것을 얼마나 수치스럽게 생각할지 알고 있었다. 소녀가 말하길, 엄마와 아빠가 그릴드릭이 그녀의 것이라고 약속했지만, 작년에도 양 한 마리를 그녀에게 준 체하다가 살이 통통하게 오르자마자 도살업자에게 팔아버린 그때처럼, 이번에도 결국 그럴 거라고 말했다. 장담하지만 사실 나는 꼬마 유모만큼 그다지 걱정이 되지 않았다. 희망이 나를 저버리지 않을 거라는, 언젠가는 자유를 찾을 거라는, 확고한 희망을 품고 있었다. 괴물에게 이리저리 끌려 다니는 것이 수치스럽긴 하지만, 이 나라에선 나를 아는 이가 전혀 없고, 만일 내가 영국으로 돌아간다 해도 그런 불운 때문에 나를 치욕스럽다고 비난할 리 없을 거로 생각했다. 아무리 대영 제국의 왕이라 할지라도 나와 같은 처지가 된다면, 분명 같은 시련을 겪을 것이다.

내 주인은, 그다음 장날, 친구의 말에 따라 상자에 나를 넣고 이웃 마을로 데려갔다. 자기 뒤쪽 안장[12]에 내 유모인 어린 딸도 함께 태워 데려갔다. 상자는 내가 드나들 수 있는 작은 문 하나만 있고 사방이 막혀 있었으며 공기가 통하도록 드릴 구멍 몇 개가 뚫려 있었다. 소녀는 상자 안에 인형 침대의 이불을 넣어 주며 내가 누울 수 있도록 세심한 주의를 기울였다. 그렇지만 여행 시간이 30분밖에 안 됐음에도 너무 많이 흔들려 정신이 없었다. 말이 한 걸음 내디딜 때마다 12m의 거리를 이동했다. 빠른 걸음으로 달릴 때도 그 높이가 무척 높아서, 거대한 폭풍에 오르락내리락 요동치는 배의 흔들림과 비슷했고 빈도수는 훨씬 더 잦았다. 이동 거리는 런던에서 올번스까지의 거리보다 약간 더 멀었다. 주인은 자주 이용했던 어느 여

---

12 여자들이 앉도록 마부 뒤에 설치된 부드러운 안장.

관 앞에서 내려, 잠시 여관 주인과 상의를 하고 몇 가지 필요한 것들을 준비한 후, 그룰트루드, 즉 광고꾼을 고용해서 스플락넉(길이가 2m 정도 되는 아주 멋진 그 나라의 동물) 만큼도 크진 않지만, 신체 모든 부분이 인간을 닮고, 말도 몇 마디 할 수 있고 백여 가지의 즐거운 마술도 부릴 수 있는 신기한 생명체를 '뿔과 왕관(Horn and Crown)'이라는 여관에서 선보일 거라고 동네방네 알리고 다녔다.

나는 여관에서 가장 큰 방 테이블 위에 놓였는데, 너비가 거의 30㎡에 달하는 것 같았다. 꼬마 유모는 테이블 옆의 낮은 의자에 서서 나를 챙겨주고 내가 어떻게 해야 할지 알려주었다. 주인은 사람들이 붐비는 것을 막기 위해 한 번에 딱 30명씩만 나를 구경할 수 있도록 허용했다. 나는 소녀가 시키는 대로 테이블 위를 돌아다녔다. 그리고 소녀는 자기 언어로 내가 알아들을 만한 질문을 내게 했고 나는 그것에 대해 최대한 큰 소리로 답했다. 나는 여러 차례에 걸쳐 구경꾼들에게 고개를 돌리며 겸손하게 경의를 표했고 그들을 환영한다며 인사를 했다. 내가 배웠던 몇몇 다른 말들을 써먹었다. 나는 글룸달클리치가 내게 컵 대용으로 주었던 골무에 술을 가득 채워 들고는 그들의 건강을 위해 건배를 했다. 그리고 단검을 뽑아들고 영국 검객들이 하는 식으로 휘둘렀다. 꼬마 유모는 내게 밀짚 일부를 주었고, 나는 그것이 창인 듯이 젊은 시절에 배웠던 창술을 선보였다. 나는 그 날 열두 차례 쇼를 보여주었는데, 어쩔 수 없이 같은 동작들을 자주 반복하다 보니 피곤하고 짜증이 나서 거의 죽기 일보 직전이었다. 나를 구경한 사람들이 입에 침이 마르도록 떠벌리고 다니는 바람에, 사람들은 문을 박차고 안으로 들어올 기세였다. 내 주인은 자신의 이득 때문에 꼬마 유모 말고는 누구도 나를 만지는 것을 허락하지 않았다. 그리고 사고를 막기 위해 테이블 주변으로 모든 사람이 나를 만질 수 없는 거리에 의자들을 배치해 두었다. 하지만 심술궂은 어느 남학생이 내 머리 쪽을 향해 개암을 직접 던졌는데 간발의 차이로 나를 스쳐 지나갔다. 그렇지 않았다면 개암의 크기가 거의 작은 호박만큼 컸기 때문에 아주 강력한 충격으로 분명 내 머리를 박살냈을 것이다. 그러나 나는 어린 악당이 두들겨 맞고 방에서 쫓겨나는 모습에 만족했다.

주인은 다음 장날에 나를 다시 보여주겠다며 공개적으로 발표했다. 그 사이 나에게 좀 더 편한 운송수단이 마련되었는데, 그가 그렇게 하기에 충분한 이유는 내가 첫 번째 여행이어서 너무 피곤했고, 여덟 시간 동안 내리 쉬지 않고 구경꾼에게 쇼를 펼치느라, 거의 제대로 서 있지도 말을 하지도 못했기 때문이다. 내가 기력을 회복하기까지 적어도 사흘이 걸렸다. 그렇다고 집에서 푹 쉰 것도 아니었다. 160*km* 근방에 사는 마을 사람들이 내 명성을 듣고 나를 보려고 주인집에 찾아왔기 때문이다. 그 사람들의 아내와 자식들(그 나라는 인구가 많았다)을 합해 족히 30명은 되었다. 내 주인은 단 한 가족이라도 집에서 나를 보여줄 때면 방 하나 전체 비용을 요구했다. 덕분에 마을로 이동하진 않았지만, 한동안 일주일 내내 편히 쉰 적이 거의 없었다. (그들의 안식일인 수요일은 제외)

내가 요긴한 돈벌이가 된다는 사실을 알게 된 주인은 그 나라의 대도시로 나를 데려가기로 했다. 따라서 장거리 여행에 필요한 온갖 것들을 직접 챙기고 집안일을 정리한 다음, 그는 아내에게 작별인사를 하고 내가 이 나라에 도착한 지 두 달쯤 된 1703년 8월 17일에 그 왕국의 거의 중심부에 위치한, 이 집에서 약 480*km* 정도 떨어진 대도시를 향해 출발했다. 주인은 딸인 글룸달클리치를 자신의 뒤쪽에 태웠다. 그녀는 상자 안에 나를 넣고 허리 주변에 묶은 후 자기 무릎 위에 올려놓았다. 소녀는 자기가 구할 수 있는 가장 부드러운 천으로 상자 안쪽을 에워싸고 바닥에는 누비이불을 잘 깔아두었다. 그곳에 인형 침대를 비치한 후, 속옷과 그 밖의 다른 물품들을 나에게 제공했다. 가능한 한 모든 것을 편안하게 만들어 주었다. 짐을 가지고 우리를 따라오는 그 집 하인 한 명 외에는 아무도 동행하지 않았다.

주인은 도중에 지나치는 모든 마을을 비롯하여, 80~160㎞ 정도의 길은 벗어나서 구경꾼이 있을만한 곳이라면 그게 마을이든 고관대작의 집이든 가리지 않고 나를 구경시킬 작정이었다. 우리는 하루에 225~257㎞를 넘지 않을 정도로 별 무리 없는 여행을 했다. 나를 고생시키지 않으려고 글룸달클리치가 말이 빨리 걸어서 피곤하다며 불평을 해댔기 때문이다. 그녀는 내가 원할 때마다 상자에서 나를 꺼내 바람을 쐬어 주고 마을을 구경시켜주면서 항상 줄을 꽉 잡고 있었다. 우리는 나일 강이나 갠지스 강보다 훨씬 넓고 깊은 대여섯 개의 강을 지나갔고 런던교 아래를 흐르는 템스 강만큼 작은 개울은 거의 없었다. 우리는 10주간 여행을 했고 나는 수많은 마을과 가정집을 비롯한 18개의 대도시에서 쇼를 보여줬다.

10월 26일, 우리는 우주의 자랑이라는 의미의, 그들 말로 로브럴그라드[13]라는 이 나라의 수도에 도착했다. 주인은 왕궁에서 그리 멀지 않은 그 도시의 주요 도로에 거처를 잡았고 내 모습과 재주에

---

13 언제나 gs, bs, rs로 가득한, 스위프트가 사용하는 브롭딩낵 언어로 '런던'을 의미한다.

대해 정확히 설명한, 흔히 볼 수 있는 형태의 광고를 냈다. 그는 너비가 90m, 120m 내의 커다란 방을 구했다. 그리고 지름이 18m 정도 되는 테이블을 마련했는데 그 위에서 내가 연기를 할 예정이었다. 테이블 가장자리에서 1m 남겨 놓고 같은 높이로 울타리를 둘러쳐서 내가 떨어지는 것을 방지했다. 나는 열 차례 정도 재주를 부렸고 보는 사람마다 모두 감탄하며 만족스러워했다. 나는 이제 그 나라 말을 웬만큼 잘할 수 있어서 나에게 이야기하는 모든 말들을 완벽하게 알아들을 수 있었다. 게다가 그 나라 문자도 배워 곳곳에 있는 문장을 그럭저럭 설명할 정도였다. 글룸달클리치는 우리가 집에 있는 동안, 그리고 여행 중 한가한 시간에 내 선생이 되어주었다. 그녀는 주머니에 "상송의 아틀라스"[14]만 한 어린이 책 한 권을 가지고 다녔다. 그것은 어린 소녀들이 볼만한 흔한 책으로, 그들의 종교에 관한 짧은 설명이 실려 있었다. 그녀는 이 책으로 나에게 글자를 가르쳤고 단어들을 설명해주었다.

14 아틀라스 세계 지도(1689년), 20.6 × 20.5인치 크기의 책.

3장

저자는 궁전으로 초대를 받는다. 황후는 그의 주인인 농부한테 그를 사서 왕에게 선물한다. 그는 황제의 위대한 학자들과 논쟁을 벌인다. 궁전에 저자를 위한 거처가 마련된다. 그는 황후의 총애를 받는다. 그는 자기 조국의 명예를 지지하고 황후의 난쟁이와 싸운다.

나는 매일 겪는 잦은 노고로 수주 후 건강에 극도의 변화가 생겼다. 주인은 내 덕분에 돈을 점점 벌면 벌수록, 점점 더 만족할 줄 몰랐다. 나는 식욕을 많이 잃었고 거의 뼈만 앙상하게 남았다. 그 사실을 알게 된 농부는 내가 조만간 죽을 거라고 결론을 내리고는 가능한 한 나를 이용해 한몫 잡을 결심을 했다. 그런데 그가 그렇게 혼자서 궁리하고 결심을 하는 와중에, 슬라드랄이라는 왕실 의전관이 궁전에서 찾아와 주인에게 황후와 귀부인들의 기분전환을 위해 즉시 나를 그쪽으로 데려오라고 지시했다. 귀부인 중 몇몇은 이미 나를 본 적이 있었고 내 멋진 생김새와 행동, 분별력에 대한 신기한 것들을 보고했다. 황후와 그녀를 수행하는 사람들은 내 행동에 몹시 즐거워했다. 나는 무릎을 꿇고 황후의 발에 입을 맞출 수 있는 영광을 간청했다. 하지만 자애로운 황후는(나를 테이블 위에 올려놓은 후) 나를 향해 새끼손가락을 뻗어 나는 그것을 양팔로 감싸 안고 아주 정중하게 그 끝에 입을 맞췄다. 그녀는 내게 나의 조국과 여행에 대한 일반적인 질문을 몇 가지 했고 나는 그 질문에 대해 될 수 있는 한 간단명료하게 대답했다. 황후는 내가 궁전에서 살고 싶은 의향이 있는지 물었다. 나는 테이블에 엎드려 절을 하면서, 내가 비록 우리 주인의 종이긴 하지만 만약 내 맘대로 할 수 있다면, 평생 황후를 모시는 데 헌신하는 것을 영광으로 여기겠노라 공손하게 대답했다. 그러자 황후는 내 주인에게 후한 가격을 쳐 줄 테니 나를 팔 생각이 있는지 물었다. 내가 한 달도 살지 못할 거라고 걱정하던 주인은 나를 내 줄 마음의 준비가 충분히 되어 있었기에, 금화 천 개를 요구했다. 돈은 현장에서 그에게 전달되었고, 금화 한 개의 크기가 모이도레스[15] 금화 800개를 합친 크기만큼 거대했다. 하지만 그 나라와 유럽 사이에 있는 모든 것의 비율을 고려하면, 그것 중 아무리 비싼 금이라 해도 영국의 1,000기니만큼이나 엄청난 액수는 아니었다. 이제 나는 황후의 가장 미천한 인간이자 신하가 되었으니, 본인을 항상 깊은 관심과 애정으로 돌봐주었고 그 방법을 너무나 잘 알고 있는 글룸달클리치를 궁전으로 불러들여 계속해서 나의 유모이자 선생이 되게 해달라고 황후에게 간청했다. 황후는 내 청을 들어주었고 농부의 동의도 쉽게 얻어냈다. 농부는 딸이 궁전에 발탁됐다는 것에 너무나 기뻐했고 가엾은 소녀도 기쁨을 감추지 못했다. 나의 전 주인은 물러서며 내게 작별 인사를 건넸고 자기가 나를 좋은 곳에 맡겼다고 생색을 냈다. 그 말에 나는 한마디도 하지 않았고 단지 그에게 가볍게 인사를 했다.

나의 냉담한 태도를 본 황후는 농부가 궁전 거처를 떠나자 내게 그 연유를 물었다. 나는 감히 황후에게 말하길, 농부가 자신의 밭에서 우연히 발견한 불쌍하고 해가 없는 생물의 머리를 박살 내지 않

---

15 요즘으로 치면 약 27실링 6펜스의 가치가 있는 포르투갈 금화인데, 당시 800 모이도레스라고 하면 1,400파운드였고 1,000기니(1,050파운드)를 초과했을 것이다.

은 것만 빼면 나는 그에게 어떤 신세도 지지 않았으며, 그 신세 역시 농부가 왕국의 반을 돌면서 나를 구경시켜 벌어들인 이득과 지금 나를 팔아서 받은 돈으로 충분히 갚았다고 했다. 그러면서 그 이후 내 삶은 나보다 열 배나 힘센 동물을 죽이는 것만큼 아주 힘들었으며, 매일 온종일 사람들을 재미있게 해주는 계속되는 고역으로 건강이 많이 안 좋아졌는데, 만약 내 생명이 위험하다고 전 주인이 생각하지 않았다면 아마도 황후는 그렇게 헐값에 거래를 성사시키지는 못했을 거라고 덧붙였다. 하지만 자연의 빛을 더해주는 사람이며 세상의 총아이고 백성들의 기쁨이며 창조의 불사조인, 이렇게 훌륭하고 선량한 황후의 보호 아래 혹사당할 거라는 두려움에서 완전히 벗어나니, 내 전 주인의 염려가 아무런 근거가 없는 것 같다는 생각이 들었다. 가장 위엄 있는 존재의 영향을 받아 내 영혼이 이미 되살아났음을 깨달았기 때문이다.

이것이 굉장히 부정확하지만 더듬거리며 했던 내 말의 요지였다. 후반부에 있는 말은 그 사람들 특유의 말투를 전적으로 표현한 것으로, 글룸달클리치가 나를 궁전으로 데려오는 동안, 그녀에게 몇 구절 배웠다.

황후는 말하는 데 있어 나의 부족한 점을 많이 헤아려 주되, 이 작은 동물의 대단한 위트와 분별력에 놀라워했다. 그녀는 나를 손에 들고 왕에게 데리고 갔는데, 마침 왕은 자기 방에 가 있었다. 위엄과 근엄한 표정의 군주는 처음에는 내 모습을 잘 알아보지 못하고, 스플락넉를 좋아하게 된 지 얼마나 됐는지 냉랭한 태도로 황후에게 물었다. 황후의 오른손에 엎드려 있어서, 나를 스플락넉이라고 그가 착각한 모양이었다. 하지만 탁월한 유머감각과 재치를 겸비한 이 군주는 접이식 책상 위에 나를 조심스럽게 올려놓은 다음, 나 자신을 설명하라고 명령했고 나는 간단하게 대답했다. 왕의 방문 앞에서 경청하고 있다가, 내가 자신의 시야에서 사라지는 것을 못 견뎌 하던 글룸달클리치는 들어오라는 허락을 받아, 자기 아버지의 집에 내가 도착해서부터 있었던 모든 일을 확인해주었다.

왕은 자기 나라의 누구 못지않게 학식이 풍부했고 철학, 특히 수학에 능통한 사람이었다. 그럼에도 내 모습을 꼼꼼히 살펴보고, 서서 걸어 다니는 모습을 보고, 내가 입을 열기 전까지는, 어느 솜씨 좋은 장인이 만든 태엽 달린 인형(그 나라에서는 아주 완벽한 수준에 도달해 있다) 쯤으로 여겼던 모양이다. 그러나 내 목소리를 듣고 내가 하는 말들이 논리 정연하다는 사실을 깨닫자 그는 놀라움을 감추지 못했다. 그 나라에 오게 된 과정의 진술을 그는 전혀 이해하지 못했고, 그저 그 이야기는 나를 비싼 가격에 팔아먹으려고 글룸달클리치와 그녀의 아버지가 짜고서 내게 가르친 말들일 거로 생각했다. 이런 상상에서 왕은 내게 몇 가지 다른 질문을 했고, 그때마다 외국인 악센트와 그 나라 언어의 부족한 지식만 빼고는 결점이 없는, 논리적인 답변을 들었다. 농부의 집에서 배운, 왕실의 정중한 스타일과는 어울리지 않는 투박한 표현을 곁들여서.

왕은 당시(그 나라의 풍습에 따라) 매주 왕을 접견하는 세 명의 훌륭한 학자들을 불러오게 했다. 이 학자들은 아주 꼼꼼하게 내 모습을 잠시 살펴보더니 서로 다른 의견들을 냈다. 그들은 내가 정상적인 자연의 법칙에 따라 만들어지지 않았을 수도 있다는 데 모두 동의했다. 왜냐면 내가 날렵함이나 나무 타기, 땅에 구멍 파기 등 목숨을 보전하는 능력을 갖추고 있지 않다는 것이다. 그들은 내 치아를 아주 꼼꼼하게 살펴보고는 내가 육식 동물이라는 사실을 알아냈다. 하지만 대다수 네발짐승은 나보다 힘이 세고 들쥐나 그 밖의 다른 동물들은 워낙 날렵하므로, 달팽이나 다른 곤충들을 먹는 것 말고 과연 내가 어떻게 목숨을 이어갈 수 있을지 상상이 안 되는 모양이었다. 그들은 많은 학술적인 논의 끝에 내가 달팽이와 곤충을 먹고 살 수 없음을 밝혀냈다. 이 학자 중 한 명은 태아이거나 유산된 아이일지도 모른다고 여기는 것 같았다. 하지만 다른 두 사람이 이 의견에 퇴짜를 놓았는데, 내 팔다리 어디 하나 모자라지 않고 멀쩡한 상태이며 내 수염 밑 부분을 돋보기로 샅샅이 살펴보면서 태어난 지 분명 수년은 됐을 거라고 주장했다. 그들은 내가 난쟁이라는 것은 인정하지 않았다. 작은 크기는 비교할 수 있는 차원을 넘어섰기 때문이다. 황후의 총애를 한 몸에 받는, 그 나라에서 제일 작다고 알려진 그 난쟁이의 키도 거의 9m나 되었기 때문이다. 많은 논의 끝에, 그들은 내가 '렐플럼 스칼캇', 말 그대로 해석하면 그저 '자연의 장난(돌연변이)'일 뿐이라고 만장일치로 결론을 내렸는데, 그것은 유럽의 근대 철학과 정확히 일치하는 결정이었다. 유럽의 근대 철학자들은, '초자연적인 원인'[16]이라고 구태의연하게 얼버무리는 것을 경멸했는데, 그걸로 아리스토텔레스 추종자들은 자신들의 무지를 헛되이 감춰 보려 했다. 말로 표현할 수 없는 인간 지식의 진보를 위해 모든 난관을 해결해줄 경이로운 해답을 고안한 것이다.

이렇게 명백한 결론 후, 나는 한두 마디 들어달라고 간청했다.

---

16 아리스토텔레스학파는 명백한 특징들이 아닌, 몸속에 숨어 있는 '명백한 결과'의 알려지지 않은 원인이라고 추정되는 그런 특징들만 '초자연적인 특징'이라는 이름을 붙였다. (Isaac Newton, quoted by Johnson, s.v.occult)

나는 왕에게 집중하여, 키가 나랑 비슷한 수백만 명의 남녀가 사는 나라에서 왔다고 황제를 안심시켰다. 그곳의 동물과 나무, 집들도 모두 내 크기에 비례하며, 결론적으로 나는 이곳에 있는 황제의 백성들이 그렇듯이 자신을 보호하고 생존할 수 있다고 했다. 나는 이 말이 학자들의 논쟁에 만족스러운 대답이라고 여겼다. 하지만 이에 대해 농부가 내 교육 하나는 제대로 시켰다고 그들은 비아냥대면서 경멸적인 미소로 응수할 뿐이었다. 학자들보다 이해력이 훨씬 뛰어난 황제는 그들의 말을 무시하고, 다행히 아직 도시를 벗어나지 못한 그 농부를 불러오도록 사람을 보냈다. 우선 농부를 은밀하게 조사한 후, 나와 어린 소녀를 농부와 대면시킨 황제는 우리가 자기에게 했던 말들이 어쩌면 사실일지 모른다는 생각을 하기 시작했다. 황제는 황후에게 나를 특별히 잘 보살피라는 지시를 내리도록 했고, 우리가 서로 각별한 정을 느끼고 있다는 것을 깨달았기 때문에, 글룸달클리치가 당연히 계속해서 나를 돌보는 임무를 맡기자고 제안했다. 궁진 안에 그녀를 위해 편안한 거처가 마련되었고 그녀의 교육을 담당하는 여자 가정교사와 그녀의 시중을 드는 하녀, 허드렛일을 하는 하녀 두 명이 배정되었다. 하지만 나를 돌보는 일은 전적으로 그녀 자신에게만 맡겨졌다. 여왕은 왕실 가구공에게 글룸달클리치와 내가 합의한 모델에 맞게 내 침실로 사용할만한 상자를 만들라고 지시했다. 이 사람은 손재주가 남다른 장인이었고 내 지시에 따라 3주 만에 1.5㎡ 너비에 4m 높이의 나무 침실을 완성했다. 내리닫이 창문들과 문 하나, 두 개의 옷장이 딸린 것이 마치 런던의 침실과 흡사했다. 천장에 사용된 판자에는 두 개의 경첩이 달려 위아래로 올렸다 내렸다 할 수 있었고 황후의 실내장식업자가 이미 완성한 침대를 그곳을 통해 안으로 들여놨다. 글룸달클리치는 매일 침대를 꺼내 바람을 쐬어주고 손수 정리도 해주었으며, 밤에 침대를 들여놓은 다음 위쪽 지붕을 닫았다. 진기한 작은 물건을 잘 만들기로 소문난 어느 멋진 장인은 내게 등받이와 팔걸이가 달린 상아 재질의 의자 두 개와 내 물건을 넣을 수 있는 수납장이 달린 테이블 두 개를 만드는 일에 착수했다. 방바닥과 천장을 비롯한 사방에 누비이불을 덧대서, 사람들이 나를 옮기다가 부주의로 일어나는 사고를 예방하고 마차를 탈 때 덜커덩거리는 충격을 줄이고자 했다. 나는 쥐와 생쥐들이 들어오지 못하도록 문에 자물쇠가 있었으면 했다. 그래서 대장장이는 몇 번의 시도 끝에 이제껏 본 것 중 가장 작은 자물쇠를 만들었는데, 영국 귀족 저택의 대문에 다는 자물쇠가 이보다 큰 것으로 알고 있다. 나는 혹시 글룸달클리치가 열쇠를 잃어버릴까 싶어 일단 내 주머니에 열쇠를 보관하기로 했다. 또한, 황후도 가장 얇은 비단을 구해서 내 옷을 만들라고 지시했다. 영국산 담요보다 아주 두껍진 않았지만, 그것에 익숙해질 때까지는 다루기가 굉장히 힘들었다. 내 옷들은 그 나라의 유행을 따랐는데, 페르시아풍과 중국풍을 부분적으로 따랐고 매우 근엄하면서도 품위 있는 옷이었다.

황후는 나랑 같이 있는 것을 무척 좋아해서 나 없이는 식사도 하지 않을 정도였다. 황후가 식사할 때면 바로 그녀의 왼쪽 팔꿈치에 내가 앉을 의자와 테이블 하나가 놓였다. 글룸달클리치는 마루에 놓인 의자에 서서, 내 테이블 근처에서 나를 도와주고 돌봐주었다. 나는 온전한 은그릇 식기 세트와 그 외의 필요한 것들을 가지고 있었는데, 황후의 식기들과 비율로 비교해볼 때 런던의 장난감 가게에서 인형의 집 세간으로 사오기 위해 보았던 것보다 그리 크지 않았다. 꼬마 유모는 이것들을 은상자에 담아 자기 주머니에 넣어두었다가 식사 때 내가 원할 때면 그것들을 꺼내주었고 언제나 직접 깨끗이 씻어 두었다. 황후와 식사를 하는 사람은 16살 난 언니 공주와 그 당시 13살 1개월이던 동생 공주뿐이었다. 황후는 내 접시 위에 고기 한 점을 올려주곤 했고 나는 그 고기를 직접 썰어 먹었다. 내가 이렇게 작게 썰어 먹는 걸 보는 게 그녀의 낙이었다. 왜냐하면 (사실 비위가 약한데도 불구하고) 황후는 한 끼로 영국의 농부 십여 명이 먹을 수 있는 양을 한입에 집어넣기 때문이다. 한동안 나는 그 모습이 너무나 역겨웠었다. 그녀는 다 자란 칠면조보다 아홉 배나 큰 종달새의 날개를 이빨 사이에 넣고 뼈째 씹어 먹었으며, 커다란 24페니짜리 빵 덩어리만 한 조각을 한입에 집어넣었다. 게다가 (63-140갤런들이) 큰 통보다 큰 금잔에 들어 있는 물을 단숨에 마셨다. 손잡이 위로 낫 길이보다 두 배나 긴 나이프가 쭉 뻗어있었다. 숟가락이나 포크, 그 외의 다른 도구들도 모두 같은 비율이었다. 글룸달클리치가 호기심에 나를 궁전의 몇몇 테이블을 보여주려고 데려간 기억이 난다. 그곳에는 이런 거대한 나이프와 포크들 십여 개가 모두 세워져 있었는데 나는 그때까지 그렇게 무서운 장면을 본 적이 없었던 것 같다.

수요일마다(앞에서 내가 말했듯이 이날은 그들의 안식일이다) 왕과 왕비는 왕자, 공주들과 함께 왕의 거처에서 함께 식사하는 관습이 있었고, 그 당시 나는 왕이 가장 총애하는 존재였다. 그래서 이럴 때면 소금 단지 앞쪽 그의 왼손이 있는 곳에 내 작은 의자와 테이블이 놓였다. 이 군주는 유럽의 예법과 종교, 법률, 정부, 학문에 대한 질문을 하면서 나와 이야기를 나누는 것을 즐거워했고 나는 그런 질문에 대해 가능한 한 가장 적절한 설명을 해주었다. 그는 냉철한 숙고와 정확한 판단력을 가지고 있어, 내가 말한 모든 것들에 대해 아주 현명한 의견과 논평을 제시했다. 하지만 고백하건대, 사랑하는 조국 영국에 대해, 즉, 영국의 무역과 바다나 육지의 전쟁, 종교 분열, 정당에 대해 많은 이야기를 하자, 교육의 편견에 심하게 사로잡혀 있는 황제는 호탕하게 폭소를 터뜨리더니 오른손에 나를 올려놓고 왼손으로 조심스럽게 쓰다듬었다. 그러면서 내가 휘그당인지 토리당인지 물었다. 그때 그는 영국 왕실 서버린 호의 돛대만큼이나 긴, 흰색 지팡이를 짚고 그 뒤에서 대기하는 총리대신을 바라보면서, 나처럼 작은 곤충들이 흉내 낼 수 있다니, 인간의 위엄이란 얼마나 하찮은 것인지에 대해 말했다. 게다가 내가 감히 맹세하건대, 그는 이런 동물들도 직책과 다양한 훈장을 가지고 있고 작은 둥지와 굴을 만들어 그것을 집과 도시라고 부르고 옷과 마차의 형태도 만들고, 그리고 서로 사랑하고 싸우고 논쟁하며 속이고 배신한다고 했다. 그가 이런 식으로 계속하여 고귀한 조국, 예술과 전쟁의 여왕, 프랑스의 재앙, 유럽의 여자 중재인, 경건, 명예, 진실, 덕의 자리, 세상의 긍지와 선망의 대상에 대해 모욕적인 언사를 퍼붓는 것에 화가 나서 내 낯빛은 몇 차례나 붉으락푸르락했다.

하지만 그런 모욕에 대해 억울해할 상황이 아니었던 나는 분별 있는 생각을 하면서 내가 모욕을 당했는지 아닌지에 대해 의문을 갖기 시작했다. 이 사람들의 대화와 모습에 수개월 동안 익숙해져서 내가 본 모든 물건이 그와 비례해서 거대하다는 것을 깨달은 후라, 내가 처음 그들의 크기와 모습으로 인해 가졌던 두려움은 아주 많이 사라졌다. 그리고 만약 내가 화려한 옷과 보석으로 치장하고,

아주 점잖게 거들먹거리면서 몇 가지 연기까지 곁들여 인사하고 재잘거리는 영국 왕족과 귀부인 일행을 봤다면, 솔직히 나도 이 왕과 대신들이 내게 했던 것만큼 열심히 비웃어주고 싶었을 것이다. 사실 황후는 자기 손 위에 나를 올려놓은 채 우리 두 사람의 전신이 모두 보이는 거울 앞으로 향하곤 했는데, 그때 나는 나 자신을 향해 나오는 웃음을 주체할 수 없었다. 비교하는 것만큼 우스꽝스러운 짓은 없었다. 사실 내 원래 크기보다 훨씬 더 줄어든 게 아닐까 하는 생각이 들기 시작할 정도였다.

황후의 난쟁이만큼 나를 화나게 하고 굴욕감을 주는 존재는 없었다. 난쟁이는 그 나라에서 가장 작았지만(그의 키는 실제 9m도 되지 않는 것 같다) 자기보다 훨씬 작은 존재를 보고는 거만해지더니, 내가 황후의 대기실에 있는 어떤 테이블 위에 서서 궁정 귀족들이나 귀부인들과 이야기를 나누고 있을 때 내 옆을 거들먹거리면서 지나가고 항상 커 보이는 척했다. 내가 작다며 꼭 한두 마디씩 시비를 걸었다. 나는 그것에 대해 고작 그에게 형씨라고 부르며 한판 붙어보자는 식의 복수를 할 뿐이었다. 이런 식의 말대답은 궁전 하인들 사이에서 흔히 하는 말이다. 어느 날, 저녁 식사 시간에 이 심술궂은 애송이는 내가 자기에게 말한 무슨 말 때문에 짜증이 났는지, 황후의 의자 팔걸이에서 벌떡 일어나 가만히 앉아 있는 나의 허리를 붙잡아 들어 올리더니 내가 받을 피해는 생각지도 않고 나를 크림이 담긴 커다란 은그릇 안으로 떨어뜨리고는 부리나케 도망쳤다. 나는 머리와 귀가 먼저 떨어졌는데, 만약 내가 수영을 잘하지 못했다면 심한 고통을 겪었을지도 모른다. 그 순간, 글룸달클리치는 방의 반대편 끝에 있었고 황후는 너무 놀라 당황한 나머지 나를 도와줄 상황이 아니었다. 하지만 내가 1쿼트 이상의 크림을 삼킨 뒤, 꼬마 유모가 달려와 나를 꺼내 구해주었다. 나는 침대에 눕혀졌다. 하지만 완전히 엉망이 된, 옷 한 벌을 버리게 된 것 외에는 아무런 손해도 입지 않았다. 난쟁이는 호되게 채찍질을 당했고, 추가로 그가 나를 빠뜨렸던 그릇에 담긴 크림을 억지로 마시게 하는 벌을 받았다. 또한, 황후의 총애도 다시는 받지 못하게 되었다. 황후는 얼마 후 어느 귀부인에게 그를 줘버렸기 때문에 천만다행으로 나는 그를 더는 보지 않아도 됐다. 계속 머물렀다면 그 심술궂은 장난꾸러기가 자기의 화를 풀기 위해 어떤 극단적인 짓을 저질렀을지 모를 일이었다.

난쟁이는 전에도 내게 야비한 장난을 친 적이 있었는데, 그 일로 황후가 웃기는 했지만 동시에 무척 화를 냈고, 만약 내가 선처를 호소할 정도로 관대하지 않았다면, 황후는 그 즉시 난쟁이를 내쳐 버렸을 것이다. 황후는 접시 위의 골수가 든 뼈를 받아들고 골수를 뺀 후, 전에 있던 대로 뼈를 접시에 다시 세워두었다. 글룸달클리치가 찬장 쪽으로 간 사이, 기회를 엿보고 있던 난쟁이는 글룸달클리치가 식사 때마다 나를 돌봐주기 위해 밟고 서 있던 의자에 올라가더니 나를 두 손으로 잡고 내 다리를 꽉 잡으면서 그 골수가 든 뼛속으로 허리 위까지 끼워 넣었다. 나는 한동안 그 상태에 꽂혀 있었고 무척 우스꽝스러운 모습이었다. 모든 사람이 나의 상황을 알게 되기까지 거의 1분이 걸렸던 것 같다. 왜냐하면, 소리를 지르는 짓은 나와 어울리지 않는다고 생각했기 때문이다. 하지만 황제들은 뜨거운 고기 요리를 잘 먹지 않기 때문에, 내 다리는 데지 않았고 단지 양말과 반바지만 더러워졌을 뿐이다. 난쟁이는 나의 애원에 호된 채

찍질 외에는 아무런 처벌도 받지 않았다.

황후는 내가 겁쟁이처럼 구는 것 때문에 나를 자주 놀렸고 영국 사람들이 나처럼 지독한 겁쟁이들인지 내게 묻곤 했다. 이유인즉슨 이랬다. 이 왕국은 여름이면 파리 때문에 몸살을 앓았고, 던스터블[17] 종달새만큼 큰, 이 끔찍한 곤충들은 내가 앉아서 식사할라치면 내 귓가에서 끊임없이 시끄럽게 윙윙거리며 나를 가만히 내버려 두지 않았다. 녀석들은 이따금 내 음식 위에 내려앉아 역겨운 분비물이나 알을 낳고 도망쳤다. 그것은 내 눈에 아주 잘 보였지만 그 나라 사람들에게는 보이지 않았다. 그들의 커다란 눈은 작은 물체를 볼 때 내 눈만큼 예리하지 않았기 때문이다. 간혹 녀석들은 내 코나 이마에 붙어 있곤 했는데, 아주 고약한 냄새를 풍기면서 속살까지 파고들었다. 나는 그 끈적거리는 물질을 쉽게 찾아낼 수 있었고, 그것 때문에 이런 생물들이 천장 위에 거꾸로 매달려 발로 걸어 다닐 수 있는 거라고 우리 자연학자들은 말한다. 나는 이러한 혐오스러운 동물로부터 나를 보호하기 위해 야단법석을 떨었고 녀석들이 내 얼굴 위로 올 때면 움찔하지 않을 수 없었다. 난쟁이가 자주 하는 일이 손안에다, 우리 가운데 어린 남학생들이 하듯이, 이 곤충 여러 마리를 잡아 일부러 내 코 밑에서 갑자기 풀어줘 나를 깜짝 놀라게 했고 이 모습을 황후는 즐거워했다. 내 해결책은 녀석들이 공중에서 날고 있을 때 칼로 베어 산산조각 내는 것이었고, 그 칼솜씨에 많은 갈채를 받기도 했다.

어느 날 아침의 일이 생각난다. 평소 글룸달클리치는 화창한 날

17 18세기에 그곳의 종달새 때문에 유명해진, 런던에서 약 48km 정도 북쪽에 위치한 도시.

이면 내게 바람을 쐬어 줬듯이, 그녀는 내가 있는 상자를 창문 위에 놔두었다(영국에서 새장을 다루듯이, 창문에 못을 박아 상자를 걸어두는 위험천만한 일을 감히 하게 할 수 없었다). 나는 내리닫이 창 하나를 열어놓고, 아침 식사로 달콤한 케이크 한 조각을 먹으려고 테이블에 앉았는데, 스무 마리 이상의 말벌들이 그 냄새에 이끌려 내 방으로 날아 들어왔다. 녀석들의 소리는 수많은 백파이프가 윙윙대는 소리보다 훨씬 더 컸다. 어떤 녀석들은 내 케이크를 움켜잡고 조금씩 떼어 갔고 어떤 녀석들은 내 머리와 얼굴 주변을 날아다니면서 시끄러운 소리로 나를 당황스럽게 하면서 독침의 극심한 공포 속으로 몰아넣었다. 하지만 나는 용기를 내서 일어나 단검을 빼 들고 날아다니는 녀석들을 공격했다. 네 녀석은 처치했지만, 나머지 녀석들은 도망가 버렸고 나는 곧바로 창문을 닫았다. 이 곤충들은 자고새[18]만큼 컸고 녀석들의 독침을 빼 보니 4㎝의 길이에 바늘처럼 날카로웠다. 나는 독침들을 전부 소중히 보관해두었고 그 후 다른 진기한 물건들과 함께 그것들을 유럽 여러 지역에 전시했다. 나는 영국으로 돌아오자마자, 그레샴 대학[19]에 세 개를 기증했고 한 개는 내가 보관했다.

18 메추라기, 들꿩류의 사냥용 새.

19 왕립 협회의 본거지이며 자연의 '진귀한 것들'을 전시한 박물관.

4장

이 나라에 대해 설명. 현대 지도들을 수정할 것을 제의. 왕의 궁전과 수도에 대해 설명. 저자의 여행 방식. 중요한 사원에 대해 묘사.

이제 나는 독자 여러분에게 내가 여행했던 범위 내에서 이 나라에 대해 간단히 설명하고자 한다. 내가 여행했던 지역은 수도인 로브럴그라드 주변 약 3,200㎞를 넘지 않았다. 내가 항상 모시던 왕비는 왕의 시찰 여행에 동행할 때에도 그 이상 멀리 나간 적이 없었으며 왕이 변방을 시찰하고 돌아올 때까지 그곳에서 머물렀기 때문이다. 이 나라 군주가 다스리는 영토의 전체 크기는 길이로는 약 9,650㎞, 너비로는 4,800~8,000㎞에 달했다. 이를 통해 나는 일본과 캘리포니아 사이에 바다 이외에 아무것도 없다고 추정하는 유럽 지질학자들이 큰 착각을 하고 있다는 결론을 내리지 않을 수 없었다. 거대한 타타르 대륙[20]과 균형을 이루는 거대한 대륙이 틀림없이 있을 거라는 게 내 생각이었다. 따라서 유럽의 지질학자들은 이 거대한 땅덩어리를 미국 북서쪽에 연결함으로써 지도와 도표들을 수정해야 하며, 그 점에서 나는 그들을 도와줄 준비가 되어 있다.

이 왕국은 반도이며 북동쪽으로 48㎞ 높이의 산등성이까지 뻗어있는데, 산꼭대기에서 일어나는 화산활동 때문에 그곳은 전혀 지

20 동유럽에서 아시아에 걸친 지방을 가리키는 역사적 명칭.

나갈 수 없다. 아무리 훌륭한 학자라도 그 산 너머에 어떤 사람들이 살고 있는지, 아니 사람이 살고 있는지조차 전혀 알지 못한다. 삼면이 바다에 접해 있다. 왕국 전체를 통틀어 항구는 하나도 없다. 강물이 흘러드는 해안 지역에는 뾰족한 바위들이 가득하고 바다는 평소 매우 험악해서, 아무리 작은 배라도 감히 바다로 나갈 엄두를 내지 못한다. 그래서 이곳 사람들은 나머지 세상과의 교류에서 완전히 제외되었다. 하지만 큰 강은 선박들로 가득 차 있고 맛좋은 생선들이 풍부했다. 그들 바다에서 물고기를 거의 잡지 않았는데, 물고기들의 크기가 유럽의 물고기만 해서 결과적으로 잡을 가치가 없었기 때문이다. 이것을 통해, 이 엄청난 크기의 식물과 동물의 생성에 있어 자연은 이 대륙에만 완전히 제한을 두었다는 것이 입증되었다. 그 이유는 철학자들이 밝히도록 남겨두겠다. 하지만 가끔 그들은 우연히 바위에 부딪힌 고래를 잡기도 하는데 일반인들은 그것을 아주 맛있게 먹었다. 내가 알기로 이 고래들은 엄청나게 커서 도저히 인간은 어깨에 짊어지고 갈 수 없다. 그리고 이것들은 간혹 호기심에 광주리에 담겨 로브럴그라드로 가져오기도 한다. 나는 그중 한 마리가 접시에 담겨 황제의 식탁에 오른 것을 보았는데, 그것은 진귀한 요리로 통했다. 하지만 황제가 그것을 좋아하는 것을 본 적이 없다. 사실 그린란드[21]에서 그것보다 약간 큰 고래를 본 적이 있지만, 그럼에도 고기가 하도 크다 보니 황제의 비위가 상했던 모양이다.

이 나라에는 많은 사람이 살고 있는데, 51개의 도시와 성벽으

21 북미 북동부의 섬, 덴마크령.

로 둘러싸인 거의 100여 개의 소도시, 그리고 수많은 시골 마을들로 이뤄져 있다. 하지만 로브럴그라드를 설명하는 것만으로도 호기심 많은 독자 여러분을 충분히 만족하게 할 수 있을 것이다. 이 도시는 한가운데를 흐르는 강 양쪽으로 거의 똑같이 생긴 두 개의 지역으로 이뤄져 있다. 이곳에는 8만여 채 이상의 집이 있고 60만 명의 주민이 살고 있다. 이곳의 길이는 3글롱렁[22](영국식으로 약 87㎞)에 넓이는 2.5 글롱렁(72㎢)이다. 나는 왕의 명령으로 만든 왕국 지도에서 그것을 직접 측정했다. 내가 보도록 일부러 땅에 놓인 그 지도를 펼치니 그 길이가 30m나 되었다. 나는 지름과 둘레를 맨발로 여러 차례 측정했고 비례자로 계산하여 매우 정확하게 측정했다.

궁전에는 규칙적인 큰 건물 형태가 아니라 약 11㎞ 주변에 수많은 건물이 모여 있었다. 주요 방들은 보통 높이가 73m가량 되었고 넓이와 길이도 그에 비례했다. 글룸달클리치와 내가 사용하는 마차가 한 대 있었는데, 그녀의 여자 가정교사는 도시를 구경시켜 주거나 가게에 갈 때 자주 그녀를 데리고 나갔다. 나도 상자에 실려서 항상 같이 갔다. 하지만 내가 원할 때마다 소녀는 나를 밖으로 꺼내 손에 들고 있었기 때문에 거리를 지날 때마다 집과 사람들을 좀 더 편하게 구경할 수 있었을 거다. 우리 마차는 대략 웨스트민스터 홀 크기만 했지만 그리 높지는 않았다. 물론 정확히는 알 수 없다. 어느 날 여자 가정교사가 몇몇 가게에 세우도록 마부에게 지시했는데, 그곳에서 기회만 엿보고 있던 거지들이 마차 주변으로 몰려들었다.

22 브롭딩낵어의 특징으로, g를 추가하는 long(sing-song처럼)에 기인한 모음이 전환된 형태.

그때, 유럽 사람의 눈에는 정말 끔찍해 보이는 광경을 보게 되었다. 가슴에 암 덩어리가 달린 여자가 있었는데, 어마어마한 크기로 부풀어 올라 있어 내 몸 전체를 가렸고, 구멍도 잔뜩 나 있었는데 그중 두세 개는 내가 쉽게 기어들어갈 수 있을 정도로 컸다. 그리고 목에 혹이 난 남자도 있었는데, 양모 곤포 다섯 개를 합친 것보다 더 컸으며 또 다른 사람은 양쪽 다리에 높이가 약 6m 정도 되는 의족을 하고 있었다. 하지만 그 어떤 것보다도 가장 끔찍했던 것은 옷 위를 스멀스멀 기어 다니는 이였다. 나는 유럽 이를 현미경으로 본 것보다 더 분명하게 맨눈으로 이 해충들의 팔다리와 돼지처럼 깊게 박혀 있는 주둥이를 볼 수 있었다. 그것들은 내가 난생처음 본 것이었고, 만약 나한테 적절한 실험 도구라도 있었다면(안타깝게도 나는 그것을 배에 두고 왔다) 녀석 중 하나를 해부하고 싶을 정도로 호기심이 발동했을 거지만, 사실 내 비위를 완전히 뒤집어 놓을 정도로 녀석들의 몰골은 너무나 역겨웠다.

황후는 편안한 여행을 위해 평소 나를 싣고 다니는 커다란 상자 이외에도, 넓이가 약 1㎡에 높이가 3m 되는 좀 더 작은 상자를 하나 더 준비하라고 지시했다. 이전 것은 글룸달클리치의 무릎에 놓기에는 다소 큰 편이고 마차에서도 불편했기 때문이다. 이번 상자도 같은 장인이 만들었는데, 내가 생각해낸 모든 아이디어를 그에게 지시했다. 이 여행용 방은 정사각형 모양에 세 군데 벽면 가운데 창문이 달려 있으며, 장거리 여행 시 사고를 예방하기 위해 각 창문 밖에 철사로 만든 격자 틀을 달았다. 창문이 없는 네 번째 벽면에는 두 개의 튼튼한 꺾쇠가 고정되어 있어, 나를 운반하는 사람이 내가 말에 타고 싶어 할 때 가죽 벨트를 이쪽으로 집어넣어 끼운

후 허리 주변에 죔쇠를 채우면 된다. 이 일은, 글룸달클리치의 건강 상태가 좋지 않을 때에, 내가 왕과 왕비의 시찰여행에 동행할 때나 정원을 구경하고 싶어 할 때나 궁전의 훌륭한 귀부인이나 대신을 방문할 때나, 언제나 내가 신뢰하는, 의젓하고 믿음직한 하인의 임무였다. 나는 곧 고위층 인사들에게 알려지고 높이 평가받기 시작했는데, 나 자신이 잘나서라기보다는 황제의 총애 때문이라는 생각이 들었다. 여행 중 마차에 싫증이 나면, 말 타고 있는 하인이 내 상자의 죔쇠를 채워 자기 앞 쿠션 위에 올려놓았다. 그곳에서 나는 세 개의 창문을 통해 그 나라의 풍경을 감상했다. 이 작은 방 안에는 야전 침대가 있고 천장에는 해먹이 매달려 있었다. 그리고 의자 두 개와 테이블 하나가 솜씨 좋게 바닥에 나사로 고정되어 있었는데, 이는 말이나 마차의 흔들림 때문에 이리저리 휩쓸려 다니지 않도록 하기 위해서였다. 사실 나는 바다를 여행하면서 이런 흔들림에 오랫동안 익숙해진 터라, 간혹 요동이 심하다 싶긴 하지만 그렇게 불안할 정도는 아니었다.

나는 도시를 보고 싶은 마음이 들 때마다 언제나 내 여행용 방을 이용했는데, 글룸달클리치는 덮개가 없는 가마를 타고 무릎에 그것을 놓았다. 가마는 그 나라 풍습에 따라 네 명의 가마꾼이 메고, 왕비의 제복을 입은 다른 두 사람이 동행했다. 나에 대해 자주 들은 사람들은 가마 주변으로 몰려들었고, 소녀는 가마꾼들을 멈추게 할 정도로 아주 친절했고, 내가 좀 더 잘 보이도록 자신의 손바닥에 올려놓았다.

나는 최고로 중요한 사원, 특히 이 나라에서 가장 높다고 알려진 사원의 탑이 무척 보고 싶었다. 그래서 어느 날 꼬마 유모는 나를 그곳으로 데리고 갔는데 솔직히 말하면 나는 실망한 채 돌아왔다. 땅에서부터 가장 높은 첨탑 꼭대기까지 어림잡았을 때, 그 높이가 900m를 넘지 않았다. 이 나라 사람들과 유럽에 사는 우리의 크기 차이를 고려하면 그것은 전혀 감탄할 정도가 아니었고, (내가 정확히 기억한다면) 그 크기 면에서도 솔즈베리 탑[23]에 전혀 상대가 안 됐다. 하지만 평생 은인으로 여겨야 하는 이 나라의 가치를 떨어뜨리지 않기 위해, 나는 이 유명한 탑의 높이가 아무리 기대에 못 미치더라도 아름다움과 멋진 표현력으로 충분히 만회할 수 있다는 것을 인정했다. 벽의 두께는 거의 30m에 이르고, 각각의 너비를 3㎡로 자른 돌로 지어졌으며, 대리석을 깎아 실물보다 크게 만든 황제들과 신들의 동상을 벽감[24]에 설치하여 사방을 장식했다. 나는 이러한 석상 중 한 곳에서 떨어져 나와, 쓰레기들과 섞여 눈에 띄지 않은 채 방치된 작은 손가락 한 개의 길이를 쟀는데, 정확히 123㎝였다. 글룸달클리치는 그것을 자질구레한 다른 장신구들과 함께 보관하기 위해 손수건에 싸서 주머니에 넣어 집으로 가져왔다. 그 또래의 아이들이 늘 그렇듯, 소녀는 장신구들을 무척 좋아했다.

궁전 부엌은 약 180m 높이에 아치 모양의 천장을 가진, 참으로 웅장한 건물이었다. 아주 커다란 아궁이는 성 바오로 성당의 둥근 지붕[25] 모양에 열 걸음 정도 작은 넓이였다. 나는 고국으로 돌아온 후 일부러 성 바오로 성당을 재보았기 때문이다. 그러나 만일 내가

---

23 1362년, 이 탑이 123m로 완성됐을 때, 이것은 영국에서 가장 높은 건물이었지만 그 대륙에 있는 다른 탑이 그 높이를 추월했다.

24 벽면을 파내어 조각품이나 장식품을 놓도록 만든 곳.

25 런던에 위치한 성 바오로 성당 지붕의 지름은 34m다.

부엌문과 거대한 솥과 주전자들, 불 꼬챙이에 꽂혀 돌고 있는 구운 고기와 그 밖의 다른 수많은 것들을 설명한다면, 아마 거의 내 말을 믿지 않을 것이다. 여행가들이 자주 그런 식으로 의심을 받듯이, 적어도 깐깐한 비평가라면 내가 사소한 것을 부풀려 과장했다고 쉽게 생각하려 할 것이다. 그런 비난을 피하고자 내가 그 반대 극단으로 너무 많이 흐를까 봐 걱정된다. 그리고 만약 이 글이 브롭딩낵(이 나라의 일반적인 이름) 언어로 번역되기라도 해서 그쪽에도 이 글이 알려진다면, 황제와 국민들은 내가 거짓되게 그리고 작게 표현함으로써 자신들의 명예를 훼손시켰다고 불평할 게 뻔하다.

황제는 마구간에 말들을 600마리 이상 유지하는 일이 좀처럼 없다. 녀석들의 키는 보통 16~18m에 달한다. 하지만 엄숙한 행사가 있는 날, 그가 말을 타고 나갈 때 500명의 기병으로 이뤄진 근위대의 공식적인 호위를 받는데, 전투 대형인 군대를 보기 전까지는, 정말로 그동안 내가 봤던 것 중 가장 근사한 광경이었다. 다음 기회에 봐서 그 이야기를 들려주겠다.

5장

저자가 겪게 되는 여러 가지 모험. 범죄자의 처형. 저자는 자신의 항해 실력을 뽐낸다.

만약 나의 왜소함 때문에 겪은 어이없고 골치 아픈 몇 가지 사건들만 아니었다면, 나는 이 나라에서 충분히 행복하게 살았을지도 모른다. 나는 그 사건 중 몇 가지에 대해 조심스럽게 언급해 보겠다. 글룸달클리치는 종종 나를 작은 상자에 넣어 궁전 정원으로 데리고 갔고, 이따금 그곳에서 나를 꺼내 손바닥에 올려놓거나 걸어 다니도록 내려놓곤 했다. 언젠가 난쟁이가 왕비 곁을 떠나기 전에 우리를 따라 정원으로 따라왔던 일이 생각난다. 당시 유모가 나를 내려놓았을 때 그와 나는 어떤 난쟁이 사과나무 근처에 나란히 서 있었는데, 나는 난쟁이와 나무 사이의 우스운 말장난으로 나의 재치를 보여줄 필요가 있었다. 영어도 그렇듯이, 우연하게 그들 언어에도 난쟁이와 작은 나무랑 연관된 말이 있었기에 그 말을 했더니, 호시탐탐 기회를 엿보고 있던 이 심술궂은 악당 녀석은 내가 어느 사과나무 아래를 걸어가고 있을 때 내 머리 바로 위에서 나무를 흔들어댔고, 그 바람에 거의 브리스틀[26] 술통만 한 사과 십여 개가 내 귓가를 스치며 떨어졌다. 때마침 내가 웅크리고 있을 때, 그중 한 개가

26 영국 잉글랜드 서남부의 공업 도시 · 무역항.

내 등을 쳤고 나는 바닥에 엎어져 쓰러졌다. 하지만 아무 상처도 입지 않았고 먼저 화를 꼬드긴 사람도 나였기 때문에 내가 원하는 대로 난쟁이는 용서를 받았다.

또 어떤 날은, 글룸달클리치가 부드러운 잔디밭에 나를 혼자 놀도록 놔두고, 조금 떨어진 곳에서 여자 가정교사와 산책을 했다. 그러는 사이 갑자기 우박이 빗발치듯 거세게 몰아쳤고 그 바람에 나는 순식간에 땅바닥에 곤두박질치고 말았다. 게다가 내가 쓰러져 있을 때, 마치 테니스공으로 팔매질을 당하듯 우박이 내 몸 전체를 사정없이 강타했다. 나는 엉금엉금 기어 그 자리를 피해, 레몬 백리향의 화단 그늘 속에 납작 엎드려 피신해 있었다. 하지만 머리부터 발끝까지 타박상을 입어 열흘 동안 외출을 할 수 없었다. 이것은 전혀 놀랄 일이 아니다. 이 나라의 자연은 그 모든 작용에 있어 같은 비율을 따르기 때문에, 우박도 유럽에서 본 우박 크기의 거의 1,800배에 이른다. 나는 너무 궁금한 나머지 우박의 무게를 재고 크기를 측정해보았기 때문에 경험에 근거하여 그 치수를 확언할 수 있었다.

하지만 바로 그 정원에서 좀 더 위험한 사건이 발생했다. 나는 혼자만의 사색을 즐기고 싶다고 그녀를 자주 졸랐는데, 한 번은 꼬마 유모가 나를 안전한 곳에 두었다고 생각하고 가정교사와 그녀가 잘 아는 귀부인들과 정원의 저편으로 가버린 적이 있었다. 당시 상자를 들고 다니는 불편을 없애기 위해 상자는 집에 두고 온 상태였다. 그런데 소녀도 없고 소리도 미치지 않는 그동안에, 정원사 한 명이 기르던 자그마한 흰색 스패니얼[27]이 우연히 정원 안으로 들어왔

27 기다란 귀가 뒤로 처져 있는 작은 개.

다가 내가 있던 그곳 근처를 돌아다니게 되었다. 그 개는 냄새를 따라 곧장 내게 다가왔고, 나를 입에 물고는 자기 주인에게 곧바로 달려가서 꼬리를 흔들며 나를 땅에 얌전히 내려놓았다. 다행히 녀석은 훈련을 잘 받아서, 나를 이빨로 물고 갔는데도 털끝만 한 상처도, 심지어 내 옷이 찢어지는 일도 없었다. 하지만 나에 대해 잘 알고 내게 무척 친절했던 그 가엾은 정원사는 기겁했다. 그는 조심스레 두 손으로 나를 받쳐 들고 내게 어찌 된 일이지 물었다. 하지만 나 또한 너무 놀라고 숨이 차서 한마디도 할 수 없었다. 몇 분 후, 나는 정신을 차렸고 정원사는 꼬마 유모에게 나를 안전하게 데려다 주었다. 그 무렵, 나를 놔둔 장소로 돌아온 꼬마 유모는 내가 보이지도 않고 불러도 아무 대답이 없자 몹시 걱정하고 있던 차였다. 그녀는 개 탓을 하며 정원사를 심하게 나무랐다. 하지만 그 사건을 은밀히 수습했고 궁전에서는 아무도 눈치 채지 못했다. 사실 소녀는 황후의 진노가 두려웠고 솔직히, 그런 얘기가 나돌게 되면 나의 평판에도 아무 도움이 되지 않을 거로 생각했기 때문이다.

그 사건으로 글룸달클리치는 앞으로 밖에 있을 때 자기 눈에 보이지 않는 곳에 나를 절대 놔두지 않을 거라고 굳게 다짐했다. 나는 소녀가 이런 결정을 할까 봐 오래전부터 걱정해왔고 그래서 내가 혼자 남겨진 시간에 일어난, 사소하지만 운이 나쁜 몇몇 돌발 상황에 대해 그녀에게 비밀로 해왔다. 한 번은 정원 위를 맴돌던 솔개 한 마리가 급강하하여 나를 덮친 적이 있었는데, 만약 내가 의연하게 단검을 꺼내 들고 울창한 과수 울타리 아래로 도망치지 않았다면 녀석은 분명 발톱으로 나를 낚아채 갔을 것이다. 언젠가 또 한 번은 두더지가 새로 파놓은 흙 두둑 위를 걸어 다니다가 그 동물이 땅에 쌓아 놓은 흙 속 구멍에 목이 빠진 일도 있었다. 옷이 엉망이 돼 버린 것에 대해 변명을 한답시고 기억할 가치도 없는 거짓말을 꾸며낸 적도 있었다. 게다가 혼자 산책을 하면서 그리운 영국을 생각하다가 달팽이 껍질에 걸려 오른쪽 정강이가 부러지기도 했다.

혼자 산책을 하다 보면, 작은 새들이 나를 두려워하기는커녕 1m도 떨어지지 않은 곳에서 뛰어다니며 마치 주변에 아무도 없는 듯 아주 무심하게 마음을 푹 놓고 벌레나 그 외의 다른 먹이를 찾아다니는 것을 지켜보게 되는데, 그럴 때면 그게 다행인지 아니면 굴욕적인 건지 분간이 안 됐다. 문득 개똥지빠귀 한 마리가 생각난다. 녀석은 배짱 좋게도 글룸달클리치가 아침 식사로 내게 막 준 케이크 한 조각을 부리로 내 손에서 낚아채 가버렸다. 내가 이 새들을 잡으려고 하자 녀석들은 감히 나를 향해 돌아서서 내 손가락을 쪼려 했고 나는 녀석들 근처에 갈 엄두도 내지 못했다. 그러자 녀석들은 무관심한 듯 다시 뒤로 돌아서서 조금 전에 했던 대로 벌레와 달팽이를 찾아다녔다. 하지만 언젠가 나는 두꺼운 곤봉을 들고 있다가 운 좋게도 홍방울새를 향해 힘껏 던져 녀석을 쓰러뜨렸고 양손으로 녀석의 목을 잡은 채 의기양양하게 녀석을 끌고 유모에게 달려갔다. 하지만 잠시 기절했다가 정신을 차린 그 새가 날개로 내 머리와 몸을 연신 두들겨 패는 바람에, 물론 내가 팔 길이 정도 떨어져 녀석을 잡고 있어 녀석의 발톱이 닿진 않았지만, 그냥 놔줄까 하는 생각을 수없이 했다. 나는 곧바로 하인 한 명에게 구조되었고, 그는 새의 목을 비틀어 버렸다. 나는 다음날 황후의 지시에 따라 녀석을 저녁으로 먹었다. 내가 기억하기로, 이 홍방울새는 영국의 백조보다 더 컸던 것 같다.

시녀들은 글룸달클리치를 자신들의 거처로 자주 초대하곤 했는데, 나를 보고 만져보며 즐기려는 목적으로 나도 데려오기를 바랐다. 시녀들은 나를 머리에서 발끝까지 홀딱 벗겨놓고 자기들 가슴에 껴안곤 했는데, 나는 이런 짓이 정말 역겨웠다. 솔직히 말하면 그들 몸에서는 아주 불쾌한 냄새가 났다. 그렇다고 이 훌륭한 아가씨들을 깎아내리려고 이런 얘기를 하는 것은 아니다. 나는 이 시녀들을 아주 존중하지만 왜소한 비율만큼 감각도 좀 더 예민해진 것 같다. 그리고 영국에서 우리가 같은 신분의 사람과 함께 있으면 그런 것처럼, 이 훌륭한 사람들도 애인이나 서로에게는 불쾌감을 주지 않을 거로 생각한다. 결국, 나는 그들 몸에서 나는 체취가 그들이 사용하는 향수보다 훨씬 더 참을만하다는 것을 알게 되었으며, 향수 아래서 나는 바로 기절해버렸다. 나는 릴리퍼트에서 만난 내 절친한 친구가 어느 더운 날, 내가 운동을 아주 열심히 했을 때 내게 심한 냄새가 난다며 솔직하게 불만을 털어놓았던 일을 잊을 수가 없다. 물론 나는 대부분 남자보다 냄새가 심한 편도 아니었다. 하지만 이곳 사람들의 체취에 대해 내 후각이 그랬던 것처럼, 내 체취에 대한 그 친구의 후각도 예민했던 것 같다. 이 점에 대해 나는 나의 여주인인 왕비와 유모인 글룸달클리치에게도 공정하게 하지 않을 수 없는데, 이들 몸에선 영국 여자들처럼 좋은 냄새가 났다.

내 유모가 나를 데리고 이 시녀들을 방문했을 때, 내 맘을 가장 불편하게 했던 것은 내가 마치 별 가치도 없는 존재인양 아무 예의도 갖추지 않고 나를 대한다는 것이었다. 그들은 옷을 벗기 직전 나를 화장대 위에 올려놓고 내 앞에서 옷을 홀라당 벗고 속옷을 입었다. 확실한 건, 그런 모습은 내게 전혀 유혹적이지 않았고 공포와 역겨움 따위 외에는 그 어떤 감정도 느끼게 하지 못했다. 그들의 피부는 매우 거칠고 울퉁불퉁했으며 가까이에서 봤을 때는 얼룩덜룩한 피부색에 참호만 한 넓은 구멍이 여기저기 나 있었고 얼굴에서 흘러내린 머릿결은 포장 끈보다 더 두꺼웠다. 신체 나머지 부위에 대해서는 더는 말할 것도 없다. 그들은 내가 옆에 있어도 전혀 거리낌없이 1천 리터 이상을 담을 수 있는 용기에 볼일을 봤고 그 양도 최소한 두 통은 되는 것 같았다. 이 시녀들 가운데 가장 예쁜, 16살 난 밝고 쾌활한 한 소녀는 간혹 나를 자신의 젖꼭지 위에 걸터앉게 하고 그 외의 여러 가지 다른 장난을 치기도 했는데, 그 점에 대해 자세히 이야기하지 않는 것은 독자 여러분이 이해해 주길 바란다. 하지만 나는 기분이 무척 상해서, 더는 그 젊은 여자를 보지 않을 핑곗거리를 생각해달라고 글룸달클리치에게 애원했다.

어느 날, 내 유모의 가정교사의 조카인 한 젊은 신사가 찾아와서 사형 집행식을 구경하러 가자고 그들을 졸랐다. 그 신사의 친한 지인 중 한 명을 살인한 사람의 사형 집행이라고 했다. 글룸달클리치는 천성적으로 온화한 성품을 지닌 사람이었기 때문에 영 내키지 않았지만 결국 설득을 당해 함께 가기로 했다. 나도 그런 광경이라면 질색했지만, 호기심이 발동해서 틀림없이 뭔가 대단한 것을 볼 수 있을 거라며 자신을 부추겼다. 그 죄수는 사형 용도로 세워진 교수대 의자에 묶여 있었고 그의 머리는 12m 길이의 칼로 한 번에 잘려나갔다. 동맥과 정맥에서 엄청난 양의 피가 하늘 높이 솟구쳐 올라갔는데, 그 순간만큼은 베르사유 궁전의 높이 솟구치는 거대한 분수에 비할 바가 아니었다. 게다가 머리가 교수대 바닥에 떨어지며 높이 튀어 오를 때, 적어도 800m는 떨어져 있었는데도 나는 흠칫 놀랄 정도였다.

내 여행담을 종종 듣고 내가 우울할 때 모든 방법을 총동원해 기분전환을 시켜주려고 했던 황후가 내게 돛이나 노를 다루는 방법을 아는지, 그리고 노 젓는 간단한 운동은 건강을 유지하는 데 도움이 안 되는지에 대해 내게 물었다. 나는 두 가지를 모두 잘 알고 있다고 대답했다. 외과의 혹은 선의로 고용되었지만, 절박한 상황에서 나는 어쩔 수 없이 일반 선원처럼 일해야 했다. 그러나 이 나라에서 그 방법을 보여줄 수는 없었다. 이곳에서는 아무리 작은 나룻배라 해도 우리의 최고 군함과 동등했기 때문이다. 그리고 내가 다룰 수 있는 보트 정도면 이 나라 강 어느 곳에서도 살아남을 수 없을 테니까. 왕비는 내가 배를 설계하면 왕실 담당 목수에게 그것을 만들게 하고 내가 항해할 장소도 마련해주겠다고 했다. 그 목수는 솜씨 좋은 장인으로, 내 지시에 따라 삭구[28]까지 모두 갖춘, 유럽사람 여덟 명은 족히 태울 수 있는 유람선을 열흘 만에 뚝딱 만들어냈다. 배가 완성되었을 때, 왕비는 아주 기쁜 나머지 그 배를 치맛자락에 싸서 왕에게 달려갔다. 왕은 물을 가득 채운 수조 안에 시험 삼아 나를 태워 그것을 넣어보라고 시켰다. 거기서 나는 공간 부족으로 스컬[29] 두 개나 작은 노조차도 사용할 수 없었다. 하지만 왕비는 이미 다른 계획을 세워놓았다. 그녀는 목수에게 90m 길이에 너비 4m, 깊이 240㎝ 정도 하는 나무 물통을 만들라고 지시했다. 그리고 물이 새는 것을 막기 위해 송진을 잘 바른 다음 궁전의 옥외 공간, 벽면 쪽 바닥에 놔두었다. 물에서 퀴퀴한 냄새가 나기 시작하면 물을 뺄 수 있도

28 배에서 쓰는 밧줄이나 쇠사슬 따위를 통틀어 이르는 말.

29 두 손에 한 개씩 가지고 젓는 작은 노.

록 바닥 근처에 마개를 만들어 두었고 하인 두 명이 30분 만에 손쉽게 물을 채울 수 있었다. 이곳에서 나는 종종 왕비와 귀부인들뿐만 아니라 나 자신의 기분전환을 위해 노를 젓곤 했다. 그들은 내 항해 실력과 민첩함에 무척 즐거워했다. 때때로 귀부인들이 부채로 내게 바람을 보낼 때면 나는 돛을 올리고 키를 조종하기만 하면 됐다. 그들이 지치면, 시종 몇 명이 돛을 향해 입으로 바람을 불어주었고 그때 나는 내가 하고 싶은 대로 우현이나 좌현을 조종하면서 내 항해술을 뽐냈다. 놀이가 끝나면 글룸달클리치는 항상 내 배를 자기 방에 도로 가져가서 못에 걸어 말렸다.

한 번은 이 놀이를 하다 사고를 당해 하마터면 목숨을 잃을 뻔한 적이 있었다. 시종 한 명이 내 배를 나무 물통에 집어넣은 후, 글룸달클리치와 함께 있던 가정교사가 아주 친절하게 나를 그 배에 집어 넣어주려고 들어 올리는데 그만 내가 그녀의 손가락에서 미끄러지고 말았다. 천만다행으로, 내가 어느 멋진 귀부인의 가슴 장식에 고정된 커다란 핀에 걸리지 않았다면 나는 분명 12m 아래 바닥으로 떨어졌을 게 뻔하다. 핀의 윗부분이 내 셔츠와 반바지 허리띠 사이에 걸리는 바람에, 글룸달클리치가 나를 구하기 위해 달려올 때까지 공중에 매달려 있었다.

또 한 번은, 사흘마다 나무 물통을 깨끗한 물로 가득 채워주는 것이 임무인 하인 한 명이 너무 부주의한 탓에 들통에 있던 커다란 개구리(그것인지 정확하진 않지만) 한 마리가 나무 물통 속으로 미끄러져 들어왔다. 개구리는 내가 배에 탈 때까지 잠자코 숨어 있다가 쉴만한 곳을 찾아 배 위쪽으로 기어 올라왔는데, 배가 한쪽으로 많이 기울어지는 바람에 나는 배가 뒤집히는 것을 막기 위해 온 힘을 그 반대쪽에 주어 균형을 맞추지 않을 수 없었다. 개구리가 배에 올라오더니, 한 번에 배의 중간 지점까지 폴짝 뛰었고, 그러더니 내 머리 위로 불쾌한 점액을 내 얼굴과 옷에 묻히면서 왔다 갔다 뛰어다녔다. 개구리의 거대한 이목구비 때문인지, 상상할 수 있는 동물 가운데 가장 기형적인 동물처럼 보였다. 하지만 나는 글룸달클리치에게 내가 혼자 그것을 처리하게 해달라고 부탁했다. 나는 스컬 한 개를 가지고 꽤 오랫동안 개구리를 내리쳤고 마침내 개구리는 어쩔 수 없이 배 밖으로 뛰쳐나가고 말았다.

하지만 내가 이 나라에서 겪은 가장 위험한 사건은 궁전 부엌에서 일하는 사람이 기르는 원숭이 때문이었다. 글룸달클리치는 일을 보거나 방문차 어딘가에 갈 경우에는 나를 그녀 방에 안전하게 넣어 두었다. 그 날 날씨가 워낙 더운 탓에, 그녀의 방 창문이 열려 있는 상태였고, 또한 내가 지내는 커다란 상자의 창문과 문도 열려 있었다. 내 방의 넓은 공간과 편리함 때문에 난 대개 거기서 거주한다. 내가 테이블에 앉아 조용히 명상에 잠겨 있을 때, 그 방 창문으로 뭔가 뛰어들어와 이리저리 돌아다니는 듯한 소리가 들렸다. 그 때 사실 나는 무척 놀랐지만, 용기를 내어 밖을 내다보았고, 그렇지만 의자에선 꼼짝도 하지 않았다. 그러자 이리저리 뛰어다니고 위아래로 날뛰는 이 까불이가 보였고 급기야 녀석이 내 상자 쪽으로 다가왔다. 녀석은 상자의 문이랑 창문 안을 들여다 보며 대단히 재미있고 신기하게 쳐다보는 것 같았다. 나는 내 방, 그러니까 상자의 맨 구석으로 물러섰지만, 원숭이는 사방을 훑어보면서 나를 공포 속으로 몰아넣었고 그 바람에 쉽게 할 수 있는 일이었는데도 당황해서 침대 아래에 숨지도 못했다. 한동안 안을 엿보고 웃다가 재잘거리던 녀석은 마침내 나를 보게 되었고 마치 고양이가 쥐를 가지고 놀 때처럼, 앞발을 문 안으로 집어넣었다. 비록 내가 위치를 바꿔가며 녀석을 잘도 피해 다녔지만 결국 녀석은 내 코트 자락(이나라 천으로 만든 코트는 매우 두껍고 튼튼했다)을 잡더니 나를 밖으로 끌어당겼다. 녀석은 나를 오른쪽 앞발로 잡은 다음 마치 유모가 젖을 먹일 아이에게 하듯 나를 안았다. 내가 유럽에서 봤던, 원숭이들이 제 새끼를 대하는 모습과 흡사했다. 내가 몸부림을 치려 하자 녀석은 나를 더 세게 껴안아서 나는 순순히 따르는 것이 좀 더 현명한 행동이라는 생각이 들었다. 녀석이 반대쪽 앞발로 내 얼굴을 살며시 어루만지는 것을 보니, 나를 자기 종의 어린 새끼로 여기고 있는 게 분명한 것 같았다. 이렇게 놀고 있을 때 방문 쪽에서 누군가 문을 여는 듯한 소리가 들리자, 녀석은 멈칫하고는 자기가 들어왔던 창문 너머로 냅다 뛰어 나가더니, 한 손에 나를 들고 세 발로 평평한 지붕과 홈통 위를 걸어서 건너편 지붕 위로 기어 올라갔다. 녀석이 나를 데리고 나가자마자 글룸달클리치의 비명이 들렸다. 이 가엾은 소녀는 거의 돌아버릴 지경이었다. 궁전 그 구역이 발칵 뒤집혔다. 시종들은 사다리를 가져오기 위해 뛰어다녔고 수많은 궁전 사람들이 건물 가장자리에 앉아 있는 원숭이를 보았다. 녀석은 내가 아기인 양 앞발로 안은 채 가죽 바지 한쪽에 있는 가방에서 끄집어낸 음식물을 내 입에 쑤셔 넣으면서 다른 발로 내게 먹이를 먹였고 내가 먹지 않으려고 하자 나를 토닥여주었다. 그때 아래에 있던 수많은 사람은 웃음을 참을 수 없었다. 하지만 그들을 마냥 비난할 수만도 없는 노릇이었다. 그 모습은 분명 나를 제외한 모든 사람에게 아주 우스꽝스러웠을 테니까. 몇몇 사람들은 원숭이를 내려오게 하려는 마음에 돌을 던져보기도 했지만 그런 행동은 엄격히 금지되었다. 안 그랬다면 십중팔구 내 머리가 박살 날 수도 있었을 것이다.

이제 사다리가 세워지면서 여러 사람이 지붕 위로 올라갔고, 원숭이는 그 모습을 보고 거의 포위당했다는 사실을 눈치챘다. 게다가 세 다리로는 충분히 속도를 내지 못했기 때문에 원숭이는 나를 용마루 기와 위에 내려놓고 피신했다. 나는 땅에서 450m 정도 떨어진 이곳에 한동안 앉아 있었다. 바람이 불어 아래쪽으로 떨어지거나 현기증으로 쓰러져 용마루에서 처마까지 데굴데굴 굴러갈지도 모른다고 매 순간 생각하면서. 하지만 내 유모의 하인 중 어느 믿음직한 청년이 올라와, 나를 바지 주머니에 넣고 무사히 내려다 주었다.

나는 원숭이가 입으로 쑤셔 넣었던 불결한 음식물 때문에 숨이 막힐 지경이었지만 나의 사랑스러운 꼬마 유모가 작은 바늘로 그것들을 입에서 꺼내준 후 구토를 하고 나니 속이 아주 편해졌다. 그러나 나는 기진맥진한 상태였고 이 끔찍한 동물이 나를 세게 끌어안아 옆구리에 멍이 드는 바람에 2주일 동안 침대에 누워있어야만 했다. 왕과 왕비, 그리고 궁전의 모든 사람은 매일 사람을 보내 내 건강에 대한 안부를 물었고, 왕비는 내가 아픈 동안 여러 차례 병문안을 왔다. 그 원숭이는 죽임을 당했고 어떤 동물도 궁전 안에다 놔둬선 안 된다는 명령이 내려졌다.

회복 후 왕의 호의에 대한 내 감사의 마음을 전하기 위해 왕을 찾아갔을 때, 그는 이번 돌발 사건에 대해 나를 실컷 놀려대며 즐거워했다. 그러면서 내가 원숭이의 품에 안겨 있는 동안 무슨 생각과 추측을 했는지, 녀석이 내게 준 음식물은 얼마나 맛있었는지, 녀석의 먹이를 주는 방법이 얼마나 좋았는지, 그리고 지붕 위에서 신선한 공기를 맡으니 식욕이 왕성해졌는지 물었다. 그는 우리나라에서 그런 일이 생기면 내가 어떻게 행동했을지 알고 싶어 했다. 나는 왕에게, 유럽의 경우 호기심을 충족시키기 위해 다른 나라에서 데려온 원숭이 말고는 없으며 그 크기도 워낙 작아서, 녀석들이 감히 내게 덤빈다면 십여 마리쯤은 거뜬히 처리할 수 있다고 말했다. 내가 요전에 맞붙었던 그 괴물 같은 동물(사실 코끼리만큼 컸다)에 대해 말하자면, 녀석이 내 방으로 발을 쑥 집어넣었을 때 내가 두려움에 단검을 사용할 마음을 먹었더라면(험상궂게 쳐다보면서 내가 말한 대로 칼자루에 손을 올려놓고), 아마도 내가 녀석에게 상처를 주어 녀석이 손을 집어넣었던 것보다 더 신속하게 손을 기꺼이 빼게 하였을지도 모른다고 했다. 나는 마치 자신의 용기가 의심을 받지 않으려고 애쓰는 사람처럼 단호한 말투로 이렇게 말했다. 하지만 내 말은 폭소를 유발했을 뿐이다. 왕 주변에 있던 사람들은 왕 때문에 조심하려 했지만 터지는 웃음을 억지로 막을 수 없었다. 이를 통해 나는 모든 면에서 자신과 비슷하지도, 상대도 안 되는 사람들 사이에서 자신의 명예를 지키겠다고 하는 것이 얼마나 헛된 짓인지 깨달았다. 게다가 나는 영국으로 돌아온 후에도 나처럼 행동하는 사람들을 숱하게 봐왔다. 출생 신분이나 인품, 재치나 상식이라고는 없는 보잘것없고 비열한 악당 주제에 우쭐대며 그 나라에서 제일 훌륭한 사람들과 친한 척하는 꼴을 말이다.

나는 매일 궁정 사람들에게 우스꽝스러운 이야기를 제공해주고 있었다. 글룸달클리치는 내가 황후를 즐겁게 해줄 어리석은 짓을 저지를 때마다, 나를 무척이나 사랑하면서도 여왕에게 그 사실을 고해바칠 정도로 짓궂은 소녀였다. 몸이 안 좋았던 소녀는 가정교사를 따라 마을에서 약 1시간 거리, 그러니까 48㎞ 정도 되는 곳으로 바람을 쐬러 나간 적이 있었다. 그들은 들판에 있는 작은 오솔길 근처에 마차를 세운 뒤 내렸고 글룸달클리치가 내 여행용 상자를 내려놓자 나는 밖으로 걸어 나왔다. 길가에 소똥이 있었는데 나는 그것을 뛰어넘으며 내 민첩성을 시험해 볼 생각이었다. 그래서 있는 힘껏 뛰었다. 하지만 안타깝게도 점프 거리가 짧아 똥 한복판에 무릎까지 빠지고 말았다. 나는 힘겹게 똥을 헤치며 걸었고 하인 한 명이 손수건으로 나를 깨끗이 닦아주었다. 나는 똥으로 뒤범벅되었기 때문에 유모는 집에 돌아갈 때까지 나를 상자에 넣어두었다. 왕비는 이 소식을 바로 전해 들었고 하인들도 그 이야기를 궁중 여기저기에 퍼뜨렸다. 결국, 내 한 몸 희생하여 며칠 동안 웃음소리가 끊이지 않았다.

6장

왕과 왕비를 즐겁게 해주기 위해 저자가 만든 여러 가지 장치. 그는 음악적 재능을 보여준다. 왕은 유럽 나라에 대해 질문을 하고 저자는 그에게 들려준다. 그것과 관련한 왕의 의견.

나는 일주일에 한두 번씩 왕을 알현하는 자리에 참석하곤 했고, 그리고 종종 이발을 하고 있는 왕의 모습도 보았는데, 사실 처음 보기에 굉장히 소름 끼쳤다. 면도기의 길이가 거의 보통 큰 낫의 두 배나 되었기 때문이다. 그 나라의 풍습에 따라 왕은 일주일에 두 번만 면도했다. 일전에 나는 이발사를 설득하여 비눗방울 혹은 비누거품 좀 달라고 부탁한 적이 있었는데, 거기에서 아주 빳빳한 수염 4~50여 개를 골라냈다. 그런 다음 아주 가는 나뭇가지 하나를 가져와 빗의 등처럼 깎아 반들어, 글룸날클리치가 구할 수 있는 가장 작은 바늘을 얻어서 거기에 일정한 간격으로 구멍을 몇 개 만들었다. 나는 수염 가닥들을 칼로 다듬어 구멍 쪽으로 향하게 한 다음 솜씨좋게 고정해 아주 쓸 만한 빗을 만들었다. 내 빗은 이가 너무 많이 부러져 거의 쓸모가 없었기 때문에 딱 좋은 물건이었다. 내가 아는 한, 이 나라의 어떤 장인도 내게 이런 빗을 만들어 줄 만큼 꼼꼼하고 정교한 사람은 없었다.

그리고 이 일에 재미를 붙인 나는 시간 날 때마다 이 일을 하면서 보냈다. 나는 왕비의 하녀에게 황후가 빗질하다 빠진 머리카락을 구해달라고 부탁했고 때맞춰 많은 양의 머리카락을 얻었다. 그리고 내게 작은 물건들을 만들어 주라는 지시를 받은 내 친구 목수와 상의한 끝에, 나는 내 상자 안에 있는 의자 틀만 한 것 두 개를 만들어 내가 설계한 등받이와 시트 주변에 가는 송곳으로 작은 구멍을 뚫어 달라고 그에게 지시했다. 나는 영국에서 등의자를 만드는 방법에 따라 이 구멍들 속으로 가장 질긴 머리카락을 엮어 넣었다. 작업을 마친 나는 그것들을 왕비에게 선물했는데, 왕비는 그것들을 진열장에 보관해 놓고 진기한 물건인양 자랑하곤 했다. 사실 그것을 본 사람마다 모두 놀라워했다. 황후는 이 의자 중 하나에 나를 앉히려고 했지만, 한때나마 황후의 머리를 장식했던 그 소중한 머리카락 위에 내 몸의 수치스러운 부분을 대느니 차라리 천 번 죽는 편이 낫다고 주장하면서 그녀의 말을 절대 따르지 않았다. 또한, 이 머리카락으로(나는 항상 기계를 잘 다뤘기 때문에) 150㎝ 길이의 깔끔한 작은 지갑을 만든 다음, 금색으로 황후의 이름을 새겨 넣었다. 그리고 황후의 동의를 얻어 그것을 글룸달클리치에게 주었다. 솔직히 말하면 그것은 커다란 동전의 무게를 견딜 정도로 튼튼하지 않기 때문에 사용을 위해서라기보다는 장식용이라는 편이 옳았다. 그래서 그녀는 소녀들이 좋아하는 작은 인형들 외에는 그 안에 아무것도 넣지 않았다.

음악을 좋아했던 왕은 궁전에서 음악회를 자주 열었고 이따금 나도 데려가곤 했는데, 나는 테이블 위에 놓인 상자 안에서 음악을 들었다. 하지만 그 소리가 너무 커서 음을 거의 알아들을 수가 없었다. 군악대가 독자 여러분 귀에 대고 일제히 드럼을 두드리고 트럼펫을 분다 해도 분명 그것과 상대도 안 될 것이다. 그래서 나는 연주자들이 앉아 있는 곳에서 가능한 한 멀리 상자를 떨어뜨려 놓게 한 다음, 문과 창문을 닫고 커튼을 내렸다. 그렇게 하니 그 나라 음악도 들어줄 만했다.

나는 젊은 시절 스피넷[30] 연주를 조금 배운 적이 있었다. 글룸달클리치의 방에는 악기가 하나 있고 일주일에 두 번씩 선생님이 와서 그녀를 가르쳤는데, 그것은 스피넷과 다소 비슷하고 연주 방식도 같아서 나는 그것을 스피넷이라고 불렀다. 나는 문득 이 악기로 영국의 노래를 연주해서 왕과 황후를 즐겁게 해주고 싶은 생각이 들었다. 하지만 그 일은 상당히 힘들어 보였다. 스피넷의 길이는 거의 18m에 달했고 건반 하나의 너비가 거의 30㎝ 정도 되었기 때문에, 팔을 쫙 편다 해도 건반 다섯 개 이상은 닿지 않았고 건반을 누르려면 주먹으로 강하게 내리쳐야 하니 힘도 너무 많이 들고 공연한 헛수고였다. 그래서 다음과 같은 방법을 고안해냈다. 나는 일반 곤봉만 한 크기의 둥근 막대 두 개를 준비했다. 한쪽이 다른 한쪽보다 좀 더 두꺼웠는데, 나는 좀 더 두꺼운 쪽을 쥐 가죽으로 쌌다. 그렇게 하면 건반 위를 두드려도 건반 표면이 상하지 않으면서 음이 끊어지지 않을 거다. 스피넷 앞쪽으로, 건반 아래로 120㎝ 떨어져서 긴 의자를 두었고 나는 그 긴 의자 위에 올라섰다. 그리고 긴 의자 위에서 가능한 한 재빠르게 이리저리 비스듬히 달리며, 막대기 두 개로 적당한 건반들을 내리쳤고, 지그[31]춤을 추어 왕과 왕비를 흡족하게 해주었다. 하지만 이것은 내가 해본 것 중 가장 격렬한 운동이었다. 게다가 나는 16개 범위를 벗어난 건반을 칠 수 없어서, 결과적으로 다른 연주자들이 하는 것처럼 저음부과 고음부를 동시에 연주

30 피아노의 전신.

31 16세기의 영국에서 유행한 빠른 속도의 경쾌한 댄스.

할 수 없었다. 그것은 내 연주의 최대 약점이었다.

내가 전에 말했듯이, 황제는 이해심이 아주 많은 군주였다. 그는 나를 상자에 넣어 자기 방 테이블에 올려놓으라고 자주 지시하곤 했다. 그런 다음 내게 상자에서 의자 하나를 가지고 나와, 캐비닛 맨 꼭대기에 3m가량 안쪽에 앉으라고 했다. 그러면 왕의 얼굴이 나와 거의 같은 높이에 있게 된다. 나는 이런 식으로 왕과 여러 차례 대화를 나눴다. 어느 날, 나는 왕이 유럽이나 그 외의 다른 나라에 대해 드러낸 경멸감은 그가 소유한 훌륭한 성품에 어울리지 않는 것 같다며 왕에게 속마음을 털어놓았다. 체구가 크다고 이성이 넓어지는 것은 아니며 그 반대로 키가 아주 클수록 대개 이성적으로 부족하다는 것을 우리나라에서 목격했다고 덧붙였다. 그리고 다른 동물들 가운데, 벌과 개미들은 더 큰 종의 동물보다 좀 더 부지런하고 꾀도 많고 현명한 것으로 평판이 높았다고 했다. 왕은 나를 하찮게 여길지 모르지만 나는 왕에게 귀중한 봉사를 하면서 살길 원한다고 말했다. 왕은 내 말을 주의 깊게 들었고 나에 대해 전보다 더 호의적인 생각들을 말하기 시작했다. 그는 가능한 한 내가 영국 정부에 대한 설명을 정확하게 해주길 바랐다. 군주들은 흔히 제 나라의 관습을 맹신하지만(그래서 그는 나와의 이전 대화를 통해 다른 군주들에 대해 추측했다), 본받을만한 가치가 있는 것은 그 어떤 것이라도 기꺼이 듣고 싶어 했다.

친절한 독자 여러분 상상해보시라. 그 당시 내가 데모스테네스나 키케로[32]의 입담을 얼마나 원했을지를. 그랬다면 절묘한 표현

---

32 롱기누스(그리스의 철학자 · 수사학자), 플루타르크(그리스의 철학자로 《영웅전》 작가)에 비유되는 가장 위대한 고대 연설가들.

과 훌륭한 말솜씨로 나의 사랑하는 조국을 찬양했을 텐데 말이다.

우리 영토는 두 개의 섬으로 이루어졌으며 한 군주 아래 세 개의 강력한 왕국들[33]로 구성되었고, 그 외에 아메리카에 우리의 식민지들이 있다고 왕에게 알려주는 것으로 나는 이야기를 시작했다. 나는 우리나라의 비옥한 토양과 온화한 기후에 대해 장황하게 늘어놓았다. 그런 다음 상원이라는 저명한 집단과 가장 고귀한 가문 사람들, 그리고 대대로 막대한 세습 재산을 가진 사람들이 일부 포함된 영국 의회의 구조에 대해 상세히 설명했다. "그들은 왕과 국가에 세습 고문이 되도록 자격을 부여받기 위해, 그리고 그 어떤 항소의 대상이 안 되는 최고 법원[34]의 일원이 되는 입법 기관에 참여하기 위해, 그리고 용기와 품행, 충성심으로 군주와 나라를 항상 수호할 준비가 된 전사가 되기 위해, 인문 교양과 군사 교육에 늘 지대한 관심을 기울인다. 이들은 나라의 자랑거리이자 방패이며, 가장 명예로운 선조들의 가치 있는 추종자들이며, 선조들의 명예는 그들의 미덕의 보답이었다. 후손들도 그 미덕으로부터 퇴보했다고 알려진 적이 한 번도 없었다. 그리고 주교의 직책하에 몇몇 신성한 사람들이 상원의 일원으로 참여하였다. 이들의 특별 업무는, 종교 그리고 종교와 관련하여 국민들을 가르치는 사람들을 관리하는 것이었다. 나라 전체를 통해 고결한 삶과 깊은 학식에 가장 걸맞은 이름을 널리 알린 성직자 중에서 골라 선발하였다. 이런 사람들은 사실상 성직자들과 민중의 정신적인 아버지였다.

---

33 영국, 아일랜드, 스코틀랜드.

34 상원은 영국에서 가장 높은 입법부였고 현재 대법원 판사 12명은 여전히 상원의 일원이며 사법 위원회를 구성한다.

그리고 의회의 또 한 부분으로 하원(the House of Commons)이라 불리는 입법기관이 포함되는데, 이들은 나라 전체의 지혜를 대변하도록, 탁월한 능력과 애국심에 적합한 그리고 인민들이 직접 자유롭게 선출한 중요한 귀족들이었다. 그리고 이 두 단체가 유럽에서 가장 존엄한 입법기관을 구성하며, 군주와 결합하여 모든 입법부의 기능이 그들에게 맡겨진다."

그런 다음 나는 법원 이야기로 넘어갔다. 논란이 분분한 인간의 권리와 재산뿐만 아니라 범죄에 대한 처벌과 무죄의 보호를 결정할 경우, 판사들, 법에 대해 신망 있는 현자와 해석자들이 법원을 주재한다고 설명했다. 나는 우리 재무부의 신중한 관리와 육 · 해군의 용기와 그 업적에 대해 언급했다. 종교 집단이나 정당에 얼마나 많은 사람들이 있는지 추정하면서 우리 국민의 수를 계산했다. 심지어 스포츠와 취미, 그 외에 우리나라의 명예를 드높일 것 같은 특정한 것들에 대해서도 빼놓지 않았다. 그리고 지난 100여 년 동안 영국에서 일어난 일이나 사건들에 대해 간략한 역사적인 설명을 곁들여 모든 이야기를 마쳤다.

이 대화는 각각 몇 시간씩 걸리는 다섯 번의 알현으로도 끝나지 않았다. 왕은 모든 이야기를 대단히 집중하여 들었고, 그는 내게 묻고자 하는 몇 가지 질문들을 메모하고, 내가 말한 것을 틈틈이 적었다.

내가 이 기나긴 담화를 끝마쳤을 때, 왕은 여섯 번째 알현에서 자기가 기록한 것을 참고하여 항목마다 많은 의문과 질문, 반대의견을 제시했다. 그는 영국의 젊은 귀족들이 정신과 신체를 수련하는 데 어떤 방법을 사용하는지, 그리고 그들은 살면서 처음으로 가르침을 받을만한 시기에 흔히 어떤 일을 하면서 보내는지 물었다. 그리고 어떤 귀족 가문이 사라질 때, 의회를 채우기 위해 어떤 과정이 밟아지는지, 새로 귀족이 되려는 사람들의 필수적인 자격요건은 무엇인지 물었다, 즉, 황제의 일시적인 기분 탓인지, 궁녀나 총리 대신[35]에게 준 돈의 액수 탓인지, 혹은 언제나 그러한 진보의 동기가 되었던, 공익에 반하는 정당을 강화하려는 속셈 탓인지 물었다. 그리고 최후의 수단으로 동포의 자산을 결정하기 위해, 이 귀족들은 나라의 법률 지식을 얼마나 알고 있는지 그리고 그 지식을 어떻게 얻었는지에 대해서도 알고 싶어 했다. 그들은 탐욕이나 편애, 욕망으로부터 항상 자유로운지, 뇌물이나 그 밖의 다른 부패한 상황은 그들 어디에서도 찾을 수 없는지. 내가 말한 그 성스러운 주교들은 종교적인 문제에 대한 그들의 학식과 고결한 삶 때문에 그 지위에 오르게 되었는지, 그리고 그들이 평범한 사제로 있는 동안 시류에 영합하는 순응자는 아니었는지, 아니면 의회에 받아들여진 후에도 계속해서 굽실거리며 몇몇 귀족들의 의견을 따르는 노예근성의 매춘 사제인지 물었다.

그런 다음 내가 하원의원이라고 부르는 사람들을 선출할 때 어떤 식으로 진행되는지 알고 싶어 했다. 막강한 자금력을 지닌 외지인이 저속한 투표자들에게 영향을 끼쳐 자신의 영주나 동네에서 가장 저명한 귀족 대신 그를 선택하도록 할 수는 없는지 물었다. 그리고 노고와 비용이 많이 들고, 월급이나 연금도 없어 종종 가문이 망하는 지경에 이르게 한다는 그 의회 안으로 들어가려고 사람들

35 19세기까지 공식적인 직책이 아니었다. 18세기에는 로버트 월폴을 조롱하려고 사용되었다.

이 작정하고 마구 덤벼드는데, 어떻게 그럴 수 있는지 물었다. 이런 행동은 미덕과 공공심이라는 고귀한 특징처럼 보였기 때문에 황제는 그것이 늘 진심에서 우러나온 것은 아닐 거로 의심하는 것 같았다. 게다가 그는 부패한 장관과 함께 나약하고 포악한 군주가 세운 계획에 공익을 희생시킴으로써, 그 열정적인 귀족들이 자신이 들인 비용과 수고를 직접 보상받으려고 생각하고 있는지도 알고 싶어 했다. 그는 질문을 되풀이했고 셀 수 없이 많은 질문과 이의를 제기하면서 이런 주제에 대해 낱낱이 내게 물어봤는데, 이렇게 되풀이하는 것은 그리 현명하거나 요긴한 방법 같지 않았다.

내가 영국의 사법부와 관련해서 말했던 것에 대해, 황제는 몇 가지 점들에 대해 더 자세히 알고 싶어 했다. 그리고 상법부[36]의 오랜 소송으로 예전에 거의 파산 지경까지 갔으나, 소송비용만 판결을 받아냈기에 나는 이 부분을 더 잘 얘기해줄 수 있었다. 그는 시시비비를 결정하는데 보통 어느 정도의 시간이 걸리는지, 비용은 또 얼마나 드는지를 물었다. 변호사와 원고가 부당하거나 남용하거나 가혹하다고 알려진 소송에 항변할 자유가 있는지를. 종파나 정당은 재판의 판단에 영향력을 행사한다고 알려졌는지를, 그렇게 항변하는 원고들은 일반적인 평등 지식을 교육받은 사람인지 아니면 단지 그 지방이나, 국가, 그 외의 지역 관습만을 교육받은 사람인지 물었다. 변호사나 재판관들이 제멋대로 법을 해석하고 주석을 달 자유를 위임받았다며, 법 작성에 관여하는지를. 시절을 달리하여 같은 소송에 대해 찬성 쪽을 변호하다가 반대 쪽을 변호한 적이 있는지, 그 경

36 재산이나 그 밖의 다른 민사 소송을 심리하는 법정.

우 반대 의견을 입증하기 위해 선례를 인용한 적이 있는지 물었다. 그들은 잘나가는 정치단체인지 가난한 정치단체인지를. 그들은 자기 의견을 주장하거나 제시하면서 금전상의 보상을 받지 않았는지를. 그리고 특히 그들은 하급 입법기관(lower Senator) 의원직을 부여받은 적이 있는지 물었다.

그다음으로 황제는 영국의 재무관리로 화제를 돌리더니, 내 기억력이 안 좋은 것 같다고 말했다. 왜냐하면 내가 영국 세금이 어림잡아 연간 5~6백만 파운드쯤 된다고 했는데, 지출 문제에 대해 언급했을 때는 액수가 간혹 두 배[37]가 넘었다는 것이다. 황제가 내게 말했듯이, 그는 우리의 운영방법에 대한 정보가 자신에게 도움이 되기를 바라는 마음에, 이 부분을 아주 꼼꼼히 기록해두었기에 수치를 착각할 리 없었다. 하지만 만약 내 말이 사실이라면, 어떻게 한 나라가 일개 개인처럼 재산을 탕진할 수 있는지 그는 여전히 당황스러워했다. 그는 누가 우리의 채권자인지, 그리고 우리가 채권자에게 지급할 돈은 어떻게 마련하는지 물었다. 그는 아주 비용이 많이 드는 대규모 전쟁 이야기를 듣고 놀라워했다. 우리가 호전적인 민족이거나 주변에 몹시 나쁜 나라들이 사는 게 틀림없을 거라고, 영국의 장군들은 왕들보다 훨씬 부자일 거라고 말했다. 그는 무역이나 조약 때문이 아니라면, 혹은 군함을 통해 해안을 방어하기 위해서가 아니라면, 어째서 영국 밖으로 나가는지 물었다. 무엇보다도 그는 한창 평화로운 시기에, 자유민들 사이에 용병 상비군[38]이 있다는

37 Examiner 13(1710년 11월 2일)에서 스위프트는 국채에 대해 통렬히 비난했는데, 그는 그것이 영광스런 혁명의 결과라고 여겼다.

38 Examiner 20(1710년 12월 21일)이나 그 밖의 다른 책에서 스위프트가 통렬하게 비난

이야기를 듣고는 놀라워했다. 우리는 우리의 동의로 우리를 대표하는 사람들의 지배를 받는다면서, 우리가 그들을 두려워하고 그들과 싸운다는 것이 이해되지 않는다고 말했다. 자기 집을 지키는 문제에 있어도 약간의 돈을 주고 길거리에서 되는대로 골라잡은 대여섯 명의 악당들보다 자신이나 아이들, 가족들이 더 낫지 않는지 내 의견을 물었다(그 악당들은 그 집 식구들의 목을 찔러 그 돈의 백배가 넘는 돈을 챙길 수 있는데 말이다).

그는 우리의 여러 종파와 정당을 통해 유추한 수치로 인구수를 추정하는 나의 이상한 산술법(그는 그렇게 부르기 좋아했다)을 비웃었다. 아무리 대중에게 편파적인 의견을 품은 사람에게, 어째서 억지로 의견을 바꾸라고 강요하는지, 아니 그런 의견들을 숨기라고 강요하지 않는지 그 이유를 도무지 알 수 없다고 말했다. 정부가 전자를 요구하는 것은 폭정이듯, 후자를 강요하지 않는 것은 나약한 것이다. 왜냐하면, 누구나 자기 벽장에 독약을 보관할 수는 있지만, 그것들을 강장제라고 내다 팔아선 안 되기 때문이다.

그는 내가 영국 귀족과 신사의 놀이문화 가운데 도박에 대해 언급한 것을 주목했다. 그는 보통 몇 살부터 이 놀이를 즐기는지, 그리고 언제 그만두는지 알고 싶어 했다. 도박하는 데 얼마나 많은 시간을 보내는지, 도박의 액수가 아주 커지면 재산에 영향을 미치는지 알고 싶어 했다. 비열하고 사악한 사람들이 그 재주가 뛰어나서 갑부가 되는 일은 없는지, 도박 때문에 귀족들이 상스러운 사람들과 어울리면서 정신적인 발전까지 완전히 박탈당하고 자신이 입은

했던 돈 받는 군인으로, 국방을 위해 민병대를 모집하는 오랜 풍습 대신 선호하는 방식.

손실을 만회하기 위해 어쩔 수 없이 질 나쁜 재주를 배워 다른 사람에게 써먹을 뿐만 아니라 종종 중독 상태에 빠지는지도 알고 싶어 했다.

그는 내가 들려준 지난 세기 영국에서 발생한 그 역사적 사건에 대해 굉장히 놀라워하면서, 그것은 음모와 반란, 살인, 학살, 혁명, 추방의 더미에 불과하며, 이것들은 탐욕이나, 편파, 위선, 불신, 잔인함, 분노, 광기, 증오, 질투, 욕망, 악의, 야망을 유발할 수 있는 최악의 요인들이라고 주장했다.

다시 폐하를 알현하는 날, 폐하는 자신의 질문과 내 답변을 비교하면서, 내 모든 이야기를 요약하려고 애를 썼다. 그런 다음 나를 자기 손에 올려놓고 조심스레 어루만지며 다음과 같은 말을 했는데, 나는 그 말이며 그가 말하는 태도를 절대 잊지 못할 것이다.

"내 조그만 친구 그릴드릭. 그대는 조국에 대해 아주 대단한 찬사를 늘어놓았다. 무지와 게으름, 부도덕이 입법자의 자격을 얻기 위한 참된 요건임을 명백히 입증했다. 법을 왜곡하고 혼란스럽게 하며 교묘히 빠져나가는 데에만 관심이 있고, 그런 재능을 가진 사람들에 의해서 법률이 가장 잘 설명되고 해석되며 적용된다는 것을. 나는 그대 나라의 몇몇 실정법들을 살펴보았는데, 기원은 썩 괜찮았을지는 모르지만, 부패 때문에 그것들의 반은 사라지고 나머지는 완전히 흐릿해지거나 뭉개져 버렸다. 그대가 했던 모든 말을 보면, 그대들 가운데 어떤 하나의 지위를 차지하는 데 어떤 탁월함도 필요하지 않아 보인다. 더군다나 덕이 있다고 작위를 받는 것도 아니고, 경건이나 학식으로 사제들이 진급하는 것도 아니며, 행동이나 용맹스러움으로 군인이 되는 것도 아니고, 청렴하다고 판사가 되는 것도 아니며, 애국심이 있다고 상원의원이 되는 것도 아니고, 지혜가 있다고 고문이 될 수 있는 것도 아닌 것 같다. 여행하면서 생 대부분을 보낸 그대를 말할 것 같으면(왕은 계속 말했다) 그대는 지금껏 그대 나라의 수많은 부도덕을 피했기를 바랄 뿐이다. 그러나 그대가 한 말과 내가 애써가며 그대에게 억지로 얻어낸 답변들을 종합해보면, 자연이 지구 표면을 기어 다니도록 내버려 둔 작고 끔찍한 해충 가운데, 그대 나라 사람들이야말로 가장 해로운 종족이라는 결론을 나는 내릴 수밖에 없다."

7장

고국에 대한 저자의 사랑. 그는 왕에게 엄청나게 득이 되는 제안을 하지만 거절당한다. 정치에 대한 왕의 대단한 무지. 이 나라의 학문은 매우 결함이 많고 한정돼 있다. 그들의 법률과 군사, 정당.

이 부분에 대한 이야기를 숨기지 않고 할 수 있었던 건 오직 진실에 대한 지독한 사랑 때문이었다. 분개해 봐야 아무 소용도 없었고 그것은 늘 웃음거리가 되었다. 그리고 가장 사랑하는 고귀한 내 조국이 해로운 존재로 취급당했지만 나는 참을 수밖에 없었다. 이런 사태가 벌어진 것에 대해 가능한 한 모든 독자 여러분에게 진심으로 사과한다. 하지만 이 군주는 모든 항목에 무척 호기심이 많은 데다 꼬치꼬치 캐물어서, 이런 상황에서 내가 할 수 있는 보답을 그에게 제공하지 않는 것은 감사나 예의 바른 행동이 아닐 거다. 게다가 변명해도 된다면, 나는 그의 많은 질문을 교묘하게 피했고, 진실의 엄격함이 허락하는 이상으로 많은 면에서 좀 더 호의적인 방향으로 말을 많이 바꿨다. 왜냐하면, 나는 칭찬할 만큼 애국심이 늘 몸에 배어 있는데, 그건 디오니시우스 할리카르나소스[39]가 어느 역사가에게 아주 공정하게 충고한 애국심이다. 내 정치적 어머니의 약점과 결함은 숨기고 그녀의 미덕과 아름다움은 가장 이로운 빛 속에 놓았다. 유감스럽게도 성공하진 못했지만, 나는 그 군주와 함께 그 많

39 30 BCE이후 로마에서 살았던 그리스의 역사가로, 열정적인 역사책인 《Roman Antiquities》의 저자이다. 스위프트는 2절판 두 권으로 된 값비싼 대형판을 소유했다.

은 담화를 나누면서 이러한 노력을 아끼지 않았다.

그러나 세상과는 완전히 고립되어 사는 왕, 그리고 다른 나라에는 널리 퍼져 있는 예절과 관습에 전혀 익숙지 않은 왕은, 우리가 충분히 헤아려줘야 한다. 지식의 부족은 언제나 많은 편견과 편협한 사고를 유발하는데, 영국이나 유럽의 교양 있는 국가들은 이런 경우에서 완전히 제외된다. 게다가 이렇게 외진 나라 군주의 선악에 대한 개념이 전 인류의 기준으로 제시된다면, 사실 그것은 곤란한 일일 것이다.

내가 지금 말한 것을 확인해주고 더 나아가 한정된 교육의 보잘것없는 효과들을 보여주기 위해, 나는 도저히 믿기 어려운 사건 하나를 여기에 게재할 생각이다. 나는 폐하의 환심을 더 사고 싶은 마음에 그에게 300~400년 전 발견된 발명품, 화약을 만드는 것에 대해 말해주었다. 그 화약 더미에 작은 불씨라도 떨어뜨리면, 아무리 산만큼 큰 것이라도 한순간 전부 불태울 수 있고, 천둥소리보다 더 큰 소음, 흔들림과 함께 공중으로 모든 것을 날려 버릴 수 있다고 말했다. 크기에 따라 빈 청동관이나 철관에 이 화약의 적당량을 쑤셔 넣으면, 그 어떤 것도 그 힘을 견뎌낼 수 없을 정도의 강력한 폭발력과 속도를 갖는, 쇠나 납 포탄을 발사할 수 있다고 했다. 가장 큰 포탄이 발사되면 한 부대 전체를 한꺼번에 박살 낼 뿐만 아니라 아주 튼튼한 성벽도 완전히 무너뜨리고, 천여 명을 태운 배들을 바다 속으로 침몰시키며, 배들이 사슬로 묶여 있을 때는, 돛대와 삭구를 뚫고 지나가고 가운데를 수백 개로 부수어 반 토막 내고 그들 앞에 있는 모든 것들을 초토화시킨다고 주장했다. 우리는 자주 이 화약을 속이 빈 커다란 쇠 포탄 속에 넣어 병기를 사용해 우리가 포위하고 있는 도시에 쏘곤 하는데, 그러면 포장도로들이 갈라지고 집들도 산산 조각나며 파편들이 사방으로 터지고 튀면서 근처에 있는 사람들의 머리통을 박살낸다고 했다. 나는 그 구성성분에 대해 아주 잘 알고 그것들은 값싸고 흔히 구할 수 있는 것들이며, 그것들의 혼합 방법도 잘 알고 있으니 폐하의 나라에 있는 다른 모든 것들에 비례한 크기의 포신을 만드는 방법을 직공에게 지시할 수 있고, 가장 큰 포신의 경우 60m 정도 길이면 되는데, 만약 황제의 영토에 있는 가장 강력한 도시가 감히 무소불위의 왕의 명령에 이의를 제기한다면, 20~30여 개의 포신에 적당량의 화약과 포탄을 채워 몇 시간 내에 그곳의 성벽을 무너뜨리거나 도시 전체를 박살 낼 수 있다고 말했다. 나는 왕이 베풀어 준 많은 호의와 보호의 표시에 대한 답례로 송구스럽지만 이러한 지식을 작은 성의로 왕에게 제안했다.

왕은 이 무시무시한 무기에 대한 나의 설명과 제안을 듣고는 공포에 휩싸였다. 그는 나 같은 무력하고 비굴한 벌레(그는 이렇게 표현했다)가 어떻게 그처럼 무자비한 생각들을 가질 수 있는지, 게다가 살육과 폐허로 얼룩진 그 모든 광경이 전혀 아무렇지 않다는 듯 어떻게 그렇게 태연하게 이야기할 수 있는지 놀라워했다. 나는 이 파괴적인 무기의 일반적인 효력으로서 그렇게 설명한 것뿐인데, 그런 내 이야기에 대해 그는 이 무기를 최초로 고안해낸 사람은 분명 사악한 천재, 인류의 적[40]일 거라고 말했다. 그는 예술이나 자연 속에서 새로 찾아낸 발견물만큼 그에게 큰 기쁨을 선사하는 것은 거

40 밀턴 역시 화약의 발명가를 사탄이라고 생각했다.

의 없지만 그러한 비밀에 관여하느니 차라리 왕국의 반을 잃는 편이 낫다고 주장하면서 내 목숨을 귀하게 여긴다면 더는 그것에 대해 언급하지 말라고 단단히 못을 박았다.

편협한 원칙과 짧은 식견의 예상외 결과라니! 숭배와 사랑, 존경심을 불러일으키는 갖가지 자질과, 대단한 재능, 위대한 지혜, 심오한 학식과, 훌륭한 통치력까지 겸비한, 그래서 백성들의 추앙을 받는 군주가, 고상하나 부질없는 양심의 가책(유럽에는 이런 개념이 없다) 때문에 자신을 백성의 생명과 자유, 재산의 절대자로 만들어줄지도 모르는 기회를 손안에서 놓치고 만 것이다. 나는 이런 이야기를 통해 이 훌륭한 왕의 수많은 덕목을 깎아내리려는 의도는 추호도 없지만 이런 이유로 영국 독자들은 왕의 인품을 과소평가할지도 모른다. 하지만 나는 그들의 이러한 결점을 무지에서 비롯됐다고 생각하며 유럽의 좀 더 명민한 현자들이 그랬던 것처럼[41] 그들은 여태까지 정치를 하나의 학문으로 만들지 못했다. 언젠가 왕과 담화를 나누면서 우연히 영국에는 통치술에 대해 쓴 책이 수천 권에 이른다고 말했는데(내 의도와는 정반대로), 그것은 그에게 우리 사고방식이 매우 천박하다는 인식을 주었다. 그는 군주든 대신이든 그들의 비법, 치밀한 계획, 음모를 전부 혐오하고 멸시한다고 공언했다. 이 나라에는 적군이나 경쟁국이 없는 경우이기에, 그는 국가 기밀이라는 의미를 이해하지 못했다. 그는 통치에 대한 지식을 아주 좁은 범위, 상식과 이성, 정의와 관용, 민사 및 형사 소송의 신속한 결정으로 제한했다. 그 외에는 고려할 만한 가치가 없는 일로 간주했다. 그

41 스위프트는《The prince(1513)》초반에 마키아벨리식의 정치적 사고를 넌지시 언급했고, 스위프트는 니콜라 마키아벨리의 작품들의 2절 판본(1695)을 소유하고 있었다.

리고 이전에는 단지 곡식 한 알 혹은 풀 한 가닥만 자라던 땅에 곡식 두 알 혹은 풀 두 가닥을 자라게 할 수 있는 사람이라면 그가 누구든, 정치인 모두를 합친 것보다 인류에게 훨씬 가치가 있으며 나라에 훨씬 더 필요한 도움을 주는 것이라고 피력했다.

이 사람들의 학문은 아주 결함투성이며, 도덕, 역사, 시, 수학만으로 구성되어 있는데, 사실 그들이 이런 분야에 뛰어나다는 것은 인정하지 않을 수 없다. 하지만 수학은 오로지 생활에 유용할 만한 것에, 농업을 비롯한 갖가지 기계 관련 분야의 개선에만 적용되기 때문에, 영국에서는 낮게 평가받을 것이다. 그리고 형상, 실체, 추상 그리고 초월[42]과 관련하여 어떤 개념도 그들의 머릿속에 주입할 수 없었다.

이 나라 법조문의 단어 수는 22개로만 구성된 그들 알파벳의 글자 수[43]를 넘어설 수 없었다. 그러나 진정 그 길이까지 늘인 법조문도 거의 없었다. 이 나라의 법조문은 아주 간단명료한 용어로 표현되었는데, 그런 점에서 이곳 사람들은 한 가지 이상의 해석을 찾아낼 정도로 재치 있는 사람들은 아니었다. 게다가 어떤 법에 대해서든 의견을 다는 행위는 중죄다. 민사 소송의 결정이나 형사소송 절차와 관련된 선례가 거의 없으므로, 둘 중 어느 분야든 비범한 실력을 자랑할 이유가 거의 없다.

그들은 중국인들과 마찬가지로 아득히 먼 옛날부터 인쇄술을 알고 있었다. 하지만 그들의 도서관은 대단히 크지 않았는데, 제일 크다고 생각되는 왕의 도서관에도 책이 1,000권을 넘지 않았다. 책

42 플라톤과 스콜라학파의 사상체계에 중요한 전문 용어들.

43 스위프트 시대의 일반적인 문법에 따른 라틴 알파벳의 글자 수.

들은 길이가 367m 되는 회랑에 비치되어 있고 나는 그곳에서 내가 원하는 책들을 자유롭게 빌려봤다. 왕비의 전담 목수는 글룸달클리치의 방 한 곳에 약 15m 높이에 계단 하나 길이가 8m 정도 하는, 사다리 모양의 나무 장치를 만들어 주었다. 사실상 그것은 움직이는 계단이었고 가장 밑 부분은 방 벽면에서 3m 떨어진 곳에 있었다. 내가 읽고 싶은 책을 벽에 기대어 세워놓았다. 나는 일단 그 사다리의 맨 위쪽으로 올라가서 그 책 쪽으로 얼굴을 돌린 다음 그 페이지의 맨 위쪽부터 읽기 시작했다. 그러면서 내 눈높이의 약간 아래쪽에 이를 때까지 행의 길이에 따라 오른쪽 왼쪽으로 8~10걸음씩 걸어 다니다가 점차 내려가면서 바닥까지 갔다. 그런 다음 다시 올라가 같은 방법으로 다음 페이지부터 읽기 시작했는데, 나는 양손을 이용해서 쉽게 책장을 넘길 수 있었다. 책장이 파지처럼 두껍고 빳빳한데다, 가장 큰 책장이라고 해도 그 길이가 5~6m를 넘지 않았기 때문이다.

문체는 명료하면서 힘이 넘치고 매끄러웠지만 화려하지는 않았다. 그저 불필요한 말들을 늘어놓는다든지, 불확실한 표현을 사용하는 것을 피했기 때문이다. 나는 그들의 책들, 특히 역사와 도덕 관련 서적들을 숙독했다. 후자 중에서 오래된 짧은 논문 하나가 내게 많은 즐거움을 주었는데 그것은 늘 글룸달클리치의 침실에 있었고, 도덕과 신앙심에 대한 책들을 읽는 초로의 근엄한 부인인 그녀의 가정교사 책이었다. 그 책은 인간의 나약함에 대해 다루고 있는데, 여성과 평민 외에는 이 책에 대해 거의 좋게 평가하지 않았다. 하지만 나는 그 나라의 저자가 그런 주제에 대해 어떤 말을 하는지 알고 싶었다. 이 저자는, 인간이 본성이란 면에서 얼마나 작고 보잘것없는 무력한 동물인지, 하늘의 냉혹함과 야생동물들의 포악성으로부터 자신을 지키는 데 얼마나 무능한지, 그리고 첫째 생물에게 힘이란 면에서, 둘째 생물에게 속도란 면에서, 셋째 생물에게 선견지명이란 면에서, 넷째 생물에게 근면이란 면에서 인간이 얼마나 뒤처지는지를 증명하면서 유럽 도덕주의자들이 늘 이야기하는 주제들을 다루고 있었다. 이에 덧붙여, 세상이 쇠퇴해가는 근래에 자연도 퇴보하면서 이제 옛날과 비교해서 작고 미성숙한 것들만 탄생한다고 주장했다. 그는 인류가 원래는 훨씬 더 컸을 뿐만 아니라 이전 시대에는 분명 거인들이 있었을 거로[44] 생각하는 것은 아주 타당하다면서, 역사와 전설을 통해 밝혀졌듯이 그 나라의 몇몇 지역에서 우연히 발굴된 거대한 뼈와 두개골이 우리 시대에 흔히 보는 작은 인류보다 훨씬 컸다는 것을 입증해주고 있다고 했다. 그는 바로 그 자연의 법칙은 분명 우리를 처음에는 좀 더 크고 강하게, 그래서 집에서 기와가 떨어지거나 어린 소년이 돌을 던지거나 작은 개천에 빠지는 그런 자잘한 갖가지 사건으로 쉽게 죽지 않게 하였을 것이라고 주장했다. 이런 식의 추론을 통해, 저자는 처세[45]에 유용한 몇 가지 도덕적 적용방법들을 도출해냈지만, 굳이 여기에서 되풀이할 필요는 없을 것 같다. 나로서 보면, 우리가 자연과 벌이는 싸움에서 도덕의 교훈을 이끌어내는 이러한 경향, 좀 더 정확히 말하면 한탄과 불만의 문제가 얼마나 보편적으로 퍼져 있는지 생각하지 않을 수 없었

44 창세기 6:4 절, 《Matthew Hale's Primitive Origination of Mankind(1677)》처럼, 모세의 역사를 입증하려 했던 '자연 철학' 관련 작품들은 스위프트가 살던 시절에는 흔했지만, 그의 도서목록에는 하나도 기록되어 있지 않다.

45 윌리엄 셜록의 《A Practical Discourse concerning Death(1689)》처럼 '실천 신학' 관련 작품들도 많았고 인기도 있었지만, 스위프트의 도서목록에는 보이지 않는다.

다. 그리고 나는 면밀한 연구에 근거하여, 그런 싸움들이 이 나라 사람들 사이에서 그렇듯이, 우리나라에서도 근거가 부족한 것으로 드러날 수 있다고 믿는다.

군사와 관련해서, 그들은 왕의 군대가 17만 6천 100명의 보병과 3만 2천 명의 기병으로 구성되어 있다고 자랑한다. 그것은 여러 도시의 상인과 그 나라의 농부들로 이뤄진 군대[46]이며 지휘자는 보수나 보상도 없는 귀족과 신사계층이다. 사실 그들의 훈련 상태는 충분히 완벽하고 군 기강도 잘 잡혀 있다고 하지만, 나는 어떤 대단한 장점을 찾지 못했다. 모든 농부는 영주의 명령을 따르며 모든 시민은 베네치아의 방식대로 비밀 투표로 선출된 자기 도시의 주요 인사들의 명령에 따르는 이곳에서 달리 어떻게 할 수 있겠는가?

나는 로브럴그라드 근처 30㎢의 넓은 들판에 훈련을 위해 길게 늘어선 민병대를 자주 보곤 했다. 보병은 25,000명, 기병은 6,000명을 넘지 않았지만, 그들이 사용하는 땅의 규모를 고려할 때, 그 수를 계산한다는 것은 불가능한 일이었다. 커다란 말에 기병이 올라타니, 그 높이가 약 30m가 되었다. 나는 명령 한마디에 기병 전체가 한꺼번에 칼을 뽑아 공중에 휘두르는 것을 보았다. 그처럼 웅장하며 놀랍고 눈부신 모습은 상상도 못 해 봤을 것이다. 그것은 마치 만여 개의 번개가 하늘 곳곳에서 동시에 내리치는 것 같았다.

나는 어떤 나라도 접근할 수 없는 영토를 가진 이 나라 군주는 어떻게 군대를 만들 생각을 했는지, 어떻게 백성들에게 군사훈련을 가르치게 되었는지 알고 싶었다. 하지만 나는 대화를 통해, 그리고

46 상비군에 반대되는 것으로 사람들이 선호하는, 훈련받은 군대 혹은 민병대와 비슷하다.

역사책을 읽으면서 바로 알 수 있었다. 많은 세월이 흐르는 동안 그들은 인류 전체가 겪는 것과 같은 질병으로 고통을 받아왔고 귀족들은 권력을 위해, 백성들은 자유를 위해, 왕은 무소불위의 지배권을 위해 자주 싸웠다. 물론 이 모든 것은 나라 법에 따라 적절하게 조절됐지만, 귀족과 백성, 황제 각자가 이따금 법을 어겼고 여러 차례 시민전쟁을 일으켰다. 다행히도 지금 왕의 할아버지가 통상적인 협상을 통해 마지막 전쟁을 마무리 지었고 만장일치로 창설된 민병대는 그 이후 가장 엄격한 의무로 계속해서 유지되어 온 것이다.

8장

왕과 왕비가 국경 지역을 순시한다. 저자는 그들과 동행한다. 그가 그 나라를 떠나는 방법을 아주 구체적으로 들려준다. 그는 영국으로 돌아간다.

나는 언젠가 꼭 자유를 되찾을 거라는 강렬한 희망을 항상 품고 있었으나, 그 방법을 추측한다는 것도, 조금이라도 성공할 희망이 보이는 계획을 세운다는 것도 불가능했다. 내가 타고 왔던 그 배가 해안가의 시야 안으로 밀려온 첫 배였고, 언제라도 다른 배가 나타나면 해안가로 끌어와 배에 탄 모든 선원과 승객들을 사형수 호송차에 실어 로브럴그라드로 데려오라는 황제의 엄명이 있었다. 황제는 자손을 번식시켜 줄, 나만 한 여성을 내게 구해주려고 무던히 노력했다. 하지만 나는 길든 카나리아처럼 새장에 갇힌 채 자손을 남기는 치욕을 겪느니 차라리 죽는 편이 낫다고 생각했다. 어쩌면 내 자손들은 때가 되면 왕국 내에서 호기심 많은 귀족에게 팔릴지 모른다. 사실 나는 아주 극진한 대접을 받았고 위대한 왕과 황후의 총애를 받는 존재이며 궁전 전체의 기쁨이지만, 인간의 위엄이 형편없을 정도로 땅에 떨어졌다. 나는 내가 남긴 가족들과의 약속을 결코 잊을 수가 없었다. 나는 대등한 관계로 대화를 나눌 수 있는 사람들과 함께 있고 싶었고 개구리나 강아지처럼 밟혀 죽을 염려 없이 거리나 들판을 돌아다니고 싶었다. 하지만 나의 탈출은 기대했던 것보다 더 빨리, 그것도 아주 희한한 방법으로 이뤄졌다. 그 모든 이야기와 상황에 대해 성심성의껏 풀어보겠다.

이제 이 나라에 온 지도 2년이 지나 3년이 되어 갈 무렵, 글룸달클리치와 나는 왕국의 남쪽 해안을 순시하는 왕과 왕비를 따라갔다. 나는 평소처럼 내 여행용 상자에 실려 이동했는데, 앞에서 언급했던 것처럼 약 3.6m 너비의 아주 편리한 방이었다. 그리고 나는 상자 천장 네 군데 모서리에 명주로 된 줄로 해먹을 고정해달라고 지시했다. 내가 가끔 원했듯이, 하인이 나를 말 앞쪽에 태울 경우 덜컹거리는 것을 막기 위해서였다. 그리고 우리가 길을 가는 동안, 나는 해먹에서 종종 잠을 청하곤 했다. 내 해먹 중간 바로 위는 아니지만, 상자의 지붕에 0.02 제곱미터의 구멍을 뚫어달라고 목수에게 지시했는데, 더운 날 잘 때 공기가 통하도록 하기 위해서였다. 나는 홈을 이용해 판자를 앞뒤로 당겨 그 구멍을 내 맘대로 닫을 수 있었다.

우리가 여행의 끝에 다다랐을 때, 왕은 바다에서 29㎞ 정도 떨어진 도시 플란플라스닉 근처에 있는 한 왕궁에서 며칠간 지내는 것이 좋겠다고 생각했다. 글룸달클리치와 나는 무척 피곤했다. 나는 감기 기운이 살짝 있는 정도였지만 가엾은 소녀는 너무 아파서 제 방에 꼼짝없이 누워 있어야 했다. 나는 바다를 보고 싶었고, 그곳은 내가 탈출할 유일한 장소였다. 만약 그런 일이 일어난다면 말이다. 나는 실제보다 훨씬 아픈 척하면서, 내가 가장 좋아하고 이따금 나를 믿고 맡아주는 시종과 함께 바다에서 신선한 바람을 쐬게 해달라고 했다. 나는 글룸달클리치가 얼마나 마지못해 허락했는지, 그리고 동시에 마치 무슨 일이 일어날지 예감한 사람처럼, 비 오듯 눈물을 흘리며 나를 잘 보살피라고 시종에게 신신당부한 것을 나는 결코 잊을 수가 없다. 시종은 나를 상자에 싣고 해안가 바위 쪽을 향해 왕궁에서 30분가량 걸어갔다. 나는 그에게 내려놓으라고 지시했고 내리닫이 창을 들어 올리고, 아쉬운 듯 안타까운 표정으로 바다를 바라보았다. 나는 내 상태가 그다지 좋지 않다는 생각에 해먹에서 낮잠을 자고 싶다고, 그러면 기분이 한결 좋아질 것 같다고 시종에게 말했다. 나는 침대에 누웠고 시종은 찬 기운이 들어가지 않도록 창문을 닫아주었다. 나는 바로 잠이 들었고 그 후 추측할 수 있는 거라고는 내가 잠든 사이 어떤 위험한 일도 일어날 리 없다고 생각한 시종이 새알을 찾기 위해 바위들이 있는 쪽으로 갔을 거라는 것뿐이었다. 나는 창문을 통해 그가 뭔가를 이리저리 찾다가 움푹 들어간 틈에서 한두 개를 꺼내는 것을 보았기 때문이다. 여하튼 그건 그렇고, 나는 운반의 편리성을 위해 상자 맨 꼭대기에 고정해둔 고리가 세게 당겨지는 바람에 갑자기 잠에서 깨어났다. 상자가 하늘 높이 올라가더니 엄청난 속도로 앞으로 날아가는 듯한 느낌이 들었다. 처음 세게 흔들리면서 하마터면 해먹에서 떨어질 뻔했지만, 그 후 움직임은 견딜만했다. 나는 최대한 크게 여러 번 소리를 질렀지만 아무 소용없었다. 창문 밖을 내다보아도 구름과 하늘 외에는 아무것도 보이지 않았다. 그런데 머리 바로 위쪽에서 날갯짓하는 소리가 들렸고 그때부터 내가 위험천만한 상황에 부닥쳤다는 것을 인지하기 시작했다. 어떤 독수리가 상자를 바위에 떨어뜨려 껍데기 안에 있는 거북이처럼 내 몸을 쪼아내어 집어삼킬 목적으로 상자 고리를 부리로 물고 가는 것을 말이다. 내가 5㎝ 두께의 판자에 아무리 잘 숨어 있더라도, 이 새는 후각과 총명함 덕분에 먼 거리에서도 자기 사냥감을 찾아낼 수 있기 때문이다.

잠시 후, 날개를 펄럭이는 소리가 점차 아주 빨라지면서 바람이 많이 부는 날의 표지판처럼 상자가 위아래로 마구 흔들렸다. 뭔가 독수리(나는 상자 고리를 부리로 잡고 있는 것이 독수리라고 확신한다)에게 충격을 가한 소리를 여러 번 들었고 그러다가 갑자기 일분 이상, 거의 숨도 쉬지 못할 만큼 엄청나게 빠른 속도로 수직으로 떨어졌다. 철퍼덕하는, 나이아가라 폭포[47]보다 더 크게 들리는, 엄청난 소리와 함께 나의 낙하도 멈췄다. 그 후 나는 1분 더 칠흑 같은 어둠 속에 있다가 다시 상자가 높이 올라가기 시작하면서 창문으로 빛을 볼 수 있었다. 이제 내가 바다에 떨어졌다는 사실을 인식했다. 내 상자는 내 몸무게와 상자 안에 있는 물건들, 그리고 튼튼하게 하려고 천장과 바닥 내 가장자리에 고정해둔 넓은 철판 무게 때문에 약 1.5m 깊이의 바다에 떠 있었다. 나는 그때도 그랬지만 지금도, 내 상자를 물고 날아간 그 독수리가 두세 마리의 다른 독수리의 추격을 받았고 먹이를 나눠 먹고자 하는 다른 독수리들을 막다가 어쩔 수 없이 나를 떨어뜨린 거로 추측한다. 상자 바닥에 고정된 철판(이것은 아주 튼튼했다)이 상자가 떨어지는 동안 균형을 유지해주었고 바다 표면에 부딪혀 박살이 나는 것도 막아주었다. 상자의 모든 연결 부위의 홈은 잘 파였고, 문도 경첩이 아니라 내리닫이 창처럼 위아래로 움직였기에, 내 상자는 아주 단단하게 조여서 물이 거의 들어오지 못했다. 나는 거의 숨이 막힐 정

---

47 나이아가라는 뉴욕 주 서부와 온타리오, 캐나다 사이 경계에 자리 잡고 있는데, 걸리버가 이곳을 여행했다는 어떤 암시도 없지만, 귀청이 터질 듯한 폭포의 영향은 하다못해 키케로의 작품처럼 아주 먼 과거에도 있었던 주제다.

도로 공기가 부족했기 때문에, 아주 힘겹게 해먹에서 일어나, 일단 용기를 내어 앞에서 언급한, 공기를 통하게 할 목적으로 만든 지붕 위의 판자를 잡아당겼다.

당시 나는 소중한 글룸달클리치와 얼마나 함께 있고 싶었는지 모른다. 딱 한 시간 만에 그 소녀로부터 내가 이렇게 멀리 떨어지게 되다니! 진심으로 말하지만, 나는 그 불행한 와중에도 내 불쌍한 유모와 그녀가 나를 잃고 겪게 될 슬픔, 왕비의 분노, 그로 인해 그녀의 행복을 망쳐버렸다는 생각에 애통한 마음을 금할 수 없었다. 아마도 내가 이 지경에 처해 있는 것보다 힘들고 고통스러운 상황을 겪은 여행자는 많지 않을 것이다. 행여나 상자가 산산이 조각나지 않을까, 강풍이나 일렁이는 파도에 뒤집히지나 않을까 매 순간 걱정뿐이었다. 단 하나의 유리판에 틈이라도 생기는 날엔 즉사할지도 모른다. 여행 시 사고에 대비해 외부에 설치해둔 격자 모양의 강철이 있었으니 망정이지 안 그랬으면 어떤 것도 창문을 보존할 수 없었을 것이다. 심각한 정도는 아니지만 몇 군데 틈으로 물이 스며드는 것을 본 나는 가능한 한 그것을 막으려고 안간힘을 썼다. 나는 내 상자 지붕을 들어 올릴 수 없었다. 그렇지 않았다면 나는 분명 지붕을 들어 올려 그 위에 앉았을 것이고 그러면 이런 짐칸 같은 곳에 갇혀있는 것보다 좀 더 오랜 시간 목숨을 보전할 수 있었을 것이다. 설령 하루 이틀 만에 이 위험에서 벗어난다 해도 추위와 배고픔 때문에 비참하게 죽는 것 외에 뭘 기대할 수 있었겠는가! 나는 이런 상황에서 네 시간을 버텼다. 매 순간이 마지막이라고 생각하고 사실상 그러기를 바라면서.

이미 내가 독자 여러분에게 말했듯이, 내 상자의 창문이 없는 쪽에는 튼튼한 꺾쇠 두 개가 고정되어 있었고 나를 말 등에 올려놓고 다니던 하인이 그 안쪽에 가죽 벨트를 끼워 허리에 채우곤 했었다. 그런데 암담한 상황에 부닥쳐 있던 그때, 내 상자의 꺾쇠들이 고정된 그쪽에서 뭔가 삐걱거리는 소리가 들렸다. 아니 적어도 들린 것 같았다. 그 직후 나는 상자가 바다에서 어디론가 끌려가고 있다는 생각이 들기 시작했다. 왜냐하면, 가끔 뭔가 끄는 듯한 느낌이 들었고 그 때문에 내 창문 꼭대기 근처에 파도가 올라와 나를 거의 어둠 속에 있게 만들었기 때문이다. 비록 그런 일이 과연 어떻게 일어날 수 있을지 상상도 할 수 없었지만 그래도 이것은 내게 희미하게나마 구조의 희망을 품게 해주었다. 나는 위험을 무릅쓰고 항상 바닥에 고정되어 있던 의자 중 하나의 나사를 풀었다. 나는 힘겹게 움직여 내가 조금 전에 열었던 판지 바로 아래에 다시 나사를 죈 다음 그 의자에 앉았고 그 구멍에 최대한 가깝게 입을 가져다 대고는 큰 소리로, 내가 알고 있는 언어를 총동원해서 도움을 요청했다. 그런 다음 손수건을 평소 가지고 다녔던 지팡이에 묶은 다음 그것을 구멍 위쪽으로 내밀고는 공중에 대고 여러 번 흔들었다. 그래야 근처에 보트나 배가 있을 때, 선원들이 어떤 불쌍한 사람이 이 상자에 갇혀 있다는 것을 추측할 수 있을 테니까.

내가 아무리 노력해도 소용없다는 것을 알았지만 내 상자는 분명 뭔가를 따라 움직이고 있다는 느낌이 들었고, 한 시간 아니 좀 더 시간이 지난 후 상자의 꺾쇠가 있는, 창문 없는 쪽이 단단한 뭔가에 부딪혔다. 나는 그것이 바위면 어쩌나 걱정했고 그 뒤 여러 번 흔들렸다. 나는 상자 덮개 위에서 밧줄 같은 것을 고리에 끼울 때 나는 삐걱거리는 소리를 분명히 들었다. 그 후 내가 이전보다 적어도 1m 정도 높게 천천히 끌어올려 졌다는 것을 깨달았다. 그때, 나는 다시 내 지팡이와 손수건을 위쪽으로 내밀면서 목이 쉴 때까지 도움을 요청했다. 그 소리에 대한 답으로 고함을 세 번 연속해서 들었는데, 겪어보지 않은 사람은 절대 알 수 없는 아주 황홀한 기쁨을 느꼈다. 이제 나는 내 머리 위쪽으로 쿵쿵 걷는 소리를 들었고 누군가 구멍에 대고 영어로 크게 소리를 지르는 걸 들었다. 누군가 아래 있다면, 말하시오. 나는 대답했다. 나는 운 나쁘게도 그 누구도 겪은 적 없는 아주 엄청난 재앙 속에 빠진 영국인이라고 대답하면서 내가 있는 지하 감옥에서 구해달라고 애처롭게 애원했다. 내 상자는 그들 배에 단단히 묶여 있으니 안심하라는 소리가 들렸다. 그리고 목수가 당장 와서 내가 빠져나올 만큼 큰 구멍을 톱으로 잘라 만들어 줄 거라고 했다. 나는 그것은 쓸데없는 짓이며 너무 많은 시간이 걸릴 거라고 하면서, 아무것도 할 것 없고 그저 선원 한 명이 손가락을 고리에 넣어 상자를 바다에서 꺼내 배 안으로 옮기고, 그런 다음 선장의 선실로 데려가기만 하면 된다고 말했다. 내가 마구 지껄여대는 소리를 들은 몇 사람은 내가 미쳤다고 생각했고 비웃는 사람도 있었다. 사실 나는 이제 나와 비슷한 키와 힘을 가진 사람들과 함께 있다는 생각을 전혀 하지 못했다. 드디어 목수가 도착했고 몇 분 후 0.3 제곱미터 너비의 통로를 톱으로 자른 후, 자그마한 사다리를 아래로 내려 주어 나는 그것을 타고 올라갔고, 상태가 극도로 안 좋았던 나는 거기에서 배 안으로 옮겨졌다.

선원들은 다들 놀라워하며, 수많은 질문을 해댔는데, 난 거기에 대답할 생각도 없었다. 나 역시 이 수많은 소인종들의 모습에 당황스러웠다. 내가 떠나온 그곳의 거대한 것들에 내 눈이 오랫동안 익숙해진 터라 이들이 그렇게 보였다. 하지만 정직하고 훌륭한 스롭셔 출신 토마스 윌콕 선장은 내가 기절할 지경이라는 사실을 알아채고는 나를 자기 선실로 데려가서 코디얼을 건네며 마음을 진정시켜준 다음 침대 위에 눕혀 주고 잠시 휴식을 취하라고 조언해주었다. 그것은 내게 가장 필요한 것이었다. 나는 잠자리에 들기 전에 내 상자 안에 버리기에는 너무나 아까운 가치 있는 가구들이 있다고 알려주었다. 멋진 해먹과 훌륭한 야전 침대, 의자 두 개, 테이블, 진열장 그리고 내 상자 곳곳에 걸려 있는, 아니 좀 더 정확히 말하면 비단과 면으로 누벼진 천들이 있으니, 만약 선원 한 명에게 내 상자를 선실로 가져오게 할 수 있다면 나는 그 앞에서 그것을 열어 물건들을 보여주고 싶다고 말했다. 이렇게 터무니없는 내 말을 들은 선장은 내가 미쳤다고 결론을 내렸다. 하지만(나를 달래려고 했던 것 같다) 그는 내가 원하는 대로 해주겠다고 약속했고 갑판에 올라온 선장은 선원 몇 명을 내 상자 쪽으로 내려보냈고, 거기에서(나중에 알게 되었지만) 그들은 내 모든 물건을 끌어올렸고 누비용 천도 벗겼다. 하지만 바닥에 나사로 고정되어 있던 의자들과 진열장, 침대는 강제로 그것들을 뜯어낸 무식한 선원들 때문에 많이 망가져 버렸다. 그들은 배에서 사용하기 위해 판자 몇 개를 뜯어냈고 마음에 드는 물건들을 모두 가진 다음 상자를 바다로 던져버렸다. 상자 바닥과 모서리에 틈이 많이 있었기 때문에 그것은 바로 가라앉아버렸다. 사실 그들이 저지른 참혹한 광경을 보지 않을 수 있어서 다행이었다. 그나마 잊는 게 좋았던 예전 일들을 떠올리게 해서 나를 괴롭혔을 게 뻔하니까 말이다.

나는 몇 시간을 잤지만 내가 떠나온 그곳과 가까스로 모면한 위험들이 꿈속에 나타나 끊임없이 시달렸다. 그렇지만, 잠에서 깨어나자 많이 회복되었다. 지금은 밤 8시쯤이고 선장은 즉시 저녁 식사 준비를 지시했는데 내가 벌써 아주 오랫동안 먹지 못했다고 생각한 모양이었다. 그는 나를 극진하게 대접했고 미친 사람처럼 보지도, 횡설수설한다고 생각하지도 않았다. 그리고 우리만 남았을 때 그는 내 여행에 대한 이야기와 내가 어떤 사고로 그 기괴한 나무 궤짝을 타고 표류하게 되었는지 듣고 싶어 했다. 그 날, 정오 무렵 선장은 망원경으로 주변을 둘러보다가 멀리 떨어진 그 상자를 발견했고 그것이 돛단배일 거로 생각했다. 사실 그는 배에 비스킷이 부족해지자 비스킷을 구하고 싶은 마음에, 항로에서 그리 멀리 떨어져 있는 곳도 아니어서 그 배에 접근해볼 생각이 들었다. 하지만 좀 더 가까이 다가가면서 자신이 착각했다는 사실을 알게 된 선장은 상자의 정체를 알아보기 위해 대형보트를 보냈고 선원들은 사색이 되어 돌아와서는 표류하는 집 한 채를 보았다고 주장했다고 한다. 그는 그 어이없는 말을 비웃고는 선원들에게 튼튼한 밧줄을 챙겨 따라오라고 지시하면서 직접 보트를 몰고 왔다. 날씨가 잠잠해지자 그는 내 주변을 여러 번 노를 저어 돌면서 창문과 그것들을 감싼 창살을 살펴보았다고 했다. 그는 판자로 된 한쪽 면에서 빛이 들어갈 만한 어떤 틈도 없이 붙어 있는 두 개의 꺾쇠를 발견했고 선원들에게 노를 저어 그쪽으로 가서 꺾쇠 한 곳에 밧줄을 고정한 다음 내 궤짝(그는 그것을 그렇게 불렀다)을 배 쪽으로 견인하도록 지시했다. 궤짝이 그곳에 다다르자 그는 덮개에 고정된 고리에 밧줄을 하나 더 묶어 도르래를 사용해서 궤짝을 끌어올리라고 명령했다. 선원들이 총동원됐지만 1m 이상 들어 올릴 수 없었다. 선장이 말하길, 그들은 구멍 밖으로 나온 막대기와 손수건을 발견하고 어떤 불쌍한 사람들이 그 구멍 안에 틀림없이 갇혀 있을 거라고 결론지었다. 나는 선장인지 선원인지 나를 처음 발견했을 그 무렵, 하늘에 어떤 거대한 새를 본 적이 있는지 그에게 물었다. 그러자 그는 내가 잠들었을 때 선원들과 이 문제에 관해 이야기하고 있는데, 독수리 세 마리가 북쪽을 향해 날아가는 것을 봤다고 선원 한 명이 말했지만 원래 크기보다 더 크다는 얘기는 듣지 못했다고 했다. 아마도 녀석들이 아주 높은 곳에 있었기 때문일 것이라고 나는 추측했고, 그는 내가 질문한 이유를 짐작도 못 했다. 나는 우리가 육지에서 얼마나 멀리 떨어져 있는지 아느냐고 선장에게 물었다. 최대한 정확하게 계산해보면, 우리는 적어도 500㎞가량 떨어진 곳에 있을 거라고 선장이 대답했다. 나는 그의 계산에 거의 반 정도 착오가 있을 거라고 주장했다. 왜냐하면, 내가 갔다 온 그 나라를 떠난 시각은 바다로 떨어지기 두 시간도 채 되기 전이었기 때문이다. 그래서 그는 내 정신이 이상하다고 다시 생각하기 시작했고 그런 낌새를 보이면서 그가 마련한 선실에서 눈 좀 붙이라고 내게 조언했다. 나는 그에게 훌륭한 대접과 좋은 말벗이 돼 주어 기력이 많이 회복했으며 내 기력만큼이나 정신도 말짱하다고 장담했다. 그러자 선장은 점점 심각해지면서 어떤 어마어마한 죄를 짓고 그 생각에 괴로워하는 것은 아닌지 솔직하게 물었다. 다른 나라에서 중죄를 저지른 죄인들은 식량도 없이 물이 새는 배에 태워 강제로 바다로 추방했기 때문에 혹시 나도 그 죄 때문에 왕의 명령으로 궤짝에 갇히는 벌을 받은 것은 아닌가 싶었던 모양이다. 비록 그는 자신의 배에 이상한 사람을 끌어들여 후회스럽지만, 우리가 도착하는 첫 번째 항구에 안전하게 내려줄 거라고 약속했다. 게다가 내가 저녁 식사를 하는 동안 보여줬던 내 이상한 모습과 행동을 비롯한 내 상자 혹은 궤짝과 관련해서 내가 처음에 선원들에게 했던, 그리고 그 후에 자신에게 했던 아주 허무맹랑한 말들 때문에 점점 더 의심이 들었다고 덧붙였다.

나는 선장에게 인내심을 갖고 내 이야기를 들어달라고 애원했다. 나는 내가 영국을 떠났던 그 마지막 순간부터 선장이 나를 처음 발견한 그 순간까지의 일들을 자세하게 들려주었다. 그리고 진실은 언제나 이성적인 마음을 파고드는 법! 이 정직하고 훌륭한 선장은 어느 정도 학식도 있고 분별력도 뛰어난 사람이어서 그 즉시 내 솔직함과 진실성을 확신했다. 하지만 내가 했던 모든 이야기를 좀 더 확실하게 증명하기 위해 내 진열장을 가져와 달라고 부탁했다. 내 주머니에는 진열장 열쇠가 있었는데(그는 선원들이 내 상자를 어떻게 처리했는지 이미 알려준 상태였다), 나는 그의 앞에서 진열장 문을 열고, 내가 아주 희한한 방법으로 빠져나오게 된 그 나라의 진기하고 앙증맞은 수집품을 그에게 보여주었다. 내가 왕의 수염으로 만든 빗도 있고, 같은 재료지만 왕비의 엄지손톱을 고정해 기둥 역할을 하게 한 다른 빗도 있었다. 길이가 30~50㎝나 하는 바늘들도 있었다. 목수가 사용하는 못 크기의 말벌 침 4개와 황후가 빗질하다 빠진 머리카락, 언젠가 황후가 새끼손가락에서 뽑아 목걸이처럼 내 머리 위에 걸쳐준, 아주 좋은 의미로 네게 선물로 준 금반지도 있었다. 나는 날 잘 대접해준 대가로 선장이 이 반지를 기꺼이 받아주기를 바랐지만, 그는 완강하게 거절했다. 나는 시녀의 발가락에서 내가 직접 떼어낸 티눈을 선장에게 보여주었다. 그것은 켄트 주의 피핀종 사과[48]만 한 크기였고 아주 딱딱해졌기 때문에, 나는 영국에 돌아와서 그것의 속을 파내 컵으로 만들고 은으로 장식했다. 마지막으로 나는 당시 내가 입었던, 쥐의 가죽으로 만든 반바지를 그에게 보여주었다.

나는 선장에게 어느 하인의 치아만 겨우 줄 수 있었고, 그가 아주 신기해하며 그것을 자세히 살펴보는 모습에, 그것을 좋아한다는 것을 알게 되었다. 아주 하찮은 물건이지만 그는 무척 고마워하며 그것을 받았다. 그것은 치통으로 괴로워하던 글룸달클리치의 하인의 것으로, 돌팔이 외과의사가 실수로 뽑은 치아였는데 뽑고 나니 아주 멀쩡한 치아였다. 나는 그것을 깨끗이 씻어 내 진열장에 보관해두었다. 치아의 길이는 30㎝ 정도였고 지름은 10㎝가량이었다.

선장은 내가 들려준 이 솔직한 이야기에 무척 만족해하면서 우리가 영국에 돌아가면 그 이야기를 신문에 싣고 세상에 알려 사람들을 즐겁게 해주길 바란다고 말했다. 내 대답은 이랬다. 이미 여행기들은 차고 넘쳐서 특이하지 않으면 이제 전혀 팔리지 않고, 이런 상황이니 몇몇 작가들은 진실보다 자신의 허영심이나 이익, 혹은 무지한 독자들의 흥미를 더 염두에 두는 것 같은 의심이 든다고 했다. 대부분 작가가 많이 다루는 괴상한 식물과 나무, 새, 그 밖의 다른 동물들에 대한 이야기, 그리고 미개한 사람들의 야만스런 관습과 우상 숭배 같은 장식적인 이야기들은커녕, 내 이야기에는 매우 흔한 사건들만 있다고 했다. 하지만 나는 그의 좋은 의견에 감사드

48 톡 쏘는 맛이 나는 작은 종의 사과.

리며 그 내용을 생각해보겠다고 약속했다.

그는 아주 궁금한 게 한 가지 있다고 말했다. 내가 아주 크게 말하는 것을 들었다고 하면서 그 나라의 왕과 왕비가 귀가 어두운 것이 아닌지 내게 물었다. 나는 지난 2년 동안 그렇게 말하는 것에 익숙해졌고, 선장과 선원들의 목소리는 속삭이는 것만 같은데 충분히 잘 들린다는 사실에 깜짝 놀랐다고 했다. 하지만 내가 테이블 위에 있던가, 누군가의 손 위에 있지 않았다면, 그 나라에서 이야기를 나눌 때는, 길거리에서 마치 첨탑 꼭대기에서 밖을 내다보는 사람과 이야기를 나누는 사람 같았을 것이라 말했다. 나도 선장에게 한 가지 사실을 말해주었다. 내가 처음 배에 올라탔고 내 주변에 선원들이 모두 서 있었을 때, 나는 그들이 내가 본 것 중 가장 작고 보잘것없는 생명체인 줄 알았다고 말했다. 사실 나는 그 군주의 나라에 있는 동안, 아주 거대한 물체들에 눈이 익숙해지면서 도저히 거울을 볼 수가 없었다. 왜냐하면, 비교하면서 나 자신이 너무 초라해졌기 때문이다. 우리가 저녁 식사를 하는 동안 선장은 내가 모든 것을 경이롭게 바라보는 것을 알아챘고 내가 웃음을 거의 참지 못하는 것 같다고 말했다. 선장은 그것을 어떻게 받아들여야 할지 잘 몰랐고 그저 내 머리에 생긴 병 때문이라고 생각하는 것 같았다. 나는 그것이 사실이라고 대답했다. 은화 3펜스 크기의 접시와 거의 한입 크기도 안 되는 돼지 다리, 견과류 껍질만 한 컵을 보고 얼마나 의아했겠는가. 그러면서 나는 같은 방법으로 세간들과 식량들에 대해 계속 이야기했다. 내가 왕비의 도움을 받는 동안 그녀는 내게 필요한 모든 용품을 소형으로 주문했지만, 내 머릿속은 사방으로 보이는 것들에 온통 사로잡혀 있었고, 사람들이 자신의 결점에 대해 애써 모른 척하듯이, 나도 왜소한 내 모습을 애써 모른 척했다. 선장은 나의 농담을 잘 받아주었고 내가 온종일 굶었는데도 식욕이 없는 것 같다며 혹시 눈이 배보다 더 큰 거 아니냐며 영국의 옛 속담도 섞어가며 즐겁게 이야기했다. 그는 계속 싱글벙글하며 내 상자가 독수리 부리에 걸려 있는 모습과 그 후 아주 높은 곳에서 바다로 떨어지는 모습을 봤다면 그 구경 값으로 자기는 기꺼이 100파운드를 내놨을 거라고 주장하면서 그것은 분명 아주 놀랄만한, 그것에 대한 설명은 후세까지 전할 만한 광경이었을 것이라고 말했다. 그것은 분명 파에톤[49]에 비유할 만하기에 그가 그런 이야기를 했겠지만 나는 그 생각에 그다지 감탄하진 않았다.

선장은 톤퀸[50]에 들렀다가 영국으로 돌아가던 중 북동쪽으로 북위 44도, 동경 143도 쪽[51]으로 밀려갔다. 하지만 내가 선장의 배에 오른 지 이틀 후 무역풍을 만나면서 우리는 오랫동안 남쪽을 항해했고 호주 근해를 따라 이동하다가 서남서로, 다시 남남서로 향하다 희망봉을 돌았다. 우리의 항해는 무척 순조로웠지만, 나는 그 항해 일지를 가지고 독자 여러분을 괴롭히지는 않겠다. 선장은 한두 군데의 항구에 잠깐 들러 식량과 식수를 구하기 위해 대형보트를 보냈다. 그러나 나는 배 밖으로 한 번도 나오지 않다가, 탈출한 지 약 아홉 달 만인 1706년 6월 3일 다운즈 항에 도착했다. 나는 내 운송료에 대한 담보로 내 물건들을 맡기기로 했지만, 선장은 한 푼도

49 태양신 헬리오스의 아들로 아버지의 마차를 잘못 부려서 지구에 너무 접근하여 큰 불이 날 뻔했는데, 제우스가 진노하여 번갯불로 죽였다.

50 베트남 북부를 가리키는 불어로서, 예수회 선교사들이 만들었다.

51 이것이 정확하다면, 그는 일본 북부에 있었다는 의미일 것이다.

받지 않겠다며 고집을 부렸다. 우리는 서로 애정 어린 작별인사를 나눴고 레드리프에 있는 우리 집에 나를 방문하러 오겠다는 약속을 그에게 받아냈다. 나는 선장에게 빌린 5실링으로 말 한 필과 안내인을 고용했다.

나는 이동하면서 집들과 나무, 가축들과 사람의 작은 모습을 살펴보다가 문득 릴리퍼트에 있는 자신이 떠오르기 시작했다. 나는 내가 만나는 모든 여행자를 밟을까 봐 두려웠고 내 엉뚱한 행동으로 한두 명의 머리를 하마터면 박살 낼 뻔했기에 나는 그들에게 비켜서라고 자주 소리 질렀다.

내가 물어물어 집에 도착했을 때 하인 한 명이 문을 열어주었는데, 머리를 부딪칠까 봐(문 아래쪽으로 지나가는 거위처럼) 고개를 숙이고 안으로 들어갔다. 아내가 나를 껴안으려고 달려왔지만 나는 그녀의 무릎보다 낮게 상체를 구부렸다. 안 그러면 그녀 입술이 내 입술에 닿을 수 없다고 생각했기 때문이다. 딸도 무릎을 꿇고 나를 환영해주려고 했지만 나는 딸아이가 일어날 때까지 그녀의 얼굴을 볼 수 없었다. 머리와 눈을 들어 18m 위를 올려다보며 서 있는 것이 오랫동안 익숙해진 까닭이었다. 그런 다음 나는 한 손으로 아이의 허리를 잡으려고 했다. 나는 하인들과 집에 온 한두 명의 친구들을 내려다보았다. 마치 그들이 소인족이고 내가 거인족인 것처럼 말이다. 아내가 자신이나 딸에게 아무것도 주지 않는 것 같아서 나는 아내가 너무 절약하는 것 같다고 말했다. 간단히 말해서, 너무나 이해할 수 없는 나의 행동 때문에 사람들은 선장이 나를 처음 봤을 때와 같은 생각을 했고 내가 미쳤다고 결론을 내렸다. 이것은 습관과 편견의 굉장한 영향력의 예로서 언급하는 것이다.

얼마 후, 나와 가족, 친구들은 상황을 제대로 이해하게 되었다. 아내는 내가 더는 바다에 나가선 안 된다며 공개적으로 반대했다. 그러나 독자 여러분들도 앞으로 알게 되겠지만, 나의 사악한 운명의 신이 그녀는 나를 방해할 힘이 없다고 이미 정해놓았다. 이것으로 내 불운한 두 번째 여행기를 마치겠다.

2부 끝

제3부

라퓨타, 발니바르비,
럭낵, 글럽덥드립, 일본 여행

Plate III Part. III *Page*. I

Parts Unknown

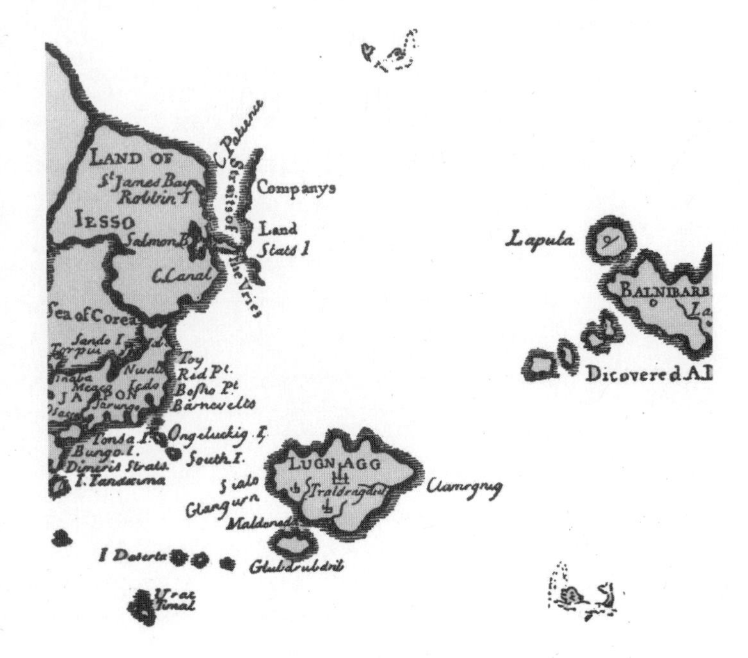

1장

저자는 세 번째 여행을 시작한다. 해적들에게 붙잡힌다. 어떤 네덜란드인의 앙심. 어느 섬에 도착. 그를 라퓨타에서 받아들인다.

내가 집에 온 지 열흘도 채 안 돼서, 콘월 출신 윌리엄 로빈슨 선장이 우리 집을 찾아왔다. 그는 300톤급의 튼튼한 호프웰 호의 선장이었다. 예전에 내가 외과 의사로 있었던 다른 배의 선장이었고, 당시 그는 그 배의 1/4을 소유했고 레반트로 항해 중이었다. 그는 나를 하급 선원이라기보다는 늘 형제처럼 대해주었고, 내 귀국 소식을 듣고 방문했다. 나는 그저 우정 때문이라고 생각했다. 오랜만에 만나 그동안 어떻게 지냈는지 일상적인 이야기들만 나눴기 때문이다. 하지만 방문이 자주 반복되면서, 그는 내 건강 상태가 좋다는 사실에 기뻐했고 내게 지금의 생활에 만족하는지 묻기도 했다. 그러면서 두 달 후 동인도로 출항할 생각이라고 덧붙이더니 마침내 약간 미안해하며 그 배의 외과의가 돼 달라고 솔직하게 부탁했다. 그리고 두 명의 조수뿐만 아니라 내 밑으로 외과의 한 명을 더 두고, 급료는 평소의 두 배로 주며, 항해에는 내 지식이 자기 지식과 거의 비슷하다는 것을 겪어봐서 알기에 내 조언을 따른다는 고용 계약을 집어넣자고 했는데, 그것은 내가 지휘에 관여해도 된다는 의미였다.

그는 그 외에 다른 정중한 제안들을 너무나 많이 얘기했고, 그리고 나는 그가 아주 정직한 사람이라는 걸 알고 있었기 때문에 그의 제안을 거절할 수 없었다. 과거의 불운에도 불구하고 세상을 보고자 하는 나의 갈망은 여전히 뜨거웠다. 유일하게 남은 난제는 아내를 설득하는 것이었다. 하지만 아이들의 장밋빛 미래에 대한 아내의 기대 덕분에, 나는 마침내 아내의 동의를 얻어낼 수 있었다.

우리는 1706년 8월 5일 출발했고 1707년 4월 11일에 세인트 조지 항구[01]에 도착했다. 3주 동안 그곳에 머물면서, 몸 상태가 좋지 않은 선원들 대부분이 기력을 회복했다. 우리는 거기에서 톤퀸으로 이동해 그곳에서 얼마 동안 머무르기로 했다. 그가 구매하려는 대다수 물품이 아직 준비되지 않았고, 몇 개월 내에 처리될 것 같지도 않았기 때문이다. 따라서 그는 정박 비용의 일부를 조달하고자 하는 마음에, 범선 한 척을 구매해서 톤퀸 사람들이 평소 이웃 섬과 교역을 하는 여러 종류의 물품들을 배에 실었다. 그리고 세 명의 현지인을 포함한, 14명의 선원을 태우고 나를 범선의 선장으로 임명하면서 그가 톤퀸에서 자기 일을 처리하는 두 달간 내게 무역할 권한을 맡겼다.

우리가 항해를 시작한 지 사흘도 안 돼서, 심한 폭풍이 몰아쳤고 우리는 닷새 동안 북북동쪽으로, 그런 다음 동쪽으로 흘러갔다. 그 후 날씨가 화창해졌지만, 여전히 서쪽에서 아주 강한 돌풍이 몰아쳤다. 열흘째 되는 날, 우리는 해적선 두 척에 쫓기다가 바로 잡혔다. 우리 범선은 짐을 너무 많이 실은 탓에 속도가 무척 느렸기 때문이기도 했고 우리 자신을 지킬만한 상황도 아니었다.

01 1641년, 마드라스에 위치한 영국 동인도 회사와 인도 남부에 위치한 그 회사의 본사에 의해 만들어졌다.

양쪽 해적선에서 해적들이 거의 동시에 우리 배에 올라탔고, 두목이 부하들을 이끌고 사납게 쳐들어왔지만, 우리 모두 얼굴을 바닥에 대고 엎드려 있는(내가 그렇게 명령을 했기 때문이다) 것을 발견하고는 튼튼한 밧줄로 우리를 묶고 감시할 보초를 세운 후 범선을 수색하러 갔다.

나는 그들 속에서 한 네덜란드인을 발견했는데, 비록 어떤 배의 선장은 아니었지만, 어느 정도 권력이 있는 듯 보였다. 그는 외모로 우리가 영국인들이라는 것을 알아챘고 자기 나라말로 뭐라 지껄이면서 우리 등을 맞대고 묶어서 바다에 처넣겠다고 욕설을 퍼부었다. 나는 네덜란드 말을 어지간히 잘하는 편이어서, 나는 우리가 누구인지 말했고, 우리가 기독교인이고 신교도이며 굳건한 동맹[02]을 맺은 이웃 나라 사람들임을 고려해서 우리를 불쌍히 여기도록 선장들의 마음을 바꿔 달라고 그에게 간청했다. 하지만 이 말이 그의 화를 돋웠다. 그는 계속해서 협박해댔고, 동료들을 쳐다보며, 추측건대, 일본어로 엄청나게 흥분해서 떠들었는데, 기독교라는 말을 종종 사용했던 것 같다.

두 척 중 더 큰 해적선의 선장은 일본인이었는데, 그는 네덜란드 말을 조금 하되 매우 불완전했다. 그는 내게 다가와 여러 차례 질문했고, 내가 그에게 아주 공손하게 답변을 해주자 우리를 죽이지는 않을 거라고 말했다. 나는 선장에게 머리 깊숙이 인사를 한 다음 네

02 네덜란드 공화국과 영국은 스페인 계승 전쟁(스페인 계승 전쟁: 스페인 국왕 Charles Ⅱ의 사후, 왕위 계승을 둘러싸고 오스트리아 · 영국 · 네덜란드 · 프러시아와 프랑스 · 스페인이 1701년에서 1714년까지 다투었던 싸움) 중 프랑스에 대항하여 동맹을 맺었지만, 그 전쟁이 끝난 후 조약 협상이 진행되던 중에 결렬되었다.

덜란드인을 쳐다보며 형제인 기독교인보다 이교도에게 더 많은 자비심을 발견하게 되어 유감이라고 말했다. 하지만 나는 이내 그 같은 어리석은 말을 한 것을 후회하고 말았다. 그 악랄한 무뢰한은 나를 바다에 던져버리는 편이 낫다고 두 선장을 설득하려고 애쓰다가 허사가 되자(그들은 나를 죽이지 않겠노라 약속을 한 후이기에 그들은 그렇게 할 수 없었다), 인간에게 죽음 그 자체보다 더 가혹한 처벌을 내게 내리라고 설득하기까지 했다. 우리 선원들은 양쪽 해적선에 똑같은 수로 나뉘어 태워졌고 내 범선에는 새로운 사람들이 배치되었다. 나에 대해서는, 노와 돛이 달린 작은 카누에 태워 떠내려 보내는 걸로 결정되었다. 막판에 친절한 일본 선장이 자기 식량을 보태 나흘 치 식량을 실어주었고 누구도 나를 수색하지 못하게 했다. 내가 카누로 내려가는 동안, 네덜란드인은 갑판 위에 서서 자기 나라말로 할 수 있는 온갖 악담과 욕설을 퍼부었다.

우리가 해적선을 보기 약 한 시간 전쯤, 나는 천측을 해보니 우리는 북위 46도, 동경 183도[03]에 자리 잡고 있었다. 해적선에서 어느 정도 멀어졌을 때 나는 휴대용 망원경으로 남동쪽에 위치한 여러 개의 섬을 발견했다. 순풍이 불어, 그 섬 중 가장 가까운 섬에 가기로 계획을 세우고 돛을 올렸고, 한 세 시간 정도 이동해서 그곳에 도착했다. 그곳은 바위투성이였지만 새알들을 잔뜩 주운 다음 관목과 마른 해초를 태워 불을 붙여 알을 구워먹었다. 최대한 식량을 아끼기로 하였기에, 따로 저녁 식사는 하지 않았다. 그리고 바위로 된 은신처에서 관목을 아래에 깔고 그 날 밤을 보냈고 잠도 푹 잤다.

03 그 당시의 지도들은 그리니치 동경 360도로 계산했는데, 이런 좌표(북위 46도, 서경 177)들은 그가 태평양 북쪽, 알류샨 열도 남쪽에 자리 잡고 있다는 것을 말해준다.

다음 날 나는 또 다른 섬으로, 그다음에는 세 번째, 네 번째 섬으로 향했다. 어느 때는 돛을 사용했다가 어느 때는 노를 사용했다. 하지만 내 조난을 자세히 이야기하여 독자 여러분을 괴롭히지 않기 위해, 닷새째 되는 날 마침내 시야에 들어온 마지막 섬에 도착했는데 그곳은 이전 섬보다 남남동쪽에 위치한다는 것으로 충분하리라.

이 섬은 예상보다 훨씬 멀리 떨어져 있어 그 섬에 도착하기까지 다섯 시간이 넘게 걸렸다. 나는 배를 정박시킬만한 안전한 장소를 찾으려고 그곳을 거의 한 바퀴나 돌아다닌 끝에, 내 카누 넓이의 세 배 정도 큰 작은 만에 정박했다. 그 섬은 잡초더미와 단내 나는 허브들이 뒤엉켜 있는 곳이 군데군데 있을 뿐 완전히 바위로 둘러싸여 있었다. 나는 식량을 조금 꺼내 먹고 기력을 회복한 후 한 동굴에 남은 것을 보관해두었다. 그 섬에는 동굴이 많이 있었다. 나는 바위에서 새알을 많이 모았고 마른 해초와 바싹 말라 버린 잡초들도 잔뜩 구했다. 다음 날 그것들에 불을 지펴 맛있게 알을 구워먹을 생각이었다. (나에겐 부싯돌과 철, 성냥, 돋보기가 있기 때문이다) 나는 식량을 놔둔 그 동굴에서 밤을 보냈다. 침대는 내가 연료용으로 생각한 마른 잡초와 해초들이었다. 피곤함보다 불안한 마음이 더 커서 잠을 거의 이루지 못하고 뜬 눈으로 밤을 지새웠다. 나는 이 황량한 곳에서 목숨을 유지하는 것이 얼마나 불가능한 일인지, 내 최후가 얼마나 비참할지에 대해 생각했다. 게다가 너무나 무기력하고 절망에 빠진 상태라서 의욕도 생기지 않았고, 해가 중천에 뜬 후에야 겨우 제정신이 돌아와 동굴 밖으로 기어 나올 수 있었다. 나는 잠시 바위 주변을 산책했다. 하늘은 더할 나위 없이 청명했지만, 태양이 너무 뜨거워 고개를 돌릴 수밖에 없었다. 그런데 그때 갑자기 주위가 어두워졌다. 흔히 구름이 해를 가리면서 나타나는 것과는 아주 다른 모습이었다. 뒤를 돌아본 나는 나와 태양 사이에 있는 어떤 크고 흐릿한 물체가 섬을 향해 다가오는 것을 보았다. 그것은 3㎞ 상공에 있는 것 같았고 6~7초 정도 태양을 가렸지만, 산속 그늘에 서 있을 때보다 공기가 더 차갑다거나 하늘이 더 어둡다는 느낌은 들지 않았다. 그것이 점점 내 가까이 다가왔을 때, 단단한 물체인 것처럼 보였고 바닥은 평평하고 매끈했으며 아래쪽 바다 빛이 반사되어 아주 밝게 빛났다. 나는 해안에서 약 180m 높이에 있는 언덕에 서 있었는데, 이 거대한 물체는 나랑 거의 나란히 마주 설 때까지 내려와 1.6㎞도 채 떨어지지 않은 곳까지 다가왔다. 휴대용 망원경을 꺼내 보니, 많은 사람이 그 가장자리에서 오르락내리락하며 움직이는 모습이 확실히 보였다. 가장자리는 기울어진 것처럼 보였고 그 사람들이 무엇을 하고 있는지 도저히 알 수가 없었다.

삶에 대한 본능적인 애착은 내 맘에서 기쁨의 신호들을 보냈고, 이 일이 어떻게든 나를 도와 내가 있는 이 적막한 장소와 상황에서 구해 줄지도 모른다는 일말의 희망을 품게 되었다. 하지만 동시에 독자 여러분은 하늘에 떠 있는 섬, 그것도 사람들이 사는 섬을 보고 내가 얼마나 놀랐는지 거의 상상도 못 할 것이다. 그 사람들은 원하는 대로 그 섬을 올리거나 내리거나 앞으로 나가게 할 수 있었다. 하지만 그 당시 나는 이러한 현상에 대해 철학적으로 사색하기보다는, 그 섬이 어디로 가는지를 살펴보기로 했다. 그 섬이 잠시 서 있는 것 같았기 때문이다. 하지만 이내 좀 더 가까이 다가왔고 나는 그것의 가장자리를 볼 수 있었다. 여러 개의 완만한 복도들과 계단들로, 일정 간격을 두고 한쪽에서 다른 쪽으로 내려가기 위해 둘러싸여 있었다. 가장 아래에 있는 복도에는 긴 낚싯대로 낚시하고 있는 사람들과 그것을 구경하는 사람들이 보였다. 나는 섬을 향해 챙모자(테 있는 모자는 이미 오래전에 못쓰게 되었기에)와 손수건을 흔들었고 그것이 좀 더 가까이 다가오자 나는 있는 힘껏 소리 지르고 외쳤다. 찬찬히 살펴보니, 내 시야가 잘 보이는 쪽으로 사람들이 몰려드는 것이 보였다. 나는 그들이 나를 가리키며 서로에게 알려주는 모습에서 그들이 내 외침 소리에 아무런 대답도 하진 않았지만 나를 본 건 확실하다는 것을 알아챘다. 네다섯 사람이 그 섬 맨 꼭대기로 향하는 계단을 서둘러 뛰어 올라갔고, 그런 다음 사라졌다. 나는 권력을 가진 누군가에게 이 상황에 대한 지시를 받으려고 그들을 보낸 거라는 생각이 퍼뜩 들었다.

사람들의 수가 점차 늘어났고 한 시간도 안 돼서 그 섬의 가장 아래쪽 복도가 내가 서 있는 언덕에서 90m도 떨어지지 않은 곳까지 다가왔다. 나는 아주 간곡하게 애원하는 자세로 아주 공손한 목소리로 말했다. 하지만 아무 답변도 없었다. 내 맞은편 가장 가까운 곳에 서 있는 사람들은 의복으로 판단해보건대, 고위층 사람들인 것 같았다. 그들은 종종 나를 쳐다보면서 서로 진지하게 이야기를 나눴다. 마침내, 그들 중 한 사람이 이탈리아어 느낌이랑 별반 다르지 않은, 분명하고 정중하며 감미로운 언어로 말을 했고 따라서 나는 적어도 그들의 귀에 좀 더 듣기 좋은 억양이길 바라며 이탈리아어로 대답했다. 우리 중 누구도 상대방의 말을 이해하지 못했지만 내 말의 의미는 쉽게 읽혔다. 왜냐하면, 그 사람들은 내가 처한 곤경을 이해했기 때문이다.

그들은 내게 바위에서 내려와 해안가로 가라는 신호를 보냈고 나는 시키는 대로 했다. 섬은 적당한 높이까지 올라가서 그 끝 부분이 바로 내 위에 위치하더니, 가장 아래 복도에서 아래쪽에 의자를 고정한 체인 하나가 밑으로 내려왔다. 나는 그 의자에 꽉 붙어 앉았고 도르래를 통해 위로 끌어올려 졌다.

2장

라퓨타인들의 기질과 성향을 기술한다. 그들의 학문 그리고 왕과 궁전에 대한 설명. 그곳에서 저자의 환대. 주민들은 공포와 불안에 시달린다. 여성에 대한 설명.

나는 내리자마자 군중에 둘러싸였지만, 가장 가까이에 있는 사람들은 지체 높은 사람들 같았다. 그들은 경이의 모든 표시와 야단스러움 보이며 나를 주시했고, 사실 나 역시 그들에게 그리 빚지고 있는 것도 아니었다. 나는 그때까지 그렇게 기괴한 모습과 의복, 용모를 지닌 인간을 본 적이 없었다. 그들의 고개는 모두 오른쪽이나 왼쪽으로 기울어져 있었다. 한쪽 눈은 안쪽으로, 다른 한쪽 눈은 위쪽을 향하고 있었다. 겉옷은 태양, 달, 별 모양들로 장식되어 있고 바이올린, 플룻, 하프, 트럼펫, 기타, 하프시코드, 그 외에 유럽의 우리에겐 알려지지 않은 수많은 악기 그림이 수놓아져 있었다. 하인 복장을 한 많은 사람이, 부푼 주머니가 끝 부분에 달린, 도리깨[04]같은 짧은 지팡이를 들고 다니는 모습이 곳곳에서 보였다. (나중에 들은 사실이지만) 주머니에는 적은 양의 마른 콩이나 작은 자갈들이 들어 있었다. 그들은 가끔 이런 주머니로 자기 근처에 서 있는 사람들의 입과 귀를 찰싹 때렸는데, 당시 나는 그런 행동의 의미를 이해할 수

04 나무줄기 4~5개를 엮어서 대나무 막대기에 매달아 돌려쳐서 보리, 밀, 콩 등을 치는 데 사용하는 농기구.

없었다. 그건 이 나라 사람들의 머릿속은 진지한 생각들로 가득 차 있어서, 말하고 듣는 기관을 어떤 외적 접촉으로 깨우지 않으면 다른 사람들과 말을 하거나 대화에 참여할 수 없는 것 같았다. 그런 연유로, 형편이 되는 사람들은 항상 하인으로 플래퍼(원래는 클리메놀이다)들을 집 안에 두고 있는데, 그 없이는 외출이나 방문을 일절 하지 않았다. 이 하인들의 임무는 두세 사람 이상이 모여 있을 때 말해야 할 사람의 입을, 말을 들어야 하는 사람의 오른쪽 귀를 주머니로 살살 때리는 것이었다. 마찬가지로 이 플래퍼는 주인이 산책할 때에도 열심히 시중을 드는데, 때에 따라 주인의 눈을 가볍게 두드리기도 한다. 주인은 항상 너무 숙고에 빠져 있다 보니 벼랑이 나타날 때마다 굴러 떨어지거나, 전봇대마다 머리를 부딪치거나, 길거리에서 다른 사람들을 밀치거나 다른 사람에게 밀려서 배수로에 빠지거나 하는 명백한 위험에 처하기 때문이다.

독자 여러분에게 이러한 정보를 반드시 알려주어야 했다. 안 그러면, 내가 그들의 안내를 받아 계단을 통해 섬의 맨 꼭대기까지 올라간 후 거기서 궁전으로 향하는 동안 이 사람들이 하는 일련의 행위들을 이해하는 데 나처럼 당황스러워할 테니 말이다. 우리가 계단을 올라가는 동안 그들은 자기들이 무엇을 하려던 중인지 여러 차례 까먹었고 플래퍼들에 의해 기억이 다시 돌아올 때까지 나를 그냥 내버려뒀다. 그들은 내 요상한 옷차림과 외모를 보고도, 그리고 생각과 정신이 훨씬 자유로운 평민들의 고함에도 아무런 반응이 없어 보였다.

드디어 우리는 왕궁에 도착하여 알현실로 향했다. 나는 그곳에서 왕좌에 앉아 있는 왕과 양쪽에서 왕을 보필하는 귀족들의 모습을 보았다. 왕좌 앞에는 지구본과 천구, 갖가지 수학 관련 기구들이 잔뜩 놓여 있는 커다란 테이블이 있었다. 우리가 왕실에 들어갔을 때, 그 안의 모든 사람이 굉장히 소란스럽게 굴었는데도 폐하는 전혀 눈치채지 못했다. 하지만 당시 그는 어떤 문제에 깊이 빠져 있었고 그가 문제를 다 풀기 전까지 적어도 한 시간을 기다리고 있었다. 그의 양쪽 옆에는 주머니를 들고 있는 젊은 시종들이 서 있었는데, 왕이 여유로워진 것을 보자 그중 한 명이 왕의 입을, 다른 한 명이 오른쪽 귀를 살짝 쳤다. 그때 왕은 갑자기 잠에서 깨어난 사람처럼 깜짝 놀라더니 나와, 나랑 함께 온 사람들을 쳐다보며 우리의 방문 사실을 기억해냈다. 그는 내가 온다는 사실을 이미 전해 받은 상태였다. 그가 몇 마디 하자, 바로 주머니를 가진 한 젊은 시종이 내 곁으로 다가와서는 내 오른쪽 귀를 살짝 쳤다. 하지만 나는 그런 도구가 필요 없다는 뜻을 몸짓 발짓을 섞어가며 열심히 전달했다. 나중에 알게 된 사실이지만, 그 행동 덕분에 폐하와 궁정 사람들은 내 이해력이 아주 형편없다고 생각했다고 한다. 내 추측건대, 왕은 내게 몇 가지 질문했던 것 같고 나는 아는 언어를 총동원해서 그에게 대답했다. 내가 이해할 수도 이해받을 수도 없다는 사실을 깨달았을 때, 나는 왕의 명령으로 궁전에 있는 어느 거처로 안내되었고(이 군주는 외부인에 대한 환대와 관련해서 후대의 어느 왕들보다 뛰어났다), 나를 보살필 시종 두 명이 정해졌다. 저녁 식사가 차려졌고 내 기억으로는 영광스럽게도 왕 곁에 있던 네 명의 귀족들이 나와 함께 식사했다. 우리는 두 코스의 식사를 했는데 한 코스당 세 가지 요리가 나왔다. 첫 번째 코스에는 정삼각형으로 자른 양의 어깻살, 장사방형[05]으로 자른 소고기, 동그랗게 자른 푸딩이 나왔다. 두 번째 코스에는 바이올린 모양으로 날개와 다리를 묶은 오리고기 두 마리, 플루트와 오보에처럼 생긴 소시지와 푸딩, 그리고 하프 모양의 송아지고기 가슴살이 나왔다. 시종들은 빵을 원뿔 모양, 원기둥 모양, 평행사변형 모양, 그리고 그 외의 몇 가지 수학 도형 모양으로 잘랐다.

우리가 정찬 식사를 하는 동안, 나는 용기를 내서 그들의 언어로 몇몇 물건들의 이름을 물어보았다. 이 귀족들은 플래퍼들의 도움을 받으면서, 내가 자기들과 대화를 나눌 수 있다면 자신들의 위대한 능력에 내가 감탄하리라 생각하면서, 흔쾌히 대답해주었다. 나는 이내 빵과 음료, 그 외에 내가 원하는 것은 뭐든지 요청할 수 있었다.

정찬 식사 후 귀족들이 물러나고, 플래퍼를 대동한 어떤 사람이 왕의 명령으로 나를 찾아왔다. 그는 펜과 잉크, 종이, 서너 권의 책을 가지고 와서는 내게 말을 가르치기 위해 왔다는 것을 몸짓으로 알렸다. 우리는 네 시간 동안 함께 앉아, 나는 수많은 글자를 세로로 적고 그 맞은편에는 그 뜻을 적었다. 비슷하게 바꿔서 간단한 문장들을 배웠다. 내 선생님은 하인 중 한 명에게 뭔가를 가져와라, 뒤돌아봐라, 인사해라, 앉아라, 일어서라, 걸어라, 등등 지시를 내렸다. 그러면 나는 그 문장을 받아썼다. 그는 또한 자기 책에서 수많은 평면 및 입체 모형들의 명칭을 비롯해 태양과 달, 별, 황도대, 열대지방, 극지방의 모습을 보여주었다. 그리고 갖가지 악기의 이름과 모

05 직사각형같이 생긴 마름모꼴.

양, 각 악기를 연주할 때 사용하는 일반적인 전문용어들도 알려주었다. 그가 떠난 후, 나는 모든 단어의 해석을 알파벳순으로 적었다. 그 결과 나의 믿을만한 기억력 덕분에, 나는 며칠 만에 그들의 언어를 어느 정도 이해하게 되었다.

내가 날아다니는 혹은 떠다니는 섬이라고 해석한 그 말을 이 나라에서는 '라퓨타'라고 하는데, 그 확실한 어원은 전혀 알 수가 없었다.[06] 오래된 폐어인 랍(Lap)은 높다는 의미이고, 운타(Untuh)은 지배자라는 의미인데, 사람들은 라푼타(Lapuntuh)가 변형되어 라퓨타가 되었다고 말한다. 하지만 나는 이러한 유래가 좀 억지스러워 보이기 때문에 동의하진 않는다. 나는 그들 중 학식이 풍부한 사람에게 감히 내 추측을 이야기했다. 라퓨타는 대략 Lap outed가 아닐까 싶은데, Lap는 사실 '바다에서의 햇살의 춤'을, outed는 '날개'를 의미한다고 한다. 하지만 나는 억지로 내 생각을 강요하지는 않을 것이며 현명한 독자 여러분에게 그 판단을 맡기겠다.

왕의 명령으로 나를 담당하는 그들은 형편없는 내 차림새를 보고, 재단사에게 다음 날 아침에 와 내 치수를 재어 옷 한 벌을 만들라고 지시했다. 이 재단사는 유럽의 재단사와는 다른 방법으로 치수를 쟀다. 그는 우선 사분의(四分儀)로 내 키를 쟀고, 그다음 자와 컴퍼스로 내 몸 전체의 치수와 윤곽을 그린 다음, 이 모든 것을 종이 위에 표시했다. 그리고 6일 후 계산할 때 수치에 착오가 생기는 바람에 아주 형편없게 만든, 찌그러진 옷을 가져왔다. 하지만 나는

06 Laputa는 스페인어로 매춘부라는 뜻이지만, 예를 들어 puto는 라틴어로 '생각하다'는 의미이고 put은 영어로 '어리석은 친구'라는 의미에 근거하여, 그 외에도 추가적인 해석이 가능할 것 같다.

이런 사고를 숱하게 봐왔기 때문에 아무렇지 않았고 거의 무시해 버렸다.

옷이 부족하기도 했지만 가벼운 병까지 걸려 며칠 더 집에 틀어박혀 있는 동안, 내 사전에 많은 말을 추가했다. 그래서 그 후 내가 궁전에 갔을 때 왕이 하는 많은 단어를 알아들을 수 있었고 어느 정도 대답도 가능했다. 왕은 섬을 북동미동[07]쪽으로 이동시켜, 왕국 전체의 수도인 '라가도' 위 수직 지점까지 가서 견고한 대지 위쪽 아래로 갈 것을 지시했다. 그곳은 약 430*km* 정도 떨어져 있었고 우리의 여행은 나흘하고도 반나절 정도 지속하였다. 나는 이 섬이 앞으로 날아가는 것을 전혀 느낄 수 없었다. 둘째 날 아침 11시쯤, 왕이 몸소 악기들을 준비한 귀족들과 대신, 관리들을 대동하고, 쉬는 시간 없이 세 시간 동안 계속 연주를 했다. 나는 그 소리에 깜짝 놀랐는데, 내 가정교사가 내게 알려주기 전까지 나는 그 의미를 전혀 짐작할 수 없었다. 그가 말하길, 이 섬사람들의 귀는, 언제나 일정 기간 연주하는 천체의 음악[08]을 듣는 것에 익숙해져 있다고 했다. 궁전 사람들은 이제 본인이 가장 잘 연주하는 악기로 자기 파트를 연주할 준비가 되어 있다고 했다.

수도인 라가도로 향하는 여행 도중, 폐하는 백성들의 탄원서를 받기 위해 특정 도시와 마을 위에서 잠시 섬을 세우도록 지시했다. 그는 이를 위해 작은 추들이 달린 몇 개의 끈들을 아래쪽으로 내려보냈다. 사람들은 이 끈에 탄원서를 매달았는데, 마치 남학생들이

---

07 동쪽으로 좀 더 치우친 북동 방향.

08 요하네스 케플러(1571-1630) 같은 수학자들에 의해 존속된 우주의 음악이라는 피타고라스식, 플라톤식 관념.

연을 매단 끈 끝에 붙여둔 종잇조각처럼 그것은 위쪽으로 곧장 올라왔다. 우리는 가끔 아래쪽에서 와인과 음식을 받은 적도 있었는데, 그런 것들은 도르래로 끌어올려 졌다.

내 수학 지식은 그들의 어법을 익히는 데 많은 도움이 되었다. 그것은 과학과 음악에 많이 의존했는데 나는 음악에 대해서 재주가 서툴지 않았다. 그들의 관념은 언제나 선이나 도형과 관련이 있었다. 예를 들어, 그들이 여자나 다른 동물의 아름다움을 칭찬하려면, 마름모꼴, 원형, 평행 사변형, 타원 및 다른 기하학적 용어나, 혹은 여기서 되풀이할 필요 없이 음악에서 유래한 전문 용어들로 그것을 표현했다. 나는 왕의 주방에서 온갖 수학 도구와 악기들을 발견했는데, 사람들은 왕의 식탁에 올릴 고기 부위를 그런 모양으로 본떠 잘랐다.

이 나라의 집들은 아주 형편없게 지어졌고 집 담벼락은 직각이 아니라 비스듬했다. 이러한 실수는 실용 기하학을 무시하는 그들의 성향에 기인한다. 그들은 실용 기하학을 천박하고 독창성이 없다고 간주하며 그들의 지시사항을 일꾼들의 지적 능력으로 감당하기에는 너무 정교해서, 끊임없이 실수가 발생했다. 그들은 종이에 자와 연필, 분할 컴퍼스를 사용하는 능력은 뛰어나지만, 일반적인 생활 습관이나 행동들에서 그렇게 서툴고 어설프며 버거워하는 사람들은 처음 봤다. 그리고 수학과 음악을 제외한 다른 모든 주제에 대한 이해력은 너무 느리고 당혹스러울 정도였다. 물론 이런 경우는 드물지만 어쩌다가 정확한 의견을 내는 경우 외에는 거세게 반대만 하는 아주 형편없는 추론가들이었다. 그들은 상상, 공상, 발명에 관해 완전 문외한들이며 그들 언어에도 그러한 개념을 표현하는 단어는 전혀 없다. 그들의 생각과 사고방식의 범위는 모두 앞에 언급된 두 가지 학문으로만 국한되었다.

그들 대다수, 특히 천문학 분야를 다루고 있는 사람들은 공평한 점성술[09]을 대단히 신봉하는데, 정작 그 사실을 공개적으로 인정하는 것은 수치스러워한다. 하지만 이들의 모습에서 무엇보다 감탄스러우면서도 전혀 이해할 수 없었던 점은, 그들이 뉴스, 정치에 강한 성향을 보이고, 사회문제에 대해 끊임없이 질문하고, 국가 문제에 대해 자신들의 견해를 제시하고, 당의 견해에 대해 전부 다 열정적으로 논쟁한다는 것이다. 하기야 유럽에서 알고 지낸 대다수 수학자[10]에게서도 같은 성향을 발견하긴 했지만 나는 이 두 학문 사이에 어떤 유사점도 찾을 수 없었다. 물론 아무리 작은 원이라도 가장 큰 원만큼이나 많은 각도를 가지고 있기 때문에 세상을 통제하고 운영하는 경우도 그저 하나의 구를 다루고 굴리는 능력만 있으면 된다고 생각한다면 모르겠지만. 그러나 나는 이러한 특징은 우리와 거의 연관 없는 문제에 좀 더 궁금해 하고 잘난 체하고 싶어 하는, 인간 본성의 아주 흔한 결점에 기인한다고 생각한다. 그리고 그 문제에 대해 우리는 학문과 본성으로도 거의 적응하지 못한다.

이 나라 사람들은 한순간이라도 마음의 평화를 즐기는 일 없이 끊임없이 불안한 상태에 빠져 있고, 그 마음의 동요도 다른 인종들에게는 거의 아무런 영향도 주지 않는 것들이다. 그 불안감은 그들

09 별의 영향력과 효과를 판단하는 전문가를 가르치는 기술, 현대 천문학과 기상학적 측면들이 결합된 '자연 천문학'에 반대되는 개념이다.

10 그들의 정치 및 점성술에 대한 그들의 은폐된 신봉과 관련해서, 이 수학자들은 Wood's halfpenny 문제에 대해 월폴을 지지한 아이작 뉴턴을 닮은 것 같다.

이 두려워하는 천체의 몇 가지 변화[11]들에 기인한다. 예를 들면, 지구를 향해 태양이 계속해서 접근하고 있기 때문에, 시간이 흐르면 태양이 지구를 흡수하거나 빨아들일 것이라는 이야기, 태양 표면이 전기소들로 점차 뒤덮여 세상에 빛을 더는 발산하지 못하게 될 거라는 이야기, 지구가 마지막 혜성의 꼬리와의 작은 충돌을 아주 가까스로 피했는데, 안 그랬으면 분명 지구는 잿더미로 변했을 것이고 31년 후로 추정되는 다음번 충돌로 우리는 아마도 망하게 될 거라는 이야기를 들 수 있다. 만약 혜성이 근일점[12]에 있고, 그것이 태양의 특정 각도 내에 접근(수치상으로 보면, 그들은 충분히 두려워할 만하다)한다면, 혜성 온도는 벌겋게 달궈진 철보다 만 배 더 뜨거운 열을 가지게 될 것이다. 태양에서 벗어난 혜성은 160만 킬로미터 길이의 불타는 꼬리를 달게 되는데, 만약 지구가 혜성의 주체인 핵으로부터 16만 킬로미터 떨어진 거리에서 그 사이를 지나간다면, 그 사이 화염에 휩싸여 재로 변하게 된다는 것이다. 그 외에 태양 광선에 아무런 연료도 공급되지 않고 계속해서 소비만 한다면 결국 완전히 소모되어 없어질 것이고, 그에 따라 이 지구뿐만 아니라 태양으로부터 빛을 받는 모든 행성이 파괴될 것이라는 이야기도 있었다.

그들은 이러한 걱정거리들과 거의 임박한 것 같은 위험들로 끊임없이 불안에 떨고 있기 때문에, 침대에서 편히 잠을 잘 수도 그 흔

11 영국 왕립 미술원의 많은 회원이 언급했고 영국 로열 소사이어티(Royal Society)의 회보에도 기록된 모든 우려 사항들. 자세한 내용은 Marjorie H. Nicholson과 N. M. Mohler, Anmals of Science, 2(1937), 405~30을 참조하라.

12 행성 또는 혜성이 궤도 위에서 태양에 가장 가까이 접근하는 위치.

한 삶의 즐거움이나 재미를 전혀 느낄 수도 없다. 아침에 아는 사람을 만날 때에, 그들이 하는 첫 번째 질문은 태양의 건강 상태에 대한 것이다. 태양이 지고 뜰 때 어떻게 보였는지, 점점 다가오는 혜성과의 충돌을 피할 가망이 얼마나 있는지에 대한 것이다. 이러한 대화 때문에 그들은 귀신이나 도깨비 같은 끔찍한 이야기를 듣기 좋아하는 남자아이들이 느끼는 똑같은 기분, 다시 말해 처음에 이런 이야기를 걸신들린 듯 열심히 듣다가도 무서워서 침대에 갈 엄두를 못 내는 그런 상태에 빠져 있다.

이 섬의 여자들은 무척 쾌활하다. 남편들을 경멸하고 낯선 사람들을 대단히 좋아한다. 그와 관련해서, 몇몇 도시 문제와 회사 문제로, 혹은 특별한 개인 사정으로 궁전을 방문하러 섬 아래 본토에서 상당히 많은 사람이 이곳을 찾아오나, 이들은 그와 똑같은 능력을 원하므로 많은 멸시를 받는다. 숙녀들은 이들 가운데에서 애인을 고른다. 하지만 속상한 것은 이들이 아주 느긋하고 마음 편하게 행동한다는 것이다. 남편이란 사람은 항상 사색에 잠겨 있어서 남편 옆에 플래퍼 없이 종이와 필기도구만 준비해두면, 여주인과 애인은 그가 보는 앞에서 아주 다정하게 행동해도 될 정도였다.

나는 이곳이 세상에서 가장 유쾌한 곳이라고 생각하지만, 부인들과 딸들은 이 섬에 갇혀 있는 것을 애석해한다. 그리고 가장 풍족하고 웅장한 이곳에서 살고 있고 자기가 원하는 것은 뭐든지 할 수 있으면서도, 세상 구경을 원하며 수도에서의 즐거움을 누리고 싶어 한다. 하지만 왕의 특별한 허가 없이는 그럴 수 없고, 허가를 받아내기도 쉽지 않다. 아래쪽 지역으로 내려간 섬 여자들에게 돌아오라고 설득하는 일이 얼마나 어려운 일인지 귀족들은 숱한 경험을 통해 깨달았기 때문이다. 자녀도 몇 명 있는, 어느 훌륭한 귀부인이 아주 부유하고 친절하며 그녀를 무척이나 좋아하는 그 왕국의 총리대신과 결혼을 한 후 그 섬에서 가장 좋은 궁전에서 살았는데도, 그녀는 건강을 핑계 삼아 라가도로 내려가 왕이 그녀를 찾으라는 위임장을 보낼 때까지 그곳에서 몇 달 동안 숨어 지냈다고 한다. 결국, 늙은 장애인을 부양하려고 제 옷은 저당 잡힌 채 어느 외진 음식점에서 넝마를 뒤집어쓴 그녀를 발견했는데, 그녀는 매일 그에게 구타를 당했고 그와 함께 있으면서 제 의지에 반하는 험한 꼴을 많이 당했다고 한다. 하지만 그녀의 남편이 어떤 비난도 없이 그녀를 순순히 받아들였는데도 그녀는 바로 자신의 모든 보석을 훔쳐 애인에게 가버렸고, 그 이후로는 소식이 완전히 끊겼다고 한다.

이 이야기를 들은 독자 여러분은 이렇게 외진 나라보다는 오히려 유럽이나 영국에서 일어날 법한 이야기라고 생각할지 모르겠다. 하지만 여자의 변덕은 기후나 나라를 가리지 않으며 어쩌면 쉽게 상상하는 것보다 훨씬 더 획일적이라고 생각하는 편이 나을 것이다.

약 한 달 후, 나는 그들의 언어에 웬만큼 능통하게 되었고 영광스럽게도 왕을 방문하게 되었을 때 왕의 질문 대부분에 답할 수 있게 되었다. 폐하는 내가 살았던 나라의 법률이나 정부, 역사, 종교, 예절에 대해 궁금한 게 전혀 없었고 질문이라고 해봐야 겨우 수학 분야에 한정되어 있었다. 게다가 양쪽에 있는 플래퍼가 자주 깨워주어도, 내 설명에 대해서는 경멸하듯 듣는 둥 마는 둥 무관심했다.

3장

현대 철학과 천문학에 의해 해결된 현상. 천문학에서 라퓨타의 대단한 발전. 내란을 진압하는 왕의 방법.

나는 섬의 진귀한 것들을 보게 해달라고 군주의 허락을 요청했는데, 고맙게도 그는 기꺼이 허락해주었고 내 가정교사에게 나를 수행하도록 지시했다. 나는 무엇보다도 어떤 기술 법칙이나 본성에서 이 섬이 여러 방향으로 움직이는지 알고 싶었고, 그것에 대해 나는 이제부터 독자 여러분에게 철학적인 설명[13]을 하려 한다.

날아다니는 혹은 떠다니는 섬은 정확히 원형으로, 지름은 약 7㎞ 혹은 4마일 반, 따라서 10,000에이커의 면적에, 두께는 274m다. 바닥 혹은 밑변은 아래쪽에서 그 섬을 바라보는 사람들에게는 평평하고 고른 암석 판처럼 보이며, 약 182m 높이까지 치솟아 있다. 그 위쪽에는 몇 가지 광석들이 일반적인 순서대로 놓여 있고 그 위에 3~4m 깊이의 옥토 층이 전제적으로 덮여 있다. 원 둘레에서 중심 쪽으로 상부 내리받이 길은, 섬으로 떨어지는 모든 이슬과 비가 자연스레 작은 물줄기에 실려 가운데로 흐르는 이유가 되며, 물줄기들은 둘레가 약 800m 정도이고 중심에서 180m 떨어져 있는 네

13 과학 보고서, 영국 왕립 미술원의 로열 소사이어티 회보에 올라온 기사들을 풍자한 것임. 자세한 사항은 Marjorie H. Nicholson과 N. M. Mohler, Anmals of Science, 2(1937), 110~154를 참고하라.

개의 커다란 저수지로 이동한다. 이 저수지에 담겨 있는 물은 낮 동안 비치는 햇살에 계속해서 증발하고, 그 결과 저수지가 넘치는 것을 효과적으로 막을 수 있다. 게다가 군주의 권한으로 그 섬을 구름과 수증기 지역 위쪽으로 띄울 수 있기 때문에, 군주는 자기가 원할 때마다 이슬과 비가 떨어지지 않게 할 수 있다. 자연학자들이 동의하듯이, 구름이 아무리 높이 떠 있더라도 그 높이가 3*km*를 넘지 않기 때문이며, 적어도 그 나라에서는 구름이 그 이상 높이에 있던 적이 한 번도 없었다.

섬의 중심에는 약 46m 지름의 구멍이 있는데, 천문학자들은 이곳을 통해 커다란 반구형 건물로 내려간다. '훌란도나 개놀(천문학자의 동굴)'[14]이라 불리는 이곳은 암석판 위 표면에서 아래쪽으로 90m 깊이에 자리 잡고 있다. 이 동굴에는 20개의 램프가 항상 켜져 있고 암석으로부터 반사된 빛이 곳곳에 강렬한 빛을 발산한다. 이곳에는 육분의[15], 사분의, 망원경, 아스트롤라베[16], 그 외에 매우 다양한 천문기기들이 보관되어 있다. 하지만 이 섬의 운명이 달린 가장 진귀한 물건은 직조기의 북[17]모양을 닮은 어머 어마한 크기의 자철석이다. 이것의 길이는 6m가량 되고 가장 두꺼운 부분은 적어도 3m가 넘는다. 이 자석은 아주 강력한 암석 축에 의해서 지탱을 받고 있다. 암석 한가운데를 지나가며 자석은 그 축을 움직이는데, 아무리 약한 힘도 그것을 돌아가게 할 수 있을 정도로 축은 아주 정확하

14 거의 England, London의 철자를 바꾼 글자라 할 수 있다.

15 각도와 거리를 정확하게 재는 데 쓰이는 광학 기계.

16 고대의 천문 관측의.

17 베를 짜면서 실을 담아 좌우로 옮겨주는 도구.

Plate IIII. Part. III.

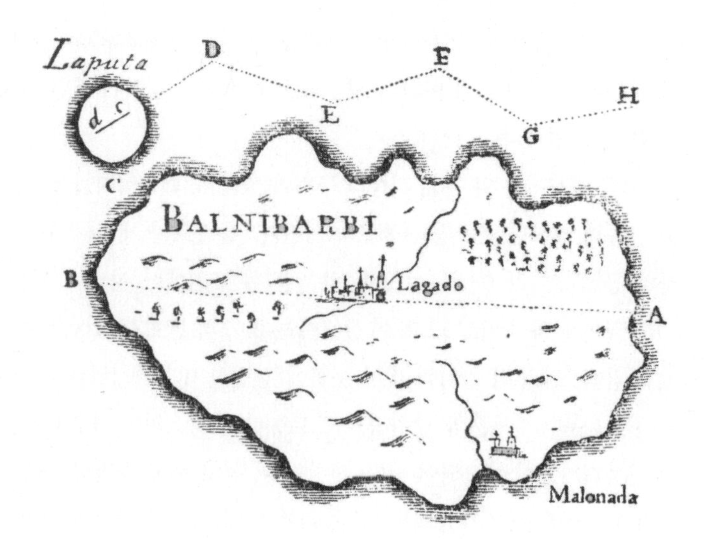

게 태세를 취한다. 1.2m 깊이에 그만큼의 두께, 10m 지름인 빈 실린더 모양의 암석에 둘러싸인 자철석은 수평으로 놓여 있고, 각각 5.5m 높이의 견고한 발판 여덟 개가 받치고 있다. 오목한 부분 가운데에는 0.3m 깊이의 홈이 있고 그 홈 안에 축의 양 끝단이 박혀 있으며 필요할 때마다 돌아간다.

아무리 힘을 줘도 그 돌의 위치는 바꿀 수 없다. 테두리와 발판은 섬 바닥을 구성하는 암석 본체와 연결된 한 부분이기 때문이다.

섬은 이 자철석에 의해 오르락내리락하며 이곳저곳으로 이동한다. 군주가 지배하는 이 영토의 경우, 돌의 한쪽에서는 끌어당기는 힘이, 그 반대쪽에서는 밀어내는 힘이 작용한다. 자석의 끌어당기는 끝 부분이 땅을 향해 수직으로 위치하면 섬은 아래로 내려가지만 밀어내는 끝 부분이 아래쪽을 향해 있으며 섬은 위쪽으로 바로 올라간다. 자철석의 위치가 비스듬하면 섬도 그렇게 움직인다. 이 자석에서 나오는 힘은 언제나 그 방향과 유사한 방향으로 작용한다.

이렇게 비스듬한 움직임에 의해, 섬은 군주가 지배하는 영토의 여러 지역으로 이동한다. 섬의 이동 방법을 설명하기 위해, 발니바르비 영토를 가로지르는 선을 AB로 정해보자. 자철석은 cd라 하고 자철석의 밀어내는 끝 부분은 d로, 끌어당기는 끝 부분은 c로 표기하며 지금 라퓨타 섬은 C 위에 있다고 쳐보자. 자철석의 밀어내는 끝 부분이 아래로 향하도록 cd 위치를 놔두자. 그러면 섬은 D 방향을 향해 비스듬히 위쪽으로 이동하게 될 것이다. 섬이 D에 도착하면 끌어당기는 끝 부분(c)이 E 쪽으로 향할 때까지 자철석의 축을 돌려보자. 그러면 그 섬은 E 방향으로 비스듬히 이동하게 될 것이다. 만약 그곳에서 밀어내는 끝 부분(d)을 아래로 향하게 하면서 EF 방향에 이를 때까지 축을 다시 돌리면 그 섬은 F 쪽으로 비스듬히 올라가게 되고, 거기서 끌어당기는 끝 부분(c)을 G 쪽으로 향하게 하면 섬은 G로 움직이고, 밀어내는 끝 부분(d)을 아래쪽으로 향하도록 자철석을 돌리면 G에서 H로 움직이게 될 것이다. 따라서 필요할 때마다 자철석의 위치를 바꾸면, 섬은 비스듬히 위아래로 번갈아 이동하게 되고, 그렇게 교대로 오르락내리락(경사도는 그리 크지 않다)하면서 한 지역에서 다른 지역으로 이동하게 된다.

그러나 이 섬은 아래쪽 영토 범위를 벗어날 수 없으며, 6km 이상 높이까지 올라갈 수도 없다고 알려졌다. 그것에 대해(자철석 관련 거대한 시스템에 대해 기록한) 천문학자들은 다음과 같은 근거를 들었다. 그 자력은 6km 이상 떨어진 거리까지 이르지 못하며 지구 내부와 해안에서부터 약 28km 정도 떨어져 있는 바닷속에서 그 자철석에 영향을 주는 광석은 지구 전체에 분포된 것이 아니라 왕의 영토 국경선에서 끝난다는 것이다. 그처럼 대단한 이점의 우월한 조건으로, 자석의 끌어당기는 힘이 미치는 범위 내에 위치한 지역은 어떤 지역이든 군주는 쉽게 그의 지배하에 둘 수 있었다.

자철석이 수평면과 나란히 있을 때, 이 섬은 정지한다. 그럴 경우 자철석의 양 끝단은 땅에서 같은 거리에 있게 되며, 한쪽은 아래쪽으로 끌어당기고 다른 한쪽은 위쪽으로 밀어붙이는 같은 힘이 작용하여 결국 아무런 움직임이 발생하지 않게 된다.

이 자철석은 특정 천문학자들의 관리를 받고 있는데, 그들은 이따금 군주가 지시하는 위치로 그것을 움직인다. 천문학자들은 자신의 일생 대부분을 천체를 관측하며 보내는데, 우수성에 있어서 우리 것을 훨씬 능가하는 망원경의 도움을 받고 있다. 물론 아무리 큰 망원경이라도 1m를 넘는 경우는 없지만 30m나 되는 우리 망원경보다 더 크게 확대되고 동시에 훨씬 더 선명하게 별들을 보여준다. 이러한 이점 덕분에 그들은 유럽의 천문학자들보다 훨씬 더 먼 곳까지 살펴볼 수 있다. 그들은 만여 개의 항성 목록을 만든 반면 우리가 만든 것은 가장 많은 목록이라고 해봐야 그 수의 1/3 이상을 넘지 않는다. 그들 역시 화성 주위를 돌고 있는 더 작은 두 개의 위성[18]을 발견했는데, 가장 안쪽에 있는 위성은 행성의 중심에서 정확히 지름의 세 배 거리만큼, 가장 바깥쪽에 있는 위성은 지름의 다섯 배 거리만큼 떨어져 있다. 전자는 10시간 간격으로, 후자는 21시간 30분 간격으로 한 바퀴를 돈다. 그 결과 위성 주기의 제곱은 거의 화성 중심에서부터 그들까지의 거리의 세제곱에 비례한다. 이 사실은 그 위성들이 다른 천체에도 영향을 주는 똑같은 중력의 법칙[19]의 지배를 받는다는 것을 분명히 보여주고 있다.

그들은 93개의 다양한 혜성들을 관측했고 굉장히 정확하게 그 주기를 정했다. 만약 이것이 사실이라면(그리고 그들이 아주 자신 있게 그렇다고 주장한다면), 그들이 관측한 것들이 공개적으로 공표되었으면 좋겠다. 그러면 현재 매우 빈약하고 결함이 많은 혜성 이론이 천문학의 다른 분야와 마찬가지로 완벽해질 테니 말이다.

만약 왕이 대신들에게 자기와 손을 잡자고 설득할 수만 있다면

18 이 가공의 발견물은 케플러의 이론, 즉 달의 수는 행성이 태양에서 떨어져 있는 거리에 따라 기하학적으로 증가한다(지구 한 개, 화성 두 개, 목성 4개 등등, 당시 이러한 개수로 믿었다.)는 이론에 근거한 것일지도 모른다. 비록 케플러의 이론은 부정확했지만 1877년 아사프 홀이 화성의 두 위성인 데이모스와 포보스를 발견하면서 스위프트의 가설이 사실로 입증되었다.

19 스위프트의 위성들은 케플러의 제3 법칙을 따른다.

그는 세상에서 가장 대단한 절대 군주가 될 것이다. 하지만 이들은 아래쪽 본토에 자기 영지를 가지고 있는데다 아무리 왕의 총애를 받는 사람도 그 직책의 재임 기간이 매우 불확실하다고 생각하기 때문에, 그들 나라를 노예로 만드는 일에 절대로 동의하지 않았다.

모든 도시가 반란이나 폭동에 관여하거나, 격렬한 파벌 싸움을 벌이거나 통상적인 공물을 바치길 거부할 경우, 왕은 그들을 복종하게 하는 두 가지 방법을 가지고 있다. 아주 관대한 첫 번째 방법은 그러한 도시와 도시 주변 땅 위로 그 섬을 맴돌게 하는 것[20]인데, 그렇게 되면 왕은 그들에게서 태양과 비의 혜택을 빼앗아 결과적으로 죽음과 질병으로 주민들을 고통스럽게 만들 수 있다. 그리고 만약 그런 벌을 받을 만한 범죄를 저질렀다면, 그들은 위에서 동시에 떨어지는 커다란 돌덩이의 공격을 받게 되고, 그들 집의 지붕이 부서져 산산조각이 나는 동안, 지하 창고나 동굴 속으로 기어들어가는 것 외에는 그들은 그것에 달리 대항할 방법이 없다. 하지만 만약 그들이 계속해서 완강하게 나오거나 반란을 일으키겠다고 나서면, 왕은 그들 머리 위로 직접 그 섬을 떨어뜨려 집과 사람 모두를 완전히 박살 내버리는, 최후의 수단을 취한다. 하지만 이 방법은 군주가 절대로 추진하지 않은 비상수단이다. 사실 그는 그런 일을 기꺼이 실행할 사람도 아니고, 그의 대신들 역시 감히 그에게 강행하라는 조언을 하지 않는다. 그렇게 되면, 그것은 백성들을 끔찍하게 만들어 결국 아래쪽에 있는 자기 영지에 막대한 손해를 입힐 수 있기 때문이다. 그 섬은 왕의 영토였기 때문이다.

20 아마도 아일랜드와 다른 식민지에 대한 영국의 경제적 독재를 표현하는 구절인 것 같다.

하지만 사실 여전히 더 중요한 이유가 있다. 이 나라의 왕들은 정말 필요하지 않은 한 그렇게 끔찍한 짓을 행동으로 옮기는 걸 언제나 반대했다. 만에 하나 파괴하기로 결정된 도시에 커다란 바위들이 있다거나(보통 큰 도시에서는 위와 같은 대참사를 막을 속셈으로 처음에 이 방법을 선택한다), 돌로 된 높은 첨탑이나 기둥들이 잔뜩 있다면, 섬이 갑작스레 내려갈 때 섬의 바닥 혹은 아래 표면을 위태롭게 할 수 있다는 것이다. 물론 내가 말한 대로 섬이 180m 두께의 단단한 돌로 되어 있긴 하지만 아주 대단한 충격을 받으면 깨질 수도 있고 아래쪽 집들에 붙은 불 가까이에 다가가면서 터져버릴 수도 있다. 철과 돌로 된 굴뚝 안쪽에서 종종 일어나는 일처럼 말이다. 백성들은 이것에 대해 모두 잘 알고 있고, 그들의 자유나 재산이 관련되어 있으면 어느 정도까지 고집을 부려야 하는지 감을 잡고 있었다. 게다가 왕의 분노가 하늘을 찌를 듯하고, 그 도시를 눌러 쓰레기로 만들어야 한다고 확고히 결정을 내릴 때, 왕은 백성들에게 자비를 베푸는 척하며 섬을 아주 천천히 내려가게 하라고 명령하지만, 사실은 단단한 바닥이 부서질까 봐 그런 것이다. 만일 바닥이 부서질 경우, 자철석은 섬을 지탱할 수 없으며 섬 전체가 땅으로 떨어질 것이라는 게 철학자들 모두의 생각이다.

[21]내가 그들 나라에 도착하기 약 3년 전, 황제가 자신의 영토를

---

21 내가 그들 나라에 도착하기 약 3년 전 ~~ 어느 대신의 말을 들었다. 이 다섯 단락은 현재 빅토리아 앤 앨버트 박물관(Victoria and Albert Museum)의 포스터 콜렉션에 찰스 포드의 걸리버 여행기 사본에서 발췌되었고 그 끝을 장식했다. 이 부분은 정치 보복을 받을까봐 발행자들(Motte(1726~27년), 폴크너(1735년))이 생략한 원본의 일부분이라는 것이 일반적인 추측이다.(이 구절들은 1896년까지 실리지 않았다.) 하지만 F.P.Lock는 포드 책에 나오는 대다수의 변화처럼 그 구절들 역시 책에서 복원됐다기

시찰하고 있을 때 어쨌든 지금까지 계속 시행되고 있는 이 나라 군주제의 운명에 마침표를 찍을 뻔한 놀라운 사건이 벌어졌다. 시찰 중 폐하가 맨 먼저 방문한 곳은 그 왕국의 제2의 도시인 린달리노[22]였다. 폐하가 떠난 지 3일 후, 엄청난 탄압에 불평불만이 많았던 시민들은 도시 문을 잠그고 시장을 붙잡아 둔 다음, 도시 한가운데 똑바로 서 있는 단단한 뾰족 바위와 같은 높이의 거대한 탑 네 개를 놀라운 속도와 노력으로 도시 각 가장자리에 정사각형 모양으로 하나씩 세웠다. 그들은 바위뿐만 아니라 각 탑의 꼭대기에 거대한 자철석을 고정했고, 그리고 계획이 실패할 경우를 대비해서 불이 아주 잘 붙는 연료를 대량으로 준비해뒀다가 자철석 계획이 무산되면 그것으로 섬의 단단한 바닥을 폭발시킬 작정이었다.

린달리 노인들이 반란을 일으켰다는 정확한 통보가 왕에게 전해진 것은 반란이 일어난 지 여덟 달이 지나서였다. 왕은 그 도시 위로 섬을 돌아다니게 하라고 지시했다. 시민들은 모두 단합하여 식량을 비축했다. 그리고 도시 가운데로 큰 강이 흘렀다. 왕은 며칠 동안 그들 위를 맴돌면서 햇빛과 비를 막았다. 그는 수많은 끈을 아래로 내리라고 지시했지만, 탄원서를 올려보내는 사람은 한 사람도 없었고 그 대신 아주 대담한 요구들, 즉 모든 불만사항을 바로잡고, 엄청난 특권을 주며 시장을 직접 선택하고 그 외의 여러 과도한 것들을 요구했다. 그에 대해 폐하는 그 섬의 모든 거주민에게 아래 복

보다는 오히려 개정됐다고 하는 편이 맞는 말이라고 주장한다.(Lock(1980), p.85) 이 구절은 Wood's Halfpenny(서론 참조)에 대한 아일랜드인들의 저항을 나타내고 Arthur Case는 이 사건에 대한 여러 자세한 사항들에 대해 그에 딱 맞는 비유적인 의미들을 제시했다.

22 더블린(Dublin) 단어를 가지고 말장난을 한 것.

도에서 도시로 커다란 돌들을 던지라고 명령했다. 하지만 시민들은 사람들과 소지품들을 네 개의 탑과 그 밖의 다른 튼튼한 건물 지하에 있는 저장실로 옮겨 이런 만행에 대비했다.

이제 이 자존심 강한 사람들을 진압하기로 한 왕은 탑들과 바위의 꼭대기에서 36m 이내로 섬을 천천히 내려가게 하라고 지시했다. 그에 따라 일이 시행됐지만, 이 작업에 고용된 관리자들은 평소보다 훨씬 더 빠른 속도로 내려간다는 사실을 알아챘고 자철석을 회전시켰지만, 그 섬이 안정된 상태로 유지되기는커녕 추락하고 있다는 걸 깨닫게 되었다. 그들은 이 경악할만한 소식을 왕에게 즉시 전했고 섬을 위로 높이 올리라는 왕의 허락을 간곡하게 요청했다. 왕은 이를 동의했고 총회가 소집되었다. 자철석을 담당하는 관리자들도 참석하라는 지시가 내려졌다. 그들 중 가장 연장자이며 전문가인 사람은 실험해도 된다는 허락을 받았다. 그는 90m 길이의 튼튼한 끈을 가져와서, 그들이 느끼는 끌어당기는 힘이 미치지 않는 도시 위로 그 섬을 끌어올린 다음, 섬의 바닥이나 아랫면을 구성하는 것과 똑같은 성분의 철 혼합물이 함유된 돌 한 조각을 그 끈 끝에 매달아 아래쪽 복도에서 탑 꼭대기 쪽으로 천천히 그것을 내려뜨렸다. 단단한 돌이 4m도 채 내려가지 않았는데 관리자는 그것이 아래쪽으로 강하게 끌리는 것을 느꼈고 그의 힘으로는 거의 끌어당길 수 없을 정도였다. 그래서 그는 작은 돌 조각 여러 개를 아래로 던졌는데 돌들이 모두 탑 꼭대기로 거세게 끌려가는 것을 보았다. 다른 세 개의 탑과 바위에서도 똑같은 실험을 했는데 같은 반응이 나타났다.

이 일은 왕의 조치를 완전히 무산시켰고 (다른 상황은 더는 생각해볼 여지도 없이) 그는 그 도시에서 내건 조건을 들어줄 수밖에 없었다.

만약 그 섬이 다시 올라갈 수 없을 정도로 도시 가까이 내려왔다면, 시민들은 영원히 그 섬을 고정한 다음 왕과 모든 대신을 죽이고 정부를 완전히 교체하기로 했을 거라고 장담하는 어느 대신의 말을 들었다.

이 왕국의 기본법에 의해 왕도, 장성한 그의 두 아들도 그 섬을 떠날 수 없었고, 왕비 역시 출산 가능한 기간이 지날 때까지 떠날 수 없었다.[23]

---

23 왕위 계승법(1701; 12, 13 윌리엄 3세)에는 '앞으로 이 왕위를 소유한 어떠한 사람도 의회의 승인 없이 영국, 스코틀랜드, 아일랜드의 영토를 떠날 수 없다'고 명시되어 있다. 하지만 논란이 많듯이 하노버 왕가 출신인 조지 1세는 의회를 설득해서 왕위 계승법의 이 부분을 폐지했다.

4장

저자는 라퓨타를 떠나고 발니바르비로 이동해서 수도에 도착한다. 수도와 인접 지역에 대한 설명. 저자는 어느 귀족의 환대를 받는다. 그와 나눈 대화.

비록 이 섬에서 푸대접을 받았다고 말할 수는 없지만, 고백하건대 나는 아주 많은 무시와 어느 정도의 멸시도 당했다고 생각한다. 왕이든 백성이든 수학과 음악 외에는 어떤 지식에 대해서도 궁금하지 않은 것처럼 보였고, 수학과 음악에 대해 나는 그들보다 훨씬 뒤처졌기 때문에 나를 아주 하찮게 여겼다.

한편, 그 섬의 진기한 것들을 모두 둘러본 후라, 나는 이곳 사람들에게 대단히 싫증이 나서 이곳을 떠나고 싶은 마음 굴뚝같았다. 내가 대단히 중요하게 여기나, 거기에 정통하지 않은 두 학문에 대해 그들이 뛰어난 것은 사실이다. 그러나 동시에 이렇게 호감이 안 가는 친구는 만난 적이 없을 정도로 그들은 멍하니 사색에 빠져 있었다. 이곳에 체류한 두 달 동안, 나는 여자들과 무역상, 플래퍼들, 시종들과만 이야기를 나눴고 그 때문에 막판에 극심한 경멸을 받긴 했지만, 이들이야말로 내가 합리적인 답변을 들을 수 있는 유일한 사람들이었다.

나는 열심히 공부해서 그들의 언어에 대해 상당히 다양한 지식을 습득했고, 거의 도움을 주지 않는 이 섬에 갇혀 지내는 것에 진절 머리가 나서 기회가 닿는 대로 이 섬을 떠나기로 했다.

궁전에는 왕과 가까운 친척 간인 귀족이 한 명 있었는데, 그는 가깝다는 그 이유만으로 존경을 받았다. 그 나라 사람들 가운데 가장 무지하고 멍청한 사람으로 통했다. 그는 황제를 위해 혁혁한 공을 많이 세웠고 선천적, 후천적으로 뛰어난 재능을 지니고 있으며 진실성과 신망을 겸비한 사람이었다. 하지만 음감이 너무 부족하다 보니, 그가 박자를 잘 못 맞춘다고 모략아들이 소문을 냈다. 그의 선생님들 또한 수학에서 가장 쉬운 명제를 증명하는 것을 가르치느라 엄청나게 힘들었다고 입방아를 찧었다. 그는 기꺼이 내게 많은 호의 표시를 보여주었고 영광스럽게도 나를 자주 방문해서 유럽에서 일어나는 문제들을 비롯해 내가 여행한 여러 나라의 법률과 관습, 예절, 학문에 대해 알고 싶어 했다. 그는 깊은 관심을 가지고 내 이야기를 들었고 내가 했던 모든 말에 대해 아주 기발한 의견들도 제시했다. 그는 높은 지위에 걸맞게 플래퍼 두 명의 시중을 받았는데, 궁전에 가거나 의례적인 행사에 참석할 때를 제외하면 그들을 전혀 사용하지 않았고 우리끼리만 있을 때는 항상 그들에게 물러가라고 지시했다.

나는 이 훌륭한 사람에게 내 편에 서서 내가 떠날 수 있도록 폐하의 허락을 받도록 중재해달라고 간청했다. 그는 서운해 하면서도 내 말대로 해주었다. 사실 그는 내게 아주 유익한 몇 가지 제안을 했지만 나는 그 제안에 진심으로 감사를 표하면서 거절했다.

2월 16일, 나는 황제와 궁전 사람들과 작별 인사를 했다. 황제는 내게 영국 화폐로 약 200파운드의 값어치가 있는 선물을 주었고 그의 친척인 내 보호자도 그만큼의 선물과 함께 수도 라가도에 사는 친구에게 보내는 소개장까지 써주었다. 당시 그 섬은 수도에서 3㎞ 떨어진 어느 산 위를 맴돌고 있었는데, 나는 위로 올라왔던 똑같은 방법으로 가장 아래쪽 복도에서 아래로 내려졌다.

날아다니는 섬의 군주에게 종속되는 한, 본토는 발니바르디라는 일반적인 이름으로 통하고 내가 앞서 말한 대로 수도는 라가도라고 한다. 내가 견고한 땅 위에 있으니 다소 안심이 되는 것 같았다. 나는 이곳 주민처럼 차려입고 그들과 대화를 나눌 수 있도록 충분히 교육을 받았기 때문에 아무 걱정 없이 시내로 걸어갔다. 나는 소개 받은 사람의 집을 바로 찾아, 섬의 귀족인 그의 친구가 쓴 소개장을 전달했는데 무척 친절하게 대해주었다. '무노디'라는 이름의 이 귀족은 자신의 집에 내 거처를 마련해주었고 그 도시에 체류하는 동안 나는 계속 이곳에 있으면서 극진한 대접을 받았다.

내가 도착한 다음 날 아침, 그는 마을을 구경시켜주겠다며 마차에 나를 태웠다. 런던의 절반 정도 되는 크기지만 집 모양이 아주 이상한데다 대부분 손질도 되어 있지 않았다. 길가의 사람들은 빠르게 걸었고 사나워 보였으며 눈도 깜박이지 않았고 대부분 누더기를 걸치고 있었다. 우리는 도시의 성문 하나를 통과한 후 약 5㎞ 정도 떨어져 있는 시골로 갔다. 그곳에서 나는 여러 종류의 도구를 가지고 땅에서 일하는 많은 일꾼을 보았다. 하지만 그들이 무엇을 하려는지 짐작도 할 수 없었다. 게다가 토양이 아무리 비옥해 보여도 곡식이나 풀 어느 것 하나 자랄 것 같지 않았다. 도시와 시골 두 곳의 이 생경한 모습에 놀라지 않을 수 없었던 나는 용기를 내어 거리와 들판에서 이 많은 머리와 손과 얼굴들이 분주하게 무엇을 하고 있는지 내게 설명해주면 고맙겠다고 나의 안내자에게 부탁했다. 왜냐하면,

그들이 수확한 풍성한 결과물을 전혀 발견할 수 없기 때문이다. 결과물은커녕, 지금까지 그렇게 형편없이 경작된 땅도, 그처럼 허접스럽게 설계되고 심하게 파손된 집도, 표정과 복장에 그처럼 비참하고 가난한 삶이 고스란히 드러나는 사람들도 본 적이 없었기 때문이다.

이곳 귀족인 무노디는 상류층 사람이었고 수년간 라가도의 시장이었다. 하지만 대신들의 음모로 부적임자로 해고당했다.[24] 하지만 왕은 그가 멸시받을 만큼 형편없는 지식을 가졌지만 좋은 사람이기 때문에 그를 친절하게 대했다.

내가 시골 마을과 주민들에 대해 솔직하게 비난을 하자 그는 내가 그들을 평가할 만큼 그들과 충분히 오래 지낸 것도 아니고 나라마다 서로 다른 풍습을 지니고 있으며 목적이 같아도 일반 원칙은 다를 수 있다는 말 외에는 더는 아무 답변도 하지 않았다. 하지만 우리가 그의 집으로 돌아왔을 때, 그는 내게 건물이 어때 보이는지, 어떤 불합리한 점을 발견했는지, 하인들의 복장과 표정에 어떤 불만이 엿보이는지 물었다. 그는 이런 말을 편안한 마음으로 했을지 모른다. 그와 관련된 모든 것이 훌륭하고 조화롭고 품위 있었기 때문이다. 나는 그의 신중함과 높은 신분, 재산 덕분에 다른 사람들의 우매함과 미천함이 일으킨 그런 결점들이 그에게는 없다고 대답했다. 그는 32*km* 정도 떨어진, 자신의 영지가 있는 시골 마을에 같이 간다면, 이런 대화를 좀 더 편하게 나눌 수 있을 거라고 했다. 나는 전적으로 그의 뜻에 맡기겠다고 무노디에게 말했고 그래서 우리는 다음

24 영국의 정치가 할리, 볼링브룩, 템플을 포함한 다양한 비유적 해석이 제기되었다. 그 이름은 mundus odi(나는 세상을 혐오한다)의 줄임말인 것 같은데, 정계를 은퇴하면서 스위프트 하면 연상되는 이 모든 중요한 것들에 걸맞은 철학적 별칭이다.

날 아침 그곳으로 출발했다.

여행 도중, 그는 농부들이 자기 땅을 관리할 때 사용하는 몇 가지 방법들을 내게 보여주었는데, 나는 전혀 이해할 수가 없었다. 극히 적은 지역을 제외하면 곡식의 이삭 하나, 풀잎 하나도 발견할 수 없었기 때문이다. 하지만 세 시간 정도 이동하자 풍경이 완전히 바뀌었다. 우리는 아주 아름다운 전원 마을로 들어섰다. 가까운 거리에 있는 농가들은 솜씨 좋게 지어졌고 집 주변은 포도밭과 논밭, 목초지를 포함한 들판으로 둘러싸여 있었다. 이보다 더 멋진 풍경을 본 기억이 없을 정도였다. 내 표정이 밝아지는 것을 본 무노디는 안도의 한숨을 쉬면서 여기서부터 자기 땅이며 집에 도착할 때까지 같은 풍경이 계속 이어질 거라고 말했다. 그러면서 자기가 일 처리를 제대로 못 하고, 그렇게 나쁜 본보기를 왕국에 보이며, 자기처럼 늙고 고집 세고 약한, 극히 적은 사람만이 자신을 따른다며 이 나라 사람들은 그를 비웃고 멸시한다고 했다.

우리는 드디어 그 집에 도착했는데, 실제로 최고의 고대 건물 방식으로 지어진 웅장한 건축물이었다. 분수대와 정원, 산책로, 진입로, 과수원들은 모두 정확한 판단과 미적 감각을 고려하여 배치되었다. 나는 내가 본 모든 것에 마땅히 받아야 할 찬사를 보냈고 무노디는 저녁 식사가 끝날 때까지 내 말에 대해 전혀 관심 없는 척했다. 그러다가 우리만 남게 되자, 그는 아주 우울해하며 왕의 심기를 많이 불편하게 하긴 했지만, 만약 자신이 오만이나 괴짜 기질, 허식, 무지, 변덕스럽다는 비난을 감수하지 않았다면, 도시와 마을에 있는 자기 집들을 허물어 요즘 식으로 다시 짓고, 농장들도 파괴하고 그 외의 다른 것들도 정해진 현대 방식으로 만들어야 했을지 모른다고 말했다.

궁전에 사는 사람들은 너무 깊이 사색에 빠져서 여기 아래에서 일어나는 일들에 관심을 두지 않는데, 아마도 내가 궁전에서는 결코 들어 보지 못했을 어떤 구체적인 이야기를 자기가 들려주면 내가 보여준 존경심도 사라지거나 줄어들 것이라고도 했다.

그의 이야기를 간추려 보자면 이런 의미였다. 약 40년 전 몇몇 사람들이 사업차 혹은 기분전환 삼아 라퓨타로 올라갔다가 다섯 달 동안 체류한 후 돌아왔는데, 수학에 대한 아주 어설픈 지식과 더불어 공중에 떠 있는 곳에서 습득한 변덕스러운 마음만 한가득 가져왔다고 한다. 이 사람들은 돌아오자마자 아래 지역의 모든 일 처리에 반감을 갖기 시작했고 예술이나 과학, 언어, 역학을 새로운 발판 위에 올려놓으려는 계획에 돌입했다고 한다. 이를 위해 그들은 라가도에 연구원 아카데미(Academy of Projector)[25]를 세우기 위한 왕의 허가를 받아냈고, 사람들 사이에 분위기가 후끈 달아올라서 왕국의 주요 도시 중 그런 아카데미가 없는 곳이 하나도 없을 정도였다. 이 학교에서 교수진은 농업과 건축의 새로운 규칙과 방법들을, 무역과 제조를 위하여 새로운 수단과 도구들을 고안했는데, 그렇게 함으로써 한 사람이 열 사람 몫의 일을 하게 될 것이고, 수리도 필요 없이 영원히 쓸 수 있는 내구성 좋은 재료들로 일주일 만에 궁전 하나를 지을 수 있다고 그들은 단언했다. 게다가 땅에서 재배하는 모든 과

---

25 영국 학술원을 패러디한 것. 이곳은 비공식적으로는 1645년경부터 모임을 했지만, 공식적으로는 1662년에 인가를 받고 1665년에 철학적 회보들을 발간하기 시작했다. 스위프트는 이 회보에 실린 실제 실험들의 설명을 통해 그가 이 장에서 설명하는, 겉으로는 환상적인 수많은 계획을 알아냈다. 연구원(projector)은 '실현 불가능하고 무모한 계획을 만든 사람'을 뜻한다.

일은 우리가 선택하고 싶은 계절 아무 때나 먹음직스럽게 잘 익을 것이라는 둥, 수확량도 현재보다 100배 더 증가할 거라는 둥, 그 밖의 다른 셀 수 없이 많은 장밋빛 계획들을 늘어놓았다. 딱 하나 문제가 있다면, 아직 이러한 계획 중 어느 것 하나 제대로 완성되지 못했다는 것이다. 그러는 사이, 나라 전체는 비참할 정도로 황폐해졌고 집들도 엉망이 되었고 사람들은 음식이나 옷도 없이 살아갔다. 그들은 낙담하는 대신 희망과 더불어 절망도 이끌어낸 그들의 계획을 추진하는 데 50배나 더 열심히 몰두했다. 무노디의 경우, 그는 모험심이 강한 사람이 아니었기에 오래된 방식을 고수하고 선조들이 지은 집에서 살며, 모든 생활에 변화 없이 예전 방식대로 행동했다고 한다. 다른 소수의 귀족과 신사계급도 똑같이 행동했는데, 그들은 예술의 적, 무지하고, 형편없는 공통체인들(commonwealths-men)[26]로서, 조국 전체의 발전에 앞서 자신의 안락함을 우선시하고 게으름을 피운다며 멸시와 악의에 찬 시선을 받았다고 한다.

무노디는 더 자세하게 이야기해서 내가 그 웅장한 아카데미를 보면서 분명 느끼게 될 즐거움을 막고 싶은 생각은 없다고 덧붙였다. 그는 내가 그곳에 가야 한다고 결정했다. 그는 약 5㎞ 떨어진 산 가장자리에, 폐허가 된 건물 하나를 보라고 부탁하면서 그 건물에 대해 다음과 같은 이야기를 들려주었다. 그는 집에서 800m 정도 떨어진 곳에, 큰 강의 흐름에 의해 돌아가는, 아주 편리한 방앗간을 하나 소유하고 있었는데 수많은 소작인뿐만 아니라 그의 가족들도 모두 흡족해했다고 한다. 그런데 7년 전 그 연구원 모임에서 그에게

26 영국 내란(British Civil War) 당시 저항군들의 명칭이었는데, 여기서 이 단어는 비꼬는 투의 '애국자'라는 의미다.

이 방앗간은 없애고 그쪽 산 가장자리에 방앗간을 새로 만들자고 제안했다고 한다. 그 산의 길쭉한 능선에 긴 운하를 파서 물 저장소를 만들고, 파이프와 엔진을 사용해 물을 옮겨 방앗간에 공급할 수 있다는 것이다. 그리고 높은 곳의 바람과 공기는 물을 휘저어 더 잘 흘러가게 만들고 물이 경사로를 따라 흘러내려 오면 좀 더 평평한 코스의 수량 절반으로도 방앗간을 돌릴 수 있다고도 했다. 당시 궁전 사람들과 사이가 별로 좋지 않은데다 많은 친구의 강요 때문에 그는 그 제안을 받아들였고, 2년 동안 100여 명의 일꾼이 동원되었지만 결국 그 일은 무산되고 연구원들도 그에게 전적으로 책임을 덮어씌운 채 떠나버렸으며 그 이후에도 쭉 그를 비난했다고 한다. 그들은 다른 사람들에게도 같은 시도를 제안했고 성공의 확신뿐만 아니라 실망감을 안겨준 것 또한 똑같았단다.

며칠 후 우리는 도시로 돌아왔고 무노디는 자신이 아카데미에서 평판이 좋지 않았다는 것을 고려하여 나와 함께 가지 않고 대신 자기 친구에게 그곳까지 나와 동행해 달라고 부탁했다. 무노디는 기꺼이 나를 연구 예찬자이며 호기심 많고 쉽게 믿는 사람이라고 표현했는데, 실제로 그것은 사실이었다. 왜냐하면, 나도 젊은 시절엔 일종의 연구원이었기 때문이다.

5장

저자는 라가도의 웅장한 아카데미를 방문해도 된다는 허락을 받았다. 장황하게 설명되는 아카데미. 그곳 교수들이 사용하는 기술들.

이 아카데미는 전체가 단일 건물이 아니라 길 양쪽으로 여러 채가 연결된 건물이다. 비어 있는 건물을 구입해서, 그 용도에 맞게 사용한 거였다.

건물 관리인은 나를 아주 친절하게 맞아주었고 나는 며칠 동안 아카데미를 방문했다. 방마다 한두 명 이상의 연구원들이 있었고 방 개수가 최소한 500개는 될 것 같았다.

내가 맨 처음 만난 사람은 빈약한 체구에 손과 얼굴은 가무잡잡했고, 머리와 수염은 덥수룩하고, 여기저기 그을리고 다 해진 옷을 입고 있었다. 옷과 셔츠, 피부가 모두 같은 색깔이었다. 그는 8년 동안 오이에서 태양광선을 추출해내는 연구를 하고 있었는데, 태양광선을 유리병에 밀봉해 두었다가 날씨가 으스스하고 궂은 여름철에 꺼내 공기를 따뜻하게 하려고 했다. 그는 8년만 더 있으면 시장의 정원에 적정량의 태양 빛을 공급할 수 있을 거라고 내게 장담했다. 하지만 비축해 둔 오이가 별로 없다고 푸념하더니, 특히 지금은 오이가 아주 귀한 시기라며 발명에 대한 격려 차원에서 얼마간의 지원금을 달라고 내게 간청했다. 나는 그에게 약간의 돈을 기부했는데, 무노디는 그들을 보려고 방문하는 모든 사람에게 구걸하는 그들의 습성을 알고 있던 터라 일부러 내게 돈을 쥐여 줬었다.

또 다른 방에 들어간 나는 지독한 악취에 못 배기고 서둘러 돌아 나오려고 했다. 내 안내인은 그들이 몹시 화를 낼 수 있으니 무례한 행동은 하지 말아 달라며 내게 귓속말로 부탁하면서 앞으로 밀었다. 그래서 나는 내 코를 막을 엄두조차 낼 수 없었다. 이 방의 연구원은 이 아카데미에서 최고 선임자 연구원이었다. 그의 얼굴과 수염은 창백한 노란색이었고 손과 옷은 오물로 더럽혀져 있었다. 나를 소개를 받은 그는 내게 아주 바짝 대가와 포옹을 했다. (정말 사양할 수만 있다면 사양하고 싶은 인사였다) 그가 처음 아카데미에 들어와서 한 연구는 인간의 대변을 원래의 음식으로 되돌리는 것이었다. 대변의 몇 가지 성분들을 분리하고 담즙 때문에 생긴 색을 없애고 냄새를 방출시킨 후 타액을 걷어내는 방법으로 말이다. 그는 인간의 대변이 가득 담긴, 브리스톨 술통만 한 크기의 통 하나를 매주 지역사회로부터 받았다.

나는 얼음을 태워 화약으로 만드는 또 다른 연구원을 만났다. 그 역시 세상에 발표할 계획인 불의 유연성과 관련된 논문을 내게 보여주었다.

집을 짓는 데 새로운 방법을 고안한 아주 천재적인 건축가가 있었는데, 그는 지붕에서 시작하여 아래쪽으로 토대 작업까지 작업했다. 신중한 곤충인, 벌과 거미의 유사한 방식을 통해 그 정당성을 나에게 입증하고자 했다.

선천적 시각 장애인도 있었는데, 그는 자신과 같은 처지에 있는 시각장애인 여러 명을 제자로 두었다. 그들이 하는 작업은 화가들을 위해 색을 섞는 것으로, 그들은 스승에게 촉감과 냄새로 색깔을 구별하는 방법을 배웠다. 사실 안타깝게도 나는 그 당시 그들의 교육이 그다지 완벽하지 않다는 것을 알았고 교수 자신도 실수를 저지르기 일쑤였다. 그러나 이 기술자는 모든 동료에게 많은 지지와 존경을 받았다.

또 다른 건물에서 한 연구원을 만난 나는 무척 반가웠다. 그는 쟁기와 가축, 노동력에 들어가는 비용을 절감하기 위해 돼지들을 이용해 땅을 경작하는 방법을 연구했다. 그 방법은 다음과 같다. 4천 제곱미터 땅에 15㎝ 간격으로 20㎝ 깊이로 파서 많은 양의 도토리와 대추야자, 캐슈너트 외에 돼지들이 아주 좋아할 만한 나무 열매나 채소들을 묻어 둔 다음 그곳으로 600마리 이상의 돼지들을 데려가는 것이다. 그러면 며칠 후 녀석들은 먹이를 찾아 씨를 심기 적당하게 땅 전체를 파헤쳐 놓고 동시에 녀석들의 배설물로 땅은 비옥해진다는 것이다. 사실 실험 결과, 비용도 만만치 않고 문제점도 아주 많으며 수확량도 신통치 않다는 것을 알아냈지만 이러한 발명이 위대한 발전을 이뤄낼 수 있을 거라는 건 의심의 여지가 없었다.

나는 또 다른 방으로 들어갔는데, 연구원이 드나드는 좁은 통로를 제외한 벽과 천장 전체가 거미줄로 뒤덮여 있었다. 내가 들어가자 그는 내게 거미줄을 망가뜨리지 말라고 소리를 질렀다. 그는 누에고치보다 굉장히 뛰어난 곤충들이 집 안에 많이 있는데도 불구하고, 사람들은 아주 오랫동안 누에고치를 사용하는 치명적인 실수를 저질렀다며 한탄했다. 그런 많은 곤충은 실을 뽑는 것뿐만 아니라 짜는 방법도 알고 있기 때문이다. 더 나아가 그는 거미를 사용하면 비단을 염색하는 비용을 전부 절약하게 된다고 주장했는데, 그가 거미에게 먹이로 준 아주 아름다운 색깔의 수많은 파리를 보고 나는 그의 말에 완전히 믿음이 갔다. 거미줄에 파리들의 색깔이 스며들 거라고 우리는 확신했다. 그리고 온갖 색을 띠는 파리들이 있기 때문에, 실을 질기고 오래가게 만드는 특정한 점성 물질이나 기름, 그 밖의 다른 끈적끈적한 성분의 적당한 파리 먹이를 찾을 수 있다면 모든 사람의 취향을 맞출 수 있을 것이라 기대했다.

공적 업무가 처리되는 타운 하우스의 커다란 풍향계 위에 해시계를 설치하는 일에 착수한 천문학자도 있었다. 그는 지구와 태양의 연주 운동[27]및 일주 운동[28]을 조절함으로써 바람에 의한 모든 돌발적인 회전에 대응하고 일치시키는 연구를 하고 있었다.

내가 복통이 약간 있다고 호소하자 안내인이 나를 방으로 데려갔는데, 그곳에는 한 가지 도구의 상반되는 작용들을 통해 복통을 치료하기로 유명한 의사가 있었다. 그는 상아로 만든 길고 가느다란 주둥이가 달린, 커다란 손풀무[29]를 가지고 있었다. 그는 이것을 항문 위쪽으로 20㎝가량 집어넣은 다음, 가스를 빨아들여 내장을 빈 방광처럼 홀쭉하게 만들 수 있다고 장담했다. 하지만 복통이 좀처럼 낫기는커녕 더욱 심해지자, 풀무에 바람을 가득 채운 다음 주둥이를 안으로 집어넣었다. 그는 환자의 몸 안으로 바람을 주입한 다음, 바람을 보충하기 위해 도구를 다시 빼낸 후 엄지손가락으로 항문 구멍을 잽싸게 눌렀다. 이 과정을 서너 번 되풀이하면, 외부에서 넣은 바람이 빠르게 몰려나오면서 그 바람과 함께(펌프 안으로 들어가는 물처럼) 해로운 물질도 빠져나오고 환자는 회복될 거라는

27 지구의 공전운동으로 일어나는 외견상의 운동.

28 지구 자전으로 인해 천체가 동쪽에서 서쪽으로 움직이는 것처럼 보이는 겉보기 운동.

29 궤 안에 장치하여 손잡이를 잡아당겼다 밀었다 하며 바람을 일으키는 도구.

것이다. 나는 그가 개에게 그 두 가지 실험을 시도하는 걸 보았지만, 첫 번째 실험에서는 아무런 효과도 알아챌 수 없었다. 두 번째 실험이 끝나자 그 동물은 배가 터지기 일보 직전이었고 나와 내 동료들도 아주 불쾌해할 정도로 매우 지독한 배설물이 뿜어져 나왔다. 개는 현장에서 즉사했고 우리는 같은 방법으로 개를 살리려고 안간힘을 쓰는 의사를 뒤로 한 채 그 자리를 떠났다.

나는 다른 많은 건물을 방문했지만 간략하게 쓰고 싶은 마음에, 내가 봤던 모든 희한한 이야기로 독자 여러분을 괴롭히진 않으려 한다.

여기까지는 아카데미의 한쪽만 본 것이고, 다른 쪽은 사색적인 학문의 연구자들이 전용하고 있었다. 나는 이 연구자들에 대해 몇 가지 말하기 전에, 그들 중 '만능 기술자'라 불리는 저명한 사람에 대해 좀 더 언급할까 한다. 그는 인간의 삶을 개선하기 위해 30년 동안 사색을 하며 지냈다고 한다. 그는 진귀하고 멋진 물건들로 가득한 두 개의 커다란 방을 가지고 있었고 연구 중인 사람도 50명이나 됐다. 어떤 사람들은 질산칼륨을 추출하고 액체 물질을 걸러내어 만질 수 있는 건조한 물질로 공기를 응축시키고 있었고, 또 어떤 사람들은 베개와 바늘겨레[30]용으로 대리석을 부드럽게 만들었다. 그리고 어떤 사람들은 말들이 제엽염[31]에 걸리지 않도록 살아있는 말의 발굽을 돌로 만드는 사람도 있었다. 그 기술자는 그 당시 두 가

30 예전에, 부녀자들이 바늘을 꽂아 둘 목적으로 헝겊 속에 솜이나 머리카락을 넣어 만든 수공예품.

31 네다리 발굽 속에 있는 연부조직인 제엽에 염증이 생겨 심하게 절거나 운동할 수 없는 상태로 되는 아주 무서운 질병 중의 하나.

Plate.V. Part.III.

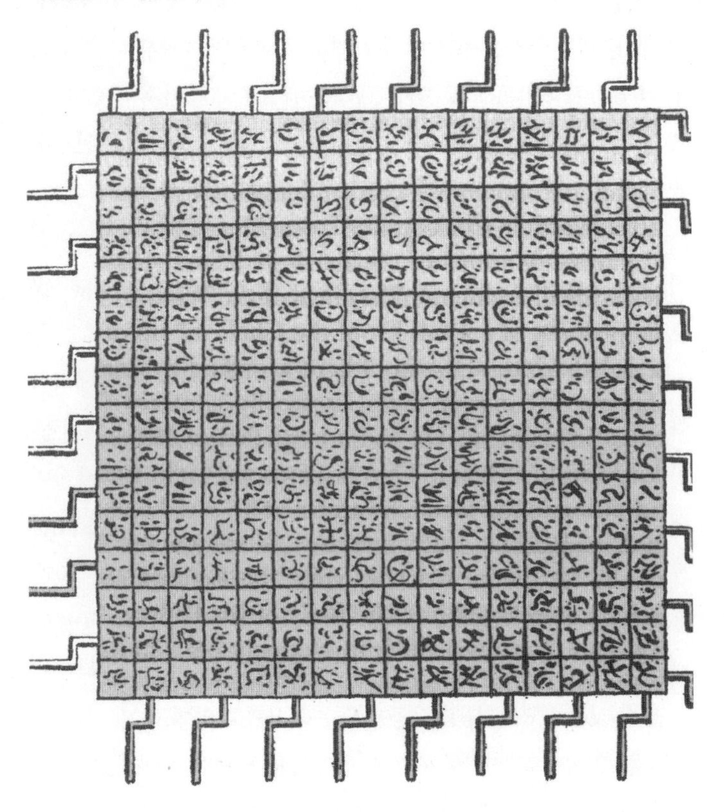

지 엄청난 계획 때문에 분주했다. 첫 번째는 땅에 왕겨를 뿌리는 것인데, 왕겨에 실제로 종자 번식 능력이 있음을 확신했다. 그는 몇 가지 실험으로 그것을 증명했지만, 그것을 이해하기에는 내 능력이 부족했다. 다른 계획은 고무와 미네랄, 채소로 이뤄진 특별한 혼합물을 겉 피부에 바름으로써 어린 두 마리 양의 털이 자라는 것을 막는 것이었고 그는 적절한 시간에 왕국 전역에 털 없는 양 품종이 번식하기를 기대했다.

우리는 아카데미의 반대쪽으로 가로질러 걸었는데, 내가 이미 말했듯이 그곳에는 사색적인 학문을 연구하는 사람들이 지내고 있었다.

내가 본 첫 번째 교수는 아주 큰 방에 있었는데, 그의 주변에는 40여 명의 제자가 있었다. 인사를 한 후 방 전체의 대부분을 차지하는 액자 하나를 자세히 눈여겨보는 나를 보면서, 아마 실용적이고 기계적인 작업을 통해 사색적인 지식을 개선하기 위한 프로젝트에 몰두하는 모습에 의아해할지도 모른다고 그가 말했다. 하지만 이제 곧 세상은 그것의 유용성을 잘 알게 될 것이고 그 어떤 사람의 머리에서도 그보다 더 숭고하고 차원 높은 생각은 나올 수 없을 거라며 우쭐해 했다. 보통 예술과 학문을 성취하는 과정이 얼마나 힘든지 다들 알고 있다. 그런데 아무리 무식한 사람도 적당한 비용을 들이고 약간의 육체노동만 한다면 그의 발명품으로 철학이나 시, 정치, 법률, 수학, 신학에 관한 책들을 쓸 수 있다는 것이다. 천재성이나 연구의 최소한의 도움 없이도 말이다. 그는 나를 액자 쪽으로 데려갔고 그 양쪽으로 그의 제자들이 줄지어 서 있었다. 액자는 2㎡ 정도 되었고 방 중앙에 놓여 있었다. 액자 표면에는 주사위 정도 크기의 나무 조각들이 놓여있었는데 어떤 것들은 다른 것보다 더 큰 것도 있었다. 그것들은 모두 얇은 철사로 연결되어 있었다. 이들 나무 조각들 위에 종이를 붙여 사방을 덮었고 이 종이 위에 몇몇 문법과 시제, 어형 변화를 가진 그 나라 말의 모든 단어가 뒤죽박죽 적혀 있었다. 그런 다음 교수는 자기가 만든 기구를 작동시킬 테니 잘 보라고 부탁했다. 제자들은 그의 지시에 따라 액자 가장자리 주변에 박혀 있는 마흔 개의 쇠 손잡이를 하나씩 잡았고 그것을 갑자기 돌리기 시작했다. 그러자 전체 단어 배열이 완전히 바뀌었다. 그러더니 제자 36명에게 액자 위에 나타난 대로 몇 가지 문장을 조용히 읽어보라고 지시했다. 거기에서 그들은 붙여서 한 문장을 만들 수 있는 서너 가지 단어들을 찾아냈고 필경사인 나머지 네 명의 학생들에게 받아쓰게 했다. 이 작업은 서너 번 정도 반복되었고 그 기구를 돌릴 때마다 정사각형 모양의 나무 조각들이 뒤죽박죽 움직이면서 단어들이 새로운 위치로 이동했다.

하루 여섯 시간 동안 이 젊은 학생들은 이 작업에 동원되었고 교수는 이미 수집한, 엉터리 문장들이 들어 있는 커다란 2절지 책 몇 권을 내게 보여주었는데, 그는 그것을 함께 꿰어 맞출 작정이고 이러한 풍부한 자료들을 통해 모든 예술과 과학의 완벽한 체계를 세상에 제공하고자 했다. 하지만 라가도에 그러한 액자 500여 개를 만들어 사용하도록 자금을 모으고, 관리자들에게 의무적으로 그들의 여러 수집품을 공동으로 기증하도록 한다면 훨씬 좋아지고 신속히 처리될지도 모른다.

그는 젊은 시절부터 이 발명품에 대한 생각으로 꽉 차 있었는데, 모든 단어를 그의 액자 속으로 옮기고 책에 있는 관사와 명사, 동사,

그 밖의 여러 가지 품사의 수 사이에 전제적으로 조화를 이루는 아주 정밀한 계산법을 만들었다고 자부했다.

나는 속을 터놓고 이야기해준 이 학자에게 황송해하며 감사의 말을 전했다. 그러면서 내가 운 좋게도 고국에 돌아가게 된다면 그가 이 기발한 기계의 유일한 발명가임을 당당하게 밝히겠노라 약속했다. 나는 이곳에서 입수한 모습 그대로 이 기계의 형태와 장치를 종이에 그리도록 허락해달라고 했다. 나는 그에게 상대방의 발명품을 훔치는 것이 유럽 학자들의 관례고 그렇게 함으로써 여하튼 이러한 득을 보게 되면서 어느 쪽이 진짜 소유권자인지 논쟁이 일긴 하지만, 그에게는 경쟁자 없이 모든 영광을 차지하도록 조처를 할 거라고 말했다.[32]

그다음 우리는 언어학과 쪽으로 향했고 그곳에는 교수 세 명이 앉아 자기 나라의 언어 발전[33]에 대한 논의를 하고 있었다.

첫 번째 계획은 다음절어들을 한 음절로 자르고, 동사와 분사들을 제거함으로써 말을 짧게 줄이는 것이었다. 사실상 상상이 가능한 것은 명사 형태뿐이기 때문이다.

또 다른 계획은 어떤 종류든 모든 말들을 완전히 폐지하자는 계획이었다. 그리고 이것은 간결성뿐만 아니라 건강에도 대단히 유익

---

32 Turner는 미적분 발견 공로를 놓고 벌인 뉴턴과 라이프니츠 사이의 경쟁을 언급한다. 경도를 결정하는 방법 발견에 대한 경쟁 때문에 스위프트의 친구 중 한 명이 자살했는데, 이 경쟁 또한 마음에 걸렸을지도 모른다. (Letters 3. 240; September 1727을 참고하라.)

33 영국 로열 소사이어티(Royal Society)는 이런 목적으로 위원회를 설립했지만 많은 작가도 이것을 제안했고 스위프트 자신도 《A Proposal for Correcting, Improving and Ascertaining the English Tongue, in a Letter to the Earl of Oxford(1712)》에서 제안한 문제였다.

하다고 주장했다. 왜냐하면, 우리가 하는 말들은 하나같이 우리의 폐를 부식시킴으로써 줄어들게 하고 그 결과 생명을 단축하는 원인이 분명하기 때문이란다. 그래서 나온 한 가지 제안이 있었는데, 단어들은 사물의 이름에 불과하므로[34] 이야기 나누고자 하는 특별한 일을 표현하는 데 필요한 물건들을 가지고 다니면 좀 더 편리해질 거라는 것이다. 만약 여자들이 평민이나 문맹자들과 함께 그들 조상이 했던 방식대로 제 입 가지고 말할 자유를 허용하지 않는다며 반란을 일으키겠다고 위협하지만 않았다면, 이 방법은 틀림없이 백성을 건강하게 해주고 훨씬 편했을 것이다. 과학과 융화하기 어려운 적은 바로 평민들이다. 하지만 매우 유식하고 현명한 대다수 사람은 사물로 자신을 표현하는 새로운 계획을 지지한다. 이 방법의 단점이라고 해봐야 그 사물을 가지고 다녀야 한다는 것뿐이다. 만약 한 남자가 아주 크고 다양한 종류의 사업이 있다면, 그는 어쩔 수 없이 할 말에 비례하여 엄청나게 많은 물건을 등에 지고 다녀야 한다. 물론 시중을 드는 한두 명의 힘센 하인들을 거느릴 여유가 없다면 말이다. 나는 종종 우리나라의 행상인들처럼 짐 무게를 거의 감당하지 못하는 학자 두 명을 본 적이 있었다.

그들은 거리에서 만나면 자기 짐을 내려놓고 가방을 연 채로 1시간 동안 계속 대화를 나누면서 도구들을 제시했고 다시 짐을 쌓는 것을 서로 도와주고는 작별인사를 했다.

하지만 짧은 대화를 나눌 경우에는 주머니나 겨드랑이 사이에 자신의 말을 충족시키기에 충분한 도구들을 지니고 다닐 수 있으

34 존 로크가 가장 자주 말하는 중요한 어구로서 《An Essay concerning Human Understanding 9 III · II ['Of the Signification of Words'])》을 참고하라.

며 집에서는 당황스러운 상황에 부닥칠 리가 없다. 따라서 이런 방법을 사용하는 사람들이 모이는 방에는 이 기교적인 대화 방법을 제공하기 위해 없어서는 안 되는, 즉시 사용할 수 있는 물건들로 가득 차 있다.

이 방법을 제안하는 또 다른 특별한 장점을 들자면, 모든 문명국가가 이해할 수 있는 보편 언어[35]로 사용할 수 있다는 것이다. 문명국가의 물건이나 도구들은 대개 같은 종류이고 거의 비슷하므로 그것들을 사용하면 쉽게 이해시킬 수 있고, 따라서 대사들도 전혀 모르는 언어를 쓰는 외국 왕들이나 대신들을 대할 수 있다는 것이다.

나는 수학과로 향했는데, 유럽에서는 거의 상상할 수 없는 방법으로 교수들이 학생들을 가르쳤다. 뇌에 약효가 있는 약물로 만든 잉크로, 웨이퍼[36]에 명제와 증명을 선명하게 썼다. 학생은 이것을 텅 빈 위 속으로 삼켜버렸고 그 후 사흘 동안 빵과 물을 제외한 어떤 것도 먹지 않았다. 웨이퍼가 소화되면서 그 명제가 약물과 함께 스며들어 뇌로 올라간다는데 아직 그 방법이 성공했다고 말하기는 어렵다. 약물의 양이나 성분에 약간의 착오가 있을 수도 있고 학생들이 말을 잘 안 들었을 수도 있다. 웨이퍼가 너무 메스꺼운 탓에 대개 학생들은 살며시 빠져나가 그 약물이 반응하기 전에 뱉어버리기도 했고, 처방에 따라 오랫동안 금식하라는 말도 듣지 않았기 때문이다.

---

35 스위프트의 일생 마지막에 포기했던 계획. 이에 대한 설명은 James Knowlson의 《Universal Language Schemes in England and France 1600-1800(University of Toronto Press, 1975)》를 참고하라.

36 아이스크림 따위를 곁들이는 얇고 가벼운 과자.

6장

아카데미에 대한 추가 설명. 저자는 몇 가지 개선점을 제안했고 영광스럽게도 그것이 받아들여졌다.

정치 연구원들이 모인 학교에서 나는 마음이 아주 불편할 뿐이었다. 내 생각에 교수들은 제정신에서 완전히 벗어난 사람들처럼 보였는데, 그런 모습은 언제나 나를 우울하게 만들었다. 이 딱한 사람들은 지혜와 수완, 미덕이란 점에 기대어 특별한 사람을 뽑도록 군주를 설득하는 개요를 제시하고 있었다. 대신들에겐 공익을 고려하도록 가르치고, 장점과 대단한 능력, 훌륭한 공로엔 보상하고, 국민의 이익과 같은 토대 위에 자신의 이익을 놓음으로써 자신들의 진정한 이익을 알도록 군주들을 가르치고, 그것들을 실행할 자격이 있는 사람을 등용하고, 그 밖에 인간의 마음속으로 들어가기 전에는 전혀 상상할 수 없는 말도 안 되는, 불가능한 망상들이 뒤섞인 계획을 제안했다. 아무리 허황하고 비합리적이더라도 어떤 철학자들은 진실이라고 주장한다는 옛 말이 그르지 않다는 것을 확신했다.

그러나 그래도 나는 그들 전부가 그렇게 망상적이지 않다는 점을 인정할 정도로, 아카데미의 이 부분을 어느 정도까지는 공정하게 평가할 것이다. 정부의 전체 본성과 체계에 완벽히 정통해 보이는 대단히 기발한 의사가 있었다. 이 저명한 사람은 복종해야 할 사람들의 부도덕함뿐만 아니라, 지배자의 악행이나 유약함에 의해 여러 종류의 공공 기관들이 겪게 되는 모든 질병과 부패를 치료할 효과적인 방법을 찾아내는 데 자신의 연구들을 아주 유용하게 활용했다. 예를 들면, 모든 작가와 추론가들이 인체와 정치체 사이에는 엄격하면서도 보편적인 유사성이 있다는 점에 동의한다는 사실로 미루어, 양쪽 모두의 건강이 유지되어야 하고 질병은 같은 처방으로 치료되어야 한다는 것보다 더 분명한 게 있을까? 상원과 최고 회의 의원들은 과도하게 넘치고, 끓어오르고, 병적인 체액들 때문에 자주 고통을 겪는다. 게다가 수많은 머리의 질병과 더 많은 마음의 질병 그리고 심한 경련과 양손 특히 오른손의 신경과 힘줄의 극심한 수축 때문에 자주 고통을 겪는다. 울화, 뱃속 가스, 현기증, 망상 때문에, 악취가 심한 화농성 물질로 가득한 연주창에 걸린 종양들 때문에, 불쾌하고 거품 많은 트림 때문에, 왕성한 식욕과 소화불량 때문에, 이 외에도 언급할 필요조차 없는 그 밖의 다른 질병들 때문에 자주 고통을 겪는다. 따라서 이 의사는 한 상원의원과 미팅 시, 회의 기간의 첫 3일 동안 특정 의사들이 참석해서 매일 토의가 끝난 다음 모든 상원의원의 맥박을 재야 한다고 했다. 그 후 몇 가지 질병의 특성과 치료 방법들을 신중하게 상의하고 협의한 후, 4일째 되는 날 제대로 된 약품을 보관하고 있는 약재상들을 대동하고 상원 의사당으로 돌아와서, 의원들이 자리에 앉기 전에 그들 각자의 증세에 따라 진정제, 식욕 항진제, 설사제, 부식제, 지혈제, 완화제, 완하제, 두통약, 황달 치료약, 거담제, 청력 교정기들을 투여 및 지급해야 한다고 했다. 그리고 이러한 약의 효과에 따라 다음 회의에서 약들을 또 주거나 바꾸거나 중단해야 한다고 제안했다.

이 계획이라면 국민들에게 큰 비용이 들지 않을 수 있다. 그리고 내 좁은 소견에, 상원이 입법권을 가진 나라에선 신속한 일 처리를 위해 상당히 유용할 것이다. 만장일치로 이끌고 논쟁을 줄여, 지금 닫혀 있는 몇몇 입을 열게 하고, 지금 열려 있는 훨씬 더 많은 입을 닫게 한다. 젊은이들의 무례한 행동을 억제하고 나이 든 사람들의 현실 인정 태도를 고쳐주며, 어리석은 사람들을 일깨워주고 주제넘은 여자들의 기를 꺾어 줄 것이다.

또한, 군주의 총애를 받는 사람들이 잘 잊어버리는 나쁜 기억력 때문에 문제를 일으킨다는 것이 일반적인 불만이기 때문에, 총리대신을 만나는 사람은 누구든 자기의 용건을 아주 간단명료하게 말한 후, 헤어질 때 앞서 말한 대신에게 코를 비틀거나, 배를 걷어차거나, 발에 난 티눈을 밟거나, 양쪽 귀를 세 번 세게 잡아당기거나, 엉덩이를 바늘로 찌르거나, 팔을 꼬집어 멍들게 해서 잊어버리지 않도록 하자고 의사가 제안했다. 용무가 이루어지거나 완전히 거절당하기 전까지 알현하는 날마다 똑같은 행동을 되풀이하라고 했다.

그는 또한 한 국가의 총회에 참석하는 모든 상원 의원들은, 자신의 의견을 제시하고 옹호한 다음 정반대되는 의견에 투표해야 한다고 지시했다. 그렇게 행해진다면, 그 결과는 영락없이 국가의 선으로 판가름날 거라고 했다.

국가의 정당들이 격분할 때, 그는 그들을 화해시킬 만한 기발한 묘안을 제시했다. 그 묘안이란 다음과 같다. 당신이 각 당의 대표 100명을 뽑아 머리 크기가 비슷한 사람끼리 짝을 지워준다. 그런 다음 훌륭한 외과의사 두 명에게 각 쌍의 후두(後頭)를 동시에 톱질하게 하는데, 이때 뇌는 똑같이 절반으로 나누어진다. 이렇게 자른 후두들을 반대편 당원의 머리와 바꿔 집어넣는다. 사실 이것은 정확성을 요구하는 작업인 것 같지만, 수술이 제대로만 이뤄진다면 확실하게 치료될 거라고 교수는 장담했다. 잘린 뇌 두 개가 서로 간의 문제를 논의하도록 하나의 두개골 공간 속에 놓인다면, 곧바로 서로 잘 이해하게 될 것이고, 오직 세상의 움직임을 감시하고 지배하기 위해 세상에 태어났다고 생각하는 사람들의 머릿속에 그토록 바라는 사유의 균형뿐만 아니라 절제가 만들어질 것이라고 그가 주장했다. 정당 대표들인 그들 가운데, 양이나 질의 관점에서 뇌의 차이란, 그것은 아주 하찮은 문제라고 했다.

백성을 비탄케 하지 않고 돈을 모을 수 있는 아주 편리하고 효과적인 방법과 수단들에 대해 두 교수 간의 아주 열띤 토론을 나는 들었다. 첫 번째 교수는 악행과 어리석은 행동에 일정 정도 세금을 부과하는 것이 그리고 사람들 각각에 정해지는 총액은 이웃 사람들인 배심원들에 의해 가장 공정한 방법에 따라 책정하는 것이 가장 정당한 방법이라고 주장했다. 두 번째 교수는 정반대 의견이었다. 사람들이 가장 가치 있다고 여기는 신체와 정신의 질에 세금을 매겨야 하고, 탁월함의 정도에 따라 세율이 높거나 낮아져야 하고, 그러한 결정은 그들 자신의 양심에 전적으로 맡겨야 한다고 했다. 가장 높은 세금은 이성(異性)이 가장 많이 좋아하는 사람들에게 부과하고 그들이 받는 호의의 정도와 유형에 따라 평가하며, 그와 관련해서 그들은 자신의 보증인이 되는 것이 허용돼야 한다. 누구나 자신이 가지고 있는 성품의 특정량에 관해 이야기하는 것으로 보아, 위트와 용기, 정중함에도 같은 방법으로 많은 세금을 물리고 거두자고 마찬가지로 제안했다. 그러나 명예와 정의, 지혜, 학식 같은 것들은 절대로 세금의 부과 대상이 되어선 안 된다. 그것들은 아주 특이한 종류의 자질이라서 자기 이웃의 그런 자질을 누구도 인정하지 않거나 자신에게 있는 그런 자질을 평가하지 않기 때문이다.

여자들에게 미모와 패션 감각에 따라 세금을 부과하자는 제안이 있었는데, 그 점에서 여자들은 자신의 판단으로 결정하는, 남자들과 같은 특권을 누렸다. 하지만 지조, 순결, 양식 그리고 좋은 본성은 평가 대상이 아니었다. 그런 것들은 세금 징수의 성격을 띠지 않기 때문이다.

왕실에 이득이 되는 상원 의원들을 유지하기 위해 의원들을 추첨하여 등용하기를 제안했다. 뽑히든 안 뽑히든 모든 사람은 일단 왕실을 위해 찬성표를 던지겠다고 비밀 서약을 하고 맹세를 해야 했다. 그 후 뽑히지 않은 사람들은 돌아가면서 다음 공석 때 추첨할 권한을 가졌다. 따라서 희망과 기대는 계속 살아 있을 것이고 사람들은 깨어진 약속을 불평하기는커녕 실망감을 전적으로 운 탓으로 돌렸다. 운은 대신들보다 더 넓고 강한 어깨를 가졌다.

또 다른 교수는 내게 반정부적 계획이나 음모를 적발하는 두툼한 지침서 하나를 보여주었다. 그는 훌륭한 정치인들에게 모든 혐의자의 식단을 정밀하게 검사하기를 충고했다. 그들의 식사 시간, 침대에 눕는 방향, 엉덩이를 어느 손으로 닦는지, 대변의 정밀한 검사[37], 즉 대변의 색깔이나 냄새, 맛, 농도, 소화의 조야함과 잘됨을 통해 그들의 생각과 계획을 판단해보라고 충고했다. 사람들은 변기에 앉아 있을 때만큼 진지하고 생각 많고 몰입하는 경우는 없기 때문이다. 그는 잦은 실험을 통해 이런 사실을 알아냈다. 그저 시험 삼

37 1722년 자코바이트주의에 대한 애터버리 주교의 재판에 대한 풍자로서 기소인 측은 피고인의 요강에서 발견한 편지들을 증거로 사용했다.(Case, p.91)

아 왕을 살해하는 제일 나은 방법이 뭔지 고심했던 상황에서, 그의 대변은 초록색 빛을 띠었고, 반란을 일으키거나 도시를 불태우는 생각만으로도 전혀 다른 색깔이었다.

이 전체 논문은 아주 날카롭게 쓰였고, 정치인들에게 자극적이며 유용한 많은 결과가 포함되어 있었지만, 그다지 완벽하다는 생각은 들지 않았다. 나는 용기를 내어 그 논문 저자에게 이 사실을 말했고 만약 그가 원한다면 몇 가지 사항들을 추가로 제공하겠다고 제안했다. 그는 여느 작가들, 특히 구상 중인 종족보다 좀 더 순순히 내 제안을 받아들였다. 좀 더 많은 정보를 받아들여 즐겁다고 고백했다.

랑그덴이라는 원주민들에 의해 세워진 트리브니아[38] 왕국에 언젠가 체류했었는데, 백성 대부분이 온통 발견자, 목격자, 밀고자, 고발인, 기소인, 증인, 선서하는 사람이었다. 그들에게 아첨하며 따르는 여러 앞잡이도 있었다. 이들은 나라 대신과 그들의 부관들의 의견과 행동을 따른다고 나는 그에게 말했다.[39] 그 나라에서 발생하는 음모들은 대개 해박한 정치인이라는 자신의 특질을 내세우려 하는 사람들의 작품이다. 제정신이 아닌 정부에 새로운 활력을 되찾아주려고, 전반적인 불만들을 억누르거나 다른 곳으로 향하게 하려고,

---

38 Tribnia와 Langden은 각각 Britain과 England의 철자 순서를 바꾼, 별 의미 없는 단어다.

39 《걸리버 여행기》의 Forster판의 이 단락과 다음 단락(Morgan판에는 이 단락만)은 선으로 그어 지워져 있고 다른 내용이 삽입되어 있다.(둘째 단락은 Foster의 삽입부분과 아주 비슷하도록 Morgan판에 수정되어 있다. 이러한 대체는 비유적인 면에서 아주 노골적이고 기교적인 면에서는 미약하지만, 편집의 일관성을 위해 그것을 채택할 수밖에 없었다.)

몰수한 것으로 제 주머니를 채우려고, 사적인 이득에 가장 부합하는 쪽으로 세평의 의견들을 모으거나 억누르려고 하는 사람들의 작품이다. 그들 가운데 어떤 혐의자를 음모를 꾸민 죄로 고발할지 우선 합의하고 결정을 내리게 된다. 그런 다음 그들의 모든 편지와 문서들을 확보하는 효과적인 조처를 하여 죄인들에게 족쇄 채운다. 이러한 문서들은 단어와 음절, 글자들의 비밀스러운 의미들을 알아내는 데 아주 능숙한 전문가들에게 보내진다. 예를 들어, 그들은 실내 변기는 추밀원[40]을, 거위 무리는 상원의원을, 절뚝거리는 개는 침입자[41]를, 전염병은 상비군을, 독수리는 총리대신을, 통풍[42]은 대사제를, 교수대는 국무대신을, 요강은 귀족 위원회를, 체[43]는 귀부인을, 빗자루는 혁명을, 쥐덫은 업무를, 지옥은 재무성을, 하수구는 궁전을, 방울 달린 광대 모자는 왕의 총애를 받는 사람을, 부러진 갈대는 사법재판소를, 빈 통은 장군을, 고름이 나오는 종기는 정부를 의미한다는 걸 밝혀낼 수 있다.

이 방법이 실패한다 해도, 그들에게는 좀 더 효과적인 다른 두 가지 방법이 있는데, 학자들은 그것을 글자 수수께끼나 철자 바꾸기라고 부른다. 첫째로, 그들은 모든 첫 글자를 정치적 의미로 해석

---

40 황제를 위한 정치 문제 자문단.

41 1722년 프랜시스 애터버리의 재판에 대한 또 다른 비유. Earl of Mar와의 서신을 통해, 스튜어트 가문이 왕좌를 되찾도록 하는 반역적인 음모와 그를 연결 짓는데, 다리를 저는 그의 프랑스산 개 할리퀸을 이용했다. 스위프트는 1722년에 발생한 재판에 대해 풍자시 한 편을 썼는데 1735년 처음으로 폴크너에 의해 발표되었다. 자세한 사항은 Poems I; 297-301을 참조하라.

42 팔다리 관절의 염증으로 아픈 병.

43 가루 · 물 등을 거르는 데 쓰는 부엌 도구.

한다. 따라서 N은 음모, B는 기병대, L은 해상 함대를 의미하게 된다. 두 번째로, 그들은 의심 가는 모든 문서의 알파벳의 순서를 뒤바꿔 불만을 품은 정당의 아주 교활한 계획을 밝혀내기도 한다. 예를 들어, 내가 친구에게 보낸 편지에 '내 동생 톰이 근래 치질에 걸렸어(Our Brother Tom has just got the piles)'라고 쓴다면, 유능한 해독자는 그 문장을 구성하는 바로 그 똑같은 글자들이 다음과 같은 단어, 즉 '저항하라, 계획이 절실해졌다,—여행(Resist, a Plot is brought Home,—The Tour)'[44]으로 분석될 수도 있다는 것을 밝혀낸다. 그리고 이것이 바로 철자 바꾸기 방법이다.

교수는 이러한 이야기를 전해준 것에 대해 내게 감사를 표했고 자기 논문에 나를 자랑스럽게 언급하겠다고 약속했다.

이 나라에는 더는 나를 머물게 할 만한 것이 없었고, 그래서 나는 영국에 있는 집으로 돌아가야겠다고 생각하기 시작했다.

44 철자 바꾸기 작업을 하기 위해서는, 이 시기에 보통 그랬듯이 i와 j를 같은 글자로 취급한다. The Tour는 볼링브룩이 프랑스에 있을 때 사용했던 이름(M. La Tour)과 관련 있다.(Case, p.91)

7장

저자는 라가도를 떠나 말도나다[45]에 도착한다. 배가 전혀 준비되지 않았다. 그는 글럽덥드립[46]으로 짧은 항해를 한다. 그곳 시장의 접대를 받는다.

믿을만한 근거에 따르면 이 왕국이 속한 대륙은, 동쪽으로는 미국의 잘 알려지지 않은 항로까지 그리고 서쪽으로는 캘리포니아까지, 북쪽으로는 태평양까지 뻗어 있으며, 태평양은 라가도에서 240㎞ 이상 떨어져 있지 않다. 라가도에는 멋진 항구가 있고 북위 29도, 경도 140도[47]의 북서쪽에 위치한 큰 섬 럭낵(Luggnagg)[48]과의 교역이 활발하다. 이 럭낵 섬은 일본의 남동쪽으로 약 480㎞ 정도 떨어진 곳에 있다. 일본의 천황과 럭낵의 왕 사이에 긴밀한 동맹을 맺고 있어서 이 섬에서 저 섬으로 항해할 기회가 많다. 따라서 나는 유럽으로 돌아가기 위해 이 방향으로 내 항로를 잡기로 했다. 그리고 길을 안내해주고 내 조그마한 짐을 들어줄 노새 두 마리에 안내인 한 명을 고용했다. 나는 훌륭한 보호자인 무노디에게 작별을 고했다. 그는 내게 상당한 호의를 베풀었고 내가 출발할 때 후한 선물

---

45 'London'의 또 다른 형태.

46 'Dublin'의 언어유희(Clark, p.615).

47 이곳은 태평양 중심부에 있을 것이고 이곳의 방향과 좌표 또한 p202에 있는 가상 지도와 일치하지 않는다.

48 'England'의 또 다른 언어유희.

까지 안겨주었다.

이 여행에서는 들려줄 만한 이렇다 할 사건이나 모험이 전혀 없었다. 내가 말도나다 항구(그렇게 불렀으니까)에 도착했을 때, 럭낵행 부두에는 배가 한 척도 없었고 조만간 있을 것 같지도 않았다. 그 도시는 포츠머스[49]항만큼 컸다. 나는 곧바로 친구를 사귀었고 아주 극진한 대접을 받았다. 저명한 귀족 친구가 럭낵행 배들은 한 달 이내에 준비될 것 같지 않으니 남서쪽으로 약 24㎞ 정도 떨어진 글럽덥드립이라는 작은 섬을 여행하는 것도 나름 쏠쏠한 재미가 있을 거라고 귀띔해주었다. 그는 친구 한 명과 함께 나랑 동행하겠다고 제안하면서 그 여행을 위해 작고 편안한 바크형 범선 한 척도 마련해주겠다고 했다.

글럽덥드립이라는 단어를 얼추 해석해보면, 마법사 혹은 마술사의 섬이라는 의미가 된다. 와이트 섬[50]의 약 1/3 크기이며 무척 비옥한 곳이다. 그곳은 모두가 마법사인 부족의 수장이 지배하고 있다. 이 부족은 자기들끼리만 결혼하고 최고령자가 계속해서 족장이나 지배자가 된다. 족장은 웅장한 궁전과 6m 높이로 잘라낸 돌로 쌓은 벽이 둘러싼 12㎢의 정원을 가지고 있다. 그 정원에는 가축과 작물, 화초를 위한 작은 울타리 여러 개가 있다.

이곳 족장과 가족들은 약간 이상한 시종들의 시중과 보살핌을 받는다. 족장은 자신의 마법 능력으로 죽은 자 중에서 자기 마음에 드는 사람을 불러내어 24시간 동안 시중을 지시하는 능력을 지니고 있는데, 24시간 이상은 안 되며 석 달 안에 똑같은 사람을 다시 소

---

49 영국 남부 햄프셔 주의 항구.

50 영불 해협에 있는 영국 섬으로, 길이가 약 37㎞, 너비가 23㎞에 이른다.

환할 수 없다. (단, 아주 특별한 경우는 제외)

우리가 그 섬에 오전 11시쯤에 도착했을 때, 나와 동행한 귀족 중 한 명이 족장에게 가서 알현할 영광을 얻고자 찾아온 어느 이방인의 입회를 허락해달라고 부탁했다. 이것은 바로 승인되었고 우리 세 사람은 두 줄로 늘어선 호위병 사이를 지나 궁전 문으로 들어갔다. 그들은 아주 괴상한 차림새로 무장했고 표정에서는 뭐라 표현할 수 없는 공포가 느껴져 소름이 끼칠 정도였다. 우리는 앞서와 같이 양쪽에 정렬한, 같은 느낌의 시종들 사이를 지나 몇 군데의 방을 통과한 후 접견실에 당도했다. 우리는 세 번 정도 깍듯하게 절을 하고 일반적인 질문 몇 개를 받은 후, 족장의 왕좌 가장 아래쪽 계단 근처에 놓인 세 개의 의자에 앉을 수 있었다. 그는 자기 섬의 언어와 다르지만 발니바르비 어를 알고 있었다. 그는 내게 내 여행에 대한 이야기를 들려달라고 부탁했고 격의 없이 나를 대하고자 손가락을 한 번 돌려 모든 시종을 사라지게 했다. 아주 놀랍게도, 마치 잠에서 깼을 때 꿈속의 장면처럼, 모든 시종은 순식간에 사라져버렸다. 내가 한동안 정신을 차리지 못하자, 족장은 아무런 해도 입지 않을 거라고 장담했고 그런 식의 접대를 자주 받았던 나의 두 동행인이 아무런 걱정도 하지 않는 것을 보고 나도 용기를 내서 족장에게 내가 겪은 여러 가지 모험들에 대한 이야기를 간단하게 들려주었다. 하지만 쭈뼛거리면서 유령 시종들을 봤던 그곳을 자꾸 뒤돌아보게 되었다. 영광스럽게도 나는 족장과 저녁 식사를 하게 되었는데 처음 보는 유령들이 고기 요리를 내왔고 식사 시중을 들었다. 어느새 아침에 그랬던 것보다는 한결 덜 무서워졌다. 나는 해가 질 때까지 머물렀고 궁전에 머물러 달라는 그의 요청을 거절한 것에 대해 족장에게 정중하게 용서를 구했다. 내 두 친구와 나는 이 작은 섬의 수도 근처 마을에 위치한 민가에서 머물렀다. 다음 날 아침, 족장의 지시대로 우리는 다시 돌아가 족장에게 경의를 표했다.

그 후 우리는 이런 식으로 그 섬에서 10일 동안 머물렀는데, 매일 대부분 낮에는 족장과 보내다가 밤이면 우리의 거처로 돌아왔다. 나는 이내 유령의 모습에 아주 익숙해지면서 3~4일 정도 지나자 그들은 내게 아무런 느낌도 주지 않았다. 물론 내게 두려움이 남아있었더라도 호기심이 두려움을 압도했다. 족장은 세상이 시작되면서부터 오늘날까지의 모든 죽은 자 중 부르고 싶은 사람이 있으면 몇 명이든 그 이름을 불러, 적절하다고 생각되는 질문에 대답하도록 지시해보라고 했다. 단 질문은 그들이 살았던 시절의 범위 내로 제한해야 한다는 조건이 붙었다. 그리고 한 가지, 나는 그들이 내게 분명 진실을 말한다고 믿었던 것 같다. 왜냐하면, 지하 세계에서 거짓말은 아무짝에도 소용없는 능력이기 때문이다.

나는 아주 과분한 호의에 대해 족장에게 정중히 감사를 표했다. 우리는 정원이 훤히 내다보이는 접견실에 있었다. 우선 나는 웅장하고 장대한 광경들을 마음속에 그렸기 때문에, 아벨라 전투[51] 직후 자기 군대의 선두에 있던 알렉산드로스 대왕을 만나보고 싶었다. 족장의 손가락이 움직이자 바로 우리가 서 있는 창문 아래쪽에 광대한 들판이 보였다. 알렉산드로스가 방으로 소환되었다. 나는 그의 그리스 말을 알아듣기 위해 무척 힘을 썼으나 거의 알아듣지 못했다. 그는 자신이 독살된 것이 아니라 과도한 음주로 인한 열 때문에 죽었

---

51 요즘은 가우가멜라(이라크 북부) 전투라고 불리는데, BC 331에 이곳에서 알렉산드로스는 페르시아 황제 다리우스 3세를 물리쳤다.

다[52]고 자신의 명예를 걸고 장담했다.

그다음으로 나는 알프스를 넘고 있는 한니발을 보았는데, 그는 자기 캠프에 식초[53]가 한 방울도 없다고 말했다.

나는 교전을 막 시작하기 위해 군대의 선두에 있는 카이사르와 폼페이[54]를 보았고 카이사르가 승리를 거두는 마지막 최고의 모습도 보았다. 어느 커다란 방에는 로마의 원로원을, 또 다른 방에는 반대의견을 가진 오늘날의 하원들을 내 앞에 나타나게 해달라고 부탁했다. 로마의 원로원은 마치 영웅이나 숭배받는 인물의 모임 같았고 상원은 행상인, 소매치기, 노상강도, 깡패 무리처럼 보였다.

족장은 나의 요청에 따라 카이사르와 브루투스[55]에게 우리 앞으로 오라고 손짓했다. 나는 브루투스의 모습에 깊은 존경심을 느꼈고, 그의 얼굴 생김새에서 아주 훌륭한 미덕과 용맹스러움, 단호한 의지, 진심 어린 애국심, 인류에 대한 광범위한 박애 정신을 쉽게 찾을 수 있었다. 나는 이 두 사람이 서로 잘 이해하고 있는 것을 아주 즐겁게 바라보았다. 카이사르는 내게 솔직히 고백하기를 생전의 그 어떤 위대한 업적들도 자신의 생명을 앗아간 영광과 견줄 수 없다

---

52 플루타르크(그리스의 철학자로《영웅전》작가)는 '대부분의 작가들은 독살에 대한 소문을 유명한 인생의 극적인 결말을 만들기 위한 새빨간 거짓말이라고 생각한다'고 확신한다. 그는, 그의 죽음이 무절제한 와인 음주로 인한 발열과 갈증 때문이라고 한 아리스토볼로를 지지한다.

53 한니발이 방해되는 바위들 앞에 모닥불을 피워 산악 지역을 뚫고 지나가고 바위에 금이 가서 바스러지게 하려고 식초를 쏟아 부었다는 로마의 역사가 리비우스의 아주 황당한 이야기에 대해 언급하고 있다.

54 로마 내전의 결정적인 전투에서, 카이사르는 파르살로스에서 폼페이를 물리쳤다.

55 마르쿠스 유니어스 브루투스는 시저를 암살하고 공화정을 다시 수립하기 위해 음모를 꾸민 집정관이었다.

고 했다. 나는 영광스럽게도 브루투스와 많은 대화를 나눴다. 그의 선조인 유니우스[56], 소크라테스, 에파미논다스[57], 카토[58], 토머스 모어[59], 그리고 자기 자신은 영원히 함께 있다고 들었다. 모든 시대를 통틀어 일곱 번째로 낄 수 있는 사람은 어디에도 없는 6인방이라고.

내 앞에 놓인 모든 고대 시기의 세상을 봐야겠다는 만족할 줄 모르는 욕구를 채우기 위해, 저명한 사람들을 얼마나 많이 소환했는지를 죄다 늘어놓으면서 성가시게 한다면 독자 여러분은 분명 지루해할 것이다. 나는 주로 독재자들과 강탈자들의 파괴자들 그리고 억압과 상처 입은 나라에 자유를 다시 찾아준 사람들을 봤고 덕분에 내 눈은 호강했다. 그래서 독자 여러분도 충분한 즐거움을 누릴 수 있도록 내가 느꼈던 만족감을 표현하고 싶지만, 그건 불가능하다.

---

56 BC 505년에 로마의 집정관이었던 루시우스 유니우스 브루투스는 타르퀴니우스 독재 가문을 추방했다.

57 기원전 4세기경, 그리스의 수많은 지역에 퍼져 있던 스파르타의 지배를 무너뜨린 테베의 장군.

58 마르쿠스 포르치우스 카토(BC 95~46). 자신이 태어난 우티카가 카이사르의 지배하에 놓이는 것을 보느니 차라리 자살을 택했던 로마 공화당의 영웅. 그가 죽기 전 그는 소크라테스의 죽음을 감동적으로 풀어낸 플라톤의《파이돈》을 다시 읽었다.

59 정치적 풍자가 돋보이는《유토피아》의 저자이며 영국의 총리. 영국 국교회의 수장으로 헨리 8세를 받아들이기를 거절했다는 이유로 1535년 처형당했다.

8장

글럽덥드립에 대한 설명이 좀 더 이어진다. 고대와 현대 역사를 정정했다.

나는 재치와 학식을 겸비한 아주 유명한 고대인들을 보고 싶은 마음에, 일부러 하루를 떼어놓았다. 호메로스와 아리스토텔레스가 그들의 모든 주석자들을 이끌고 나타나게 해달라고 나는 제안했지만, 이들의 수가 너무 많아서 어쩔 수 없이 수백 명은 궁전 앞마당과 외부 장소에 있어야 했다. 나는 군중 속에 있는 이 두 명의 영웅들을 한눈에 알아보았을 뿐만 아니라 누가 누구인지 구별할 수도 있었다. 호메로스는 둘 중 키가 더 컸고 좀 더 매력적으로 생겼으며 나이에 비해 아주 꼿꼿하게 걸었고 내가 본 눈 중 가장 날카롭고 통찰력 있는 눈이었다.[60] 아리스토텔레스의 허리는 아주 구부정했고 지팡이를 사용했다. 생김새도 변변찮았고 머리카락은 곧고 가늘었으며 목소리에는 힘이 없었다. 나는 곧바로 그들 두 사람은 같이 있는 나머지 사람들을 전혀 모를 뿐만 아니라 이전에 그들에 대해 본 적도 들은 적도 없다는 것을 깨달았다. 그런데 이름 모를 어느 유령이 내게 속삭였다. 이 주석자들은 저자들이 말하려는 의미를 후대에 굉장히 잘못 전했다는 그 수치심과 죄책감 때문에 항

60 호메로스는 예로부터 장님으로 묘사되었다. Tunner는 스위프트가 여기에서 고인이 된 호메로스와 루치안식 대화를 따르고 있음을 보여준다.

상 지하 세계에서 그들에게서 아주 멀리 떨어진 구역에서 지내고 있다고 말이다. 나는 디디모스[61]와 에우스타티우스[62]를 호메로스에게 소개해 주며 아마 그들이 받을만한 것보다 더 잘 대해주도록 그를 설득했다. 그는 이내 그들이 시인의 정신에 관여할 천재성이 부족하다는 것을 간파했다. 그러나 내가 아리스토텔레스에게 스코투스와 라무스[63]를 소개하며 한, 그들에 대한 설명에 아리스토텔레스는 참을성을 잃어버리면서 나머지 주석가들도 그들만큼이나 모자란 사람들인지 물었다.

그다음 나는 데카르트와 가상디[64]를 소환해달라고 족장에게 부탁했고, 그들에게 자신들의 체계를 아리스토텔레스에게 설명해달라고 설득했다. 이 위대한 철학자는 자연 철학에 대한 자신의 실수를 솔직히 인정했다. 왜냐하면, 대다수 인간이 그렇듯 그도 짐작에 기초하여 많은 것들을 진행했기 때문이다. 그리고 에피쿠로스[65] 학설을 최대한 자기 구미에 맞게 한 가상디의 이론과 데카르트의 '우주 물질의 소용돌이(Vortices)' 이론이 똑같이 논파 되었다는 것을 아리스토텔레스도 알고 있었다. 그는 오늘날의 학자들도 열렬하게

---

61 BC 80~10년경에 알렉산드리아에서 활동한 그리스의 학자 · 문법학자.

62 중세 비잔틴제국의 대주교. 두 사람은 각각 1세기와 12세기에 호메로스에 대한 독창적인 주석자들이다.

63 던즈 스코투스는 13세기 철학자이며 아리스토텔레스의 주석자이고, 페트뤼 라무스는 아리스토텔레스학파의 수많은 관점을 반대하는 16세기 논리학 및 수사학의 도입자이다.

64 17세기 프랑스 사상가들은 그들의 물질계 유물론 이론을 인용했다.

65 BC 4세기 철학자로 원자 물리학의 창시자로 알려졌다.

주장하는 '중력(attraction)'[66]도 같은 운명에 처하게 될 거라고 예상했다. 또한, 자연의 새로운 체계들은 그저 새로운 추세일 뿐이며 시대마다 달라진다고 말했다. 수학적 원리로 그것들을 증명하려는 사람들도 그저 단기간만 요란스레 활약할 뿐 그것이 증명되면 그 인기도 시들해진다고 주장했다.

나는 다른 많은 고대의 학자들과 대화를 나누며 닷새를 보냈다. 그리고 로마 초기 황제들 대부분을 만났다. 나는 우리의 저녁 요리를 위해 헬리오가발루스[67]의 요리사들을 소환해달라고 족장을 설득했지만, 그들은 재료 부족으로 자신의 훌륭한 요리 솜씨를 우리에게 보여줄 수 없었다. 아게실라오스의 노예[68]는 스파르타식 수프 요리를 우리에게 만들어 주었지만 나는 두 숟갈도 넘길 수 없었다.

그 섬에서 나를 안내해 준 두 귀족 나리들은 빡빡한 개인 일정으로 사흘 후면 돌아가야 했기 때문에 나는 그 기간 영국을 비롯한 유럽 다른 나라의 지난 200~300년 간 가장 위대한 인물이었던 고인 몇 명을 만나는 데 할애했다. 그리고 나는 오랜 전통의 유명한 가문을 늘 동경해왔기 때문에, 그들의 8~9대 선조들과 함께 12~20여 명의 왕을 소환해달라고 족장에게 부탁했다. 하지만 그것은 내게 예상 밖의 극심한 실망감을 안겨주었다. 한 가문의 경우, 긴 왕관 행렬 대신 바이올린 악사 두 명과 말쑥하게 차려입은 조신 세 명, 이탈리아의 고위 성직자 한 명이 나타났다. 또 다른 가문에

66 뉴턴 물리학의 중요한 힘으로 데카르트의 우주 물질의 와동을 필요 없게 한다.

67 로마 황제(218~222), 무절제와 사치로 악명이 높다.

68 스파르타 왕(BC 399~360)의 노예는 크세노폰(그리스의 철학자 · 역사가 · 장군)에 의해 그의 덕을 찬양받았다.

서는 이발사 한 명과 수도원장 한 명, 두 명의 추기경이 등장했다. 나는 황제에 대해 대단한 존경심을 가지고 있어서, 이 흥미로운 주제에 관해 이야기가 자꾸 길어졌다. 하지만 백작과 후작, 공작 등등에 대해서는 그다지 세심하지 않았다. 그리고 고백하건대, 특정 가문을 그들의 기원까지 구분 짓는 특별한 특징을 추적할 수 있다는 것은 엄청난 즐거움이었다. 나는 한 가문의 긴 턱이 어디에서 연유한 것인지, 두 번째 가문은 어째서 두 세대 동안은 악당들로, 그 뒤 두 세대 동안은 바보들로 들끓었는지, 세 번째 가문에는 왜 미친 사람이 생겼는지, 네 번째 가문에는 왜 사기꾼들이 생겼는지 분명히 알아낼 수 있었다. 그리고 폴리도어 베르길리우스[69]가 어떤 훌륭한 가문에 대해 '용감한 남자 하나 없고, 순결한 여자 하나 없도다.(Nec Vir fortis, nec Faemina Casta.)'라고 한 말이 어디에서 연유한 것인지. 특정 가문들의 경우 잔인함과 거짓, 비겁함이 그들의 문장(紋章)만큼이나 유명한 특징으로 발전한 이유가 무엇인지. 선병성 종양을 직계 후손들에게 물려준 귀족 가문에 처음 성병을 들여온 장본인은 누구인지 분명히 알아낼 수 있었다. 또한, 시동, 하인, 시종, 마부, 도박꾼, 선장, 소매치기에 의한 혈통의 중단을 봤을 때도 전혀 놀라지 않았다.

나는 특히 현대사라면 질색했다. 지난 백 년 동안 군주의 궁궐에서 위대한 이름을 날린 사람들 모두를 자세히 살펴보니, 타락한 작가들이 세상을 어떻게 호도했는지 알게 되었기 때문이다. 전쟁에

---

69 이탈리아 태생의 인문주의자 폴리도어 베르길리우스(1470~1555)는 이탈리아의 우르비노 태생으로 영국에서 인생 대부분을 보냈는데, 유명하고 방대한 영국 역사서와 속담 모음집(1498년)을 출간한 것으로 신망이 높다.

서 거둔 위대한 공적을 겁쟁이들에게, 가장 현명한 조언을 멍청이들에게, 진정성을 아첨자들에게, 로마의 미덕을 조국을 배신한 사람들에게, 독실함을 무신론자들에게, 정결을 남색자에게, 진실을 밀고자에게 돌렸다. 판사들의 부패에 기댄 대신들의 음모 꾸밈과 파벌들의 적의에 의해서 죄 없고 훌륭한 사람들이 얼마나 많이 사형당하고 추방당했는가. 얼마나 많은 악당이 신뢰와 권력, 위엄, 이득이 보장되는 최고 자리에 올라갔는가. 궁중과 의회, 상원에서 일어나는 움직임이나 사건들이 포주, 매춘부, 뚜쟁이, 아첨꾼, 어릿광대들의 저항에 얼마나 많이 부딪치는가. 세상의 혁명과 원대한 계획의 원동력과 동기에 대해, 그리고 그 일들을 성공으로 이끈 별 볼 일 없는 사건들에 대해 진실로 알게 되었을 때, 인간의 지혜와 진실성이 너무나 하찮게 느껴졌다.

이곳에서 일화나 비사[70]를 쓰는 사람들의 사기와 무지를 알아냈다. 그들은 독이든 잔을 들어 수많은 왕을 무덤으로 보냈다. 그들은 어떤 증인도 없이, 군주와 수상 사이의 담화를 되풀이하고, 대사와 국무대신들의 보관함과 머릿속에 든 생각을 파헤치면서 잘못 판단하는 불행을 계속해서 겪게 될 것이다. 이곳에서 나는 세상을 놀라게 했던 수많은 주요 사건들의 참된 원인을 알게 되었다. 한낱 매춘부가 꾸민 음모가 어떤 식으로 의회를 지배하고 의회가 상원을 통제하는지 알게 되었다. 한 장군은 순전히 자신의 소심함과 잘못된

---

70 스위프트의 서재에는 이런 종류의 역사서들이 종종 눈에 띈다. '은밀한 역사'의 최고봉인 길버트 버넷의《History of his own Times(1724~34)》을 포함한 이런 종류의 책 여백에는 스위프트가 쓴 신랄한 글로 가득 차 있다.《Prose Writings》5: 241-320을 참고하라.

행동으로 승리를 거두었다고 내 앞에서 고백했다. 한 해군 장성은 자기 함대를 적에게 팔아넘기려고 했는데, 적절한 정보가 부족하여, 그 적을 물리쳤다고 고백했다. 세 명의 왕은 자신들의 통치 기간 중 철석같이 믿는 어떤 대신이 실수나 배신하지 않는 경우 외에는, 단 한 번도 다른 인재를 등용한 적이 없다고 주장하면서 자기들이 다시 살아난다 해도 그렇게 할 거라고 단언했다. 그리고 미덕이 인간에게 불어넣는 긍정적이면서 자신만만하고 반항적인 기질은 공적인 일에 영원한 방해물이기 때문에, 부패 없이는 왕좌를 보존할 수 없다는 아주 명백한 근거도 보여주었다.

나는 그들이 얼마나 많은 방법으로 고위직과 엄청난 토지를 손에 넣을 수 있었는지 그 특별한 방법에 대해 물어보고 싶었다. 단 아주 현대 시점에 내 질문을 제한하였다. 그렇다고 현대 사람들의 심기를 불편하게 하는 일도 없을 것이고, 외국인들에게 불쾌감을 주지 않을 거라 확신한다. 관련된 많은 사람을 소환하고 아주 대충 조사했는데도 악행이 드러났기 때문에 나는 심각하게 그런 일을 돌이켜보지 않을 수 없었다(이 경우에 내가 이야기하는 것에 절대 나의 조국을 의도하는 것이 아님을 내가 독자들에게 말하지 않아도 되길 바란다). 위증, 억압, 매수, 사기, 포주 노릇, 기타 결함들은 그들이 언급한 것 중 그래도 용서할 만한 짓들이었고 이런 악행들에 대해 어느 정도 일리가 있다면 최대한 정상참작을 해줬다. 그러나 남색이나 근친상간으로 자신의 권력과 부를 얻었다고, 자기 부인과 딸을 창녀로 팔아먹었다고, 조국과 왕을 배신했다고, 어떤 사람들은 독살하고, 더 많은 사람은 무고한 사람을 몰아내기 위해 재판을 악용했다고 사람들이 고백할 때, 높은 지위의 사람들의 숭고한 위엄 때문에 그들보다 못난 우리 같은 사람들에게 극도의 존경을 받아 마땅한 높은 지위의 사람들에게 내가 당연히 받쳐야 하는 심오한 존경이, 이런 폭로를 듣고 조금도 약해지지 않아도, 용서해주길 바란다.

나는 군주와 국가에 행해진 위대한 공로들에 대해 많이 읽었고 그러한 공로를 한 사람들을 보고 싶었다. 물어보니, 역사상 가장 악질적인 악당이나 배신자로 상징되는 몇몇 사람을 제외하면, 그들의 이름은 어떤 기록에서도 찾을 수 없다고 했다. 그 나머지 사람들에 대해 나는 한 번도 들어본 적이 없었다. 그들은 모두 맥 빠진 표정으로, 아주 비참한 차림새로 나타났는데, 그들 대다수는 빈곤과 불명예로 죽고, 나머지는 교수대에서 죽었다고 내게 말했다.

나머지 사람 가운데에 조금 특이한 경우의 사람이 있었다.[71] 그의 옆에는 18살 정도 되는 젊은이가 서 있었다. 그가 말하길, 그는 수년 동안 함장이었고 악티움 해전[72]에서 운 좋게도 적의 철통 같은 전선을 뚫고 적의 주력함 세 척을 침몰시켰으며, 네 번째 배를 빼앗았는데 바로 그 때문에 안토니우스가 도망을 갔고 결국 승리를 거머쥔 것이라 했다. 그리고 그 옆에 서 있는 젊은이는 그의 외아들인데 그 전투에서 죽었다고 했다. 전쟁이 막바지여서 어느 정도 공적

71 피터버러 백작 3세인 찰스 모던트 경으로 밝혀졌는데, 그는 스페인 계승 전쟁(스페인 국왕 Charles Ⅱ의 사후, 왕위 계승을 둘러싸고 오스트리아 · 영국 · 네덜란드 · 프러시아와 프랑스 · 스페인이 1701년에서 1714년까지 다투었던 싸움)에서 성공적으로 맞서 싸웠지만, 아들을 잃고 등용되지도 못한, 스위프트와 개인적으로 인연이 있는 친구였다. (Case, pp.92~4)

72 BC 31에 옥타비아누스가 안토니우스와 클레오파트라 함대를 물리친 해전으로, 안토니우스가 도망가는 겁쟁이 클레오파트라를 따라가면서 패전했다고 널리 알려졌다.

을 세웠다고 확신한 그는 로마로 가서 더 큰 함대의 함장(전 함장은 전사했다)으로 임명해달라고 아우구스투스의 궁정에서 호소했다. 하지만 그의 주장은 무시된 채 그 자리는 바다를 본 적도 없는 한 젊은이에게 주어졌는데, 그는 황제 애첩 중 한 명의 시중을 드는 리베르티나라는 여자 노예의 아들이었다. 자신의 함대로 돌아온 그는 직무태만이라는 죄를 뒤집어썼고 그 배는 부함장 푸블리콜라[73]가 총애하는 시종에게 넘어갔다. 결국, 그는 은퇴한 후 로마에서 아주 멀리 떨어진 곳에서 가난한 농부로 살았고 그곳에서 죽음을 맞이했다. 나는 이 이야기의 진실을 무척 알고 싶었기 때문에 그 해전의 해군 장성이었던 아그리파를 소환해달라고 부탁했다. 그가 나타나서 모든 사실을 인정하였으나, 겸손하며 자신의 공적 대부분을 숨기거나 대단치 않게 얘기하는 함장에 대해 아그리파는 호의적인 말을 많이 했다.

나는 그렇게 늦게 시작된 사치의 힘에 의해 로마 제국에 부패가 급속도로 퍼져갔다는 것을 알게 되어 놀란 터라, 다른 나라에서 비슷한 수많은 경우를 보고도 그다지 놀라지 않았다. 그런 나라에서는 모든 종류의 악행이 훨씬 더 오랫동안 군림하였고, 전리품뿐만 아니라 모든 칭송을, 아마 둘 중 하나는 가질 최소한의 자격이 있는 사령관[74]이 독차지했다.

소환된 모든 사람이 이승에서의 모습 그대로 나타났기 때문에,

73 푸블리콜라와 아그리파는 악티움 해전에서 각각 옥타비아누스 함대의 좌 · 우익 사령관이었다.

74 Tunner가 확인한 바로는 말바라 공 1세 존 처칠로서, 그는 스위프트의 가장 중요한 정적 중의 한 사람으로 1702년에서부터 스위프트가 재직했던 각료에 의해 해고당했던 1711년까지 많은 훈장을 받은 영국군 사령관이다.

지난 백 년 동안 우리 가운데 얼마나 많은 인간 종족이 퇴화했는지 알게 되면서 서글픈 생각이 들었다. 그리고 매독의 온갖 결과와 이름 아래, 영국인의 얼굴 생김새가 바뀌었고, 체격은 왜소해지고, 신경은 느슨해지고 힘줄과 근육은 풀어지고 안색은 누르스름하고, 피부는 늘어지고 악취까지 나게 했다.

나는 옛날 우표에 나오는 영국 자작농들이 나타나게 해달라고 요청할 정도로 낮은 계층으로 내려갔다. 이들은 한때 관습, 식단, 복장의 소박함, 거래에 있어 공정함, 진정한 자유정신, 조국을 위한 용기와 애국으로 아주 유명했던 사람들이었다. 산 사람과 죽은 사람을 비교하면서 이 모든 순수하고 소박한 덕목들이 손자들에 의해 돈 몇 푼에 팔렸다고 생각하니 전적으로 태연할 수가 없었다. 손자란 사람들은 자신의 표를 팔고 선거를 조작하면서, 궁정에서 배웠을 온갖 부정부패를 일삼았던 것이다.

9장

저자는 말도나다로 돌아옴. 럭낵(Luggnagg) 왕국으로 항해한다. 저자가 갇힌다. 그는 궁전으로 보내진다. 왕의 알현 방식. 백성에 대한 왕의 엄청난 관대함.

우리가 출발할 날이 오자, 나는 글럽덥드립의 족장에게 작별인사를 하고 두 명의 내 친구와 함께 말도나다로 돌아왔다. 이곳에서 2주를 기다리니 럭낵행 배가 출항 준비를 했다. 두 귀족과 다른 몇몇 사람들은 내게 식량을 마련해줄 정도로, 그리고 배에 오르는 나를 배웅해줄 정도로 아주 관대하고 친절했다. 이번 항해를 시작한 지 한 달이 되었다. 우리는 세찬 폭풍우를 만나, 반드시 서쪽으로 방향을 돌려 289㎞ 이상 세력을 펼치고 있는 무역풍에 도달해야 하는 절박한 상황이었다. 1708년 4월 21일, 우리는 럭낵 남동쪽에 위치한 클루멕닉[75] 항구도시의 강을 항해했다. 우리는 그 도시 5㎞ 인근에 닻을 내렸고 수로 안내인에게 신호를 보냈다. 30분도 안 돼 수로 안내인 두 명이 선상에 올라왔다. 가는 길에 있는 아주 위험한 모래사장과 바위 사이를 지나, 한 함대가 도시 성벽에서 1련[76](鏈)이내 떨어진 거리에 안전하게 정박할 수 있는 큰 정박지까지 그 사람들의 안내를 받았다.

---

75 지소(指小) 접미사(duckling, streamlet 등에서 작은 것을 나타내는 어미를 말함)와 함께, 라틴어인 flumen(river)의 언어유희이다.

76 해상 거리를 나타내는 단위, 영 해군에서는 약 185m.

배신인지 실수인지, 선원 몇 사람이 내가 외국인이고 대단한 여행가라고 수로 안내인들에게 알렸고, 그들은 이러한 사실을 세관 관리인에게 보고하여, 내가 착륙하자마자 아주 까다롭게 조사를 하였다. 이 관리인은 매우 활발한 상업 덕분에 그 도시에서 일반적으로 알아들을 수 있는, 특히 선원들이나 세관에 고용된 사람들이 사용하는 발니바르비어로 내게 말했다. 나는 그에게 몇 가지 자초지종을 간단히 설명했고 최대한 그럴듯하면서 일관되게 내 이야기를 들려주었다. 하지만 국적은 속일 필요가 있을 것 같아 네덜란드인이라고 했다. 왜냐하면, 내 목적지는 일본이었고 그 나라에 들어갈 수 있는 유일한 유럽인은 바로 네덜란드인이라고 알고 있었기 때문이었다.[77] 따라서 발니바르비 해안에서 난파를 당한 후 바위에 떠밀려온 나를(그도 종종 들어봤던) 하늘을 나는 섬 라퓨타에서 받아줬고 지금은 일본에 가려고 고군분투하고 있으며, 그곳에서 나는 내 조국으로 돌아갈 편의를 찾을 거라고 세관 관리인에게 말했다. 그는 궁전의 지령을 받을 때까지 나를 감금해야 한다고 말했다. 그것을 위해 그는 즉시 편지를 썼고 2주 이내에 답장을 받기를 바랐다. 나는 편안한 거처로 옮겨졌고 문 앞에는 보초가 서 있었다. 하지만 커다란 정원을 마음대로 돌아다닐 수 있었고 비용은 항상 왕이 대주었기 때문에 충분히 인간적인 대접을 받았다. 들어본 적 없는 아주 먼 나라 출신이라는 소식을 접한 몇몇 사람들이 주로 호기심 때

---

77 심바라(Shimbara) 전투에서 네덜란드인의 도움으로 일본의 로마 가톨릭 폭동(1637~8)이 진압되었고 1638년 이후 네덜란드인과 중국인만이 일본에 들어가도록 허락을 받은 쇄국정책이 시행되었다. 성화를 밟게 하는 후미에(fumi-e)를 포함해서 기독교 말살을 위한 시도가 이 시기에 시작되었는데, 의심 가는 기독교인에게는 억지로 그리스도 상이나 성모마리아 상을 짓밟도록 강요했다.

문에 나를 찾아왔다.

나는 같은 배로 온 한 젊은이를 통역사로 고용했다. 그는 럭낵 출신이지만 수년째 말도나다에서 살아서 양쪽 언어에 두루 능통했다. 그의 도움을 받아 나를 찾아온 사람들과 대화를 나눌 수 있었다. 하지만 그저 그들이 질문하고 나는 대답하는 식이었다.

우리가 예상한 때에 궁전에서 급보가 도착했다. 거기에는 기병 10명이 나와 내 수행원을 '트랄드라덥' 또는 '트릴드록드립'(내가 기억하는 한 이 두 가지 발음이었던 것 같다)까지 안내하라는 허가증이 포함되어 있었다. 내 수행원이라고 해봐야 내가 통역사로 도와달라고 설득했던 젊은이가 전부였다. 나의 간곡한 요청으로 우리는 각자 노새 한 마리씩 타게 되었다. 우리가 떠나기 반나절 전에 왕에게 전령을 보내, 나의 접근을 알리고 왕의 발판 앞에 먼지를 핥는[78] 영광을 가질 수 있는 날짜와 시간을 정해달라고 부탁했다. 이것이 궁정의 법도이며 그것은 형식의 문제 그 이상의 의미가 있다는 것을 알게 되었다. 내가 도착한 지 이틀 후, 허락이 떨어지자마자 나는 엎드려 기어가면서 바닥을 핥으라는 명령을 받았다. 하지만 외국인인 내가 바닥의 먼지 때문에 불쾌하지 않도록 신경 써서 깨끗이 청소된 상태였다. 하지만 이것은 사람들이 알현을 원할 때 상류층 외에는 누구에게도 허락되지 않는 특별한 배려였다. 그뿐 아니라 간혹 알현을 허락받은 사람이 궁전에 강적을 두고 있으면, 바닥에 일부러 흙먼지를 흩뿌려놓기도 한다. 그렇게 왕좌에서 적당히 떨어진 곳까지 기어갔다가 입안에 흙먼지가 가득 차서 아무 말도 못 한 대

78 구약 성서에 나오는 표현. '광야에 사는 자는 그(솔로몬 왕) 앞에 굽히며 그의 원수들은 티끌을 핥을 것이다.'(시편 72장 9정, 참고 이사야서 49장 23절, 미가서 7장 17절).

신을 본 적이 있었다. 이 경우 황제 앞에서 침을 뱉거나 입을 닦는 것은 알현하는 사람에게 중죄이기 때문에 달리 방법이 없다. 사실 관습이 또 하나 있는데, 나는 그것에 전혀 승인할 수 없다. 왕이 관대하면서도 너그러운 방법으로 어느 귀족을 죽이기로 마음먹었을 경우, 그는 바닥에 치명적인 성분이 포함된 특정 갈색 가루를 뿌려 놓으라고 명령하는데, 이 성분을 핥아 먹으면 24시간 이내에 반드시 죽게 되어 있다. 하지만 황제의 훌륭한 자비심과 백성의 생명에 대한 관심(이 점에서 유럽 왕들이 그를 따라 하기를 바라는 마음 간절했다)을 제대로 보여주는 차원에서, 그러한 사형 집행 후 오염된 바닥 구석구석을 깨끗이 닦아내라는 추상같은 명령이 내려지고, 만약 시종들이 이를 소홀히 한다면 그들은 왕의 심기를 불편하게 할 위험이 있다. 나도 시종 한 명을 매질에 처하라는 왕의 명령을 들은 적이 있었는데, 그 시종은 사형 이후 바닥을 닦으라는 지시를 받았지만, 악의적으로 그것을 소홀히 했고, 그 소홀함 때문에 알현하러 온 촉망받는 젊은 귀족이 독을 먹게 되는 안타까운 일이 벌어졌다. 그 당시 왕은 젊은 귀족의 목숨을 빼앗을 계획이 전혀 없었다. 하지만 이 선한 군주는 그 불쌍한 시종이, 특별한 지시 없이는, 더는 그러지 않겠다고 약속을 하자, 매질을 면제해줄 정도로 아주 관대했다.

여담에서 다시 본론으로 되돌아가자. 왕좌로부터 4m도 떨어지지 않은 곳까지 기어가서야, 나는 천천히 고개를 들어 무릎을 꿇고 머리를 바닥에 일곱 번 부딪친 후에, 지난밤에 그들이 내게 가르쳐 준 대로 "익플링 글로후스춥 스쿠트세럼 볼리옵 플라슈날트, 즈윈, 트놋발크럽 슬리오파드 거들룹 아슈트"라고 말했다. 이 말은 왕을 알현하는 모든 사람이 해야 하는, 그 나라 법에 따라 정해진 의례적인 인사말이다. 영어로 옮기면, "거룩한 황제 폐하께서 태양보다 11개월 보름을 더 오래 사시기를 바랍니다."라는 뜻이다. 이 말에 황제는 뭐라 대답했고 나는 그 말이 무슨 뜻인지 알 수 없었지만 지시받은 대로 대답했다. "프럽트 드린 얄리럭 드울덤 프라스트라드 미르플러쉬." 이 말의 정확한 의미는 "내 혀는 내 친구의 입에 있다."인데 이 표현은 내가 통역사를 데리고 올 수 있도록 허락해 달라는 의미였다. 그래서 앞서 언급한 그 젊은이가 소개되었고, 그의 개입으로 한 시간 이상 이어진 왕의 많은 질문에 나는 답변을 할 수 있었다. 나는 발니바르비어로 말했고 내 통역사는 내 말의 의미를 럭낵어로 전했다.

왕은 나와 함께 있어 무척 즐거워했고, 블립마아클럽, 즉 그의 시종장에게 궁전 안에 나와 통역사를 위한 거처를 제공하라고 지시했고, 식사는 일일 비용으로, 그리고 일상적인 경비에는 커다란 금화 지갑을 제공하라고 지시했다.

나는 국왕에게 절대복종하면서 그 나라에 세 달간 머물렀고, 황제는 기꺼이 내게 호의를 베풀었으며 아주 영광스런 제안도 했다. 그러나 나는 내 남은 인생을 아내와 가족과 보내는 것이 좀 더 분별있고 합리적인 행동이라고 생각했다.

10장

칭찬받는 럭낵 사람들. 그 주제와 관련하여 저자와 몇몇 저명한 사람들이 많은 대화를 나누며, 스트럴드브럭을 자세하게 설명한다.

럭낵 사람들은 공손하고 관대한 사람들이며 비록 동쪽 나라 특유한 우월감을 약간 가지고 있긴 하지만 그럼에도 그들은 이방인들, 특히 궁전 사람들이 호의를 보이는 사람들에게 예의 바르게 행동한다. 최고 상류층 사람들과도 많은 친분을 쌓았고 내 통역사가 늘 함께 있기 때문에 대화를 나누는 데 불편함은 없었다.

어느 날, 아주 친한 친구들과 함께 있을 때, 한 고위층 인사가 내게 불멸의 존재인 스트럴드브럭을 본 적이 있는지 물었다. 나는 본 적이 없다고 말하면서 어떤 의미로 필멸의 생명체에게 그런 호칭을 붙였는지 설명해달라고 부탁했다. 그는 내게 말하길, 비록 매우 드물지만, 간혹 가족 중에 왼쪽 눈썹 바로 위 이마에 둥근 빨간 반점을 가진 아이가 태어나기도 하는데 그것은 그 아이가 절대 죽지 않는다는 분명한 표지라고 했다. 그의 말에 따르면, 그 점은 은화 3펜스만 한 크기지만 시간이 흐르면서 점점 커지고 색깔도 변한다고 했다. 열두 살에 초록색으로 변해 계속 유지되다가 스물다섯 살이 지나면서 짙은 파란색으로, 그리고 마흔다섯 살에는 새카맣게 변하면서 크기도 1실링[79] 크기만큼 커지다가 더 이상은 변하지 않는다고

---

79 파운드의 1/20 크기의 영국 동전으로, 1971년에 사용이 중단되었다.

했다. 이렇게 태어난 아기들은 아주 드물어서 이 나라에 사는 스트럴드브럭이라고 해봐야 남녀 통틀어 1,100명을 넘진 않을 거라면서 그중 약 50명은 수도에 살고 그 나머지 가운데 약 3년 전에 태어난 어린 여자아이가 있다고 했다. 이런 아기들은 어떤 가문에만 특정된 것이 아니라 단지 우연의 결과이고 스트럴드브럭인 사람의 자녀들은 나머지 다른 사람들처럼 똑같이 죽는다고 했다.

솔직히 나는 이 이야기를 듣자마자 말로 표현할 수 없는 즐거움에 사로잡혔다. 그리고 그 이야기를 내게 해준 사람이 내가 능통한 발니바르비어를 마침 잘 알고 있었기 때문에, 나는 도저히 참지 못하고 좀 과한 표현들을 쏟아냈다. 나는 기쁨에 넘쳐 소리를 질렀다. 모든 아이가 최소한 불멸의 존재가 될 기회가 있다니 얼마나 행복한 나라인가! 삶의 본보기가 되는 수많은 고대 덕목을 누리며, 그리고 이전 모든 시기의 지혜로 그들을 가르칠 준비가 된 선생님들이 있다니 얼마나 행복한 사람들인가! 하지만 비교도 할 수 없을 정도로 가장 행복한 사람들은 바로 그 특출한 스트럴드브럭인들이다. 인간 본성의 보편적인 재앙을 면제받고 태어난 그들은 죽음에 대한 끊임없는 자각에서 생긴 부담과 정신적 우울 없이 마음이 자유롭고 해방됐으니까. 궁전에서 이 유명한 사람들을 한 명도 본 적이 없다는 것에 나는 의아했다. 이마에 있는 검은 반점은 확연히 눈에 띄기 때문에 그것을 못 보고 그냥 지나칠 수 없을 텐데 말이다. 아주 분별력 있는 폐하가 그렇게 현명하고 유능한 수많은 조언자를 곁에 두지 않을 리 없을 것이었다. 하지만 혹시 그렇게 고귀한 현인들의 미덕이 왕실의 부패하고 방탕한 방식과 어울리기에는 너무 엄격했을지도 모른다. 그리고 젊은이들은 너무 자기주장이 강하고 변덕스러워서 연장자들의 진지한 지시를 받아들이지 않는다는 것을 경험을 통해 익히 알고 있다. 그렇지만 왕은 내가 왕족을 만나는 것을 기꺼이 허락했기 때문에, 나는 이 문제에 대해 솔직하게, 그리고 대체로 내 통역사의 도움을 받아 그 첫 번째 기회에 그에게 내 의견을 전달할 생각이었다. 내 충고를 기꺼이 받아들이든 아니든 한 가지 결심한 게 있다. 왕이 내게 이 나라의 관직을 자주 제안해서, 만약 그들이 나를 기꺼이 인정해준다면 나는 그 호의를 아주 감사하게 받아들이고 스트럴드브럭과 같은 특별한 사람들과 대화를 나누며 이곳에서 평생을 보낼 생각이었다.

발니바르비 말을 잘했기 때문에(이미 언급했다시피) 내가 대화를 나눈 그 귀족은, 대개 무지한 사람에게 보내는 동정에서 나오는 미소를 띠며, 내가 그들과 지낼 기회가 있었으면 좋겠다며, 그리고 내가 한 말을 같이 있는 동료들에게 설명하는 것을 허락해달라고 부탁했다. 그는 그렇게 했다. 그들은 그들의 언어로 얼마간 함께 이야기를 나눴는데, 나는 한마디도 알아들을 수 없을뿐더러, 그들의 표정에서 내 이야기가 그들에게 어떤 영향을 주었는지도 전혀 알아챌 수 없었다. 잠시 침묵이 흐르더니, 아까 그 사람이 자기 친구들과 나의 친구(그는 자신을 이렇게 표현하는 게 바르다고 생각했다)는 영생의 지복과 이점에 대한 내 현명한 의견이 무척 즐거웠다며, 만약 스트럴드브럭으로 태어나는 것이 내 운명으로 정해졌었다면 어떤 인생 계획을 세웠을지 자세하게 알고 싶다고 물었다. 내가 대답하길, 이렇게 엄청나고 즐거운 주제를 주제로 연설하는 것은 쉬운 일이며, 특히, 내가 왕이나 장군, 영주가 된다면 무엇을 할까 하는 상상을 즐겨 하곤 했던 나로서는 바로 이 경우와 관련해서, 내가 만약 영원히 살게 된다면 어떤 일을 하며 시간을 보낼지 전체적인 그림을 자주 그려보곤 했다고 말했다.

"만약 스트럴드브럭으로 이 세상에 태어나는 행운이 내게 주어진다면, 나는 삶과 죽음 사이의 차이를 이해함으로써 내가 복 받은 사람이라는 것을 알아채자마자, 일단 무슨 방법을 쓰든지 재산을 모을 것이다. 절약과 관리 수완으로 그것을 추구하다 보면, 200년 후에는 분명 그 나라에서 가장 부자가 돼 있을 것이다. 그다음, 나는 아주 어릴 때부터 예술과 과학에 전념할 것이고 그 덕분에 학식에 있어 다른 모든 사람보다 월등한 지점에 도달할 것이다. 마지막으로 나는 국민에게 일어나는 중대한 모든 활동과 사건들을 꼼꼼히 기록하고 몇 대에 걸친 군주들과 대신들의 특징 하나하나에 대해 편견 없이 내 생각을 적어나갈 것이다. 관습과 언어, 옷차림, 음식, 오락에 나타난 여러 가지 변화들도 정확하게 적어둘 것이다. 이러한 모든 지식을 통해, 나는 학문과 지혜의 살아있는 보고가 될 것이고 분명 국가의 신관이 될 것이다.

나는 60세 이후 절대 결혼을 하지 않겠지만, 사람들을 극진히 대하고 여전히 절약하며 살아갈 것이다. 내 기억과 경험, 관찰을 통해, 수많은 실례로 입증된 공적 및 사적인 삶에서의 미덕의 유용성을 전도유망한 젊은이들에게 이해시키면서 그들의 사고방식을 형성하고 이끌어주며 즐겁게 지낼 것이다. 하지만 내가 선택한, 변함없는 친구들은 나의 불멸의 형제들일 것이다. 나는 그들 가운데 최고령자에서부터 나와 동시대 사람들까지 12명을 선택할 것이고, 이 중 돈이 없는 사람들이 있으면, 그들에게 내 사유지 주변의 안락한 거처를 제공하고 그들 중 몇몇은 항상 나와 식사를 할 것이다. 하지만 당신

같은 평범한 인간들 가운데 가장 존경할 만한 몇몇 사람들과 어울리기도 할 텐데, 시간이 지남에 따라 그들을 잃는 것도 거의 담담하게 받아들이며 무뎌질 것이다. 작년에 시들어 죽어버리는 꽃 때문에 안타까워하는 일 없이 매년 정원에 피어나는 패랭이꽃과 튤립에 사람들이 즐거워하는 것처럼, 후손들도 그 같은 방식으로 대할 것이다.

이 스트럴드브럭들과 나는 시간이 흐르면서 겪은 우리의 판단과 기억들을 서로 교환하고, 세상 속으로 부패가 잠식해 들어올 때 나타나는 몇 가지 단계적 변화들에 주목하며, 인류에 대한 끊임없는 경고와 지도를 통해 매 단계 부패에 대항할 것이고, 강력한 영향을 줄 수 있는 우리 자신의 실례에 추가함으로써, 당연히 예나 지금이나 불만을 사는, 인간 본성의 그 끊임없는 타락을 막아줄지도 모른다.

이 모든 것과 더불어, 국가와 제국의 다양한 혁명, 상류층과 하류층의 변화, 폐허가 된 고대 도시들, 왕이 사는 곳으로 변한 잘 알려지지 않은 마을들을 보는 즐거움도 있을 것이다. 그리고 유명한 강이 얕은 개울로 줄어들고, 넓은 바다가 말라 해변이 드러나고, 어떤 해변은 수몰되며 여태까지 알려지지 않은 많은 나라를 발견하게 되는 즐거움도 있을 것이다. 아주 품위 있는 나라에 만행이 들끓고 가장 야만적인 나라가 문명화되는 것을 보는 것도 재미있을 것이다. 게다가 경도와 영구 운동, 만병통치약, 그 외에 위대한 발명품이 가장 완벽하게 되는 것을 보게 될 것이다.[80]

---

80 꼭 필요하지만, 종종 불가능하다고 생각됐던, 바다에서 경도를 결정하는 방법이 마침내 1773년 존 해리슨에 의해 만들어졌다. 당시 그는 경도 위원회(Board of Longitude)로부터 2만 파운드의 엄청난 포상금을 받았다.《Dava Sobel, Longitude: The True

오래 살아서 우리가 예측한 것들을 확인하고 태양과 달, 별 운동 변화와 함께 혜성의 진행과 순환을 관찰함으로써 천문학 분야에서 우리가 얼마나 멋진 발견을 이뤄냈는지도 알게 될 것이다."

무한한 생명과 달 아래의 행복의 자연스러운 욕망이 내게 아마 틀림없이 제공할 수 있는 다른 많은 주제를 나는 자세히 설명했다. 내가 마쳤고, 이전처럼 그 이야기의 요점이 나머지 다른 사람들에게 통역되자, 그 나라 언어로 그들 사이에 많은 대화가 오갔고 나를 조롱하며 간간이 웃음이 터지기도 했다. 마침내 통역을 해주었던 그 신사가 말하길, 나머지 사람들은 인간 본성의 흔한 어리석음 때문에 내가 범한 몇 가지 실수를 바로 잡아주고 싶어 하였고, 그것을 받아들일지는 그들의 책임이 아니라고 했다. 그리고 이 스트럴드브럭과 같은 종족은 그들 나라에만 있는 특별한 경우이며, 발니바르비나 일본에는 그런 사람들이 없다고 했다. 영광스럽게 자신이 그 두 나라에 왕의 대사로 임명되었는데, 두 나라 사람들은 그런 일이 가능하다는 것을 도저히 믿으려 하지 않았다. 처음 내게 그 문제를 언급했을 때 내 놀란 모습에서 내가 그것을 아주 신기해하며 거의 믿지 않는 것처럼 보였다고 했다. 그는 위에 언급된 두 왕국에 머무는 동안 많은 대화를 나누면서 장수야말로 인류 보편적인 욕망이며 희망이라는 것을 깨달았다고 했다. 한 발이 무덤 속에 있는[81] 사람이라면 누구나 다른 발은 들어가지 않도록 강경하게 저항한다. 아무

Story of a Lone Genious Who Solved the Greatest Scientific Problem of His Time (Walker, 1995)》을 참고하라. 영구 운동과 만병통치약 역시 당시 과학 연구자들에게 인기 있는 목표였다.

81 one foot in the Grave. '위독해서 오래 못 살 것 같은' 의 뜻.

리 오래 산 사람이라도 여전히 하루라도 더 살기를 바라는 마음 간절하며 죽음을 최고의 적으로 여기는 것으로 보아, 인간이 죽음으로부터 뒷걸음치는 것은 본성이라고 했다. 하지만 계속되는 스트럴드브럭의 실례를 바로 눈앞에서 지켜보는 이 럭낵 섬에서만큼은 삶에 대한 욕구가 그다지 강렬하지 않다고 했다.

내가 상상하는 삶의 방식은 비이성적이며 공정하지 않다고 할 수 있는데, 그것은 젊음과 건강, 열정이 영원하다는 것을 전제로 하기 때문이며, 아무리 터무니없는 기대를 하는 사람이라도 그런 걸 바랄 만큼 어리석은 사람은 없을 거라고 했다. 따라서 문제는 부귀와 건강이 따라오는 젊음의 전성기를 영원히 누리는 것을 선택하느냐가 아니라, 나이가 들면서 나타날 일반적인 모든 불리한 점들 속에서 어떻게 영원한 삶을 이어갈 것이냐는 것이다. 물론 그런 힘든 조건에서 영원히 살고 싶은 사람은 없겠지만, 앞에서 언급한 발니바르비와 일본 두 나라 사람들은 하나같이 죽음을 언젠가 뒤로 미루고 아주 늦게 죽음에 이르기를 바란다는 것을 알았다. 아주 극단의 슬픔이나 고통 때문인 경우를 제외하면 누구한테서도 기꺼이 죽음을 받아들인다는 소리는 들어본 적이 거의 없다고 했다. 그리고 내 조국뿐만 아니라 내가 여행했던 나라에서는 그 같은 일반적인 특징을 보지 못했는지 간청했다.

그는 이런 식으로 말문을 연 후, 그들 속에 있는 스트럴드브럭에 대해 자세히 설명했다. 그들은 대개 30세까지는 보통 인간처럼 행동하다가 그 후 점차 우울해하고 기력이 쇠해지면서 80세가 될 때까지 그런 증상이 점차 심해진다. 그는 이 사실을 스트럴드브럭들의 고백으로 알게 되었다. 그 종족들은 한 시대에 두세 명 정도밖에 태어나지 않는데, 전반적인 관찰을 하기에는 너무 적은 수다. 이 나라에서 삶의 끝이라고 간주하는 80세에 이르면, 스트럴드브럭들은 다른 노인들에게 나타나는 판단력 부족과 병약함뿐만 아니라 절대 죽지 않는다는 끔찍한 전망으로 인한 좀 더 많은 문제점을 지니게 된다. 그들은 고집불통에 짜증을 잘 내고 욕심도 많으며 뚱하고 허영심으로 똘똘 뭉쳐 있고 수다스러울 뿐만 아니라 우정을 나누지도 못하고 모든 자연스러운 감정에 무감각해지면서 손자 아래로는 감정을 느끼지 못한다. 시기와 무기력한 욕망이 그들을 지배하는 감정이다. 하지만 그들이 주로 시기하는 대상은 젊은 사람들의 악행이며 노인들의 죽음이다. 그들은 젊은 사람들의 악행을 바라보면서 자신들은 쾌락의 모든 가능성으로부터 배제되었음을 깨닫게 되고, 장례식을 볼 때마다 가고 싶어도 갈 수 없는 안식처로 떠나는 다른 사람들을 보면서 애통해하며 푸념을 늘어놓는다. 그들은 젊은 시절과 중년 시절에 터득하고 관찰한 것 이외의 어떤 것도 기억하지 못하며 기억한다 해도 아주 어설프다. 어떤 사실에 대한 실체나 자초지종을 알고 싶다면, 그들의 기억력보다 차라리 일반적인 전통에 의존하는 편이 훨씬 안전하다. 스트럴드브럭들 가운데 그나마 가장 덜 불쌍한 사람들을 꼽자면, 망령이 들어 분별력이 전혀 없는 사람이 아닐까 싶다. 이들에게는 다른 스트럴드브럭들이 많이 지닌 고약한 특징들이 없으므로 좀 더 많은 동정과 지원을 받는다.

만약 스트럴드브럭이 자기 종족과 결혼한다면, 두 사람 중 더 젊은 쪽이 80세가 되자마자 국가의 허가로 그 결혼 생활은 자동으로 끝나게 된다. 법적으로 볼 때, 아무 죄도 없이 이 세상에서 영원히 살도록 운명 지어진 사람들에게 아내라는 짐까지 지워 그들의 불행을 배로 늘리는 것은 합당한 특혜가 아니기 때문이다.

그들이 80세라는 기간을 채우면 바로 법적으로는 죽은 사람으로 간주하여 그들의 상속자들에게 그들의 재산이 상속되고, 생계를 위해 아주 적은 수당을 받으며 가난한 사람들은 생활보호 대상자로 살아간다. 이 기간이 지나면, 그들은 신탁이나 이윤을 계속해서 사용할 수 없으며 땅을 사거나 임대차 계약도 할 수 없고, 민사사건이든 형사 사건이든 소송에서 어느 쪽 증인도 될 수 없으며 심지어 경계선 정하는 일조차 증인으로 나설 수 없다. 그들이 90세가 되면, 치아와 머리가 빠진다. 물론 그 나이 때는 미각이 사라지지만 즐거움이나 식욕 없이도 구할 수 있는 것은 뭐든지 먹고 마신다. 그들은 여전히 계속해서 질병에 걸리지만, 딱히 심해지거나 나아지는 경우는 없다. 대화를 나눌 때도 일반적인 사물의 명칭이나 사람 이름, 심지어 가장 가까운 친구나 친척 이름까지도 잊어버린다. 같은 이유로 그들은 독서를 하며 즐거움을 느낄 수 없는데, 첫 문장에서 끝 문장까지 가는 동안 내용을 잊어버리기 때문이다. 이런 약점 때문에, 그렇지 않으면 그들이 누릴 수 있는 유일한 즐거움, 그것마저 빼앗기게 된다.

이 나라의 언어는 언제나 끊임없이 변하고 있기 때문에, 한 세대의 스트럴드브럭들은 다른 세대의 언어를 이해하지 못한다. 200년이 지나면, 보통 인간 이웃들과 일상적인 말 몇 마디 외에는 더 많은 대화를 나눌 수 없으므로 자기 나라에서 외국인처럼 살아가는 불편을 겪게 된다.

여기까지가 내가 거의 기억할 수 있는 스트럴드브럭에 대한 설명이었다. 그 후 나는 다른 연령대의 대여섯 명의 스트럴드브럭을 만났는데, 가장 어린 사람은 200살을 넘지 않았었다. 내 친구를 통해 몇 번 나를 찾아온 그들은 내가 유명한 여행가이고 세계를 두루 여행했다는 이야기를 듣고도 내게 질문을 하고 싶은 생각이 전혀 들지 않는 모양이었다. 그저 기념품의 의미인 슬럼스쿠다스크를 주기만 바랐는데, 사실 그들은 아주 적은 돈이지만 국가로부터 수당을 받고 있었기 때문에 이 방법은 구걸을 엄격히 금지하는 법망을 교묘히 피한, 정중한 구걸 방법이었다.

그들은 모든 사람에게 멸시와 미움을 받았다. 스트럴드브럭이 태어나면 그것을 불길한 징조로 간주했고 그들의 출생은 아주 특별한 방법으로 기록되기 때문에 기록을 찾아보면 그들의 나이를 알 수 있다. 하지만 그 기록은 천 년이 지나면 폐기하고 하다못해 시간이 흐르거나 나라가 혼란스러울 때 파손되기도 한다. 이 경우, 그들이 몇 살인지 계산하는 일반적인 방법은 그들이 기억할 수 있는 왕이나 위인이 누구인지 물어본 다음 역사에 관해 이야기를 나눠보는 것이다. 그들의 기억 속에 남아 있는 마지막 왕은 분명 그들이 80세가 되기 전에 통치했을 테니까. 그들의 모습은 내가 본 것 중 가장 실망스런 모습이었고 여자들이 남자들보다 더 끔찍했다. 엄청나게 나이가 많이 들면서 나타나는 추한 모습에다, 나이에 비례한 송장 같은 몰골까지 더해지면서 말로 형용할 수 없을 정도다. 그리고 내가 만난 대여섯 명은 서로 100~200년 이상 차이가 나진 않았지만 누가 가장 늙었는지 바로 분간할 수 있었다.

독자 여러분은 내가 듣고 본 것을 통해 영원한 삶에 대한 나의 간절한 욕구가 많이 줄어들었다는 것을 쉽게 알 수 있을 것이다. 나는 내가 했던 즐거운 상상들이 진심으로 부끄럽게 느껴졌고 그런 삶이라면 그 어떤 폭군이 만들어낸 죽음이라도 기꺼이 받아들일 것 같았다. 왕은 이 경우에 대해 나와 내 친구들이 나눈 이야기를 전부 듣더니 우리나라 사람들의 죽음 공포에 대한 예방책으로 영국에 스트럴드브럭 한 쌍을 데려가고 싶지 않냐며 아주 즐겁게 놀리듯 말했다. 하지만 이것은 이 나라의 헌법에 의해 금지된 듯했다. 그렇지 않았다면 나는 그들을 영국으로 데려가는 수고와 비용을 기꺼이 감수했을 것이다.

나는 스트럴드브럭에 관한 이 나라의 법이 아주 확실한 근거에 바탕을 둔 것이며, 다른 나라라 해도 똑같은 조건으로 법을 제정할 수밖에 없음을 인정하지 않을 수 없었다. 만약 그렇지 않았다면, 나이가 들수록 필연적으로 나타나는 탐욕 때문에 영원히 사는 스트럴드브럭들은 조만간 나라 전체를 차지하게 되고 민심을 장악하지만 관리 능력 부족으로 결국 사회를 엉망으로 만들고 말 테니까.

11장

저자는 럭낵을 떠나 일본으로 항해한다. 일본에서 네덜란드 선박을 타고 암스테르담을 거쳐 영국으로 돌아간다.

나는 이 스트럴드브럭의 이야기가 독자 여러분에게 어느 정도 재미를 주었을 거로 생각한다. 왜냐하면, 일반적인 방식에서 조금 벗어난 것처럼 보이기 때문이다.[82] 적어도 내 손에 들어왔던 그 어떤 여행기에서도 이런 얘기를 읽어본 기억이 없다. 혹시 내가 착각하는 거라면, 그래도 이렇게 변명하고 싶다. 여행가들이 같은 나라를 기술하다 보면 똑같은 이야기를 자세하게 얘기하는 경우가 종종 있기 때문에, 자기보다 먼저 여행기를 쓴 사람의 글을 무단 빌렸다거나 베꼈다는 비난을 받을 이유는 없다고 말이다.

사실 이 나라와 일본이라는 큰 제국 사이에 끊임없이 교역이 이뤄지고 있어 일본 작가들이 아마 스트럴드브럭에 대해 이야기했을 개연성이 아주 높다. 내가 일본에 머문 기간이 너무 짧았고 일본어에 대해서는 완전 문외한이었기 때문에 나는 그 어떤 질문도 할 수 없었다. 하지만 이 점과 관련하여 네덜란드인들이 호기심을 갖고 내 부족한 부분을 충분히 충족시켜 주리라 기대한다.

내게 궁전에서 일을 맡아보라고 자주 권했던 폐하는 내가 조국

82 Tunner는 Pliny와 Lucian의 말을 인용하면서, 장수에 대한 이야기는 여행기에 다반사로 등장하는 것이라고 지적한다.

으로 돌아갈 결심을 확고하게 굳혔다는 것을 알게 되자, 기꺼이 떠날 수 있도록 허락해주었고 영광스럽게도 일본 황제에게 보내는 추천장을 손수 써주었다. 또한, 커다란 금덩어리 444개(이 나라는 짝수를 좋아했다)와 함께 내가 영국에서 1,100파운드에 팔았던 빨간 다이아몬드 한 개를 선물로 하사했다.

1709년 5월 6일, 나는 폐하를 비롯한 내 모든 친구와 엄숙한 분위기에서 작별인사를 했다. 군주는 근위병을 불러 이 섬의 남서쪽에 위치한 항구도시 글란겐스탈드까지 나를 안내하도록 지시할 만큼 자애로운 사람이었다. 6일 후, 나를 일본으로 데려다 줄 채비를 마친 배 한 척을 발견했고 15일 동안 항해를 했다. 우리는 일본의 남동쪽에 위치한 사모시(Xamoschi)[83]라는 조그마한 항구 도시에 상륙했다. 북쪽으로 길게 뻗고 바다의 긴 줄기와 합류하는, 좁은 해협의 서부에 이 도시가 있고 거기서 북서부에 에도[84]라는 대도시가 있었다. 착륙한 나는 세관 관리인에게 럭낵의 왕이 일본 황제에게 보내는 추천장을 보여주었다. 그들은 내 손바닥만 한 크기의 넓은 그 옥새를 대번에 알아봤다. 옥새에는 '절름발이 거지를 땅에서 일으킨 왕'이라고 새겨져 있었다. 내 추천장 이야기를 전해 들은 도시의 행정관리들은 내게 대사 대접을 해주었다. 그들은 내게 마차와 시종을 제공해주었고 에도까지 가는 비용을 대주었다. 그곳에서 나는 알현을 허락받고 내 추천장을 전달했는데, 성대한 의식과 함께 추천장이 개봉되었고 어느 통역사가 황제에게 그 편지 내용을 설명

---

83 아마 조시(Choshi)가 아닐까 싶은데, 이곳은 에도의 무역로에 있는 항구도시지만 북서쪽에 자리 잡고 있다.

84 도쿄의 옛 이름.

해주었다. 그 뒤 황제의 지시에 따라 통역사는 나의 청을 전했고 그것이 무엇이든 형제의 나라 럭낵을 위해 그 청이 받아들여질 것이라고 내게 알려주었다. 이 통역사는 네덜란드인들과의 교역을 위해 고용된 사람이었는데, 나의 얼굴을 본 그는 내가 유럽인이라고 추측했고 따라서 자기가 완벽하게 구사하는 현대 네덜란드어로 황제의 지시를 다시 말해주었다. 나는(내가 이전에 결심했던 대로) 내가 네덜란드 상인이며 아주 먼 나라에서 배가 난파되었고 그곳에서 바다와 육지를 여행하다가 럭낵 섬에 이르러 이렇게 배를 타고 일본까지 오게 되었다고 설명했다. 나는 우리나라 사람이 종종 일본과 무역을 한다는 것을 알고 있기에 그 사람들과 함께 유럽으로 돌아갈 기회를 얻었으면 좋겠다고 했다. 그리고 나를 낭가삭[85]까지 안전하게 안내하라는 분부를 내려 달라고 국왕에게 정중히 부탁했다. 이에 덧붙여, 무역을 위해서가 아니라 사고 때문에 럭낵으로 가게 된 것이기 때문에, 나의 후원자인 럭낵 왕을 봐서라도 네덜란드인들에게 십자가를 짓밟으라고 강요하는 그 의식을 내게는 면제해주는 은혜를 베풀어달라고 간청했다. 통역사가 나의 추가 부탁을 황제에게 전하자, 황제가 약간 놀라는 듯하더니 이 점에 대해 꺼린 네덜란드인은 내가 처음인 것 같다면서 내가 진짜 네덜란드인인지 아닌지 긴가민가하기 시작했고 내가 혹시 기독교인이라고 상당히 의심하는 눈치였다. 그러나 내가 들려준 이유 때문이기도 하겠지만, 무엇보다 특별한 호의 표시로 럭낵 왕을 기쁘게 해주기 위해, 황제는 내 남다른 기행을 이해하되 이 문제는 빈틈없이 처리해야 했기

85 나가사키. 1636년 이후 외국 선적을 위한 항구.

때문에 관리자들에게 깜박하고 그냥 넘어간 걸로 하라고 지시를 내렸다. 만약 네덜란드인들에게 그 비밀이 탄로 나는 날에는, 그들이 항해 시 내 목을 잘라 버릴 거라고 그는 장담했다. 나는 통역사를 통해 너무나도 특별한 호의에 대한 감사의 말을 전했고 그 당시 몇몇 군대가 낭가삭을 향해 행군하고 있었기 때문에 사령관은 십자가와 관련된 예식에 대한 특별 지시와 함께, 나를 그쪽으로 안전하게 안내하라는 명령을 받았다.

1709년 6월 9일, 나는 힘들고 긴 여정 끝에 낭가삭에 도착했다. 나는 바로 450톤급의 튼튼한 선박인 암스테르담 행 암보이나[86]호에 소속된 네덜란드 선원 몇 명과 친해졌다. 나는 장기간 네덜란드에 살았었고 레이든에서 학업을 계속해서 네덜란드 말도 썩 잘했다. 선원들은 이내 내가 어디에서 왔는지 알게 되었고 그들은 나의 항해와 인생행로에 대해 물어보고 싶어 했다. 그래서 나는 가능한 한 짧고 그럴듯하게 이야기를 해주었지만 가장 중요한 부분은 말하지 않았다. 나는 네덜란드인들을 많이 알았고 내 부모님의 이름도 지어낼 수 있었다. 나는 선원들에게 겔더랜드 지방에 사는 미천한 사람인 척했다. 그리고 선장(테오도로스 판그룰트[87])에게 나를 네덜란드까지 태워달라고 부탁하기 위해 그가 원하는 것을 주려고 했다. 하지만 내가 외과 의사라는 것을 알게 된 그는 내 직업을 통해 자기를 도와주는 조건으로 원래 가격의 반을 받는 것으로 만족해했다. 우리가 항해하기 전, 몇몇 선원들이 위에 언급된 의식을 치렀는지 내

86 1623년 네덜란드인들이 악명 높은 고문으로 영국 무역상들을 방해했던 동인도의 어느 섬 이름.

87 아마도 독일어 greuel(공포, 분노)과 관련된 말인 것 같다.

게 물었다. 나는 모든 사항에 대해 황제와 궁중 사람들을 만족하게 했다고 대충 얼버무리면서 그 질문을 피해갔지만, 어느 악질적인 하급 사환이 한 선원에게 가서 나를 가리키며 내가 십자가를 아직 밟지 않았다고 고자질했다. 그러나 나를 내버려 두라는 지시를 받은 다른 선원이 대나무로 녀석의 어깨를 스무 대나 내리친 후 나는 더는 그런 질문으로 난처해지지 않았다.

이 항해에서는 특별히 언급할 만한 사건이 없다. 우리는 순풍 덕분에 희망봉까지 항해했고 그곳에서 신선한 물을 구하기 위해 잠시 머물렀다. 항해 도중 병으로 세 사람이 목숨을 잃었고 기니 해안에서 얼마 떨어지지 않은 곳에서 한 사람이 앞 돛대에서 바다로 떨어지는 사건도 있었지만, 4월 6일 우리는 무사히 암스테르담에 도착했다. 나는 암스테르담에 도착하자마자 그 도시에 소속된 작은 선박을 타고 영국으로 향했다.

1710년 4월 10일, 우리는 다운즈에 입항했다. 다음 날 상륙한 나는 만 5년 6개월 동안 떠나 있다가 다시 조국을 보게 되었다. 나는 곧장 레드리프로 향했고 그 날 오후 2시 그곳에 도착해서 건강하게 잘 지내는 아내와 가족을 만났다.

3부 끝

4부

휴이넘 나라 여행

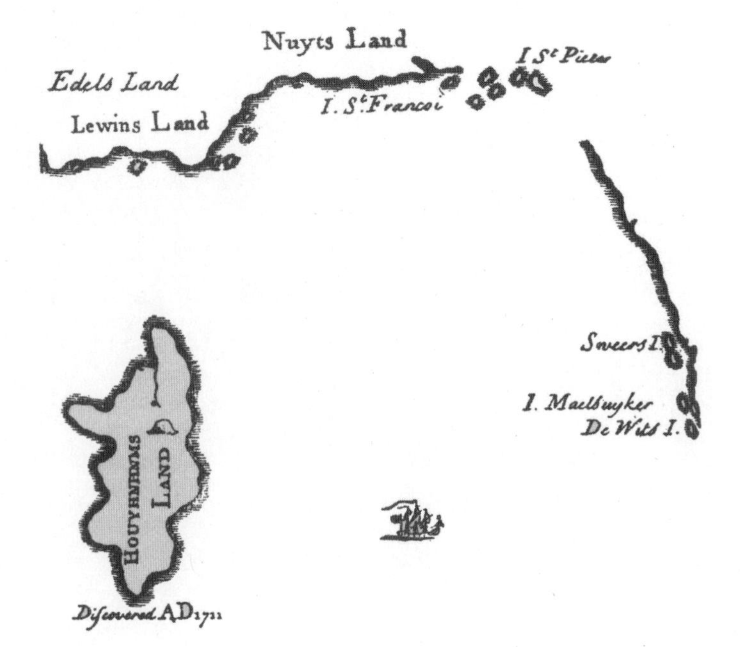
Plate.VI Part.IIII. Page.I
Nuyts Land
I St Piete
Edels Land
I. St Francoi
Lewins Land
Sweers I.
I. Maelbuyker
De Wits I.
HOUYHNHNMS LAND
Discovered A.D. 1711

1장

저자는 어느 배의 선장으로 항해한다. 선원들은 그에 대항하여 음모를 꾸미고 그를 장기간 선장실에 감금하더니 낯선 나라 해안에 그를 내려놓는다. 그는 그 나라를 여행한다. 야후[01]라는 이상한 종류의 동물에 대해 설명한다. 저자는 두 휴이넘[02]과 만난다.

나는 다섯 달 내내 아내, 아이들과 함께 집에서 아주 행복하게 보낸 덕분에 내가 언제 더할 나위 없이 행복한지 깨달을 수 있었다. 나는 임신하여 배가 불룩한, 불쌍한 아내를 놔두고 나를 350톤급 웅장한 상선 어드벤처호의 선장으로 만들어주겠다는 솔깃한 제안을 받아들였다. 나는 항해술에 능통했기에, 바다에서 외과의사로 일하는 데 점점 염증을 느끼던 터라, 그렇지만 간혹 하긴 했지만, 그 일을 할 노련한 젊은 의사로 로버트 퓨어포이[03]를 내 배로 끌어들였다. 우리 배는 1710년 8월 2일 포츠머스 항을 출발했고 8월 14일에 테너리프에서 브리스톨 출신의 포코크 선장을 만났는데, 그는 로그우드[04]

01 Clark는 이 단어를 말이 콧소리를 빼고 히힝거리는 소리의 다른 형태라고 말한다.(P622) 중복은 스위프트가 만든 단어들에서 두드러지게 나타나는 현상이기 때문에 야후는 당신(you)이나 인간(human)일 수 있다.

02 이 이름은 human의 음소적 맥락 안에서 말들이 만들어낸 히힝거리는 소리를 구체화한 것일 수 있다.

03 글자 그대로 하면 '진정한 믿음'이고, Turner가 지적했듯이 청교도의 언어유희이다.

04 로그우드는 아주 촘촘하고 단단한 결을 가지고 있으며 동인도와 서인도 두 곳에서 자란다. 하지만 캄페체만 해안만큼 많이 자라는 곳은 없다. 최근에는 의약품으로도 사용되며 탁월한 수축제로 알려졌다.(존 힐의 《Materia Medica》에서 인용) 캄페체만은

를 베기 위해 캄페체만으로 가던 중이었다. 16일, 그는 폭풍우 때문에 우리와 헤어졌고 귀국 후, 나는 그의 배가 침몰하여 사환 한 명을 제외하곤 아무도 살아남지 못했다는 소식을 들었다. 그는 정직한 사람이었고 훌륭한 선원이었지만 자신의 의견을 너무 고집하는 편이었다. 여러 다른 이유들도 있겠지만, 그것이 그의 파멸의 원인이었다. 만약 그가 내 충고를 따랐다면, 지금쯤 나와 마찬가지로 가족과 함께 고향에서 안락하게 지내고 있었을 텐데 말이다.

내 배에서도 일사병으로 선원 몇 명이 죽어 나가는 바람에, 어쩔 수 없이 바베이도스와 리워드 군도[05]에서 선원을 모집했다. 나를 고용했던 상인들의 지시에 따라 그곳에 도착했지만 정말 후회막심이었다. 그들 대부분이 해적이라는 사실을 나중에서야 알게 되었기 때문이다. 내게는 50명의 선원이 있었다. 난하이(South-Sea)에서 인도 사람들과 교역을 하면서 새로운 항로를 뚫어보라는 지시를 받았다. 내가 뽑은 이 악당들은 다른 선원들을 타락시켰고 배를 빼앗고 나를 감금하려는 음모를 꾸몄다. 그들은 어느 날 아침 그 일을 감행하여, 내 선실로 쳐들어와 내 손과 발을 묶은 다음 말썽을 일으키면 바다로 던져 버리겠다고 협박했다. 나는 포로이며 시키는 대로 하겠다고 그들에게 말했다. 그들은 내게 이를 맹세하게 한 다음 풀어줬지만, 다리 한쪽을 침대 근처에 있는 사슬에다 꽁꽁 묶었다. 그리고 장전된 총을 든 보초를 선실 문 앞에 세워뒀는데 만약 내가 탈출

멕시코의 유카타 반도 동쪽에 접해 있는 멕시코 만의 작은 만이다.

05 버진 아일랜드와 세인트 마틴 섬, 몬트세라트섬을 포함한 소(小)앤틸리스 열도의 가장 북단에 위치한 섬으로, 서인도에 있는 바베이도스에서 북북서쪽으로 약 200~300마일 떨어진 곳에 있다.

을 시도하면 쏴 죽이라는 명령이 내려졌다. 그들은 내게 먹을 것과 마실 것을 내려 보내 주었고 배를 장악했다. 그들의 계획은 해적으로 돌변하여 스페인 사람들을 약탈하는 것인데, 사람들을 좀 더 모을 때까지는 그렇게 할 수 없었다. 그래서 우선 그들은 배에 있는 물건들을 판 다음 마다가스카르로 가서 선원을 모집하기로 했다. 내가 감금된 이후 선원 중 몇 명이 죽었기 때문이다. 그들은 수 주 동안 항해를 하면서 인도 사람들과 거래를 했지만 나는 그들이 어떤 항로로 가고 있는지 알지 못했다. 나는 선실에 갇힌 포로 신세였고 그들이 종종 나를 협박해서 그야말로 살해당할지도 모른다는 생각에 빠져 있었기 때문이다.

1711년 5월 9일, 제임스 웰치라는 사람이 내 선실로 내려와서는 나를 해안가에 내려 주라는 선장의 명령을 받았다고 했다. 나는 이의를 제기했지만 아무 소용없었다. 그는 새로운 선장이 누구인지조차 알려주지 않았다. 그들은 내게 새것처럼 좋은 최상품 옷을 입게 해주고 작은 속옷 꾸러미도 챙겨주었지만, 단검 이외에는 어떤 무기도 주지 않은 채 강제로 나를 대형 보트에 태웠다. 그리고 내 주머니를 뒤질 만큼 무례하지는 않아서, 나는 약간의 돈과 다른 필수품들을 주머니에 넣어서 나왔다. 그들은 5km 정도 노를 저은 다음, 바닷가에 나를 내려주었다. 나는 그곳이 어느 나라인지 말해달라고 부탁했다. 그들은 맹세코 자기들도 나처럼 잘 모른다면서, 물건들을 판 후 처음으로 발견한 육지에 나를 버리기로 선장이라는 사람이 결정했다고만 귀띔해주었다. 그들은 내게 밀물에 휩쓸리지 않도록 서두르라고 충고했고 작별인사를 한 후 바로 떠나버렸다.

이 암울한 상황에서 나는 앞으로 걸어갔고 이내 단단한 땅에 이르렀다. 나는 그곳 경사면에 앉아 휴식을 취했고 내가 할 수 있는 제일 나은 방법이 무엇인지 고민했다. 좀 기운을 차린 나는 맨 처음 만난 미개인에게 제 발로 가서 팔찌와 유리 반지, 그 외에 선원들이 보통 항해할 때 가지고 다니는 자질구레한 장신구들(내게도 조금 있었다)을 주면서 목숨을 구할 작정을 하고 그 나라로 들어갔다. 자연적이나, 제멋대로 자라 길게 줄 지어선 나무들에 의해 그 나라는 갈라져 있었다. 풀들이 무성하게 자라 있었고 귀리밭도 여기저기 눈에 띄었다. 나는 뒤쪽이나 양옆에서 기습을 해오거나 화살이 갑자기 날아올까 봐 아주 주의하며 걸었다. 잘 다져진 길로 들어선 나는 그곳에서 많은 사람 발자국을 보았는데, 소 발자국도 있었지만 말 발자국이 대부분이었다. 마침내 들판에서 동물 여러 마리를 발견했고, 같은 종류의 동물 한두 마리가 나무에 앉아있는 것도 보았다. 녀석들의 모습은 아주 특이했고 좀 당황스러울 정도로 흉측했다. 그래서 나는 녀석들을 좀 더 잘 관찰하기 위해 덤불 뒤쪽에 엎드렸다. 녀석 중 몇 마리가 내가 엎드려 있는 근처로 다가온 덕분에 나는 녀석들의 모습을 확실하게 살펴볼 기회가 생겼다. 녀석들의 머리와 가슴은 두꺼운 털로 덮여 있었는데 곱슬곱슬한 것도 있었고 쭉 뻗은 것도 있었다. 녀석들은 염소처럼 수염이 나 있고, 털이 등 아래로 난 긴 등줄기와 다리와 발 앞부분에도 기다란 털이 있지만, 나머지 다른 부분에는 없기에, 나는 녀석들의 황갈색 가죽을 볼 수 있었다. 녀석들은 꼬리도 없었고 엉덩이 부분에도 털이 전혀 없었다. 단, 항문 주변은 예외였는데 녀석들이 땅바닥에 앉을 때 그곳을 보호하기 위해 자연적으로 발생한 것 같았다. 녀석들은 이 자세로 있곤 했지만 누워 있거나 종종 뒷발로 서 있기도 했다. 녀석들은 다람쥐처럼 날렵하게 나무 꼭대기로 올라갔는데, 앞뒤 발톱들이 튼튼하고 넓게 퍼져 있으며 갈고리 모양으로 끝이 뾰족했다. 이따금 상당히 민첩하게 통통 튀어 오르거나 높이 뛰어오르기도 했다. 암컷들은 수컷만큼 크진 않았고 머리에 길게 쭉 뻗은 털이 나 있었다. 하지만 얼굴에는 털이 전혀 없었고 항문과 외음부 주변을 제외한 나머지 부분에도 일종의 솜털 그 이상은 아무것도 없었다. 암컷들의 젖꼭지는 앞발 사이에 달려 있었고 걸어 다닐 때 거의 땅에 닿을 정도였다. 녀석들의 털 색깔은 갈색, 빨간색, 검은색, 노란색 등 여러 가지였다. 대체로, 나는 여행을 하면서 이렇게 호감이 안 가는 동물은, 이렇게 저절로 지독한 반감을 느끼게 하는 동물은 본 적이 없었다. 멸시와 혐오감에 휩싸인 채, 볼 만큼 봤다고 생각한 나는 자리에서 일어나 잘 다져진 길을 따라 걸으며 이 길이 나를 어떤 인디언의 오두막으로 인도하길 바랐다. 얼마 안 가니, 아까 봤던 동물 중 한 마리가 가는 길을 막고 내게 똑바로 다가오고 있었다. 그 못생긴 괴물은 나를 보더니 자기 얼굴을 마구 일그러뜨렸고 전에 한 번도 본 적 없는 어떤 물건을 보듯 빤히 쳐다보았다. 그러더니 점점 가까이 다가와서 제 앞발을 들어 올렸는데, 호기심 때문인지, 위협하려고 한 건지는 알 수 없었다. 하지만 나는 단검을 뽑아 보기 좋게 칼등으로 녀석을 쳤다. 만약 내가 가축을 죽이거나 불구로 만들었다는 것을 주민들이 알게 되면 내게 화를 낼까 봐 두려워 감히 칼날 쪽으로 녀석을 칠 수 없었다. 그 짐승은 고통을 느끼자 뒤로 물러서면서 큰 소리로 울부짖었는데, 옆쪽 들판에 있던 최소한 40마리의 가축들이 내 주변으로 떼로 몰려오더니 끔찍한 표정을 지으며 울부짖었다. 그래서 나는 어떤 나무로 달려가 그곳에 등을 기댄 채 단검을 휘두르며 녀석들이 다가오지 못하게 했다. 이 성질 고약한 무리 중 몇 마리가 뒤쪽 나뭇가지를 잡고 나무 위로 올라갔고 그곳에서 내 머리에 배설물을 싸기 시작했다. 나는 나무줄기에 딱 붙어 그것을 기가 막히게 피하긴 했지만, 내 주변 사방에 떨어져 있는 오물 때문에 거의 질식할 지경이었다.

그런데 이러한 곤경에 처해 있을 때 돌연 녀석들이 잽싸게 도망가는 모습을 보았고, 그제야 나는 용기를 내어 나무에서 내려와 길을 따라 걸으며 무엇이 녀석들을 그렇게 기겁하게 하였는지 궁금해 했다. 하지만 왼쪽을 쳐다보던 나는 들판에 말 한 마리가 천천히 걸어가는 것을 보았다. 나를 괴롭히던 녀석들이 줄행랑을 친 건 말을 발견했기 때문이었다. 내게 가까이 다가온 말은 약간 놀랐지만 이내 정신을 차리고 신기하다는 듯한 표정으로 내 얼굴을 똑바로 바라보았다. 녀석은 내 주변을 몇 번이나 돌면서 내 손과 발을 살펴보았다. 나는 내 길을 가고 싶었지만, 녀석이 그 길에 떡 버티고 서있었다. 물론 아주 선한 표정으로 바라보았고 난폭한 모습은 전혀 보이지 않았다. 우리는 서서 얼마간 서로 뚫어지게 쳐다보다가 마침내 나는 용기를 내서 녀석을 쓰다듬어줄 생각으로, 기수들이 낯선 말을 다룰 때 흔히 사용하는 방법으로 휘파람을 불면서 녀석의 목에 손을 갖다 댔다. 하지만 이 동물은 나의 예의 바른 행동을 무시하는 것으로 받아들였는지, 머리를 흔들고 눈썹을 찡그리더니 오른쪽 앞발을 살며시 들어내 손을 치웠다. 그런 다음 서너 번 히힝 하고 울었는데, 그 울음소리의 억양이 너무 색달라서 그가 어떤 말의 언어로 혼잣말하고 있다는 생각이 들 정도였다.

그렇게 녀석과 내가 서로 신경전을 벌이고 있을 때, 다른 말 한 마리가 다가왔다. 녀석은 아주 정중한 태도로 첫 번째 말에게 궁금한 듯 다가왔고 녀석들은 서로의 오른쪽 발굽을 앞으로 내밀어 가볍게 툭툭 치더니 교대로 여러 번 울부짖었다. 소리가 다양해서, 흡사 이야기를 나누는 것 같았다. 녀석들은 마치 몇 발자국 떨어져 어떤 중요한 문제에 대해 의논을 하는 사람들처럼 나란히 걷다가 앞서거니 뒤서거니 걸었다. 하지만 내가 도망치지는 않을까 감시를 하는 듯 내 쪽으로 시선을 자주 돌리곤 했다. 나는 이 짐승 같은 동물들의 그런 동작과 행동을 보고 깜짝 놀랐는데, 만약 이 나라 국민들이 이에 비례한 이성을 지니고 있다면 그들은 틀림없이 지구 위에서 가장 현명한 사람들일 거라고 결론을 내렸다. 이렇게 생각하니 마음이 무척 편해졌다. 나는 두 마리의 말이 서로 즐겁게 이야기를 나누도록 놔둔 채, 집이나 마을을 발견할 때까지, 혹은 주민들을 만날 때까지 계속 가보기로 했다. 하지만 회색에 검은 얼룩무늬가 있는 첫 번째 말이 내가 도망치는 것을 알아채고는 아주 의미심장한 소리로 울어댔고, 나는 녀석이 무슨 말을 하는지 알아들을 것만 같았다. 그 때문에 나는 뒤를 돌아보았고, 녀석에게 다가가서 녀석의 다른 지시를 기다렸다. 단, 될 수 있는 대로 내 두려운 속내를 숨기려 애썼다. 나는 이 모험이 어떻게 끝나게 될지 걱정스러워지기 시작했기 때문이다. 게다가 독자 여러분은 내가 현 상황을 무척 달가워하지 않은 것을 쉽게 알 수 있을 것이다.

두 마리의 말은 내게 가까이 다가오면서 아주 진지하게 내 얼굴과 손을 쳐다보았다. 회색 말이 오른쪽 앞발로 내 모자 주변을 문질러댄 바람에 모자가 아주 많이 뭉개졌다. 그래서 나는 모자를 벗어 제대로 바로잡은 다음 다시 모자를 썼다. 그 행동에 대해 녀석과 녀석의 친구 밤색 말은 무척 놀라는 것처럼 보였다. 밤색 말은 내 외투의 밑단을 만져보고 그것이 내 몸에 늘어져 있는 것을 알아채고는 새삼 신기하다는 듯한 표정으로 쳐다보았다. 녀석은 내 오른손을 어루만지며 부드러움과 색깔에 감탄하는 것 같았다. 하지만 자기 발굽과 발목 사이에 내 손을 놓고 아주 힘껏 짓누르는 바람에 나는 괴성을 지르지 않을 수 없었다. 그 후 두 녀석은 가능한 한 아주 주의해서 살살 만졌다. 녀석들은 내 신발과 양말에 대해 무척 당황스러워했는데, 그것들을 자꾸 만지면서 서로 히히거리며 울부짖었고 다양한 행동을 보였다. 마치 철학자가 신기하고 까다로운 현상들을 해결하고자 할 때 하는 행동과 별반 다르지 않았다.

이 동물들의 행동은 대체로 아주 규칙적이고 합리적이었으며 아주 예리하고 신중했기 때문에, 급기야 나는 녀석들이, 어떤 계획 때문에 변신한 마법사가 틀림없을 거라는 결론을 내렸다. 도중에 낯선 사람을 보자 기분전환 삼아 그를 놀리고 싶어진 거다. 그렇지 않으면 어쩌면 습성이나 성격, 생김새에 있어서 아주 멀리 떨어진 지역에 사는 인간들과 너무 다른 모습에 실제로 깜짝 놀랐는지도 모른다. 나는 이런 추론의 힘에 의지하여 감히 다음과 같은 방법으로 그들에게 말을 걸었다. "여러분! 내가 확실하게 믿고 있듯이, 만일 여러분이 마법사라면 어떤 언어라도 알아들을 수 있을 것이다. 그래서 실례를 무릅쓰고 당신의 국왕에게 이 말을 전했으면 한다. 나는 운 나쁘게도 당신들의 해안까지 떠밀려와 괴로워하는 불쌍한 영국인이다. 여러분한테 한 가지 청이 있는데 진짜 말처럼 나를 등에 태워 나를 도와줄 만한 집이나 마을로 데려다 주셨으면 한다. 그 호의에 대한 보답으로 나는 여러분에게 이 칼과(주머니에서 꺼내 보이며) 팔찌를 선물로 드리겠다." 두 동물은 내가 말을 하는 동안 잠자코 서 있었는데, 마치 아주 집중해서 듣는 것처럼 보였다. 내가 이야기를 마쳤을 때 그들은 마치 심각한 대화를 나누는 듯 서로 향해 자주 히히거리며 울부짖었다. 나는 그들의 언어가 감정을 아주 잘 표현할 뿐만 아니라 별 어려움 없이 중국어[06]보다 더 쉽게 알파벳으로 바꿀 수 있다는 것을 확실히 알아차렸다.

나는 야후라는 단어를 자주 들었는데, 그들이 서로 그 단어를 여러 번 되풀이했다. 그 단어의 뜻이 무엇인지 추측할 순 없었지만 두 마리의 말이 분주하게 대화를 나누는 동안 나는 이 단어를 우리말로 연습하려고 애를 쓰다가, 녀석들이 조용해지자마자 용기를 내서 큰 목소리로 야후라고 말했고 그와 동시에 말의 힝힝거리는 소리를 가능한 한 비슷하게 흉내 냈다. 그러자 녀석들은 화들짝 놀랐다. 회색 말은 똑같은 단어를 두 번 더 되풀이했는데, 마치 내게 올바른 악센트를 가르쳐주는 것 같았다. 나는 그의 발음을 그대로 따라 하려고 애썼고 완벽하다고는 할 수 없지만 그래도 매번 좋아지는 것을 인지할 수 있었다. 그러자, 이번에는 밤색 말이 아까 발음보다 훨씬 더 어려운 두 번째 단어를 내게 들려줬다. 영국 철자법으로 그 단어를 바꾸자 휴이넘이라는 철자가 만들어졌다. 이 단어는 처음 단어만큼 발음이 잘 안 되었지만 두세 번 더 시도하자 다행히도 훨씬 좋아졌다. 그리고 두 녀석은 내 능력에 놀라워하는 것처럼 보였다.

---

06 중국어의 다양한 특징들은 그것을(17세기에 언어 연구자들의 꿈이었던) 만국 공통어로 채택하는데 걸림돌이 되는 것처럼 보였다. (James Knowlson, Universal Language Schemes in England and France 1600-1800 [University of Toronto Press, 1975], pp.24-7).

두 친구는 나와 관련된 이야기를 좀 더 나누는 것 같더니, 서로의 발굽을 부딪치며 아까와 같은 인사말을 나눈 후 작별을 고했다. 그리고 회색 말은 내게 앞서 걸어가라는 신호를 보냈다. 그 점에서 나는 좀 더 나은 안내인을 찾을 때까지 순순히 따르는 것이 현명할 것 같았다. 내가 천천히 걷겠다고 말하자, 녀석은 "후운후운"하며 울부짖었다. 나는 그 의미를 짐작했지만 내가 너무 지쳐 더 빨리 걸을 수 없다는 것을 가능한 한 잘 이해시켰고 녀석은 내가 쉴 수 있도록 잠시 멈춰 서곤 했다.

2장

저자가 휴이넘의 집으로 안내받다. 그 집을 설명한다. 저자를 접대하는 방식, 휴이넘들의 음식. 고기를 먹고 싶어 괴로워했던 저자는 마침내 고통에서 벗어난다. 이 나라의 식사 예절.

약 5*km* 정도 이동하자 기다란 건물에 도착했는데, 건물은 땅에 박은 목재를 가는 나뭇가지로 엮었다. 지붕은 낮고 지푸라기로 덮여 있었다. 그제야 나는 조금 안심이 되기 시작해서, 보통 여행자들이 미국이나 다른 지역의 미개한 인디언들에게 선물로 주려고 지니고 다니는 장난감을, 그 집 사람들이 나를 친절하게 대해주기를 바라면서, 몇 개를 꺼냈다. 회색 말이 내게 먼저 들어가라는 신호를 보냈다. 매끄러운 진흙 바닥이 있는 커다란 방이었다. 선반과 여물통이 한쪽을 다 차지하고 있었다. 작은 말 세 마리와 암말 두 마리는 아무것도 먹지 않고 있었지만, 그들 가운데 몇 마리는 엉덩이와 허벅지를 대고 앉아 있었는데 나는 그 모습에 몹시 놀랐다. 하지만 나머지 말들이 집안일을 하는 것을 보고는 더욱 놀랐다. 보기에는 그저 평범한 가축들 같았다. 하지만 이런 모습은 '미개한 동물들을 이렇게 문명화시킬 수 있는 사람이라면 세상 어느 나라의 현자보다도 뛰어날 거라는 나의 첫 번째 생각'에 확신을 심어주었다. 회색 말이 바로 뒤따라 들어와서 다른 말들이 내게 가할지도 모를 괴롭힘을 막아주었다. 그는 권위 있는 태도로 그들에게 여러 번 울부짖었고 그들의 응답을 받았다.

이 방 너머에 세 개의 다른 집이 있는데, 크기가 그 집 길이만 하고, 거기에 도달하기 위해서는, 가로수 길 방식으로 서로 마주 보고 있는 문 세 개를 통과해야 했다. 우리는 두 번째 방을 지나 세 번째 방으로 향했고 여기서 회색 말이 내게 주의하라는 신호를 보내며 앞장서서 걸었다. 나는 두 번째 방에서 기다리면서 그 집 주인과 안주인에게 줄 선물을 준비했다. 그것은 칼 두 개랑 가짜 진주로 만든 팔찌, 작은 거울, 구슬로 만든 목걸이였다. 회색 말은 서너 번 히힝 소리를 내었고 나는 사람 목소리로 하는 어떤 대답이 들리기를 기다렸다. 그러나 회색 말보다 좀 더 날카롭긴 하지만 같은 울음소리 외에는 어떤 대답도 들리지 않았다. 나는 이 집 주인이 그들 나라에서 아주 저명한 사람일 거라는 생각을 하기 시작했다. 내가 들어가도 된다는 허락을 받기 전에 아주 많은 의식을 치러야 하는 것처럼 보였기 때문이다. 하지만 그 저명한 사람이 말들의 시중을 받고 있다는 것은 이해하기 힘들었다. 나는 내 고통과 불행 때문에 머리가 이상해진 건 아닐까 두려웠다. 나는 일어나 홀로 남은 두 번째 방 주변을 둘러보았다. 이곳은 첫 번째 방과 비슷했지만 좀 더 고상하게 꾸며져 있었다. 나는 자주 눈을 비벼보았지만, 여전히 똑같은 물건들이 보였다. 나는 꿈을 꾸고 있을지도 모른다는 생각에 나 자신을 깨우려고 팔과 옆구리를 꼬집어보기도 했다. 그런 다음에야 나는 이 모든 모습이 주술이나 마법일 수밖에 없다는 확고한 결론에 이르렀다. 그러나 이런 생각들을 계속 하고 있을 시간이 없었다. 회색 말이 문 쪽으로 와서 내게 세 번째 방으로 자신을 따라오라는 신호를 보냈기 때문이다. 그곳에는 예쁘장한 암말이 수망아지 한 마리와 함께 짚으로 된 매트 위에 엉덩이를 대고 앉아 있었다. 그 매트는 제대로 만든 것이고 아주 깔끔하고 깨끗했다.

암말은 내가 들어오자마자 매트에서 일어나더니 내게 가까이 다가와서는 내 손과 얼굴을 꼼꼼히 살피더니 아주 경멸스러운 표정을 지었다. 회색 말 쪽을 바라본 나는 그들 사이에서 야후라는 단어가 자주 나오는 것을 들었다. 비록 그 단어가 내가 처음 배워 발음한 단어였음에도, 당시 나는 그 단어의 의미가 무엇인지 몰랐다. 그러다가 치욕스럽지만 이내 아주 잘 알게 되었다. 회색 말이 머리로 내게 신호를 주고 길에서 그랬던 것처럼 "후운후운"이라는 단어를 되풀이했다. 나는 그 말이 자기를 따라오고 나를 어떤 마당으로 데리고 나가겠다는 뜻으로 이해했다. 집에서 좀 떨어진 곳에 건물 하나가 있었는데 그곳으로 들어가니 상륙한 후 처음 본 그 혐오스러운 동물 세 마리가 나무뿌리와 동물의 살코기를 먹고 있었다. 나중에 알게 된 사실이지만 그 고기는 나귀와 개의 살코기, 그리고 때때로 사고나 질병으로 죽은 소의 살코기라고 했다. 녀석들은 튼튼한 끈으로 목이 감긴 채 기둥에 묶여 있었다. 그리고 앞발 발톱 사이로 먹을 것을 잡고 이빨로 뜯어먹고 있었다.

주인 말은 그의 하인 중 하나인 밤색 말에게 이 동물 중 가장 큰 놈을 풀어 마당으로 데려오라고 지시했다. 주인 말과 하인 말은 그 짐승과 나를 가까이 세워 우리의 생김새를 꼼꼼히 비교했다. 그러면서 여러 번 '야후'라는 말을 되풀이했다. 내가 이 혐오스러운 동물에게서 완벽한 인간의 형체를 봤을 때 내가 느낀 공포와 경악은 이루 말할 수 없다. 실제로 그 동물은 납작하고 펑퍼짐한 얼굴에, 짓눌린 코와 두툼한 입술, 커다란 입을 가지고 있었다. 하지만 이러한 차이들은 모든 미개한 나라에서 흔히 볼 수 있는 것들이다. 그곳에서 미개인들은 아기가 땅바닥을 기어 다니도록 놔두고, 등에 업고 다니느라 아기가 엄마의 어깨에 얼굴을 비비도록 놔두기 때문에 얼굴 생김새가 일그러질 수밖에 없다. 야후 앞발의 경우, 긴 손톱과 거친 갈색 손바닥, 손등에 난 털만 제외하면 내 손과 별반 다르지 않았다. 발의 특징들도 똑같고 닮아 있었다. 정작 말들은 내 신발과 양말 때문에 알아채지 못했지만 나는 아주 잘 알 수 있었다. 내가 이미 언급했던 털과 색깔을 제외하곤 몸의 모든 부분이 똑같았다.

두 마리의 말들을 헷갈리게 하는 가장 큰 문제점은 내 몸의 나머지 부분이 야후의 몸과 다르게 보인다는 점인데, 그 점에 대해서는 내 옷에 고마웠다. 그들은 옷에 대한 개념이 전혀 없었다. 밤색 말은 제 발굽과 발목 사이에 쥐고 있던(그들의 방식에 따라서, 그건 적당한 곳에서 설명할 것이니까) 나무뿌리를 내게 주었다. 나는 그것을 손으로 잡고 냄새를 맡은 다음 가능한 한 아주 공손하게 그에게 다시 돌려주었다. 그는 야후 우리에서 당나귀 살코기를 가져왔지만, 그 냄새가 너무 역겨워서 나는 질색하며 고개를 돌려버렸다. 그러자 그는 그것을 야후에 던져주었고 야후는 그것을 게걸스럽게 집어삼켰다. 그 후 회색 말은 내게 건초 한 다발과 귀리 한 움큼을 발굽으로 집어주었지만 나는 고개를 저으며 어느 것도 내가 먹을 음식이 아니라는 신호를 보냈다. 사실 그 당시 나는 나 같은 인간을 만나지 못한다면 결국 굶어 죽게 될 거라고 걱정했다. 이 불결한 야후들과 관련하여, 그 당시 나보다 인류를 사랑하는 사람은 거의 없었을 것이다. 하지만 고백하건대 모든 면에서 이토록 혐오스러운 감정을 느껴본 적은 없었다. 그리고 내가 이 나라에 머무는 동안 그들과 점점 가까워지면 질수록 그들이 점점 더 혐오스러워졌다. 내 주인 말은 내 행동을 통해 이것을 알아챘고 결국 그 야후를 우리로 돌려 보냈다. 그러더니 제 앞발굽을 입에 갖다 댔는데, 비록 녀석은 편하게, 아주 자연스러워 보이는 몸짓으로 그런 행동을 했지만 나는 무척 놀랐다. 회색 말은 내가 무엇을 먹을 것인지 알기 위해 다른 신호를 보냈다. 그러나 나는 그가 알아챌 만한 대답을 할 수 없었다. 그리고 설령 그가 내 말을 알아들었다 해도, 음식물을 어떻게 찾아야 하는지도 몰랐다. 우리가 열심히 서로에게 몰두하고 있는 동안, 나는 내 옆을 지나가는 소 한 마리를 발견했다. 나는 그것을 가리키며 가서 우유를 짤 수 있게 해달라고 요청했다. 이 방법은 효과가 있었다. 회색 말은 나를 다시 집으로 데려갔고 암말 하녀에게 어떤 방을 열라고 지시했다. 그곳에는 상당량의 우유가 아주 질서정연하고 청결한 상태로 토기와 나무 용기에 담겨 있었다. 암말은 커다란 그릇에 우유를 한가득 부어 주었고, 그것을 아주 마음껏 마신 나는 기운이 펄펄 나는 것 같았다.

정오 무렵, 나는 네 마리의 야후가 끄는 썰매 같은 운반 기구가 그 집을 향해 오는 것을 보았다. 그 안에는 늙은 말 한 마리가 있었는데 지체 높은 말 같았다. 그는 사고로 왼쪽 앞다리를 다쳤기 때문에 뒷다리를 앞으로 내밀며 썰매에서 내렸다. 그는 주인 말과 식사를 하러 왔는데, 주인 말은 아주 정중하게 그를 맞이했다. 그들은 가장 멋진 방에서 식사했고 두 번째 코스로 우유에 끓인 귀리를 먹었다. 늙은 말은 그것을 따뜻하게 해서 먹었고 나머지 말들은 식혀서 먹었다. 그들의 여물통은 방 중간에 둥그렇게 놓여 있었고 몇 개의 칸으로 나누어져 있었다. 말들은 도드라진 짚 위에 엉덩이를 대고 빙 둘러앉아 있었다. 가운데에는 각도가 여물통의 각 칸에 딱 들어 맞는 커다란 선반 하나가 있었다. 덕분에 각 말과 암말들은 아주 품위를 유지하며 규칙적으로 건초나, 귀리와 우유를 넣어 삶은 사료를 먹을 수 있었다. 어린 망아지들의 행동도 아주 얌전해 보였고 집주인과 안주인의 행동도 손님들에게 무척 친절하고 정중했다. 회색 말은 내게 자기 옆에 서 있으라고 지시했고 그와 그의 친구는 나에 대해 많은 이야기를 나누는 것 같았다. 그 손님이 자꾸 나를 쳐다보았고 야후라는 단어가 자주 되풀이하였기 때문이다.

나는 장갑을 끼고 있었는데, 그것을 목격한 집주인 회색 말은 내가 내 앞발에 했던 것을 신기해하면서도 당황스러워하는 것처럼 보였다. 그는 자기 발굽을 서너 번 정도 장갑에 갖다 댔는데, 마치 손을 예전 모양으로 돌려놓으라는 의미 같아서 나는 바로 그렇게 했다. 나는 양쪽 장갑을 벗어 주머니에 넣었다. 이 일 때문에 더 많은 이야기가 이어졌고 회색 말의 친구가 내 행동에 만족해하는 모습을 보고 이내 그 행동이 좋은 영향을 주었다는 사실을 알게 되었다. 나는 내가 알아듣는 단어 몇 가지를 말해보라는 지시를 받았고, 그들이 식사하는 동안 회색 말은 내게 귀리, 우유, 불, 물, 그 밖의 다른 것들의 이름을 알려주었다. 나는 어린 시절부터 언어를 배우는 것에 탁월한 재능을 가지고 있었기 때문에 바로 그 발음을 따라 할 수 있었다.

식사가 끝나자, 주인 말은 나를 옆에 세워두고 내가 먹을 만한 게 없어서 자신이 걱정하고 있다는 것을 몸짓이나 단어로 표현했다. 그들의 언어로 귀리는 '흘룬'이었다. 나는 이 단어를 두세 번 발음했다. 사실 처음에 나는 귀리를 거부했지만, 다시 생각해 보니 귀리로 빵을 만들 수 있다는 생각이 들었다. 우유와 빵만 있다면 인간들이 사는 다른 나라로 도망갈 수 있을 때까지 충분히 목숨을 부지할 수 있었다. 회색 말은 즉시 그의 가족 중에서 하녀인 흰색 암말을 불러 나무 쟁반에 귀리를 가득 담아, 내게 가져다주라고 지시했다. 나는 이것들을 가능한 한 타지 않게 볶은 다음 껍질이 벗겨질 때까지 귀리를 비벼댄 다음 이리저리 키질하여 껍질을 걸러냈다. 나는 돌 두 개 사이에 귀리를 넣어 잘 갈아 휘저은 다음 물을 넣고 반죽을 만들어 불에 구웠다. 그리고 우유와 함께 따뜻하게 먹었다. 지금은 유럽의 대부분 지역에서 흔히 볼 수 있는 음식이지만 처음에는 아주 맛없는 음식이었고[07] 그러다가 시간이 지나면서 점점 견딜 만해 졌다. 그리고 살면서 부득이하게 먹기 싫은 음식도 종종 먹어야 했기 때문에, 본성을 쉽게 충족시키는 방법을 알아낸 경험으로 치자면 이번이 처음은 아니었다. 나는 이 섬에 머무르는 동안 한순간도 아픈 적이 없었다는 것을 말하지 않을 수 없다. 때때로 야후의 털로 만든 덫으로 토끼나 새를 잡기 위해 돌아다녔던 것도 사실이다. 그리고 허브 풀들을 모아 끓이거나 빵과 함께 샐러드로 먹은 적도 있었고, 때때로 드물긴 하지만 버터를 조금 만들기도 했고 유장(乳漿)[08]을 마시기도 했다. 처음에 나는 소금 때문에 대단히 당황스러웠지만 이내 습관이 들어 소금이 없는 것을 받아들였다. 사실 우리 인간들이 소금을 자주 사용하는 것은 사치의 결과라고 확신한다. 항해가 길어지거나 큰 시장에서 멀리 떨어져 있는 지역에서 고기를 보존하는 데 필요한 경우를 제외하면, 처음에 소금은 그저 마시는 식욕 촉진제로 들여왔다. 인간 이외에 소금을 좋아하는 동물

---

07 Johnson은 귀리를 '영국에서는 일반적으로 말에게 주지만 스코틀랜드에서는 사람을 먹여 살리는 곡물'로 정의한다.

08 치즈를 만들 때 우유가 응고한 뒤 분리되는 액체.

은 하나도 없다는 것을 우리는 알고 있기 때문이다. 그리고 내 경우 이 나라를 떠났을 때, 내가 먹는 모든 음식에서 소금 맛을 참아내는 데 상당한 시간이 걸렸다.

음식에 대한 이야기는 이 정도면 충분한 것 같다. 어떤 여행가들은 마치 우리가 잘 먹는지 아닌지에 독자가 개인적으로 관심이라도 가지고 있는 듯, 자기 책에 음식 이야기를 잔뜩 써놓는다. 하지만 나는 그런 나라에서, 그런 주민들 속에서 3년 동안 영양물을 발견하는 것은 불가능하다고 사람들이 생각하지 말도록 이 문제를 언급하지 않을 수 없었다.

날이 점점 어두워지자, 주인 말이 내가 거처할 곳을 마련해 주었는데 그곳은 그 집에서 불과 6m 정도 떨어졌고, 야후 우리와도 분리되어 있었다. 나는 이곳에 짚을 깔고 내 옷을 덮은 뒤 아주 깊이 잠들었다. 하지만 이후에 내 생활 방식에 대해 좀 더 자세하게 다룰 때 독자 여러분도 알게 되겠지만, 얼마 안 있어 나는 좀 더 좋은 곳에서 기거하게 되었다.

3장

저자는 열심히 이 나라 언어를 배우고 그의 주인인 휴이넘은 그를 가르치는 일을 돕는다. 이 언어에 대한 설명. 휴이넘의 몇몇 고위층들은 호기심에 저자를 찾아온다. 그는 자기 주인에게 자기 여행 이야기를 간단하게 들려준다.

내가 제일 노력한 것은 이 나라 언어를 배우는 것이었는데, 그것을 내 주인(나는 이제부터 그를 이렇게 부를 것이다)과 그의 자녀들, 그리고 이 집에 있는 모든 하인은 나에게 가르치고 싶어 했다. 미개한 짐승이 이성적인 동물의 특징을 나타낸다는 것은 불가사의한 일이라고 그들은 여겼기 때문이다. 나는 모든 사물을 가리키며 그 이름을 물어봤고 혼자 있을 때면 내 여행 일지에 그 단어들을 적었다. 그리고 종종 가족들에게 그 단어를 발음해보라고 부탁하면서 나의 잘못된 억양을 고쳐나갔다. 이 일에 있어서 잔심부름꾼인 밤색 말이 기꺼이 나를 도와주었다.

그들은 말을 할 때 코와 목으로 발음했고 그들의 언어는 내가 알고 있는 유럽 언어 중, 고지 네덜란드어나 독일어에 아주 가까웠다. 하지만 그보다 훨씬 우아하고 표현도 풍부했다. 카를로스 5세는 자기 말과 이야기를 나눈다면 고지 네덜란드어로 했을 거라고 했는데, 나랑 거의 같은 생각이었나 보다.[09]

내 주인은 호기심도 아주 많고 성격도 굉장히 급했기 때문에, 나

09 신성 로마제국의 황제이며 스페인 왕인 카를로스는 그의 신께는 스페인어로, 애인에게는 이탈리아어로, 말에게는 독일어로 이야기하는 것으로 유명하다.

를 가르치려고 자신의 여유시간을 많이 할애했다. 그는(나중에 내게 말해서) 내가 야후일 거라고 틀림없이 확신했지만 잘 알아듣고 공손하며 청결한 내 모습에 놀라워했다. 그런 모습은 야후와는 정반대되는 특징들이었기 때문이다. 그는 내 옷이 내 몸의 일부분인지, 때때로 논리적으로 따지고선, 무척 혼란스러워했다. 나는 그 집 식구들이 잠들 때까지 절대 옷을 벗지 않았고 아침에 그들이 일어나기 전에 옷을 입었기 때문이다. 내 주인은 내가 어디서 왔는지, 내 모든 행동에서 드러나는 그런 이성적인 모습은 어떻게 익혔는지 알고 싶어 했고, 내 입을 통해 내 이야기를 듣고 싶어 했다. 그는 자기들의 언어와 문장을 내가 아주 능숙하게 배우고 발음하는 것을 보고는, 조만간 그렇게 되리라 기대했다. 나는 내 기억을 돕기 위해 내가 배운 모든 단어를 로마자 알파벳으로 만들고 그 단어들을 번역하여 적어 두었다. 얼마 후 용기를 내어 주인 앞에서 그 일을 했다. 나는 내가 하고 있는 일을 그에게 설명하느라 진땀을 뺐다. 그 나라 주민들에게는 책이나 문학에 대한 개념이 없었기 때문이다.

10주 정도가 지난 무렵, 나는 그의 질문 대부분을 이해할 수 있게 되었고 석 달이 흐른 뒤에는 그런대로 적절한 답변을 할 수 있었다. 그는 내가 어느 나라에서 왔는지, 이성적인 동물을 흉내 내는 법은 어떻게 배웠는지 무척 궁금해했다. 주인은 내 머리와 손, 얼굴 같은 것이 야후와 똑 닮았다고 생각하지만, 교활한 모습에 사고뭉치 기질이 다분한 야후들은 모든 짐승 중 가장 가르치기가 힘든 녀석으로 알고 있었기 때문이다. 나는 나 같은 사람들이 많이 사는 아주 먼 곳에서 다수의 나무로 만든 속이 빈 커다란 배를 타고 바다를 항해해서 왔다고 대답했다. 나와 함께 온 사람들이 나를 강제로 이 해안에 상륙시킨 다음 내버렸다고 말했다. 약간의 어려움이 있긴 했지만 다양한 몸짓을 통해 그에게 나의 말을 이해시켰다. 그는 내가 분명 착각을 했거나 있지도 않은 일을 얘기한다고 대답했다. (왜냐하면, 그들 언어에는 거짓말이나 허위를 표현하는 단어가 없다) 그는 바다 건너에 나라가 있고, 한 떼의 짐승 무리가 바다에서 가고 싶은 대로 나무배를 움직일 수 있다는 것은 불가능하다고 생각했다. 그는 살아 있는 휴이넘 그 누구도 그러한 배를 만들 수 없는데 하물며 야후가 그렇게 한다는 것은 믿을 수 없다고 단언했다.

그들 말로 휴이넘이라는 단어는 말이라는 의미이며 그것의 어원은 '자연의 완벽함'이다. 나는 주인에게 어떻게 표현해야 할지 몰라 당황스럽다고 하면서 할 수 있는 한 빨리 능숙해져서 조만간 그의 궁금증을 풀어주고 싶다고 했다. 그는 기꺼이 자신의 암말과 망아지, 가족의 하인들에게 기회 있을 때마다 나를 가르치라고 지시했고 자신도 매일 두세 시간씩 똑같은 수고를 아끼지 않았다. 그러자 휴이넘처럼 말을 할 수 있고, 말과 행동에서 이성이 언뜻언뜻 보이는 놀라운 야후에 대한 소문이 파다하게 퍼지면서, 동네 지체 높은 암수 휴이넘 여러 마리가 우리 집을 종종 방문했다. 이들은 나와 대화를 나누는 것을 즐거워했고 질문을 많이 했으며 나도 대답할 만한 것은 답변해주었다. 이런 모든 이점 덕분에 나는 이곳에 도착한 지 다섯 달 만에 무슨 말이든 알아들을 수 있었고 내 생각을 그럭저럭 잘 표현할 수 있을 정도로 엄청난 진전을 이루었다.

나를 만나 이야기를 나눌 생각으로 우리 주인을 찾아온 휴이넘들은 내가 진짜 야후일 거라는 생각을 거의 하지 않았다. 내 몸에는 야후와는 다른 덮개가 덮여 있었기 때문이다. 그들은 내 머리와 얼굴, 손을 제외하면 일반적인 털이나 피부가 없는 나를 보고 놀라워했다. 하지만 2주 전 발생한 사건 때문에 우연히 이 비밀을 주인에게 들키고 말았다.

매일 밤 식구들이 잠자리에 들면, 나는 옷을 벗어 그것을 덮고 자는 게 습관이었다고 독자 여러분에게 이미 말했다. 그런데 어느 날 이른 아침, 그 사건이 발생했다. 내 주인은 나를 부르러 자기 하인인 밤색 말을 보냈다. 그가 왔을 당시 나는 깊이 잠들어 있는 상태였고 내 옷들은 한쪽에 떨어져 있었으며 셔츠도 허리 위로 올라와 있었다. 그가 낸 기척에 잠에서 깬 나는 그가 횡설수설하며 주인의 말을 전하는 모습을 보았다. 그 후 그는 주인에게 가서 무척 놀라워하며 자기가 목격한 것을 아주 정신없이 설명했던 모양이다. 나는 이 사실을 즉시 알아챘다. 내가 옷을 입고 문안 인사를 하러 가자, 그는 나의 다른 때 모습이랑 잘 때 모습이 다르다고 하인에게 보고를 받았는데 그 말이 도대체 무슨 얘기냐고 물었고 내 몸에 흰색 부분도 있고 노란 부분도 있고, 그렇게 하얗지 않은 부분, 그리고 갈색 부분도 있다고 하인이 장담했다고 했다.

그때까지 나는 나 자신이 저주스러운 야후와 가능한 한 차이가 크게 나게 보이려고 옷에 대한 비밀을 숨겼었다. 하지만 이제 그건 아무 소용없는 짓이 돼 버렸다. 게다가 내 옷과 신발도 이미 해진 상태로 조만간 닳아버릴 테니 야후나 다른 짐승 가죽으로 만든 걸로 충당해야 할 테고, 그러다 보면 모든 비밀이 탄로 났을 것이다. 따라서 나는 주인에게 내가 사는 나라의 나 같은 사람들은 품위 유지뿐만 아니라 덥고 추운 혹독한 날씨를 견디기 위해 동물의 털을 솜씨 좋게 만들어서 신체를 항상 덮는다고 말해주었다. 만일 그가 명령한다면 나란 사람의 몸을 즉시 확인시켜주되, 자연이 숨기라고 가르친 부분을 내가 보여주지 않더라도 널리 양해해달라고 부탁했다. 그는 내 이야기, 특히 마지막 부분이 무척 이상하다고 말했다. 자연이 어째서 자신이 준 것을 숨기라고 우리에게 가르쳤는지 이해할 수 없었기 때문이다. 그는 자신이나 가족들은 자신들의 몸의 어떤 부분도 부끄럽게 여기지 않지만 내가 원하는 대로 하라고 말했다. 그래서 나는 우선 겉옷의 단추를 푼 다음 옷을 벗었다. 같은 방법으로 조끼도 벗었고 신발과 스타킹, 바지를 벗었다. 나는 내 나체를 가리기 위해 셔츠를 허리 아래까지 늘어뜨렸다가 밑자락을 위로 끌어당겨 허리띠처럼 허리 주변에서 동여맸다.

내 주인은 이 모든 행동을 보면서 극도의 호기심을 보이며 감탄사를 연발했다. 그는 발목으로 내 옷들을 하나씩 들어 올리면서 꼼꼼히 살펴보았다. 그런 다음 내 몸을 아주 부드럽게 어루만졌고 내 주위를 여러 번 맴돌더니 내가 완벽한 야후임이 틀림없지만 내 피부가 보들보들 하얗고 매끄럽다는 점, 내 몸의 몇 군데에는 털이 없다는 점, 앞뒤 발톱 모양이 다르고 짧다는 점, 두 개의 뒷발로 계속해서 즐겨 걸어 다닌다는 점에서 야후들과 무척 다르다고 말했다. 그는 더는 보고 싶어 하지 않았고 내가 다시 옷을 입게 내버려 두었다. 내가 추위로 덜덜 떨고 있었기 때문이다.

나는 그가 나를 자꾸 혐오스러운 동물, 야후라는 호칭에 불편한 심기를 드러냈는데, 나는 야후를 완전히 혐오하고 경멸했기 때문이다. 나는 그에게 나를 그 이름으로 부르는 것을 자제해 달라고, 그리고 그의 가족과 나를 보도록 허락받은 그의 친구들에게도 똑같은 조처를 해달라고 부탁했다. 또한, 적어도 현재 옷을 계속 입고 있는 동안만이라도 내가 몸에 가짜 덮개를 쓰고 있다는 비밀을 누구에게도 알리지 말아 달라고 간청했다. 그의 하인인 밤색 말이 그 사실을 알아채긴 했지만, 주인이 그것에 대해 함구하라고 그에게 명령해 주기를 간청했다.

이 모든 것에 대해 나의 주인은 넓은 아량으로 동의해주었고, 그 비밀은 내 옷이 해지기 시작할 때까지 지켜졌다. 나중에 언급하겠지만 나는 여러 가지 방법으로 옷을 충당할 수밖에 없었다. 그 사이, 내가 아주 열심히 그들의 언어를 계속해서 배우기를 그는 바랐다. 왜냐하면, 그는 내 몸이 가려져 있든 말든, 그런 내 모습보다는 내 언어 구사나 이성과 관련된 능력을 훨씬 더 놀라워했기 때문이다. 게다가 내가 자기에게 들려주기로 약속했던 신기한 이야기들을 듣고 싶어 안달하며 기다리고 있었다.

그때부터 나를 교육하기 위한 그의 고생은 배로 늘어났고 모든 모임에 나를 데려가서 나를 정중하게 대하라고 했다. 그렇게 하면 내 기분이 좋아져 좀 더 즐거워질 거라고 주인이 나 몰래 그들에게 말했다.

내가 그를 시중드는 날마다, 그가 나를 가르치면서 고생한 것 이외에도, 그는 나와 관련된 여러 가지 질문을 했고 나는 그것에 대해 가능한 한 자세히 대답했다. 이런 방법으로 그는 아주 완벽하진 않지만 몇 가지 일반적인 생각들을 이미 받아들였다. 내가 좀 더 일상적인 대화를 나눌 정도로 발전한 그 여러 단계를 언급하는 것은 자칫 지루할 거다. 하지만 내가 자신에 대해 길게 순서대로 늘어 논 첫 번째 설명은 이 취지와 일치했다.

내가 아주 먼 나라에서, 이미 그에게 말하려고 했듯이, 나 같은 종족 50여 명이 넘게 함께 왔고, 우리는 나무로 만든, 주인의 집보다 훨씬 크고 우묵한 용기를 타고 바다를 여행했다고 말했다. 나는 내가 할 수 있는 가장 적절한 용어로 배를 설명했다. 손수건을 넓게 펼쳐 그것이 바람에 의해 어떻게 앞으로 나아가는지 설명했다. 우리 가운데 벌어진 싸움으로 나는 이 해안가에 내려졌고 이곳에서 나는 어디로 가야 할지 알지 못한 채 걸어가다가 지긋지긋한 야후의 괴롭힘을 당할 때 그가 나를 구해주었다고 했다. 그는 누가 배를 만들었는지, 내 나라의 휴이넘들은 어떻게 짐승들이 배를 관리하도록 내버려 둘 수 있는지 물었다. 나는 용기를 내서 만약 그가 불쾌해하지 않을 거라고 명예를 걸고 약속하지 않는 한, 더는 이야기하지 않겠다고 하면서 만약 약속한다면 내가 자주 다짐했던 그 신기한 이야기들을 그에게 들려주겠노라 했다. 그는 동의했다. 나는 나 같은 인간에 의해 배가 만들어졌으며 내 나라뿐만 아니라 내가 여행한 모든 나라에 사는 인간들은 통치력이 있고 이성적인 유일한 동물이라는 점을 그에게 계속해서 확인시켰다. 내가 이곳에 도착하자마자, 그나 그의 친구들이 야후라고 불렀던 동물에게서 이성의 흔적을 발견했을 때 그런 것처럼, 나도 이성적인 동물처럼 행동하는 휴이넘들을 보고 무척 놀랐다고 했다. 내가 모든 부분에서 야후와 비슷한 점을 가지고 있긴 하지만 그들의 퇴폐적이고 잔인한 특징을 설명할 순 없었다. 더 나아가 만약 운이 좋아 조국으로 돌아가게 되어 내가 결심했듯이 지금까지의 내 여행 이야기를 들려주게 된다면, 모든 사람은 내가 있지도 않은 일을 말한다고, 내가 머릿속으로 이야기를 지어냈다고 생각할 거라고 말했다. 그와 그의 가족, 친구들에게 가능한 모든 경의를 표하며 불쾌해하지 않을 거라는 그의 약속을 믿고 하는 말인데, 우리나라 사람들은 휴이넘이 한 나라의 지배자이고 야후가 짐승이라는 것이 가능하리라고는 거의 생각하지 못할 거라고 말했다.

4장

진실과 거짓에 대한 휴이넘들의 생각. 주인이 저자의 말을 못마땅해 한다. 저자는 자신에 대해, 그리고 항해 시 사고에 대해 훨씬 더 상세히 설명한다.

내 주인은 매우 불쾌한 표정으로 내 이야기를 들었다. 왜냐하면, 의심한다든지, 믿지 않는다든지 하는 것은 이 나라에서 거의 알려지지 않은 것이기 때문에 이 나라 주민들은 그런 상황에서 자신이 어떻게 행동해야 하는지 몰랐다. 그리고 다른 세상의 인간 본성과 관련해서 내 주인과 많은 대화를 나눴던 기억이 난다. 거짓말이나 거짓 묘사에 대한 이야기를 나눌 경우에는 내 말의 의미를 그에게 이해시키는 데 많은 어려움이 있었다. 그 밖의 다른 문제는 아주 명석하게 판단하는 주인이지만. 그는 이렇게 주장했다. "말의 쓰임은 우리가 서로 이해하기 위해서고, 사실에 대한 정보를 받아들이기 위해서다. 만약 지금 누군가 있지도 않은 일을 말한다면, 이러한 목적은 좌절된다. 나는 그를 이해했다고 제대로 말할 수 없고, 정보를 얻기는커녕, 그는 나를 무지보다 더 나쁜 상태에 놔둔 것이다. 나는 하얀 것을 검은 것이라 믿게 되고, 긴 것을 짧은 것이라 믿게 될 것이기 때문이다." 인간들 사이에서 너무나 완벽할 정도로 잘 이해하는, 너무나 보편적으로 행하는, 거짓말의 능력과 관련하여 그가 가진 개념은 이게 전부였다.

다시 본론으로 돌아가서, 내가 사는 나라에서는 야후들이 나라를 지배하는 유일한 동물이라고 주장하자, 그 말에 주인은 전혀 이해할 수 없다고 말하면서 우리 중에 휴이넘들이 있는지, 그들은 무슨 일을 하는지 알고 싶어 했다. 나는 대단히 많은 휴이넘들이 있다고 하면서 그들은 여름이면 들판에서 풀을 뜯어 먹고 겨울에는 우리에서 건초와 귀리를 먹으며 지내는데, 야후 일꾼들을 고용해서 휴이넘들의 피부를 문질러 부드럽게 해주고 갈기를 빗겨 주고 발을 후벼주고 먹이를 먹여주며 잠자리를 마련해준다고 말했다. 내 주인은 내 말을 잘 알아들었다고 하면서 이렇게 말했다. "야후가 아무리 어느 정도 이성을 주장하더라도 휴이넘이 당신의 주인이라는 것은, 당신이 한 모든 말을 통해 이제 너무나 분명하다. 나는 우리 야후들도 아주 온순해지기를 진심으로 바란다." 나는 주인에게 더는 이야기하지 않아도 봐달라고 부탁했다. 왜냐하면, 그가 나한테 듣게 될 이야기는 그를 상당히 불쾌하게 할 게 뻔했기 때문이다. 그러나 그는 가장 좋은 것과 가장 나쁜 것을 다 알려달라고 집요하게 요구했다. 나는 그의 말에 따르겠다고 말했다. 일명 말이라고 부르는 우리 세계의 휴이넘들은 동물 중 가장 온순하고 멋진 동물이며 힘도 아주 세고 날렵하다는 사실을 인정했다. 그리고 상류층에 속하여, 여행이나 경마에 사용되거나 마차를 끄는 경우 사랑과 관심을 듬뿍 받지만, 일단 병에 걸리거나 발을 절기라도 하면, 팔려나가거나 힘든 일만 하다가 죽게 되고, 그 후에는 가죽은 벗겨져 용도에 맞게 팔려나가며 고기는 개나 맹금류들이 게걸스럽게 먹어치운다고 말했다. 그러나 말들에게 고된 일만 시키고 먹이를 제대로 주지 않는 농부나 마차꾼, 그 외에 사람들이 기르는 보통 말의 경우는 그런 복을 누리지 못한다고 말해주었다. 나는 말 타는 방법, 즉 굴레의 모양과 쓰임새, 안장, 박차, 채찍, 그리고 마구(馬具)와 바퀴의 모양이나 사용법. 또한, 우리가 자주 다니는 단단한 길에서 말굽이 부러지지 않게 하려고 말의 발바닥에 편자라고 부르는 단단한 판을 고정한다는 설명도 해주었다.

주인은 상당히 화 난 표정을 지은 후, 어떻게 감히 우리가 휴이넘의 등에 올라탈 수 있는지 의아해했다. 아주 강한 야후가 그의 집에 있는 아무리 약한 하인의 등에 올라타더라도 충분히 흔들어 떨어뜨릴 수 있고, 아니면 드러눕거나 뒹굴면서 그 짐승을 눌러 죽일 수 있다고 자신했기 때문이다. 나는 우리 세계의 말들은 삼사 년 동안 우리가 의도하는 몇 가지 용도에 맞게 훈련을 받으며, 만약 녀석 중 참아줄 수 없을 정도로 사나운 녀석이 있다면 그 녀석들은 마차를 모는 데 이용되고, 짓궂은 잔꾀를 부린다면 아무리 어려도 심하게 두들겨 맞는다고 대답했다. 그리고 경주나 무거운 짐을 끄는 데 흔히 이용되는 수말들은 대개 태어난 지 2년 정도 되면 격한 성질을 가라앉히고 좀 더 온순하고 고분고분하게 만들기 위해 거세를 했고 녀석들은 상과 벌을 알아채긴 하지만 이 나라에 사는 야후만큼 이성이 전혀 없다는 걸 주인이 고려해주길 바란다고 말했다.

내가 하는 말을 주인에게 올바로 이해시키기 위해서 자주 에둘러 말하느라 고생이 이만저만이 아니었다. 그들의 욕망이나 열정이 우리보다 훨씬 적기 때문에, 그들 언어의 다양성이 풍부하지 않았다. 하지만 휴이넘을 대하는 우리의 야만적인 태도에 대해서만큼은 도저히 자신의 분노를 고상하게 표현할 수 없었다. 특히 그들 종끼리의 번식을 막고 좀 더 고분고분하게 만들기 위해 말을 거세하는 관례와 방식을 설명한 후에는 훨씬 더 심했다. 만약 야후 혼자만 이성을 부여받는 나라가 있는 게 가능하다면, 이성은 결국 야만적인 힘을 압도하기 마련이라서 그들이 분명 지배하는 동물이 될 것이라고 말했다. 그러나 우리의 신체 구조, 특히 내 신체 구조와 관련하여, 같은 크기의 어떤 동물도 일상 임무에 그 이성을 사용하는 놈치고 그렇게 허접스럽게 생긴 것도 없을 거라는 게 그의 생각이었다. 그래서 그는 내가 사는 세상의 사람들이 나를 닮았는지 아니면 자기 나라의 야후를 닮았는지 알고 싶어 했다. 나는 내 또래 대부분 사람만큼 잘생겼다고 장담했고 더 어린 남자들이나 여성들은 훨씬 더 다정하고 부드러우며 후자의 피부는 보통 우윳빛처럼 희다고 말했다. 그는 실제로 내가 다른 야후들과 다르다고 말했다. 훨씬 더 깨끗하고 전혀 흉하게 생기지 않았지만, 실질적인 이점과 관련해서는 내가 더 불리하다는 것이 다른 점 같다고 말했다. 앞발이든 뒷발이든 내 발톱은 아무짝에도 소용없고 나의 앞발의 경우, 그 이름으로 부르는 것이 적절하지 않은 것 같다고 했는데, 그는 내가 앞발로 걸어 다니는 것을 본 적이 없기 때문이다. 그리고 땅을 밟고 다니기에도 너무 부드럽고 평소에는 내가 그것에 아무것도 씌우지 않고 다니지만, 가끔 거기에 커버를 씌우는데 그것은 뒷발과 같은 모양도 아니고 뒷발만큼 튼튼하지도 않다고 했다. 그리고 내 뒷다리 중 어느 쪽이 미끄러지기라도 하면 당연히 넘어지기 때문에 안전하게 걸을 수도 없다고 했다. 그러더니 내 몸의 다른 부분의 단점도 지적하기 시작했다. 얼굴은 납작하고 코는 툭 튀어나왔고 눈은 정면에 바로 있기 때문에 고개를 돌리지 않고는 옆을 볼 수 없으며 앞발을 입으로 들어 올리지 않고는 스스로 먹을 수도 없으므로 결국 자연이 그런 필요성에 부합하도록 관절을 만들어 준 거라고 했다. 그는 내 뒷발이 무슨 용도로 갈라지고 나누어져 있는지 그 이유를 알지 못했다. 그리고 이 발들은 다른 짐승의 가죽으로 만든 덮개 없이는 딱딱하고 날카로운 돌들을 견딜 수 없을 만큼 너무 부드럽고, 내 전신은 더위와 추위를 막아줄 보호 장치가 필요해서 아무리 지겹고 귀찮아도 매일 그것을 입고 벗을 수밖에 없다고 했다. 마지막으로 그는 이 나라의 모든 동물은 본래부터 야후를 혐오해서, 약한 동물들도 녀석들을 피하고 좀 더 강한 동물들도 녀석들을 몰아내려 한다고 했다. 그래서 우리가 가령 이성이라는 선물을 가지고 있다 해도, 모든 동물이 우리에 대해 드러내는 자연스러운 반감을 해결하는 일이 과연 가능한 일인지 알 수 없다면서 그런 이유로 우리가 어떻게 그들을 길들이고 고분고분하게 만들 수 있는지 모르겠다고 했다. 하지만 그가 말했다시피 그는 더는 그 문제에 대해 왈가왈부하고 싶지 않았다. 그는 내 이야기, 내가 태어난 나라, 내가 이곳에 오기 전 내 인생에 일어난 여러 활동과 사건에 대해 좀 더 알고 싶어 했기 때문이다.

모든 점에서 그가 만족하기를 얼마나 내가 간절히 바라는지 그에게 분명히 말하면서도, 내가 말한 여러 주제에 대해 아무 개념도 갖고 있지 않은 주인에게 그런 것들을 설명해도 되는지 아닌지 많은 의문이 들었다. 그의 나라에서는 그와 비슷한 일들이 전혀 일어나지 않았기 때문이다. 하지만 나는 최선을 다해 유사점들을 통해 설명하도록 애쓰겠다고 하면서, 적당한 단어가 필요할 때는 정중하게 그의 도움을 요청하겠다고 하자 그는 기꺼이 그러겠다고 약속했다.

나는 말했다. "나는 영국이라 불리는 섬에서, 정직한 부모님에게서 태어났는데, 영국이란 곳은 주인님의 하인 중 가장 튼튼한 휴이넘이 태양이 1년 동안 여행을 해야 도착할 정도로 이 나라에서 멀리 떨어진 곳이다. 나는 외과의사 교육을 받았고, 의사가 하는 일은 사고나 폭력에 의해 몸에 생긴 상처와 통증을 치료하는 것이다. 내 나라는 우리가 여왕이라 부르는 여자 사람이 통치한다. 나는 부자가 되기 위해 그곳을 떠났고 내가 돌아가면 나 자신과 가족들을 부양할 것이다. 내 마지막 항해에서 나는 그 배의 선장이었고 내 밑으로 50여 명의 야후를 두었는데, 그들 대부분이 바다에 빠져 죽는 바람에, 다른 나라 출신의 선원들을 뽑아 그 자리를 메울 수밖에 없었다. 우리 배는 두 번이나 침몰할 위기를 맞았는데, 첫 번째는 거대한 폭풍 때문에, 두 번째는 암석에 부딪혔기 때문이다." 이쯤에, 주인이 끼어들면서 인명 손실에 위기까지 경험하면서도, 다른 나라에서 온 낯선 사람들에게 모험하자고 어떻게 설득할 수 있었는지 내게 물었다. 나는 그들이 빈곤이나 범죄로 인해 고향에서 어쩔 수 없이 도망친, 자포자기 상태의 사람들이었다고 말했다. 그중에는 소송이 아직 끝나지 않은 사람도 있었고 음주와 오입질, 도박으로 재산을 몽땅 탕진한 사람들도 있었다. 반역으로 도망친 사람도 있었고 살인자, 절도범 독살자, 강도를 비롯한 위증이나 위조를 하거나 위조지폐를 만든 사람도 많았고, 강간이나 남색 행위를 저지르거나 군대에서 도망치고 적에게 투항하는 사람도 비일비재했다. 그들 대부분은 감옥을 탈출했다. 이들은 교수형에 처하거나 감옥에서 굶어 죽을까봐 감히 조국으로 돌아갈 엄두도 내지 못했다. 그래서 다른 나라에서 생계를 꾸릴 방도를 찾아야 할 처지에 놓여 있었다.

이런 이야기를 나누는 와중에, 내 주인은 기꺼이 여러 번 내 이야기를 가로막았다. 나는 그에게 우리 선원들 대부분이 자기 나라를 도망칠 수밖에 없었던, 여러 범죄의 유형을 설명하면서 우회적인 표현들을 많이 사용했다. 주인이 내 말을 이해할 수 있기까지 며칠 동안 이러한 힘든 대화가 계속 이어졌다. 그는 그들이 범죄를 저지르는 것의 용도나 필요성이 무엇인지 이해가 안 가서 어쩔 줄 몰라 했다. 나는 그것을 설명해주기 위해 권력과 부에 대한 욕망 그리고 정욕, 무절제, 악의, 질투의 끔찍한 결과와 관련된 개념들을 그에게 전달하려고 고군분투했다. 나는 예를 들고 가정을 하여 이 모든 것들을 규정하고 설명해야 했다. 그러면 이전에 전혀 보고나 듣지 않았던 뭔가를 갑자기 떠올리는 사람처럼 그는 깜짝 놀라고 분개하면서 눈을 치켜떴다. 그 나라 언어로는 권력, 정부, 전쟁, 법률, 처벌, 그리고 그 밖의 수천 가지 것들을 표현할 수 있는 용어가 없었기 때문에, 내가 말하고자 하는 개념을 주인에게 전달하는 데 거의 극복하기 힘든 어려움이 있었다. 그러나 내 주인은 뛰어난 이해력의 소유자였고, 숙고와 대화를 통해 많은 진전이 있었던 터라, 그는 마침내 우리 세계에서 인간 본성이 무슨 짓을 저지를 수 있는지에 대해 완벽하게 이해하게 되었고, 유럽이라는 지역, 특히 내 조국에 대해 자세히 설명해 주기를 바랐다.

5장

저자는 주인의 명령에 따라 영국에 대해 들려준다. 유럽 군주들 간에 일어나는 전쟁의 원인. 저자는 영국 헌법에 대해 설명하기 시작한다.

내가 주인과 나눈 수많은 대화에서 발췌한 아래 내용은 2년이 넘는 기간 동안 여러 차례 대화를 나눈, 가장 중요한 사항들의 요약임을 독자 여러분은 기꺼이 알 거다. 내가 휴이넘의 언어에 점점 능숙해지자, 주인은 좀 더 많이 충족하길 바랐다. 나는 유럽 전 지역에 대해 가능한 한 자세히 들려주었다. 무역이나 제조업, 예술, 과학 분야에 관해 이야기했다. 몇 가지 주제와 관련해서 그가 제기한 모든 질문에 답한 나의 답변들은, 고갈될 리 없는 대화의 보고(寶庫)였다. 하지만 내 조국과 관련해서 우리끼리 나눴던 요지만 여기에 기록할 것이며, 내가 진실을 엄격하게 고수하는 동안, 시간이나 다른 상황을 고려하지 않고 될 수 있는 대로 정확하게 정리할 것이다. 유일한 내 걱정거리는 주인의 논변이나 표현을 공정하게 전달하기 힘들 거라는 점인데, 야만스러운 영어로 번역되어서, 또한 나의 능력 부족에 의해서 반드시 나빠지는 것은 어쩔 수 없을 것이다.

내 주인의 명령에 따라, 나는 그에게 오렌지 공작이 이끈 혁명[10]을 그에게 들려주었다. 프랑스와의 오랜 전쟁은 앞서 말한 공작에

10 1688~1689년에 발발한 이 대단한 혁명은 네덜란드의 오렌지(Orange) 공이 윌리엄을 영국 왕좌에 오르게 했다.

의해 시작했고, 그리고 그의 계승자인 현 여왕[앤 여왕]에 의해 다시 시작되었다. 그 전쟁에는 기독교 국가의 강대국들이 참전했고 여전히 계속되고 있다. 나는 그의 요청에 따라 다음과 같이 추정했다. 전쟁이 진행되는 전 기간 약 백만 명의 야후들이 전사했고, 아마 백여 개 이상의 도시가 함락당했으며, 그 세 배에 해당하는 많은 배가 불에 타거나 침몰당했다.

주인은 한 나라가 다른 나라와 전쟁을 하게 되는 통상적인 이유나 동기가 무엇인지 물었다. 나는 그 이유가 셀 수 없이 많지만 중요한 몇 가지만 언급하겠다고 했다. "때로는 자신이 지배하는 땅이나 사람들이 성에 차지 않는다고 생각하는 군주들의 야심이, 때로는 악랄한 정부에 반발하는 백성들의 절규를 억압하거나 다른 데로 돌리기 위해 군주로 하여금 전쟁을 일으키게 하는 대신들의 부패가, 의견 차이가 수백만의 생명을 앗아가고 있다. 예를 들어, 살이 빵일 수 있는지, 빵이 살일 수 있는지, 어떤 베리 주스가 피일 수 있는지 술일 수 있는지, 휘파람이 악일 수 있는지 선일 수 있는지, 말뚝에 입을 맞추는 편이 더 나은지 불 속으로 던지는 편이 나은지, 외투의 가장 멋진 색깔은 검은색인지 흰색인지 빨간색인지 회색인지, 외투는 길어야 하는지 짧아야 하는지, 좁아야 하는지, 넓어야 하는지 더러워야 하는지 깨끗해야 하는지 등등 아주 많은 의견 차이들이 있다.[11] 특히 하찮은 것에 생긴다면, 의견차이로 발생한 전쟁만큼 무시무시하고 피비린내 나고, 그것만큼 오래가는 전쟁은 없다.

---

11 각각 성찬식 성례의 의미, 예배 시 음악사용, 성상과 초상화에 대한 숭상, 성직자가 의식 집전 때 입기에 적당한 제의(祭衣)에 대한 기독교의 여러 교파 간의 오래된 의견 충돌에 대한 암시.

때로는 두 군주 사이에서 벌어지는 싸움은, 둘 중 누구에게도 권리가 없는 제삼의 영토를 둘 중 누가 빼앗을지 결정하는 것이다. 때로는 상대 군주가 자기에게 싸움을 걸까 두려워 먼저 싸움을 건다. 때로는 적이 너무 강해서 혹은 적이 너무 약해서 전쟁이 일어난다. 때로는 이웃 나라가 우리가 가진 것을 원하거나, 우리가 원하는 것을 가지고 있을 때 전쟁이 일어난다. 그들이 우리 것을 뺏어가거나 우리에게 그들의 것을 줄 때까지, 우리 둘 다 싸운다. 백성들이 기근으로 피폐해지고, 전염병으로 목숨을 잃거나 그들 간의 당파 싸움에 휘말린 후에, 한 나라를 침략하는 것은 전쟁의 아주 정당한 이유가 된다. 가장 가까운 동맹국의 도시 중 한 곳이, 혹은 어떤 지역이, 우리에게 접근이 편리한 곳에 있을 때, 우리 영토를 모나지 않고 완벽하게 만들어줄 경우, 그 동맹국에 전쟁을 일으키는 것도 정당하다. 만약 어느 군주가, 미개한 삶의 방식을 문명화시키고 개종시킬 목적으로, 가난하고 무지한 백성들이 사는 나라에 군대를 보낸다면, 그는 합법적으로 그들의 절반을 처형할 수 있고 나머지는 노예로 만들어도 된다. 어떤 군주가 자신이 침략당하지 않도록 지켜달라며 다른 군주에게 도움을 요청할 때, 침략자를 몰아낸 후, 도움을 준 군주가 그 영토를 빼앗아버리고 자신이 구해줬던 그 군주를 죽이거나 감옥에 가두거나 추방해버리는 것은 아주 당당하고 명예로우며 흔한 일이다. 혈연이나 결혼으로 맺은 동맹은 군주들 사이에 일어나는 전쟁의 충분한 원인이다. 친척이 가까우면 가까울수록 싸우고 싶은 생각이 점점 더 커진다. 가난한 나라는 굶주려 있고 부자 나라는 거만하다. 거만과 굶주림은 늘 상충하기 마련이다. 이러한 이유로 군인은 다른 모든 것 중에서 가장 영예로운 직업으로 간주한다. 왜냐하면, 군인은 자신을 공격한 적 없는 자신의 종족을 가능한 한 많이 무참하게 죽이도록 고용된 야후이기 때문이다.

마찬가지로, 유럽에는 일종의 거지 같은 군주들도 있는데, 이들은 스스로 전쟁을 일으키지 못하고 좀 더 잘사는 나라에 한 명당 하루에 얼마씩 받고 자신의 군대를 빌려주어 그것의 3/4을 챙기는데, 그 대부분을 그들 생활을 유지하는 데 사용한다. 그런 사람들은 유럽의 북부에 많이 있다."

내 주인이 말했다. "전쟁 문제에 관해 당신의 말을 들으니 사실 당신이 이성이 있는 척 주장하는 그 효과를 아주 제대로 알겠다. 하지만 부끄러움이 위험보다 훨씬 위대하다는 점과 당신이 나쁜 짓을 절대 많이 저지를 수 없도록 자연이 만들어놨다는 점은 천만다행이다.

당신들의 입은 얼굴에 납작하게 붙어 있기 때문에, 동의 없이는 서로 목적에 맞게 거의 물 수 없다. 그리고 당신 앞뒤 발 발톱 역시 아주 짧고 약해서 당신네 사람들 12명이 몰려와도 우리 야후 하나의 기세에 밀릴 것이다. 따라서 전쟁에서 죽임을 당했다는 사람들의 수를 다시 헤아려 볼 때, 나는 당신이 있지도 않은 것을 말했다고 생각할 뿐이다."

나는 그의 무지에 머리를 흔들며 웃지 않을 수 없었다. 전술에 대해 문외한은 아니었던 나는 그에게 대포와 컬버린포(砲)[12] , 장총, 소총, 권총, 탄환, 화약, 칼, 총검, 전투, 포위, 후퇴, 공격, 땅굴 파기, 포격, 해전에 대해 그에게 설명해주었다. 그리고 천 명의 선원들과

12 16~17세기의 장포.

함께 침몰한 배들, 양편에서 죽은 2만 명의 병사들, 죽어가는 사람들의 신음, 공중으로 날아가는 팔다리, 연기, 소음, 혼돈, 말의 발에 밟혀 죽어가는 모습, 도망, 추격, 승리에 대해서도 들려주었다. 그뿐만 아니라 들판에 흩어져서 개나 늑대, 맹금류들의 먹잇감이 돼 버린 시체들, 약탈, 강탈, 강간, 방화, 파괴 등에 관해 이야기했다. 사랑하는 영국인들의 용맹스러움을 분명히 알려주기 위해 포위 작전 한 번으로 100여 명의 적을 폭발로 날려버리고 그만큼의 사람들을 태운 배도 날리고, 자욱한 먼지 속에서 사체들이 산산이 조각나서 떨어져, 구경하는 사람에게 엄청난 구경거리가 된 것을 본 적이 있다고 자신 있게 말했다.

내가 좀 더 자세하게 설명하려고 할 때, 주인이 조용히 해달라고 지시했다. 그가 말하길, 야후의 본성을 아는 사람이라면 누구나, 야후는 아주 사악한 동물이라서, 그들의 힘과 교활함이 그들의 사악함과 같다면, 내가 명명한 모든 행동을 할 수 있을 거라 쉽게 믿을지도 모른다고 했다. 그러나 내 이야기가 그에게 야후 전체에 대한 혐오감을 점점 커가게 해서 이전에는 잘 몰랐던 불안감이 마음속에 생긴 것을 그가 알게 되었다. 이런 혐오스러운 말들에 익숙해진 자기 귀가 그것들을 서서히 덜 혐오하면서 인정하게 될 거라고 그는 생각했다. 비록 그가 이 나라의 야후들을 싫어하긴 하지만, 잔인한 맹금류인 그네이(Gnnayh)나 자기 말굽에 상처를 입히는 날카로운 돌보다 그들의 끔찍한 특징들을 비난하진 않았다. 그러나 이성이 있는 척하는 동물이 그러한 극악무도한 짓을 할 수 있다면, 그는 그 능력의 타락이 잔인성 그 자체보다 더 나빠질까 봐 염려했다. 따라서 이성이 아니라, 우리의 타고난 악덕을 증대시키는 데 알맞은 어떤 특질을 우리가 가지고 있다는 것을 그는 확신하는 것 같았다. 마치 상이 거친 시냇물에 반사되면, 더 커질 뿐 아니라 많이 왜곡되어 뒤틀린 모습으로 나타나는 것처럼 말이다.

그는 이에 덧붙여, 이번과 이전 대화에서 전쟁에 관한 이야기를 신물 나게 들었다고 말했다. 지금 그를 조금 당황스럽게 한 점이 또 하나 있었다. 내가 이미 그 의미에 대해 설명했던 법에 따라 우리 선원 중 몇 명이 몰락하니까 자기 나라를 떠난 사람이 있다고 그에게 말했다. 그러나 그는 모든 사람을 보호할 목적으로 만들어진 법이 어떻게 어떤 사람들을 몰락시킨다는 것인지 이해하지 못했다. 그래서 그는 내가 말한 법의 의미가 무엇인지, 그리고 영국에서 현행 관례에 따라 법을 집행하는 사람들에 대해 좀 더 이해시켜 주길 바랐다. 왜냐하면, 우리가 이성적인 동물이라고 주장한 대로, 본성과 이성은 해야 할 일과 하지 말아야 할 일을 우리에게 보여주는 점에 있어, 이성적인 동물을 위해서 충분한 안내자[13]라고 그는 생각했기 때문이다.

나는 주인에게, 내게 일어난 부당함 때문에 헛되이 변호사를 고용한 것을 빼면, 법률은 나랑 그다지 가깝지 않은 학문이라고 고백했다. 하지만 내가 할 수 있는 한 그를 최대한 이해시켜주겠다고 했다.

나는 말했다. "우리 세계에는 그들이 받는 보수에 따라 흰색이

13 키프로스의 제논 같은 고대 스토아학파들과 윌리엄 울러스턴 같은 근대 이신론자에 의해 대변되는 오랜 철학적 위치에 대한 간결한 표현. 이것은 스위프트와 새뮤얼 존슨처럼 좀 더 전통적인 종교적 관점을 지닌 작가들이 공격하는 흔한 주제였다. (이 문제에 대한 좀 더 자세한 설명은 Turner을 참고하라. 또한 Gwin Kolb, ed, Rasselas [Yale, 1990], p83 and n. 1을 참고하라.).

검은색이고, 검은색이 흰색이라는 목적을 위해, 증가시킨 말들을 이용해 젊을 때부터 증명 기술을 배워온 사람들의 부류가 있다. 이 사회를 위해 그들 외에 나머지 사람들은 모두 노예다. 예를 들어, 만약 이웃이 내 소가 맘에 있다면, 변호사를 고용하여, 내 소를 나한테서 가져가야 한다는 것을 증명하게 할 거다. 그러면 나는 내 권리를 보호해 줄 다른 변호사를 고용해야 한다. 그 누구라도 스스로 자신을 변호한다는 것은 모든 법규에 어긋나기 때문이다. 이제 이 경우, 진짜 주인인 나는 두 가지 엄청난 불이익을 당하게 된다. 첫째, 거의 어린 시절부터 거짓을 변호하도록 훈련받아온 나의 변호사는 정의로운 일을 변호 맡았을 경우 그것을 거북해한다는 것이다. 그것은 부자연스러운 일이기 때문에 그가 나쁜 의도를 가진 것은 아니지만, 대단히 어설프게 일을 처리하기 마련이다. 두 번째 불이익은 내 변호사는 대단히 신중하게 일을 처리해야 한다는 것이다. 그렇지 않으면 소송을 업신여기는 사람이라고 판사에게 질책받고 동료 변호사의 미움을 사게 될 테니까. 따라서 내 소를 보호하기 위해서는 단 두 가지 방법만 있다. 첫 번째는 두 배의 수임료로 내 상대 변호사를 내 편으로 끌어들이는 것이다. 그는 자기편이 정당하다고 슬쩍 말하면서 자기 의뢰인을 배신할 거다. 두 번째 방법은 내 변호사에게 그가 할 수 있는 한 내 소송 사건이 부당한 것처럼 보이게 만들어서 내 소를 상대방의 소유라고 인정하는 것이다. 이 일이 순조롭게 잘 진행된다면 이 방법은 분명 판사의 지지를 이끌어 낼 것이다.

이제 주인님이 알아야 할 것은 이런 판사들은 죄인들의 소송뿐만 아니라 재산과 관련된 모든 분쟁을 해결하도록 임명된 사람인데,

나이가 많거나 게으르지만 아주 유능한 변호사 중에서 선출된다. 그리고 평생 진실과 평등에 반하는 삶을 살아왔기 때문에 사기와 위증, 직권 남용 쪽을 편들어야 하는 빼도 박도 못하는 상황에 부딪히게 된다. 그래서 내가 알고 있는 몇몇 변호사들은 자기의 본성이나 일과 어울리지 않는 일을 하면서 장사를 망치기보다는 차라리 정의로운 편에서 주는 고액의 뇌물을 거절하곤 했다.

이전에 어떤 행동을 했든 그것은 합법적으로 다시 행해질 수 있다는 것이 이런 변호사들 세계의 불문율이다. 따라서 그들은 공통의 정의와 일반적인 인류의 이성에 반하여 만들어진 이전의 모든 결정을 기록하는 데 특별히 관심을 기울인다. 그들은 이런 것들을 판례라는 이름으로 부르면서, 아주 부당한 의견들을 정당화하기 위한 근거로 제시하며, 판사들은 반드시 그에 따라 판결을 내린다.

그들은 변호할 때, 소송 사건의 시비를 언급하는 대목은 애써 피하지만, 논지가 아닌 부차적인 상황에 관해 이야기할 때는 언성을 높이고 과격해지며 장황하게 말을 늘어놓는다. 예를 들어 이미 언급된 사건의 경우, 그들은 상대방이 내 소에 대해 어떤 권리나 자격을 가졌는지 알고 싶어 하기는커녕, 위에서 말한 소가 빨간색인지 검은색인지, 뿔이 긴지 짧은지, 내가 소에게 풀을 먹이는 들판이 둥근지 네모난지, 우유는 집에서 짜는지 밖에서 짜는지, 어떤 질병에 걸리기 쉬운지 등등을 알고 싶어 한다. 그 후에 그들은 판례를 찾거나 소송을 휴정하기도 하고 간혹 판결이 나올 때까지 10년, 20년, 혹은 30년이 걸릴 때도 있다.

또한, 이 세계에는 그들만의 독특한 은어나 전문용어가 있다는 사실이 밝혀졌는데, 다른 인간은 이해할 수 없으며 그들의 모든 법률도 그것으로 쓰여 있다. 그들은 그것을 증가시키는데 각별한 관심을 기울이고 있다. 그런 용어 때문에 그들은 진실과 거짓, 옳고 그름의 본질을 온통 혼란에 빠뜨렸다. 결국, 6대에 걸쳐 내 선조가 남긴 들판이 내 것인지, 아니면 480㎞ 떨어진 곳에 사는 낯선 사람의 것이지 결정하는 데 30년이 걸린다.

국가에 대한 반역죄로 기소된 사람들을 재판할 경우, 그 방법은 훨씬 더 간단하고 훌륭하다. 우선 판사는 권력을 가진 사람들의 성향을 살펴보기 위해 사람을 보낸 다음, 모든 정당한 법적 관례를 엄격하게 지키면서 마음 편히 죄인을 교수형에 처하거나 살려주면 된다.

여기서 내 주인은 내 말을 가로막더니, 내가 언급한 변호사들에 대한 설명에 따르면 그들처럼 엄청난 지력을 부여받은 동물들은 지혜와 지식으로 분명 다른 사람들의 지도자가 될 수 있을 텐데, 그런 것이 장려되지 못한다는 것이 안타깝다고 말했다. 나는 그 말에 대한 답변으로, 그들은 직업 외의 모든 측면에서 보면 우리 가운데 가장 무지하고 어리석으며, 일상적인 대화에서 가장 비열한 사람들이며 모든 지식과 학문의 적이라고 단언했다. 그들 직업의 주제처럼 다른 모든 대화의 주제에 대해서 인류의 일반적인 이성을 왜곡하는 경향이 있다고 말해 주었다.

6장

앤 여왕 치하의 영국에 대한 이야기가 계속 이어진다. 유럽 궁중의 총리대신에 대해 설명한다.

내 주인은, 이 변호사 종족들이 도대체 무슨 이유로 단지 자신의 종족을 해치기 위해, 불의의 동맹에 관여하여, 자신들을 괴롭히고 불안에 빠뜨리고 피곤하게 하는지, 아직 전혀 이해하지 못했다. 그리고 그들이 고용되어 그런 일을 한다고 내가 말했을 때 그 의미 역시 이해하지 못했다. 그 때문에 나는 돈의 용도, 그것의 원료, 그 금속의 가치에 대해 그에게 설명하느라 진땀을 뺐다. 그리고 야후가 이 귀중한 물질을 많이 모았을 때, 그는 가장 멋진 옷, 가장 고급스러운 집, 광대한 영토, 아주 비싼 고기와 술 등 자신이 원하는 것은 뭐든 살 수 있다. 그리고 가장 아름다운 여성을 선택할 수 있다. 이렇게 돈만으로 이 모든 굉장한 일들을 할 수 있기에, 본성적으로 낭비나 탐욕에 빠지기 쉬운 우리 야후들은 쓰거나 저축할 돈이 충분치 않다고 생각한다. 부자들은 가난한 사람들 노동력의 결실을 향유하고, 가난한 사람들과 부자의 비율은 1,000 대 1이라고 한다. 많은 사람이 소수의 사람을 풍족하게 살도록 해주기 위해 적은 급료를 받고 매일 노동을 하다 보니 비참하게 살 수밖에 없다고 주장했다. 나는 이런 이야기들과, 같은 취지의 다른 많은 사항을 아주 상세히 설명했다. 그러나 주인은 여전히 어찌할 줄 몰랐다. 그는 모든 동물은 누구든 땅에서 나는 산물에 제 몫을 가질 정당한 권리가 있다는 가정에 근거해서 판단했다. 나머지를 지배하는 인간의 경우는 특히 더하다. 따라서 그는 이 값비싼 음식들은 도대체 무엇인지, 우리가 어째서 그것을 원하는지 알려달라고 했다. 나는 수많은 종류의 음식과 그것들을 다듬는 다양한 방법에 대해 머릿속에 떠오르는 대로 열거했다. 마시는 술뿐만 아니라, 소스와 그 밖의 다른 편익을 찾기 위해, 세계 각지로 배를 보내지 않으면 이런 것들은 할 수 없다. 잘사는 암컷 야후가 아침을 먹거나 차를 마시려면 이 지구를 적어도 세 바퀴는 돌아야 한다고 장담했다. 그는 자기 나라 국민들에게 음식을 제공할 수 없는 나라는 분명 불행한 나라일 거라고 말했다. 그러나 내가 설명한 그 광대한 영토에 신선한 물이 전혀 없다는 것과 그 마실 물 때문에 바다 건너 다른 곳으로 사람을 보내야 한다는 것이 무척이나 의아했던 모양이다. 나는 이렇게 대답해주었다. "내가 태어난 영국에서는 곡식에서 추출하거나, 훌륭한 술을 만드는 특정 나무 열매에서 짜낸 술뿐만 아니라, 국민들이 먹을 수 있는 음식량을 세 배 이상 생산하는 것으로 추정한다. 그리고 같은 규모의 갖가지 생필품들을 생산하는 것으로 추정한다. 그러나 남자들의 사치와 무절제, 여자들의 허영심을 충족시키기 위해, 대다수 필수품은 다른 나라에 보내고 그 대신 그곳에서부터 질병, 어리석음, 악행의 재료를 소비하기 위해서 들여온다. 그러다 보니, 수많은 사람이 구걸이나 강도질, 절도, 사기, 매춘, 위증, 아첨, 매수, 위조, 도박, 거짓말, 아양 떨기, 위협, 투표, 낙서, 공상, 독살, 오입질, 위선, 중상 모략, 자유사상[14], 그 외의 다른 일거리로 불가피하게 자신의 생계를 유지할 수밖에 없는 처지에 놓이게 된 것이다(나는 이 모든 용어를 그에게 이해시키느라 무척이나 고생했다).

포도주는 물이나 다른 음료들의 부족분을 보충하기 위해 외국에서 영국으로 들여온 것이 아니라, 그것을 마시면 우리의 감각이 무뎌지면서 즐거워지기 때문이다. 우울한 생각을 전부 날려버릴 수 있으며, 머릿속에 유쾌하면서도 기발한 상상이 샘솟고, 희망을 불러일으키며, 두려움을 없애주고, 모든 이성적인 일들을 잠시 멈추게 하고, 팔다리를 움직이지 못하게 하다가 결국 깊은 잠에 빠지게 하기 때문이다. 잠에서 깨면 머리가 아프고 맥이 빠질 뿐만 아니라, 이 음료를 마시면 많은 질병에 걸려 결국 괴롭게 살다가 일찍 죽게 된다고 고백하지 않을 수 없다.

그러나 이와 더불어, 대다수 사람은 부자에게, 또 서로에게 생필품이나 유용품들을 공급하면서 스스로 생계를 유지해나간다. 예를 들어 내가 집에서 마땅히 입어야 할 것을 입었다면, 나는 백여 명의 장인의 솜씨를 몸에 걸치고 있는 셈이다. 내 집에 있는 건축물이나 가구들은 그 이상의 많은 사람을 고용하고, 아내를 치장시키는 데도 그 다섯 배의 사람들이 필요하다."

나는 가끔 나의 선원 중 많은 사람이 병으로 목숨을 잃었다고 주인에게 말해서, 아픈 사람들을 돌보면서 생계를 유지하는 사람들인, 다른 부류의 사람들에 관해서 계속 이야기했다. 그러나 당시 내 말의 의미를 그에게 이해시킨다는 게 여간 힘든 일이 아니었다. 휴이

14 존슨은 '자유사상가'를 '난봉꾼(종교를 경멸하는 사람)'으로 정의하면서 스위프트의 'Argument against Abolishing Christianity'을 인용한다.

넘이 죽기 며칠 전에 점점 기력이 약해지면서 괴로워한다든지, 사고에 의해 팔다리에 상처를 입을 수도 있다는 것은 그도 쉽게 이해했다. 그러나 모든 것을 완벽하게 만드는 자연이 우리 몸을 고통스럽게 내버려 둔다는 것은 터무니없는 일이라고 생각했으며, 그 이해할 수 없는 질병의 원인을 알고 싶어 했다. 나는 그에게 말했다. "서로 반대로 작용하는 천여 가지의 것들을 우리는 먹으며 살고, 배가 고프지 않을 때 먹고, 목이 마르지 않는데도 물을 마신다. 그리고 음식은 입에 대지도 않고 독한 술을 밤새도록 마시는데, 그러다 보면 게으름을 피우고 싶어지고 몸에서 열이 나고 소화를 촉발하거나 방해한다. 창녀 야후는 특정 고질병에 걸리는데 그것은 그들과 관계를 맺은 사람들의 뼈를 썩게 한다. 이것 외에 다른 많은 질병은 아버지한테서 아들에게 유전되고 그 결과 아주 많은 아기가 복잡한 고질병에 걸린 채 태어난다. 인체가 걸리기 쉬운 모든 질병의 목록을 당신에게 알려주려면 한도 끝도 없을 것이다. 사지와 관절에 퍼지는 질병들만 해도 최소한 5~6백여 개나 되기 때문이다. 요컨대, 신체 안팎의 모든 부분이 질병을 제 것으로 만든다는 말이다. 질병을 치료하기 위해, 환자들을 치료한다는 미명이나 말로만, 우리 가운데 교육을 받은 사람들이 있다. 나는 그 기술을 좀 가지고 있기 때문에, 주인에 대한 감사의 마음에서 그들이 행하는 모든 비밀과 방법들을 알려주겠다.

모든 질병은 과식에서 비롯된다는 것이 그들의 기본 원칙이다. 그래서 그들은 자연적인 배설이든 입을 통한 구토든, 몸속을 아주 깨끗이 비우는 것이 필수적이라고 단정한다. 그다음으로 그들이 하는 일은 약초와 무기물, 수액, 기름, 조개껍데기, 소금, 즙, 해초, 배설물, 나무껍질, 뱀, 두꺼비, 개구리, 거미, 죽은 사람의 살과 뼈, 새, 짐승과 물고기를 이용해서 그들이 생각할 수 있는 것 중 가장 끔찍하고 메스꺼우며 혐오스러운 맛과 냄새를 지닌 혼합물을 제조하는 것이다. 위장은 이런 것들을 먹자마자 질색하며 뱉어내는데, 그들은 이것을 구토라고 한다. 아니면 같은 재료에 몇 가지 다른 역한 첨가물들을 섞은 다음, 장을 괴롭히고 메스껍게 만드는 약물을(그 당시 의사 마음 내키는 대로) 인체의 위나 아래 구멍 안으로 넣으라고 지시한다. 그러면 배 속의 긴장이 풀어지면서 약 이전에 먹었던 모든 것이 아래로 내려가는데, 이것을 하제 혹은 관장이라고 한다. (의사들의 주장으로는) 고체와 액체를 투입할 때는 위쪽 정면 구멍을, 배출할 때는 은밀한 뒤쪽 구멍을 사용하는 것이 자연의 섭리인데, 질병에 걸리게 되면 자연이 제 자리에서 쫓겨난 것이기 때문에, 자연을 제 위치로 돌려놓으려면 각 구멍의 용도를 서로 바꿔 고체와 액체를 항문으로 쑤셔 넣고 입으로 배출하도록 만드는 식으로, 몸을 정반대 방법으로 다뤄야 한다는 게 명인들의 기발한 생각이다.

그러나 우리는 원인이 확실한 질병뿐만 아니라 비실제적인 질병[15]에 걸리는 경우도 많은데, 그 때문에 의사들은 가상의 치료법을 만들었다. 이 치료법들에는 여러 가지 명칭이 있고 적절한 약물에도 명칭이 있으며 보통 여자 야후들이 이런 질병에 많이 걸린다.

이런 집단의 가장 대단한 능력은 예후를 판단하는 기술인데, 좀

15 스위프트는 우울함, 의기소침, 좀 더 일시적인 침울함 같은 심리적 질병을 생각하고 있는데, 애매하지만 만연된 이러한 질병들은 우울증이나 만성 피로 증후군 같은 애매한 현대 질병과 거의 비슷하다.

처럼 틀리는 법이 없다. 어떤 질병이 불치의 수준으로 심해지면 실제 질병에 대한 그들의 예언들은 일반적으로 사망을 예고하는데, 회복이 안 되면 사망하기 마련이다. 그 때문에 사망선고를 내린 후 예기치 못한 회복의 징후가 보일 경우, 잘못 진단했다고 비난을 받기보다는 오히려 시기적절한 복용량으로 그들의 유능함을 세상에 증명할 줄 안다.

마찬가지로 그들은 배우자에게 점점 지쳐가는 남편과 아내, 장남이나 총리대신, 종종 군주에게도 특별한 쓸모가 있다."

나는 예전에 종종 내 주인과 일반적인 정부의 본질, 특히 전 세계의 경탄과 부러움을 받아 마땅한 우리의 훌륭한 헌법에 관해 이야기를 나누곤 했다. 하지만 여기에서 우연히 총리대신을 언급하자, 그는 잠시 뜸을 들이다가 그 명칭은 어떤 종류의 야후를 의미하는 것인지, 그에 대해 알려달라고 부탁했다.

나는 그에게 말했다.[16] "내가 설명하고자 했던 총리대신이라는

---

16 Ford의 책들에 줄을 그어 지워버리고 1735년에 생략한 이 구절에 대해 원문 주석을 참조하라. 그가 Motte에게 보내는 편지에서, Ford는 '나는 작고한 여왕의 평판에 대해 대단한 존경심을 가지고 있고 다른 사람들이 같은 존경심을 표할 때도 항상 즐겁다. 하지만 그녀와 관련된 이 단락은 논지에서 상당히 많이 벗어난 것처럼 보이기 때문에 나는 그것을 같은 작가가 썼다고 생각하지 않는다. 나는 당신과 당신 친구들이 그것을 고려하길 바라며, 다음 판에서 이 부분을 생략해주길 바란다. 여왕이 통치하는 동안 총리대신이나 다른 사람에 의해 통제를 받았다는 사실을 세상 사람들 모두 알고 있기 때문에, 실제로 그것은 분명 사실이 아니다. 나는 작가가 누구에게나 아첨하는 버릇이 있는지 실제로 국왕이나 총리대신 등 누구에게라도 아주 호의적인지는 알 수 없다.'라고 썼다. 공격을 피하고자 하는 Motte의 욕심이 이 단락을 생략한 가장 그럴싸한 이유인 것 같다. 하지만 F.P. Lock는 Motte가 스위프트의 원고를 정확하게 인쇄했고 이 단락은 앤 여왕과 대조적인 조지 1세에 대한 신랄한 비평을 보여주며 스위프트가 문체상의 이유로 재고 후 교체했다고 주장한다. (Lock[1980], pp.83-5).

사람은 기쁨과 슬픔, 사랑과 증오, 연민과 분노의 감정이 전혀 없는 존재이다. 부와 권력, 직책에 대한 강렬한 욕망 이외의 최소한 다른 어떤 것에도 열정을 보이지 않는다. 그리고 모든 일에 말을 사용하지만 제 맘을 보여주는 말은 하지 않는다. 거짓으로 여기게 할 의향을 제외하고는, 그는 결코 진실을 말하지 않으며, 진실이라고 여기게 할 의도를 제외하고는 거짓말을 하지 않는다. 그가 뒤에서 몹시 나쁘게 말하는 사람들은 승진으로 가는 아주 확실한 길에 있고 그가 다른 사람이나 당신에게 당신을 칭찬하기 시작한다면 당신은 그날부터 버림을 받는다. 당신이 받을 수 있는 최악의 징표는 약속이며, 특히 철석같은 맹세를 받아냈다 해도, 맹세를 받은 후 현명한 사람은 은퇴하고, 모든 희망을 포기한다.

총리대신 자리에 오르는 방법이 세 가지 있다. 첫째, 아내와 딸, 여동생을 신중히 처리하는 법을 앎으로써 둘째, 선임자를 배신하거나 헐뜯음으로써 셋째, 왕정의 부패에 대한 대중 집회에서 몹시 화난 열의를 보임으로써. 하지만 현명한 군주는 이 방법 중 마지막 방법을 사용하는 사람들을 고용하고 싶어 한다. 그러한 열성적인 사람들은 자기 주인의 의지와 열정에 아부와 복종을 아주 잘한다는 사실이 입증되었기 때문이다. 이들 대신은 자기 맘대로 고용할 수 있기 때문에, 상원이나 대회의의 대다수 의원을 매수함으로써 자신의 권력을 공고히 유지하고 급기야 면책법[17](나는 이 법에 대한 특징을 그에게 설명했다)이라는 수단을 통해 심판 이후 자신을 보호했고 국가의 약탈품을 잔뜩 챙겨 공직에서 은퇴했다.

---

17 특히 시민 혁명 동안 왕에 대항해 싸웠던 거의 모든 사람을 사면하면서 1660년 8월 영국에 군주제 귀환과 함께 통과된 법과 관련이 있다.

총리대신의 관저는 그의 업무와 관련해서 다른 사람들을 교육하는 양성소다. 시종과 하인, 수위들은 제 주인 흉내를 내어 자신이 맡은 몇몇 구역에 총리대신이 되고 세 가지 중요한 구성요소인 거만, 거짓말, 매수 잘하는 법을 배운다. 따라서 그들은 가장 높은 계급을 가진 사람들이 그들에게 하사하는 부속 관저에서 지내고 간혹 영특함과 뻔뻔스러움 때문에 몇 번의 단계를 거쳐 장관의 후임에 오르기도 한다.

그는 보통 타락한 처녀 혹은 총애하는 종복의 지배를 받는데, 그들은 모든 호의가 전달되는 통로이고, 최후의 수단으로 국가의 지배자라고 불리는 것이 당연할지도 모른다."

어느 날, 나랑 이야기를 나누던 주인은 내가 영국 귀족에 대해 언급한 것을 듣고는 기꺼이 내게 과분한 찬사를 늘어놓았다. 사실 그는 내가 귀족 가문에서 태어났을 거라고 확신했다. 힘이나 민첩성에서 기대에 못 미치는 것 같긴 하지만 그것은 내가 다른 짐승들과는 다른 방식으로 사는 탓으로 돌리고 내 모습과 피부 색깔, 청결함에서 자기 나라의 모든 야후보다 훨씬 뛰어났기 때문이다. 게다가 나는 언어에 대한 재능까지 부여받았을 뿐만 아니라 어느 정도 이성의 싹수도 지니고 있었기 때문에 나는 그의 모든 지인에게 천재로 통했다.

그는 휴이넘들 가운데 흰색 말과 밤색 말, 철회색 말들이, 적갈색 말과 회색 바탕에 검은 얼룩점이 있는 말, 검은색 말들과 똑같이 생기지 않았음을 주목하라고 했다. 또한, 그들의 이성적 능력이나, 자신을 향상하는 역량들도 다르게 타고났다고 말했다. 따라서 그들은 계속해서 하인 신분이고 자기 종족 외에는 짝짓기하고 싶어 하지 않는데, 그 나라에서 그것은 끔찍하고 부자연스러운 것으로 인식된다고 했다.

주인이 나에 대해 가진 호의적인 생각과 관련해서, 나는 주인에게 최대한 겸손하게 감사의 인사를 전하면서 동시에 나는 미천한 출신이며 내게 나쁘지 않은 교육을 해줄 수 있는 정도의 평범하고 정직한 부모님에게서 태어났다고 분명히 밝혔다. 그리고 나는 이렇게 덧붙였다. "영국에 사는 귀족들은 당신이 생각하는 것과 완전히 다르다. 젊은 귀족들은 어린 시절부터 게으르고 사치스럽게 자라고, 성년이 되면서 정력을 낭비하고 음탕한 여자들 사이에서 끔찍한 병에 걸린다. 그러다가 재산을 거의 탕진하기라도 하면 비천한 태생의 무례하고 불량한 성격을 지닌 여자들과 결혼을 하는데, 그것은 단지 돈 때문이며 그들은 그런 여자들을 싫어하고 경멸한다. 그런 결혼으로 태어난 아이들은 대개 연주창, 구루병에 걸리거나 기형아였기에 그 가정의 부인이 자손을 번창시키고 유지하기 위해 이웃이나 하인 중에서 건강한 아버지를 구하지 않는 한 그 가정은 3대 이상 이어질 수 없다. 질병에 걸린 약한 몸, 야윈 얼굴, 병색이 완연한 얼굴색이 귀족 핏줄이라는 확실한 표시이다. 건강하고 씩씩한 외모일 경우 세상 사람들은 그의 생부가 마부라고 단정을 짓기 때문에 귀족들에게는 아주 수치스러운 일이다. 육체의 결함은 우울, 둔감, 무지, 변덕, 음탕, 자만심의 복합인 정신적 결함과 일맥상통하다.

이 잘난 귀족들의 동의 없이는 어떤 법도 만들어지거나 폐지되거나 변경할 수 없으며 이들은 항소 없이 우리의 모든 재산의 결정권을 가진다."

7장

저자의 위대한 조국애. 저자가 설명한 영국의 헌법과 행정에 대해 유사한 사례와 비유들을 드는 주인의 의견. 인간 본성에 대한 주인의 견해.

독자 여러분은, 나와 야후가 전적으로 일치한다는 것 때문에 이미 인간 종족에 대해 극도로 불쾌한 생각을 품고 있는 존재에게 내 종족에 대해 어떻게 그리 허심탄회하게 설명할 마음이 생겼는지 궁금할지 모른다. 그러나 인간적인 부패와 정반대 사고방식을 지닌 이 훌륭한 네 발 달린 동물의 많은 덕목이 내 눈을 활짝 뜨게 하고 이해력을 넓혀주어서, 나는 아주 다른 조명에서 인간의 행동과 열정을 보았고, 내 종족의 명예가 조심스럽게 다뤄져야 할 가치가 없다는 생각이 들기 시작했다. 더군다나 내 주인처럼 예리한 판단력의 소유자 앞에서 그렇게 한다는 것은 불가능한 일이었다. 그는 나 자신의 수많은 결점을 매일 확인시켜 주었는데, 전에는 전혀 생각지도 못했고 우리 세상에서는 결점 축에도 속하지 않는 그런 것들이었다. 또한, 나는 그의 사례를 통해 모든 거짓과 속임수를 극도로 혐오하게 되었고, 진실이 나에게 상당히 호의적으로 보였기 때문에 나는 그것을 위해 모든 것을 희생하기로 했다.

내가 영국 상황에 대해 허심탄회하게 설명했던 좀 더 강한 동기가 하나 더 있음을 독자 여러분에게 솔직하게 털어놓고자 한다. 나는 이 나라에 온 지 일 년도 안 돼, 사악해지는 그 어떤 사례나 동기가 없는 이곳 주민들을 사랑하고 존경하게 되었던 터라, 인간 세상으로 절대 돌아가지 않고 이 사랑스러운 휴이넘들과 함께 관조하고 모든 덕목을 실천하면서 여생을 보내기로 마음을 굳혔다. 물론 나의 영원한 적 '운명' 때문에, 이렇게 더할 나위 없는 행복은 내 몫이 될 수 없었지만 말이다. 어쨌든, 내가 우리나라 사람들에 관해 이야기할 때 매우 엄격한 검사관 앞에서처럼, 감히 용기를 내어 그들의 결점을 될 수 있는 한 가볍게 했고, 내용이 견딜 수 있는 만큼 호의적인 관점을 주었다고 회상하니 조금은 안심이 된다. 사실 자신의 편애와 편견 때문에 자기 조국 쪽으로 흔들리지 않을 사람이 누가 있겠는가?

주인과 나눴던 여러 가지 대화 내용을 내가 들려주고, 대부분의 그 시간 동안 내 주인의 보살핌을 받는 영광을 누렸지만, 사실 간결함을 위해서 여기에 적은 것보다 훨씬 많은 이야기를 생략했다.

나는 그의 모든 질문에 답하는 동안에, 그의 호기심이 충분히 충족되는 듯했다. 그러던 어느 날 이른 아침 그가 나를 불러 가까이 앉으라고 하더니(이전에는 내가 한 번도 받아본 적 없던 특권이었다) 나와 내 조국과 관련된 내 모든 이야기를 아주 진지하게 생각 중이라고 말했다. 그러면서 우리를 '짐작도 할 수 없는 어떤 사건'에 의해 아주 약간의 이성을 배당받은 동물로 간주했고, 우리는 그것의 도움으로 타고난 타락을 악화시키고 자연이 우리에게 부여하지 않은 새로운 타락을 취득한다. 자연이 우리에게 부여한 몇몇 능력들을 스스로 빼앗았다. 타고난 결함을 증가시키는 데 대성공을 거두었고, 우리가 만든 발명품으로 그런 결함을 메우는데 쓸데없는 노력을 하면서 평생을 보내는 것 같다고 말했다. 나에 대해서도, 분명 나는 보통의 야후만큼 힘이 세거나 민첩하지 못하다. 뒷다리로 불안하게 걸을 뿐만 아니라, 발톱도 방어나 다른 용도로 사용할 수 없고, 햇빛과 악천후의 피난처로 생각했던 턱수염을 제거하는 장치까지 고안해냈다고 했다. 마지막으로 나는 이 나라에 사는 나의 형제(그들은 이렇게 말한다) 야후들처럼 빠르게 달리거나 나무를 타지도 못한다고 했다.

정부 및 법이라는 우리의 제도는 분명 이성, 즉 덕에서 엄청난 결함들 때문인 것이 명백하다. 왜냐하면, 이성적인 동물들을 지배하는 데 이성만 있으면 충분하다고 했다. 심지어 내 동포에 대한 나의 설명만 하더라도, 그것은 우리가 조금도 이의를 제기할 수 없는 특징이라고 주장했다. 아무리 내가 동포들을 옹호하기 위해 많은 사항을 숨기고, 있지도 않은 일을 자주 말한다는 걸 자기도 분명히 눈치 채고 있어도 말이다.

그는 이 견해에 대단히 확고부동했다. 왜냐하면, 힘, 민첩성, 활동성, 손발톱의 짧음, 그리고 자연이 관여하지 않은 다른 특징들과 관련해서, 나의 실질적인 단점인 곳을 제외하면, 다른 야후들과 내 신체의 모든 부분이 닮았다는 것에 동의했듯이, 마찬가지로 우리의 생활과 예절, 행동들에 대해 내가 그에게 해준 설명들을 통해 우리의 정신 역시 야후와 거의 닮은 것 같다고 말했기 때문이다. 그가 말한 바로는, 야후들은 다른 동물 종족들이 그러는 것보다 더 서로 싫어하는 것으로 알려졌다. 보통 그 이유를 들자면, 야후 자신들 모습의 불쾌함 때문인데, 자신들을 제외한 나머지 모든 동물에게서는 그것을 보면서, 자신들에게선 보지 못하기 때문이라고 했다. 따라서 그는 우리가 옷으로 몸을 가려, 그 덕분에 상대방에게 자신의 기형적인 모습들을 숨기는 것이—그렇지 않으면 참아내기 힘들었을 테니까—그리 어리석은 생각은 아니라고 여기기 시작했다. 그러나 인제 보니 자신이 잘못 생각했다는 것을 알겠다고 했다. 자기 나라에 있는 그 짐승들의 불화는, 내가 그것을 설명했던 대로, 우리의 불화와 똑같은 원인 때문이라는 것을 알게 됐다는 것이다. 그 이유를 그는 이렇게 설명했다. "만약 50명이 충분히 먹을 수 있을 정도의 음식을 다섯 명의 야후에 던져도 그들은 평화롭게 음식을 먹기는커녕 각자 자기가 전부 독차지하겠다며 싸움을 시작한다. 따라서 집 밖에서 그들에게 먹이를 줄 때는 보통 하인 한 명이 지키고 서 있고, 녀석들이 집에 있을 때는 서로 떨어뜨려 묶어 둔다. 가령 암소가 노령으로, 혹은 사고로 죽기라도 하면, 휴이넘이 자기 집 야후에게 주려고 손에 넣기도 전에, 이웃에 있는 야후들이 그것을 빼앗아 가기 위해 떼로 몰려들고, 그런 다음 내가 언급했던 그런 싸움이 발생한다. 비록 우리가 만든 편리한 살상 무기 같은 것이 없으므로 서로 죽이지는 못하지만, 발톱으로 서로 심각한 상처를 낸다. 어떤 경우 그 비슷한 전쟁이 분명한 이유도 없이 여러 동네로 번져 야후들끼리 싸우기도 한다. 한 구역에 있는 야후들은 옆 동네의 야후들이 준비하기 전에 기습할 기회만을 엿본다. 하지만 만약 그런 계획이 무산됐다는 것을 알게 되면 그들은 집으로 돌아가고, 싸울 상대가 부족하여 자기들끼리 소위 내란을 일으키기도 한다."

이 나라 몇몇 들판에는 여러 가지 색깔로 빛나는 돌들이 있는데, 야후들은 그 돌들을 무척이나 좋아한다. 이런 돌들 일부는 땅에 박혀 있는데, 간혹 우연히 돌들을 발견하면 그들은 온종일 발톱으로 땅을 파서 돌을 빼내 자기 사육장에 쌓아 숨겨둔다. 하지만 동료들이 제 보물을 발견할까 봐 계속해서 아주 긴장하며 주위를 살핀다. 내 주인은 말하길, 이런 비자연적인 성향을 가지게 된 이유나 이런 돌들이 야후에 무슨 소용이 있는지는 전혀 밝혀낼 수 없었다고 했다. 그러나 이제는 내가 인류에게 기원했다고 한 탐욕과 같은 원리에서 유래한 것일 수 있다고 그는 생각했다. 그리고 예전에 시험 삼아 야후 중 한 명이 돌들을 묻어놨던 곳에서 한 무더기의 돌들을 몰래 없앤 적이 있는데, 그때 이 욕심 많은 동물은 자기 보물을 잃어버리자 큰소리로 슬퍼했고 그 소리에 야후들이 그곳으로 모여들자, 비통하게 울부짖더니 마구 물어뜯기 시작했고, 급기야 점점 야위어 가기 시작했고, 먹지도 자지도, 일하지도 않자 결국 그는 하인을 시켜 몰래 같은 구멍으로 돌들을 옮겨 전처럼 숨겨뒀고, 그 사실을 알게 된 야후는 이내 기운을 차리고 밝아졌다고 한다. 하지만 주의를 기울여 더 괜찮은 은신처로 돌들을 치웠고 그 이후부터 고분고분하게 아주 말을 잘 듣는 짐승이 되었다고 한다.

내 주인은 이 빛나는 돌들이 가득한 들판에 이웃 야후들이 계속 침입하여 아주 격렬한 싸움이 빈번히 일어났다고 주장했는데, 사실 나 또한 그것을 직접 목격한 적이 있었다.

그는 야후 두 명이 들판에서 그런 돌 하나를 발견하여, 그들 중 어느 한쪽이 소유자가 될지 겨루고 있을 때, 제삼자가 기회를 잡아, 그 둘로부터 그것을 가져가 버리는 경우도 비일비재하다고 말했다. 내 주인은 그건 우리의 법정 소송과 어느 정도 닮은 데가 있다고 주장했다. 나는 그 점에 대해 그의 잘못된 생각을 깨우쳐 주지 않는 것이 우리의 평판에 득이 된다는 생각이 들었다. 그가 내린 판단은 우리들의 수많은 법령보다 훨씬 공정했기 때문이다. 그곳의 원고와 피고인은 그들 다툼의 원인인 돌 이외에는 잃을 게 없지만, 우리의 형평법 법원[18]은 둘 중 한쪽이 뭔가 남아있는 것이 있는 한 절대 소송을 취하하지 않는다.

계속해서 이야기하던 내 주인은 풀이든 뿌리든, 열매든, 동물의 부패한 사체든, 혹은 이런 것들의 뒤범벅이든, 보이는 것은 뭐든 다 먹어치우는 야후들의 무차별적인 식성만큼 야후를 끔찍하게 만드는 것은 없다고 주장했다. 게다가 성미 또한 유별나서, 집에서 그들에게 제공되는 훨씬 좋은 음식보다 멀리 떨어진 곳에서 약탈하거나 훔쳐 얻은 것을 훨씬 좋아한다고 했다. 만약 그들에게 먹이가 계속 주어진다면 당장에라도 배가 터질 때까지 먹을 것이고, 그러면 자연은 일상적인 배설을 하게 만드는 특정 뿌리를 그들에게 알려 준다.

또한, 즙이 아주 많은 또 다른 뿌리가 있는데, 다소 희귀해서 찾기가 어렵다. 야후는 그것을 아주 열심히 찾아 아주 즐겁게 빨아먹는다. 그것에는 와인이 우리에게 주는 것과 같은 효능이 있다. 그것을 먹으면 야후들끼리 서로 부둥켜안기도 하고 물어뜯기도 한다. 또한, 울부짖기도 하고 이를 드러내며 웃고 재잘거리고 뒹굴고 비틀거리고 넘어지다가 진흙에서 잠이 들어버린다.

사실 나는 야후가 이 나라에서 병을 달고 사는 유일한 동물이라는 것을 알았다. 하지만 우리 가운데 사는 말들이 앓는 병의 수보다 훨씬 적었고, 그들이 받는 형편없는 취급 때문이 아니라 이 더러운 짐승의 불결함과 탐욕 때문에 병에 걸린다. 그들의 언어에는 그런 질병들에 대한 일반적인 호칭도 없는데 그 동물의 이름을 따서

18 다른 법정의 엄격함은 완화하고 법조문에 좀 더 의존하는 형평성과 양심에 따른 법정.

야후의 병(흐니어 야후)이라고 불렀고 치료법이라고 해봐야 그들의 대소변을 섞어 야후의 입에 강제로 집어넣는 게 고작이었다. 그 후 나는 이 방법이 간혹 성공하기도 한다는 걸 알게 되었고 이 자리를 빌려 영국에서 과식 때문에 생긴 모든 질병을 치료하는 훌륭한 특효약으로, 공익을 위해 영국 사람들에게 이 방법을 거리낌 없이 추천하는 바이다.

학문, 정부, 예술, 제조, 등등과 관련해서 내 주인은 자기 나라의 야후들과 우리나라의 야후들 사이에 닮은 점이 거의 없음을 인정했다. 다만 본성상 어떤 유사성이 있는지 알고 싶어 했을 뿐이었다. 사실 그는 대부분의 무리 속에는 지배하는 야후가 있다는 얘기(공원에 우두머리 수사슴이 있는 것처럼 말이다)를 호기심 많은 몇몇 휴이넘을 통해 들었다. 녀석은 늘 나머지 다른 야후들보다 신체적으로 훨씬 모양이 흉했고 성격도 괴팍했다. 이 우두머리는 자기와 많이 닮은 야후를 총애했는데, 그 야후가 하는 일은 주인의 발과 엉덩이 쪽을 핥고 여자 야후를 우두머리의 집으로 데려가는 것이었다. 그 대가로 그는 가끔 나귀 고기 한 점을 상으로 받았다. 총애를 받는 이 야후는 전체 무리의 미움을 사게 되고 따라서 자신을 보호하기 위해 항상 우두머리 곁에 붙어 다녔다. 그는 대개 더 나쁜 야후가 발견될 때까지 그 자리를 계속 차지했다. 하지만 버림을 받는 바로 그 순간, 그 지역의 남녀노소 모든 야후가 그의 후임자를 앞세우고 다 함께 몰려와서는 그의 머리에서 발끝까지 온몸에 배설물을 뿌려댔다. 하지만 내 주인은 우리 궁정 사람들, 총애를 받는 사람들 그리고 대신들에게 이것이 어느 정도까지 적용될 수 있는지는 내가 가장 잘 판단할 수 있을 거라고 했다.

나는 이 악의적인 암시에 감히 아무런 대답도 하지 못했다. 이것은 인간의 지성을 일반적인 사냥개의 총명함보다 못한 것으로 격하시켰기 때문이다. 사냥개라고 하면 무리 중에 가장 훌륭한 개의 울음소리를 실수 없이 구별해내고 뒤쫓을 만큼 충분한 판단력을 지니고 있다.

내 주인은 야후들에 희귀한 특징들이 있다고 말하면서, 내가 인간에 대해 설명할 때 그런 특징들에 대해 전혀 언급하지 않았다고 했다. "다른 짐승들과 마찬가지로 이 동물들은 공통으로 자신의 암컷들을 가지고 있다. 하지만 이 점에서 그들의 다른 점은 암컷 야후는 임신 중에도 수컷을 받아들이며, 수컷들은 수컷들끼리 싸우는 것처럼 암컷과도 격렬하게 다투고 싸웠다. 이런 행동들은 악명 높을 정도로 잔인한데, 아무리 신경질적인 동물들도 이 정도까진 가지 않는다." 그가 야후에 대해 궁금했던 또 한 가지는 다른 모든 동물은 선천적으로 깨끗한 것을 좋아하는 것 같지만, 야후들은 이상하게도 불결하고 더러운 것을 좋아하는 경향이 있다는 점이다. 앞서 말한 두 가지 비난에 대해서는 내 종족을 변호해줄 만한 말이 없었던 까닭에 아무 답변 없이 그냥 넘어갔다. 만약 해 줄 말이 있었다면 내 성격상 분명 그렇게 했을 것이다. 하지만 마지막 항목과 관련해서, 만약 그 나라에 돼지가 있었다면(그곳에 돼지가 없다는 것이 안타깝긴 하지만) 그 특이성의 오명으로부터 인간의 결백함을 쉽게 입증할 수 있었을 것이다. 비록 돼지가 야후보다 좀 더 고분고분한 네발짐승이긴 하지만 감히 더 청결하다고 정정당당하게 주장할 수는 없다. 따라서 내 주인이 더럽게 먹이를 먹고 진흙 바닥에서 뒹굴며 자는 돼지들의 습성을 봤다면 스스로 인정할 수밖에 없었을 것이다.

또한, 내 주인은 자기 하인들이 몇몇 야후에서 발견했고 그로서는 전혀 이해할 수 없는, 또 다른 특징에 대해 언급했다. 그는 이렇게 말했다. "야후들은 일시적인 기분으로 종종 구석에 처박혀 누워 있으면서 울부짖거나 신음하고 그 옆에 다가오는 모든 것을 쫓아버린다. 그 야후는 젊고 통통하며 음식이든 물이든 어느 것도 부족하지 않았는데도 말이다. 하인들도 야후가 뭣 때문에 고통을 받는지 알지 못했다. 고작 그들이 알아낸 치료법이라고 해봐야 야후에 힘든 일을 시키는 것뿐이었다. 그러면 야후는 영락없이 정신을 차렸다." 나는 이 점에 대해서 내 종족의 역성을 들지 못하고 조용히 있었다. 하지만 이제 나는 게으르고 사치스러우며 부자인 사람들에게 엄습하는 우울증의 진정한 원인을 확실히 알아냈다. 만약 이들에게 같은 양생법을 강제로 시킨다면, 단언컨대 치료될 것이다.

그뿐만 아니라 암컷 야후가 종종 강둑이나 덤불 뒤에 서서 지나가는 젊은 수컷을 지그시 바라보다가 이상야릇한 몸짓과 찡그린 표정을 자주 지어 보이며 나타났다 숨었다 하곤 한다고 주인은 말했다. 그때 암컷이 아주 음란한 냄새를 풍겼고 수컷이 다가오면 뒤를 자꾸 쳐다보면서 천천히 물러섰다가 두려운 척하며 수컷이 자기를 따라올 만한 편안한 장소로 도망친다고 했다.

어떤 경우, 만약 암컷 서너 명이 모여 있을 때 낯선 암컷이 나타나면 그들은 그녀 주변을 맴돌면서 빤히 쳐다보다가 수다를 떨고 이를 드러내며 웃고 그녀의 여기저기 냄새를 맡다가 경멸과 무시를 나타내는 것 같은 몸짓을 보이면서 가버린다고 했다.

아마도 내 주인은 자신이 직접 본 것이나 다른 사람들에게서 들은 내용을 통해 유추해낸 이런 추측들을 약간은 세련되게 순화시켰을지도 모른다. 하지만 나는 음탕함, 교태, 비난, 추문의 원리를 여자들의 본성에 뒀다는 사실을 생각하면서 놀라움과 많은 서글픔을 느끼지 않을 수 없었다.

나는 매 순간 내 주인이 우리에게는 너무나 흔한, 이성 간의 비정상적인 욕구에 대해 야후를 비난할 것이라 예상했다. 그러나 자연은 그다지 노련한 여교사는 아닌 것 같다. 지구의 우리 쪽에서 이러한 좀 더 고상한 쾌락은 전적으로 예술과 이성의 산물이다.

8장

저자는 야후의 몇 가지 특성과 휴이넘의 가장 좋은 미덕을 언급한다. 젊은이들의 교육과 훈련. 그들의 총회.

나는 인간 본성에 대해 내 주인보다 당연히 훨씬 더 잘 이해했기 때문에, 주인이 야후에 대해 말한 그 특징을 나 자신과 영국 사람들에게 적용하는 것은 쉬운 일이었고, 내가 직접 본 것을 통해 더 많은 것을 밝혀낼 수 있으리라 믿었다. 그래서 나는 이웃 동네의 야후 무리가 있는 곳으로 가게 해달라고 간청하곤 했는데, 그럴 때마다 그는 아주 친절하게 허락해주었다. 내가 그 짐승들에게 증오심을 갖고 있으니까 그들로 인해 내가 타락하는 일은 절대 없을 거라고 확신했기 때문이다. 내 주인은 정직하고 착하며 힘센 하인인 밤색 말 한 마리에게 나를 지켜주라고 지시했다. 만약 이 말의 보호가 없었다면 나는 그런 모험을 감히 엄두도 내지 못했을 것이다. 내가 처음 이곳에 도착하자마자 이 끔찍한 동물들에게 얼마나 많이 괴롭힘을 당했는지 이미 독자들에게 말했었다. 그 후 나는 우연히 단검도 없이 먼 거리를 헤매다가 그들에게 아슬아슬하게 붙잡힐 뻔한 적이 서너 번 있었다. 그리고 그들이 나를 자기 종족이라고 생각한다고 믿는 이유가 있는데, 내가 보호자랑 함께 있을 때 소매를 걷어 올리고 맨팔과 가슴을 그들에게 보여주면서 자신을 도왔던 적이 자주 있었기 때문이다. 그때 그들은 용기를 내서 가깝게 다가와서, 원숭이들이 하는 것처럼 내 행동을 흉내 냈다. 하지만 모자를 쓰고 양말을 신은 온순한 갈까마귀가 야생 갈까마귀들 사이에 끼려 할 때 괴롭힘을 당하는 것처럼, 그들은 나를 무척이나 혐오했다.

야후들은 어린 시절부터 놀랄 정도로 날렵하다. 하지만 예전에 내가 세 살 된 어린 수컷을 잡았을 때, 나는 녀석을 진정시키려고 몸짓 발짓을 총동원하여 애정을 표현했다. 하지만 이 작은 악마가 악을 쓰고 격렬하게 할퀴고 물어뜯는 바람에 놓아주지 않을 수 없었다. 그런데 때마침 잘 놓아준 셈이었다. 새끼 야후의 괴성에 나이 든 야후 무리가 우리 주변으로 다가왔기 때문이다. 새끼가 안전하고(다른 데로 도망쳤으니까) 내 옆에 밤색 말이 있다는 것을 발견하자, 그들은 감히 우리 가까이 다가오지 못했다. 어린 동물의 몸에서는 아주 지독한 냄새가 났었는데, 그 악취는 족제비와 여우 중간 정도의 냄새였지만 훨씬 더 고약했다. 한 가지 상황을 깜박했는데(아마 내가 그 부분을 완전히 빼먹더라도 독자 여러분은 용서해주었을 것이다), 이 혐오스러운 악마를 잡았을 때 누런 액체 물질의 더러운 배설물이 내 옷 여기저기에 묻었다. 하지만 운 좋게도 아주 가까운 곳에 작은 시내가 있었기에 그곳에서 가능한 한 깨끗이 빨았다. 하지만 냄새가 충분히 날아갈 때까지 감히 주인 앞에 나서지 못했다.

내가 밝혀낸 바로는, 야후들은 동물 중 가장 가르치기 힘들었고 짐을 끌거나 옮기는 그 이상의 능력을 발휘하지 못하는 것 같았다. 하지만 이런 결함이 주로 괴팍한 반항적 기질에서 비롯되었다고 생각한다. 녀석들은 교활하고 심술궂고 믿을 수 없고 복수심에 불타있다. 그들은 힘도 세고 강인하지만, 겁이 많고 결정적으로 무례하며 비굴하고 잔인하다. 붉은 털을 가진 암수 야후들은 그렇지 않은 다른 야후들보다 음란하고 짓궂으며 힘이나 활동성도 훨씬 뛰어나다.

휴이넘들은 붉은 털을 가진 야후들을 신속하게 이용하기 위해 집에서 멀리 떨어지지 않은 오두막에서 기른다. 하지만 나머지 다른 야후들은 특정 들판 여기저기로 보내지면 그곳에서 뿌리를 캐고 여러 종류의 풀을 뜯어 먹으며 썩은 고기를 찾아다니거나 간혹 족제비나 들쥐들을 게걸스럽게 먹어치운다. 자연은 그들에게 발톱을 이용해서 둔덕 쪽에 깊은 구멍을 파는 방법을 가르쳐 주었고, 그들은 그 안에서 지낸다. 암컷들이 사는 굴은 새끼 두세 마리가 더 들어갈 수 있을 정도로 충분히 크다.

야후들은 어렸을 때부터 개구리처럼 헤엄을 치고 물속에서 오랫동안 잠수도 할 수 있는데, 종종 물고기를 잡기도 하며 암컷들은 잡은 물고기를 집으로 가져가 새끼들에게 준다. 이 기회를 빌려, 내가 해괴한 이야기를 들려주는 걸 독자 여러분은 용서해주길 바란다.

어느 날 보호자인 밤색 말과 함께 외출한 나는 날씨가 무척 더워서 그에게 근처 강가에서 몸을 씻겠다고 졸랐다. 그는 허락했고 나는 그 즉시 옷을 홀딱 벗고 강물 속으로 천천히 들어갔다. 그런데 젊은 암컷 야후가 강둑 뒤에 서서 이 모든 광경을 지켜보고 있다가, 밤색 말과 내가 추측한 대로 욕정으로 흥분해서는 전속력으로 달려와서 내가 씻고 있는 그곳에서 4.5m도 떨어지지 않은 물속으로 뛰어들었다. 평생 그렇게 깜짝 놀란 적은 없었던 것 같다. 밤색 말은 위험의 낌새를 전혀 알아채지 못한 채 좀 떨어진 곳에서 풀을 뜯고 있었다. 암컷 야후는 아주 집요한 방법으로 나를 부둥켜안았다. 나는 가능한 한 큰 소리로 고함을 질렀고 밤색 말이 나를 향해 전속력으로 달려왔다. 그러자 그녀는 마지못해 포옹을 풀더니 반대편 강둑으로 뛰어갔다. 그녀는 그곳에 서서 내가 옷을 입는 내내 뚫어지라 쳐다보며 울부짖었다.

이것은 나 자신에겐 치욕이지만 내 주인과 그의 가족에게는 기분을 전환해주는 이야깃거리였다. 암컷들이 나를 자기 종족의 일원으로 보는 본능적인 성향을 보인 이후로, 나는 팔다리와 모습에서 진짜 야후라는 점을 더는 부정할 수 없었다. 이 짐승의 털은 붉은색도 아니었으나(성욕 때문에 약간 고르지 못했을 거라고 변명할 수도 있다) 야생 자두처럼 검은색이었고 그녀의 생김새는 나머지 다른 야후들처럼 그렇게 흉측하게 생기지는 않았다. 내 생각에 11살도 채 안 된 것 같았다.

이 나라에서 3년을 살았기 때문에 독자들은 내가 다른 여행가들처럼 그곳 주민들의 풍습과 습관에 대한 이야기를 들려줄 거라고 예상할지도 모른다. 사실 그것들은 내가 알고자 했던 중요한 연구 분야였다.

이 고상한 휴이넘들은 일반적으로 아주 고결한 덕을 타고났고 이성적인 동물들에 있는 사악함에 대한 개념이나 관념이 전혀 없었다. 그래서 그들의 위대한 좌우명은 이성을 함양하고 그것에 의해 완전히 지배받는 것이었다. 그들의 이성은 인간들처럼 문제의 양편에서 그럴듯한 타당성을 가지고 논쟁을 벌일 수 있는 의심스러운 요소가 아니라, 즉각적인 확신[19]으로 느낀다. 이성이 열정이나 이해관

19 터너가 지적한 것처럼, 이 구절은 John Locke의 "직관력(Essay concerning Human Understanding, Book 4, chapter 2, section 1)"에 대한 설명을 떠올리게 한다. Locke의 학설에서는 이 항목을 수학적 진실("3은 2 이상이다"처럼)로, 정의에 의

계에 의해 뒤얽히거나 애매해지거나 변색하지 않는 곳에서는 당연히 그럴 것이다. 내 기억으로는, 의견이라는 단어의 의미와 어떤 점이 논쟁의 소지가 있는지 내 주인을 이해시키느라 진땀을 뺐다. 이성은 우리가 확신하는 경우에만 긍정이나 부정을 하고, 우리의 지식을 넘어서면 긍정도 부정도 할 수 없다고 가르쳤기 때문이다. 따라서 논란, 논쟁, 분쟁, 거짓되거나 의심스러운 전제에 대한 명백함은 휴이넘들 사이에서는 알려지지 않은 죄악이다. 마찬가지로 내가 자연 철학의 몇 가지 체계에 대해 그에게 설명했을 때, 그는 이성이 있는 척하는 존재가 다른 사람들의 추측에 기대어(그 지식이 확실하더라도), 지식이 아무 소용없는 것을 자랑스럽게 여긴다며 비웃었다. 플라톤이 말한 대로, 이 점에서, 그의 생각은 소크라테스의 의견과 완전히 일치했다.[20] 나는 철학자들의 왕에게 내가 할 수 있는 최고의 경의로써 이 말을 언급한 것이다. 나는 그 후 종종 그러한 원칙이 유럽의 도서관에서 어떤 파괴를 저질렀는지, 학자들의 세계에서 명성을 얻는 방법들이 얼마나 많이 폐쇄되었는지 돌이켜보곤 했다.

우정과 박애는 휴이넘들 사이에서 중요한 두 가지 덕목이며, 이것들은 특별한 대상에게 제한된 것이 아니라 모든 종족에게 보편적이다. 아주 멀리 떨어진 지역에서 온 이방인도 가장 가까운 이웃처

한 진실("흰색은 검정색이 아니다"처럼)로 떼어놓는다. 휴이넘들은 그것을 훨씬 더 폭넓게 적용한다.

20 소크라테스의 견해에 대한 크세노폰의 발언(터너의 기록 Memorabilia I. I, II)에도 아주 유사한 내용이 들어있지만, 입장은 철저히 소크라테스적이고(e.g. Apology 29 D-E) 옛 유물에도 자주 반복된다.(e.g. Greek Anthology, II. 50. 5-6: 'On Life, on moral, be thy thoughts employed;/Leave to the schools their atoms and their void.'(Johnson, trans., Rambler 180)

럼 대우를 받으며, 어디를 가든 스스로 편안히 여긴다. 휴이넘들은 최대한 품위와 예의를 잃지 않지만, 격식에 대해서는 전적으로 무시한다. 그들은 어린 새끼들을 맹목적으로 사랑하지 않으며 새끼들을 훈련하는 데 들이는 관심은 전적으로 이성의 지시로부터 비롯된 것이다. 그리고 내 주인이 이웃의 자식에게도 제 자식과 똑같은 애정을 베푸는 것을 보았다. 휴이넘들은 자연이 그들에게 모든 종족을 사랑하라고 가르쳤고, 우수한 미덕을 지닌 훌륭한 존재를 만드는 건 오직 이성뿐이라고 주장한다.

나이 지긋한 암컷 휴이넘들은 암수 각각 한 마리씩 낳으면 더는 배우자와 관계를 갖지 않는다. 단, 극히 드물긴 하지만 사고로 새끼 중 한 마리를 잃었을 때는 예외다. 이런 경우 휴이넘들은 다시 관계를 맺는다. 혹은 부인이 나이가 들어 임신하지 못하는 휴이넘에게 그 같은 사고가 발생하면 다른 부부가 자기 새끼 중 한 마리를 그에게 주고 새끼를 준 암컷은 임신할 때까지 다시 관계를 맺는다. 이런 조치는 그들의 개체 수로 인해 국가에 과도한 부담이 가지 않도록 하는 데 필수적이다. 하지만 하인으로 키워지는 열등한 휴이넘 종족들은 이 조치에 대해 그다지 엄격한 제한을 받지 않고 이들은 암수 합해 세 마리 정도를 낳을 수 있고 귀족 가문의 하인으로 갈 수 있다.

결혼할 때 마음에 안 드는 잡종을 만들지 않도록 그들은 색깔을 선택하는 데 반드시 주의를 기울인다. 수컷들에게는 주로 힘이 중요하고, 암컷들에게는 미모가 중요하다. 사랑 때문이 아니라 자기 종족이 퇴보되는 것을 막기 위해서다. 만일 암컷의 힘이 무척 세면, 수컷 배우자는 미모를 고려해서 선택한다. 구애, 사랑, 과부 급여[21], 선물, 증여 재산에 대해서는 전혀 생각하지 않는다. 아니 그들의 언어에는 이런 것들을 표현할 용어 자체가 없다. 젊은 부부는 부모와 친구들의 결정으로 만나서 결혼한다. 그것은 그들이 일상적으로 하는 것이며 그들은 그것을 이성적인 동물의 필수적인 행동 중 하나라고 간주한다. 하지만 결혼 생활을 방해하거나 부정을 저질렀다는 말을 들은 적은 한 번도 없다. 결혼한 부부들은 그들과 함께 지내는 다른 모든 휴이넘에게 갖는 똑같은 우정과 서로에 대한 사랑으로 살아가며, 질투나 애착, 싸움, 불만 따위는 없다.

암수 새끼들을 교육할 때 그들이 쓰는 방법은 우리가 본받을만한 가치가 있고 경탄할 만하다. 이들은 18살까지 특별한 날을 제외하고는 귀리 한 알도 먹지 못하게 한다.[22] 우유도 마시지 못하게 하나, 아주 드물게는 마신다. 여름이면 아침에 두 시간 정도, 저녁에도 그 정도로 풀을 뜯는데, 그들의 부모 역시 그것을 준수한다. 하지만 하인들은 그 시간의 반을 넘겨선 안 되며, 그들이 뜯은 풀 대부분을 집으로 가져와 일하지 않는 아주 편안한 시간이 되었을 때 먹는다.

자제, 근면, 훈련, 청결함은 어린 암수 모두에게 똑같이 요구되는 지침이다. 내 주인은 몇몇 가정 관리 항목을 제외하고, 우리나라에서 여자가 남자와 다른 교육을 받는다는 것을 기이하게 여겼다. 영국 사람의 절반 정도는 아이를 낳고 기르는 것 말고는 아무

21 남편 사후 처의 부양을 위해 설정한 부동산.

22 귀리는 달기 때문이다. 또한 John Locke는 뒤늦게까지 과일이나 달콤한 음식을 아이들에게 먹지 못하도록 제한했다(Of Education을 참고하라. 휴이넘 교육 방법의 많은 부분을 본보기로 삼은 것 같다).

쓸모가 없다는 사실을 정확하게 알아차렸고 우리 아이들을 보살피는 일을 그런 쓸모없는 동물들에게 맡기는 것은 아주 야만적인 사례라고 말했다.

하지만 휴이넘들은 자기 새끼들을 힘세고 민첩하며 강인해지도록 만들기 위해, 가파른 언덕을 오르락내리락 달리게 하고, 돌투성이의 딱딱한 땅바닥 위를 질주하게 하며, 땀 범벅이가 돼 있을 때는 연못이나 강으로 풍덩 뛰어들라고 지시했다. 특정 구역에 사는 젊은이들은 일 년에 네 번씩 모여 달리기와 높이뛰기, 그 외에 힘과 민첩성을 보여줄 다른 재주의 기량들을 선보이는데, 우승자는 자기를 찬양하는 노래를 상으로 받는다. 이 축제기간에 하인들은 휴이넘의 식사인 건초, 귀리, 우유를 가득 짊어진 야후 무리를 들판으로 몰고 갔다가, 이 짐승들이 이 모임에 불쾌한 냄새를 풍길까 봐 그 즉시 몰고 돌아간다.

4년에 한 번씩 춘분마다 전국 대표자 회의가 열리는데, 우리 집에서 약 32㎞ 거리에 있는 평원에 모여 5~6일 동안 계속 진행된다. 여기에서 그들은 각 지역의 상황과 형편에 대해 알아본다. 건초나 귀리, 소, 야후들이 충분한가, 부족한가? 뭐든 부족한 게 있는 곳이 있으면(하지만 그런 경우는 거의 없다), 만장일치의 승인과 기부로 즉시 그 공급이 이뤄진다. 새끼들에 대한 규정도 이런 식으로 결정된다. 예를 들어, 어느 휴이넘에게 수컷 새끼 두 마리가 있다면 암컷 새끼가 두 마리인 다른 휴이넘과 하나씩 바꾸게 된다. 사고로 새끼 한 마리를 잃었고, 그 어미가 새끼를 낳을 수 있는 나이가 지난 경우에는 그 지역의 어떤 가족이 죽은 새끼를 대신해서 새끼를 주고 하나를 더 낳을지 결정하게 된다.

9장

휴이넘의 총회에서 벌어지는 대규모의 토론. 그것의 결정 방법. 휴이넘들의 학문. 건물. 장례 방식. 그들 언어의 결함.

내가 출발하기 약 석 달 전, 내가 그곳에 있는 동안 이 대규모 총회 중 하나가 개최되었는데, 내 주인은 우리 지역 대표로 그곳에 참석했다. 이 회의에서 그들의 해묵은 논쟁이 재개되었는데, 사실 그것은 이 나라에서 벌어진 유일한 논쟁거리였다. 내 주인은 집에 돌아온 후 그것에 대해 내게 아주 자세히 설명해주었다.

논쟁이 벌어진 문제는 야후들이 지구 위에서 전멸되어야 하는지에 대한 것이었다. 지지자를 대표하는 휴이넘 중 한 명이 야후들은 자연이 이제껏 만들어낸 가장 더럽고 역겨우며 기형적인 동물인데다 고분고분하지도 않고 가르치기도 힘들며 심술궂고 악랄하다고 주장하면서 아주 설득력 있고 유력한 몇 가지 주장을 제기했다. "만약 그들을 계속해서 감시하지 않으면, 휴이넘들이 기르는 소의 젖꼭지를 몰래 빨기도 하고, 고양이를 죽여 집어삼키며, 귀리와 풀들을 짓밟을 것이고, 그 외에 말도 안 되는 수많은 악행을 저지를 것이다." 그는 널리 전해 내려오는 어느 구전에 주목했다. "이 나라에 원래부터 야후들이 있었던 게 아니라 수년 전 이 짐승 두 마리가 함께 산에 나타났다. 태양열을 받아 오염된 진흙과 점액에서 만들어졌는지, 바다의 부드러운 진흙과 거품에서 만들어졌는지는 알려진 바 없다. 이 야후들은 새끼를 낳았고 그 새끼들은 단시간에 나라 전체에 가득 차 우글우글할 정도로 그 숫자가 엄청나게 불어났다. 휴이넘들은 이 악마들을 제거하기 위해 대대적인 사냥에 나섰고 마침내 모든 무리를 사로잡았다. 나이 많은 야후들은 없애고 휴이넘이라면 누구나 어린 야후 두 마리씩 사육장에서 기르며, 선천적으로 사나운 짐승이 습득할 수 있는 만큼 가장 온순한 상태로 만들었고, 무거운 짐을 옮기거나 마차를 끄는 데 그들을 이용했다. 이 전설은 신빙성이 매우 높아 보이고, 휴이넘들뿐만 아니라 다른 동물들도 그들을 극도로 싫어했기 때문에 그 동물들은 일느흐니암시(이 땅의 원주민이라는 뜻)일 리 없다. 악랄한 성향 탓에 그들이 그런 대접을 받는 것이 충분하여도, 그들이 원주민이었다면, 그렇게 심한 정도에 절대 도달하지 않았을 것이고, 그렇지 않다면 오래전에 소탕되었을 것이다. 야후의 도움을 받는데 재미가 들린 주민들은 경솔하게도 당나귀들을 기르는데 무척 소홀했다. 사실 당나귀들은 온순한 동물로 냄새가 고약하기는커녕, 길들이기도 쉽고 훨씬 유순한 편이며 민첩성에서는 야후들에 밀리지만 힘든 일을 잘할 정도로 힘이 셌다. 당나귀 울음소리가 듣기 싫다고 하지만, 괴기스러운 야후의 울음소리에 비하면 훨씬 들어줄 만하다."

몇몇 다른 사람들이 같은 취지로 자신들의 의견을 밝혔을 때, 내 주인이 총회에서 한 가지 제안했다. 사실 그는 나한테서 그것에 대한 힌트를 얻은 것이었다. 그는 앞서 말한 의원이 언급했던 전설에 동의했고 처음 그들에게 발견됐다고 알려진 야후 두 마리는 바다 건너 먼 곳에서 떠밀려 왔으며, 그들의 동료에게서 버림을 받아 육지로 올라온 그들은 산속에 숨어 있다가 시간이 흐르면서 점차 상황이 악화하자 최초의 야후 두 마리의 고향에 있는 자기 종족보다 훨씬 야만스러워진 거라고 확신했다. 자신이 그렇게 확신하는 근거로, 아주 멋진 야후(나를 의미한다) 한 명을 데리고 있다고 했다. 그들 대부분은 나에 대해 들었고 보기도 했다. 그는 그들에게 나를 처음 어떻게 발견했는지 들려주었다. 그리고 다른 동물들의 가죽과 털을 가공해서 만든 옷으로 몸을 감싸고 있었으며, 내 나라 언어로 말을 했고 자기들의 말도 완전히 습득해서 내가 그곳으로 오게 된 사건들을 자기에게 들려주었다고도 했다. 또한, 옷을 걸치지 않은 내 모습을 보았을 때 좀 더 흰 피부색과 털이 적은 것, 발톱이 짧은 것만 다를 뿐, 모든 부분이 야후와 똑같았다고 말했다. 이에 덧붙여 그는 내 나라와 다른 나라에서는 야후들이 통치자로서 이성적인 동물처럼 행동하며 휴이넘을 노예처럼 부리고 있다는 것을 자기에게 이해시키려고 내가 얼마나 노력했는지 이야기했다. 그러면서 나에게서 야후들의 특징을 모두 발견했지만 약간의 이성에 의해 좀 더 교양이 있었다고 했다. 하지만 그 나라의 야후들이 나보다 열등한 것처럼 나는 휴이넘 종족보다 좀 더 열등하다고 했다. 그는 내가 언급했던 다른 내용 중에서, 휴이넘을 온순하게 만들기 위해 어렸을 때 거세를 하는 관례를 이야기하면서 그 수술은 쉽고 안전하다고 덧붙였다. 개미한테 근면함을 배우고 제비(리하안Lyhannh이 제비보다는 큰 새이긴 하지만 나는 이것을 제비라고 번역했다)에게 집 짓는 것을 배우는 것처럼, 짐승에게 지혜를 배우는 것은 부끄러운 일이 아니라며 이 방법을 이곳에 있는 어린 야후들에게 시행해보자고 했다. 그렇게 하면 그들이 다루기 쉬워지고 용도에 좀 더 적합해질 뿐만 아니라 한 세대가 지나면 살상을 하지 않고도 모든 야후를 멸종시킬 수 있을 거라고 했다. 그러면서 그동안 휴이넘들에게 당나귀를 기르도록 열심히 설득해야 하는데, 당나귀들은 모든 면에서 훨씬 가치 있는 짐승이기도 하면서, 야후들은 12살까지 일을 시키기에 적합하지 않지만, 그들은 다섯 살부터 일을 시키기에 적합하다는 이점을 가지고 있다고 주장했다.

여기까지가 그 당시 총회에서 있었던 일들에 대해 내 주인이 내게 말해줘도 괜찮다고 생각한 전부였다. 하지만 그는 한 가지 사항에 대해서는 숨기고 싶어 했는데, 그것은 개인적으로 나와 관련된 이야기였고 독자 여러분도 적당한 기회에 알게 되겠지만, 그것에 대해 나는 이내 불길한 생각이 들었고 그때부터 내 인생은 전부 불운의 연속이었다.

휴이넘들에게는 글자가 없어서, 결과적으로 그들의 지식은 모두 전해 내려오는 것이었다. 하지만 단합이 잘 되고 선천적으로 온갖 미덕을 지니고 있으며 오로지 이성의 지배를 받고 다른 나라와의 교역이 모두 단절된 종족들 사이에서는 특별한 사건들이 거의 일어나지 않기 때문에 역사적인 부분은 그들의 기억력에 부담을 주지 않고도 쉽게 보존될 수 있었다. 나는 이미 그들이 병을 앓지 않는다고 말했었다. 그래서 그들은 의사가 전혀 필요치 않다. 하지만 신체 여러 부분에 난 상해와 상처뿐만 아니라 날카로운 돌에 발목이나 말굽 바닥의 중앙 연골이 뜻하지 않게 멍들거나 베인 것을 치료하는, 약초로 만든 특효약을 가지고 있다.

그들은 태양과 달의 운행으로 1년을 계산하지만, 주일로 세분화하진 않는다. 그리고 두 개의 발광체의 운동에 대해 충분히 잘 알고 있고 일식의 특징을 이해하는데, 이것을 통해 그들의 천문학이 아주 발달했음을 알 수 있다.

시에서, 그들은 다른 어떤 생명체보다도 뛰어나다. 시 속에 담겨 있는 적절한 직유, 섬세함, 정확한 묘사는 아무나 흉내 낼 수 없다. 그들의 시는 직유와 묘사가 무척 풍부하며, 보통 우정과 박애와 같은 고결한 개념들이나, 경주에서의 승리자와 다른 육체 운동에 대한 칭송을 담고 있다.[23] 그들의 건물은 아주 조잡하고 단순하지만 불편하지 않고 추위와 더위로 인한 모든 상해로부터 그들을 보호해주도록 잘 설계되어 있다. 그 나라에는 40년을 자라면 뿌리가 느슨해져 첫 폭풍에 쓰러지는, 아주 곧게 자라는 나무가 있는데, 휴이넘들은 이 나무들을 날카로운 돌로 말뚝처럼 뾰족하게 만들어(휴이넘들은 철의 용도를 알지 못한다) 땅바닥에 약 5*cm* 간격으로 세워 박은 다음, 나무들 사이에 귀리 짚이나 간혹 윗가지를 엮어놓는다. 같은 방법으로 지붕을 만들고 문도 그렇게 만든다.

휴이넘들은 우리가 손으로 하는 것처럼 발목과 발굽 사이의 움푹 들어간 부분을 사용하는데, 그 솜씨는 내가 처음 생각했던 것보다 훨씬 능숙하다. 나는 주인 가족 중 흰색 암말이 그 관절로 바늘(나는 일부러 그녀에게 바늘을 빌려줬다)에 실을 꿰는 것을 본 적이 있다. 그들은 소의 젖을 짜고 귀리를 수확하는 등 손이 필요한 일들을 모두 그 같은 방법으로 한다. 휴이넘들은 단단한 부싯돌 같은 것을 가지고 있는데, 그것을 다른 돌에 대고 문질러 쐐기와 도끼, 망치 역할을 하는 도구로 만든다. 또한, 이런 부싯돌로 만든 도구들을 이용해서 건초를 베고 여러 들판에 자연적으로 자라는 귀리를 수확

23 스파르타와 관련 있고 핀다로스의 시에 중요한 실례가 되는 전형적인 시(Turner, pp.364-5 참고).

한다. 야후들은 곡물 다발을 수레에 싣고 집으로 운반하며 하인들은 지붕이 있는 헛간에서 그것들을 밟은 다음 곡식만 솎아내어 창고에 저장한다. 그들은 투박한 토기나 목제 그릇을 만들고, 전자를 햇볕에 구워 말린다.

만약 그들이 사고를 피할 수 있다면, 그들은 단지 노령으로 죽고 찾을 수 있는 가장 외진 곳에 묻히는데, 고인의 친구들과 지인들은 그들이 떠날 때 기쁨이나 슬픔을 드러내지 않고 죽어가는 사람에게서도 마치 이웃집 한 곳을 방문하고 집에 돌아갈 때처럼 세상과 작별한다는 것을 전혀 애석해하지 않는다. 예전에 내 주인이 한 친구와 그의 가족에게 중요한 문제 때문에 자기 집을 방문해달라고 약속한 적이 있었는데, 약속한 날 친구 부인과 두 자녀만이 아주 늦게 도착했다. 그녀는 두 가지로 변명했는데, 그녀의 말에 따르면, 하나는 바로 그날 아침 갑자기 남편이 '르느은' 했다는 것이다. 그 말은 그들 언어에서도 무척 의미심장한 말이라 영어로 쉽게 바꾸지 못하겠지만, 그 말은 '최초의 어머니에게로 물러간다'는 의미다. 그녀가 일찍 오지 못한 이유는 그녀의 남편이 늦은 아침에 죽어서 남편 시체를 묻을 만한 알맞은 장소에 대해 하인들과 한참 동안 상의를 했다는 것이다. 그리고 그 부인은 내 주인집에서 나머지 다른 사람들처럼 즐겁게 행동했고 그로부터 약 석 달 후 남편 곁으로 갔다.

휴이넘들은 대개 70~75세까지 사는데, 80세까지 사는 경우는 극히 드물다. 그들은 죽기 몇 주 전부터 차츰 몸이 쇠약해지는 것을 느끼지만, 고통은 없다. 이즈음 친구들이 많이 찾아오는데, 그들은 평소처럼 마음대로 편하게 외출할 수 없기 때문이다. 하지만 죽기 약 열흘 전에는(그들은 자신이 죽는 날을 계산할 때 거의 틀린 적이 없다) 야후가 끄는 편리한 썰매에 실려 가장 가까운 이웃 사람들에게 그들의 방문에 대한 보답 차원에서 그들을 방문한다. 그들은 이때뿐만 아니라 점점 나이가 들어 장거리 여행을 할 때, 사고로 다리를 절뚝거릴 때 이 썰매를 이용한다. 따라서 죽어가는 휴이넘이 친구를 다시 방문할 때 그들은 마치 그 나라의 아주 외딴 지역으로 떠나 그곳에서 여생을 보내려는 듯, 그들 친구와 진지하게 작별인사를 나눈다.

말할 만한 가치가 있는지 잘 모르겠지만, 휴이넘의 언어에는 사악한 것을 표현하는 말이 없다. 있다 해도, 야후들의 추한 모습이나 고약한 면들로부터 빌려온 것이다. 따라서 그들은 하인의 어리석음, 새끼의 태만, 발에 상처를 낸 돌, 사납거나 유별난 날씨 같은 것들을 표현할 때, 그 각각에 '야후'라는 어구를 덧붙인다. 예를 들면, 흐음 야후, 우흔아홀므 야후, 이늘흠은월마 야후 같은 것이 있고 설계가 형편없는 집은 인홀므로홀른우 야후라고 한다.

나는 즐거운 마음으로 이 우수한 종족들의 예법과 미덕에 대해 좀 더 상세하게 설명할 수 있지만, 조만간 그 문제에 대해서만 다룬 책 한 권을 출간할 생각이니 독자 여러분은 그것을 참조하길 바란다. 그러는 동안, 나의 슬픈 대참사에 대해 계속 이야기하겠다.

10장

휴이넘 나라에서의 저자의 경제상황과 행복한 삶에 관해 이야기한다. 그는 휴이넘들과 대화를 나누면서 덕에서 대단한 발전을 보인다. 그들이 나눈 대화. 저자는 그 나라를 떠나야 한다는 주인의 통보를 받고 너무 슬퍼 정신을 잃지만, 그 말을 따른다. 그는 친한 하인 한 명의 도움으로 카누를 설계하고 완성한 후, 운에 맡기고 출항한다.

나는 보잘것없는 살림살이에 진심으로 만족하며 정착해나갔다. 내 주인은 그들 방식에 따라, 집에서 6m 정도 떨어진 곳에서 내가 쓸 만한 방 하나를 만들라고 지시했다. 그곳의 바닥과 벽면에 진흙을 바르고 직접 만든 돗자리를 깔았다. 그리고 야생으로 자란 삼을 계속 두들겨 그것을 일종의 이불 천으로 만들었다. 나는 야후의 머리카락으로 만든 덫을 이용해 새 여러 마리를 잡아, 그 깃털을 이불 천 속에 가득 채웠다. 고기 자체도 탁월한 음식이었다. 칼로 의자 두 개를 만들었는데, 좀 거칠고 힘든 일을 할 때는 밤색 말이 도와주었다. 내 옷이 너덜너덜 헐었을 때, 나는 토끼와, 비슷한 크기의 누우노우라 불리는 동물의 아주 고운 솜털로 뒤덮인 가죽으로 다른 옷들을 직접 만들었다. 이것으로 아주 튼튼한 양말도 직접 만들었다. 나무에서 잘라낸 목판으로 신발 밑창을 댔고 위쪽에 가죽을 갖다 붙였는데, 이 가죽이 닳게 되면 햇볕에 말린 야후 가죽으로 대신 메꿨다. 간혹 속이 빈 나무에서 꿀을 얻을 때가 있었는데 그것을 물과 섞거나 빵에 발라먹었다. '본성은 아주 쉽게 충족된다'와 '필요는 발명의 어머니'라는 이 두 가지 격언의 진실을 나만큼 이렇게 잘 입증한 사람은 아무도 없을 것이다. 나는 완전한 육체의 건강과 마음의 평화를 누렸고[24] 친구의 배신이나 변절도, 숨은 적이나 공공연한 적의 해코지도 당하지 않았다. 높으신 나리나 그의 부하의 환심을 사기 위해 뇌물을 주거나 아첨을 하거나 매춘을 알선할 필요도 없었다. 사기나 협박을 당하지 않기 위한 어떤 방어도 필요 없었다. 이곳에는 내 몸을 망가뜨릴 의사도 내 재산을 탕진할 변호사도 없었고, 내 말과 행동을 감시하거나 나에 대한 혐의를 꾸며내기 위해 돈을 받고 고용된 정보원도 없었다. 이곳에는 조롱하는 사람, 비난하는 사람, 험담하는 사람, 소매치기, 노상강도, 강도, 변호사, 포주, 어릿광대, 노름꾼, 정치인, 재사, 성질 더러운 사람, 지루한 웅변가, 논쟁자, 강간하는 사람, 살인자, 도둑, 과학적인 아마추어도 없었고 당이나 파벌을 이끄는 지도자나 추종자도 없었다. 유혹이나 본보기로 악을 조장하는 사람도 없었고 지하 감옥, 도끼, 교수대, 태형 기둥, 죄인에게 씌우는 칼도 없었다. 사람 속이는 가게 주인이나 정비공도 없었고 자만심, 허영, 허식도 없었으며 외모에 관심이 많은 남자나 불한당들, 주정뱅이, 떠돌이 매춘부, 매독도 없었다. 고함지르는, 음탕한, 사치스러운 부인도 없었고, 멍청하면서 학자인 양 거들먹거리는 사람도 없었다. 귀찮게 하며 오만하고 걸핏하면 싸우려 들고 시끌벅적 떠들썩하고 실없고 교만하고 욕을 잘하는 친구들도 없다. 부정한 행위로 밑바닥에서 출세한 부랑아들도, 미덕 때문에 밑바닥으로 내던져진 귀족도 없었다. 군주, 바이올린 연주자, 판사, 댄스 교수도 없었다.

나는 내 주인을 방문하거나 함께 식사하기 위해 찾아온 몇몇 휴

---

24 스토아 사상, 유베날리스가 자신의 10번째 풍자 작품에서 아주 훌륭하게 표현했다.(esp. 1.356, 'mens sane in corpore sano').

이넘들과 동석할 수 있는 은혜를 입었다. 그곳에서 내 주인은 친절하게도 내가 그 방에서 식사 시중을 들면서 그들과 나누는 대화를 들을 수 있도록 내버려 두었다. 내 주인과 그의 친구들은 겸손하게 내게 질문을 하곤 했고 내 답변을 들었다. 또한, 영광스럽게도 주인이 다른 사람들을 방문할 경우 동행하곤 했다. 나는 질문에 대한 답변 외에는 감히 어떤 말도 하지 않았다. 답변하면서도 내심 유감스러웠는데, 답변하는 동안 나 자신을 발전시킬 수 있는 많은 시간이 허비되기 때문이다. 하지만 그런 대화에서 겸손한 청중 입장이었다는 것이 한없이 기뻤고, 그 자리에서는 유용하고, 최대한 적은 그러면서 가장 의미심장한 말로 표현된 것만 오고 갔다. 그곳에서는 격식을 차리지 않으면서도 최대한 예의를 지켰고 자신도 즐거우면서 친구도 즐겁게 해주는 이야기를 했다. 중간에 말을 방해하고 장황하게 늘어놓거나 흥분하고 감정을 상하게 하는 일도 없었다. 그들은 지인들과 만날 때 짧은 침묵이 대화를 훨씬 더 좋게 만든다는 생각을 하고 있다. 나는 이것이 사실임을 알게 되었다. 대화가 잠깐 중단되는 동안 새로운 이야깃거리들이 떠오르고 그것이 대화를 훨씬 더 활기차게 하기 때문이다. 그들의 주제는 보통 우정과 박애, 질서와 재정에 관한 것이며 때에 따라 눈에 보이는 자연 현상이나 고대 전통들에 대해, 미덕의 범위와 한계에 대해, 정확한 이성의 규칙에 대해, 다음 총회에서 채택할 몇몇 결정사항들에 관해 이야기를 나눴고, 간혹 시의 여러 가지 우수성에 관해 이야기를 나누기도 했다. 잘난 체하는 게 아니라, 종종 내 존재도 그들 대화의 충분한 소재거리가 되었다고 덧붙이고 싶다. 내 주인은 그의 친구들에게 나와 내 나라의 역사를 알릴 기회를 가졌고, 그의 친구들은 그 주제에 대해 인간에게 그다지 호의적이지 않은 방향으로 상세히 이야기를 나눴는데, 그 이유에 대해서 그들의 말을 되풀이하지 않을 것이다. 단, 이 말은 해도 될 것 같다. 존경스럽게도 내 주인은 전 세계에 사는 야후들의 특징을 나보다도 훨씬 더 잘 이해하는 것처럼 보였다. 그는 우리의 악행과 어리석은 행동들을 일일이 조사했고, 그다지 이성적이지 않은 자기 나라의 야후가 발휘할 수 있는 기질을 추측하는 것만으로, 내가 그에게 전혀 언급하지 않은 많은 사실을 알아냈으며 아주 많은 개연성을 통해 그런 존재들이 얼마나 미천하고 사악한 동물인지 결론 내렸다.

솔직히 고백하건대, 어떤 가치에 대해 내가 가진 얼마 안 되는 지식들은 모두 내 주인의 설교와, 그와 그의 친구들이 나눈 대화를 통해 얻은 것이었다. 나는 유럽 최고의 지식인들이 모이는 회의에서 구술하는 것보다 그런 이야기를 들은 것이 더 뿌듯했다. 나는 휴이넘들의 힘과 아름다움, 속도에 감탄했다. 이 상냥한 인물들이 지닌 덕목의 성좌는 내게 엄청난 존경심을 불러일으켰다. 사실 처음에는 야후나 다른 모든 동물이 그들에게 갖는 자연스러운 경외심을 알아채지 못했다. 하지만 내가 생각했던 것보다 훨씬 빨리 내게도 그런 경외심이 생기기 시작했고, 체면을 버리고 나와 야후들을 다르게 대해줬다는 사실에 존경스런 사랑의 마음과 고마움을 함께 느꼈다.

내 가족, 친구들, 영국 국민들, 그리고 일반 사람들에 대해 생각하니, 이들이 좀 교양 있고 말하는 재능을 타고났을 뿐 그 생김새나 기질 면에서 사실 야후라는 생각이 들었다. 이 인간들은 악덕을 양산하고 증가하는 것 외에는 이성을 전혀 사용하지 않고, 그것에 관하여 휴이넘 나라에 사는 야후 형제들은 자연이 그들에게 배당한 몫만을 가진다. 나는 호수나 샘에 비친 내 모습을 우연히 보고, 그 모습이 너무 두렵고 끔찍해서 얼굴을 돌려버렸다. 차라리 나 자신보다 평범한 야후들의 모습이 훨씬 참아줄 만했다. 나는 휴이넘들과 대화를 나눔으로써, 그리고 즐겁게 그들을 바라본 후로, 그들의 걸음걸이와 몸짓을 흉내 내기 시작했는데, 이젠 그것이 습관이 되어 내 친구들은 종종 내가 말처럼 걷는다고 퉁명스럽게 말하곤 했다. 하지만 나는 오히려 그것을 대단한 칭찬으로 여겼다. 말할 때 점점 휴이넘의 목소리와 말투가 되는 경향이 있는 것을, 그리고 그 때문에 조롱하는 소리가 들려도 전혀 억울해하지 않은 것을 부인하지 않겠다.

이렇게 행복하게 지내면서 평생 이곳에 완전히 정착해야겠다고 생각하던 어느 날 아침, 내 주인이 평소 시간보다 조금 일찍 나를 불렀다. 그의 표정에서 약간 난처한 듯 어떻게 말을 꺼내야 할지 주저하는 느낌이 들었다. 잠시 말이 없다가, 그는 자기가 하게 될 말을 내가 어떻게 받아들일지 모르겠다고 말했다. 지난 총회에서 야후 문제가 거론되었을 때, 대표자들은 그가 야후 한 마리(나를 의미한다)를 짐승이라기보다는 휴이넘처럼 가족들과 함께 지내게 했다는 것을 불쾌해했다는 것이다. 나와 함께 있으면 도움 혹은 재미가 있는 양, 주인이 나와 자주 대화를 나눈다고 알려졌는데, 그런 행위는 이성이나 본성에 받아들일 수 없고 휴이넘들 사이에서는 한 번도 이전에 들어본 적 없는 일이라고 했다. 따라서 총회에서는 야후들처럼 내게 일을 시키거나, 아니면 내가 온 곳으로 다시 헤엄쳐가도록 하라고 그에게 촉구했다. 이 조치 중 첫 번째는 주인집이나 자기 집에서 나를 본 적이 있는 모든 휴이넘들에 의해 완전히 거부되었다. 그들이 주장하길, 야후들의 자연적 타락에 더하여, 내가 어느 정도 이성의 기본은 지니고 있으니, 내가 야후들을 그 나라의 울창한 산악 지역으로 꾀어냈다가 선천적으로 식탐이 많고 일하는 것을 질색하는 야후들을 야심한 밤에 우르르 몰고 내려와 휴이넘의 소들을 해칠까 봐 염려스럽다는 것이다.

이에 덧붙여, 이웃 휴이넘들이 총회에서의 경고를 실행하라고 매일 압박을 가해서 자기는 더는 그것을 미룰 수 없다고 주인이 말했다. 그는 내가 다른 나라로 헤엄쳐 가는 건 불가능해서, 바다에서 나를 태우고 갈 만한, 내가 그에게 설명했던 것과 비슷한 종류의 배를 만들기를 바랐다. 내가 그 일을 한다면 이웃 휴이넘들뿐만 아니라 하인들의 도움을 분명 받을 것이다. 그가 결론 내려 말하기를, 내가 살아있는 한, 그의 입장에서는, 기꺼이 나를 계속해서 보살펴주려 할 거다. 왜냐하면, 나의 열등한 본성이 허락하는 한, 휴이넘을 따라 하려고 노력함으로써 어떤 나쁜 습성이나 기질을 고쳤다는 걸 그도 알고 있었기 때문이었다.

이쯤에서 독자 여러분들에게 말씀드리고자 하는 것은, 이 나라 총회에서 나온 결정사항을 일컬어 흐흘로아인이라고 하는데, 가장 가까운 말로 옮기면 '권고'를 의미한다. 그들은 이성적인 동물이 어떻게 강제될 수 있느냐는 개념이 없고 그저 충고나 권고에 그치는 개념만 있을 뿐이다. 왜냐하면, 자신이 이성적인 동물이라는 주장을 포기하지 않는 한 누구도 이성을 거스르지 않기 때문이다.

나는 내 주인의 말에 극도의 슬픔과 절망에 빠졌고 내가 겪는 이 괴로움을 견딜 수가 없어 그의 발 앞에서 정신을 잃고 말았다.

내가 정신을 차렸을 때 그는 내가 죽은 줄 알았다고 말했다.(이 종족들은 그처럼 자연의 허약에 굴복하지 않기 때문이다) 나는 힘없는 목소리로 차라리 죽는 것이 훨씬 더 행복했을 거라고 대답했다. 사실 내가 총회의 권고나 그의 친구들의 절박함을 비난할 순 없지만, 그래도 모자라고 타락한 내 판단으로는 이보다는 덜 가혹한 것이 이성과 일치하는 것 같다고 토로했다. 나는 5km도 헤엄칠 수 없는데, 그들의 나라에서 가장 가까운 육지는 아마 480km 이상 떨어져 있을 것이고, 나를 싣고 갈 작은 배를 만들 필요한 재료들이 이 나라에는 전혀 없으니 배를 만드는 것이 불가능할 테고, 그래서 나는 이미 죽은 목숨이라고 생각하지만, 주인에 대한 복종과 감사의 차원에서 한 번 시도해보겠다고 대답했다. 비명횡사의 가능성은 나의 불행 가운데 가장 시시한 것이라고 말했다. 가령 어떤 생소한 모험을 겪으며 목숨을 부지한다손 치더라도, 덕의 길로 나를 인도해주고 이끌어 주는 본보기도 없이, 야후들 속에서 평생을 지내며 예전의 타락으로 되돌아가는 모습을 어찌 태연하게 상상할 수 있겠는가! 현명한 휴이넘들의 모든 결정은 아주 확실한 근거를 기반으로 한다는 것과 한낱 미천한 야후인 내 주장에 흔들리지 않는다는 걸 나는 아주 잘 알고 있었다. 그래서 배를 만들 때 하인을 시켜 도와주겠다는 그의 제안에 겸허하게 고마움을 전했고, 이 힘든 작업을 하니 합리적인 시간을 요청하며, 비참한 목숨이라도 부지하려고 노력할 것이라고 내가 말했다. 내가 영국으로 돌아간다면 훌륭한 휴이넘들을 칭송하고 그들의 덕목들을 인간들에게 따라 하라고 제안함으로써, 우리 종족에게 도움이 될 거라는 기대가 아예 없는 것도 아니라고 말했다.

내 주인은 아주 관대한 말을 몇 마디 건네며, 배를 완성하는 데 두 달의 시간을 허락했다. 그리고 친구 같은 하인 밤색 말(이 정도 시간이 흐르니, 감히 그를 친구라고 불러도 될 것 같다)에게 내 지시를 따르라고 명령했는데, 왜냐하면, 나는 그의 도움이면 충분하다고 주인에게 말했고, 그가 내게 애정을 느끼고 있다는 걸 알았기 때문이다.

맨 먼저, 나는 밤색 말과 함께 배신한 내 선원이 나를 두고 오라고 명령했던 그쪽 해안 지역으로 갔다. 나는 고지대로 올라가 바다 여기저기를 살펴보다가, 북동쪽에 얼핏 작은 섬 하나를 본 것 같았다. 나는 망원경을 꺼내 내가 계산한 대로라면 약 24*km* 정도 떨어진 곳에 있는 섬을 분명히 확인할 수 있었다. 하지만 밤색 말의 눈에는 그것이 단지 파란 구름으로 보였다. 그에게는 자기 나라를 벗어난 다른 나라에 대한 개념이 없었기 때문에, 바다에 멀리 떨어져 있는 물체를 구별하는 것에 있어서 바다에 무척 익숙한 우리만큼 능숙하지 않았다.

내가 이 섬을 발견한 후, 나는 더는 아무 고려를 하지 않았다. 그렇지만 가능하다면, 그곳을 나의 첫 유배지로 결정했고 결과는 운에 맡기기로 했다.

나는 집으로 돌아와 밤색 말과 상의한 후, 우리는 약간 떨어져 있는 잡목림으로 향했다. 그곳에서 나는 칼로, 밤색 말은 나무 자루에 그들 방식으로 아주 교묘하게 고정한 날카로운 부싯돌로, 보행용 지팡이만 한 두께의 떡갈나무 가지 여러 개와 좀 더 큰 가지 몇 개를 잘라냈다. 그러나 나는 기술적인 부분에 대한 자세한 설명으로 독자 여러분을 괴롭힐 생각이 없다. 대신 대부분의 일을 담당한 밤색 말의 도움으로, 6주 만에 일종의 인디언 카누(크기는 훨씬 컸다)를 완성했다. 내가 직접 만든 대마 실로 야후 가죽을 잘 이어 붙여 배를 덮었다는 정도만 말해도 충분할 것이다. 돛 역시 같은 동물의 가죽으로 만들었다. 하지만 나이 든 야후의 가죽은 너무 질기고 두꺼웠기 때문에 아주 어린 야후의 가죽을 구해 사용했고 노 네 개를 직접 준비했다. 토끼와 가금류의 살코기를 삶아 저장해 두었고 용기 두 개도 준비했는데 하나는 우유를, 다른 하나는 물을 채워두었다.

나는 주인집 근처에 있는 큰 연못에서 내 카누를 시험 삼아 띄어 본 다음 잘못된 부분을 고쳐나갔다. 물이 스며들지 않고 나와 내 짐들을 감당할 수 있다는 생각이 들 때까지 야후의 기름으로 모든 틈새를 메웠다. 그리고 드디어 내 나름대로 배를 완벽하게 만들었을 때 나는 야후가 조심스럽게 모는 수레에 배를 싣고 밤색 말과 또 다른 하인의 감독하에 바다로 향했다.

모든 준비를 마치고 출발할 날이 되자, 나는 눈물을 흘리며 비통한 심정으로 내 주인과 그의 부인, 가족 모두에게 작별 인사를 했다. 하지만 내 주인은 호기심에서, 그리고 어쩌면(잘난 체할 생각 없이 그것에 대해 말한다면) 어느 정도 정 때문에, 내가 카누를 타고 가는 것을 지켜보겠다고 결심했고 그의 이웃 친구 몇 명도 그를 따라왔다. 나는 조류 때문에 한 시간 이상을 기다려야 했다. 그러다가 내가 가고자 했던 그 섬을 향해 순풍이 불자 나는 주인에게 두 번째 작별 인사를 했다. 내가 엎드려 그의 말굽에 입을 맞추려고 할 때 영광스럽게도 그는 말굽을 내 입 쪽으로 천천히 들어 올려주었다. 나는 이 마지막 이야기를 언급한 것에 대해 내가 얼마나 많은 비난을 받을지 모르지 않는다. 깎아내리는 사람들은 그렇게 대단한 종족이 몸을 낮춰 나처럼 열등한 동물에게 그런 특별대우를 해줬다는 것은 있을 수 없는 일이라고 생각할 것이기 때문이다. 나 역시 일부 여행자들이 자기들이 받은 특별한 호의들을 얼마나 으스대는지 기억하고 있다. 하지만 만약 이 비방자들이 휴이넘들의 고귀하고 예의 바른 기질을 좀 더 잘 알게 된다면, 그들은 이내 자기 생각을 바꿀 것이다.

나는 내 주인과 함께 나온 나머지 휴이넘들에게도 경의를 표한 다음, 카누를 타고 해안에서 멀어져갔다.

11장

저자의 위험한 항해. 그는 뉴 홀란드에 도착하여 그곳에 정착하고 싶어 한다. 그곳 원주민이 쏜 화살에 맞아 부상을 당한다. 붙잡혀 강제로 포르투갈 선박에 실린다. 그 선장은 무척 예의 바른 사람이었다. 저자는 영국으로 돌아온다.

나는 1714년(1715년)[25] 2월 15일 아침 9시에 이 무모한 항해를 시작했다. 바람은 아주 알맞게 불었다. 그렇지만, 처음에는 노만 사용했다. 그러나 금방 지칠 것 같았고 바람이 갑자기 심해질 수도 있다는 생각에 용기를 내서 작은 돛을 올렸다. 이런 식으로 조류의 도움으로, 내가 추측할 수 있는 한, 거의 30분 동안 시속 5*km*의 속도로 나아갔다. 내 주인과 그의 친구들은 내가 거의 보이지 않을 때까지 계속해서 해안가에 머물렀고 이따금(언제나 나를 좋아했던) 밤색 말이 흐누이 일라 니하 마이아 야후(몸 조심해 친절한 야후야!) 하는 소리가 들렸다.

내 계획은 가급적 생존에 필요한 것을 내 힘으로 충분히 마련할 수 있는 작은 무인도를 발견하는 것이었다. 그러면 내가 유럽에서 가장 품위 있는 궁전의 총리대신이 되는 것보다 훨씬 더 행복할 것 같았다. 야후의 사회로 다시 돌아가 야후의 지배를 받으며 산다는 것은 상상만 해도 너무나 끔찍했다. 내가 원하는 고독 속에서라면, 적어도 나만의 사색을 즐기며, 내 종족의 악행과 타락으로 퇴보

25 1714년은 구력으로, 3월 25일부터 새해가 시작되는 율리우스력에 따른 것이고 1715년은 1752년 이후부터 영국에서 사용한 그레고리력에 따른 것이다.

할 기회 없이, 아무도 흉내 낼 수 없는 휴이넘들의 미덕을 즐겁게 회상할 수 있을 것이다.

독자 여러분은 내 선원이 나에 대해 반란을 꾀하고 나를 선장실에 가뒀을 때 내가 한 말을 기억할지도 모른다. 우리 배가 어느 쪽으로 가는지도 모른 채 수 주 동안 그곳에서 계속 머물렀다는 내용 그리고 내가 대형 보트에 실려 육지에 내려졌을 때 그게 사실이든 거짓이든 선원들 자신도 우리가 어느 쪽에 있는지 잘 모른다고 맹세했던 내용에 대해서 말이다. 하지만 그 당시 내가 그들에게서 엿들은 대강의 이야기들을 종합해보면 마다가스카르로 가는 중간 남동쪽에 있을 거로 추측할 수 있었기 때문에, 우리가 희망봉에서 남쪽으로 약 10도가량 떨어져 있는 남위 45도 지점에 있다고 확신했다. 비록 이것이 추측에 불과하긴 했지만, 나는 뉴 홀란드의 남서쪽 해안, 어쩌면 그곳 서쪽으로 내가 원하는 섬에 도착할 수 있기를 바라며 동쪽으로 키를 돌리기로 했다. 서풍이 불었고 저녁 6시쯤 동쪽으로 최소한 86*km* 이동했다는 계산이 나왔는데, 그때 2.4*km* 떨어진 곳에 아주 작은 섬 하나를 발견했고 나는 이내 그곳에 도착했다. 바위 덩어리에 불과한 그곳에는 거센 파도의 영향으로 자연스럽게 아치 모양이 된 작은 만이 하나 있었다. 나는 이곳에 카누를 정박시키고 그 바위 한쪽으로 올라가니 동쪽 편에 남북으로 쭉 펼쳐진 육지를 똑똑히 볼 수 있었다. 나는 밤새도록 카누에 누워 있었고 이른 아침 항해를 계속해서 7시간 만에 뉴 홀란드의 남동쪽에 도착했다. 이로써 내가 오랫동안 품어왔던 생각, 즉 지도와 해도에는 이 지역이 실제보다 최소한 3도 정도 동쪽에 있다는 생각이 입증되었다. 나는 수년 전에 그 생각을 내 소중한 친구 허먼 몰[26]에게 알렸고 그에 대한 근거를 그에게 제시했지만, 그는 오히려 다른 저자의 생각을 받아들이는 편을 택했다.

내가 상륙한 곳에는 인적이 전혀 없었고, 또 무기를 소지하지 않아서, 나는 위험을 무릅쓰고 그 나라 안으로 깊숙이 들어가기가 두려웠다. 나는 해안가에서 조개류를 발견했는데, 원주민에게 발각될까 두려워 불을 피울 엄두도 내지 못하고 날것으로 먹었다. 나는 식량을 아끼기 위해 3일 내내 굴과 삿갓조개류만 먹고 지냈다. 다행히도 깨끗한 물이 흐르는 시내를 발견했고 덕분에 무척 안심되었다.

4일째 되던 날, 이른 아침 나는 위험을 무릅쓰고 좀 더 먼 곳까지 돌아다니다가 45m도 떨어져 있지 않은 언덕에 20~30명의 원주민이 있는 것을 보았다. 남자들, 여자들, 아이들이 홀딱 벗은 채로 불 주위에 모여 있었는데, 불을 피웠기 때문에 알 수 있었다. 그들 중 한 명이 나를 발견했고 나머지 사람들에게 알렸다. 불 옆에 여자들과 아이들을 남겨준 채 그들 중 다섯 명이 나를 향해 다가왔다. 나는 부리나케 해안가로 도망쳤고 카누에 올라타 배를 힘껏 밀었다. 야만인들은 내가 도망치는 것을 보고 뒤쫓아 왔고 내가 바다 쪽으로 충분히 멀리 가기도 전에 화살을 쐈는데, 그것이 내 왼쪽 무릎 안쪽에 깊은 상처를 내고 말았다(나는 그 흉터를 무덤까지 갖고 갈 것이다). 나는 그 화살에 독이 묻어 있을까 봐 걱정되었다. 그날따라 바람도 불지 않아 그들의 화살이 닿지 않을 곳으로 노를 저어 간 후 임

---

26 네덜란드 태생의 지리학자. 1698년 런던으로 건너왔는데, 사례를 통해 알 수 있듯이, 스위프트는 주의 깊게 몰과 상의를 했고 특히 자신의 《New correct Map of the Whole World(1719)》에 대해서도 많은 이야기를 나눴다.

시방편으로 상처의 피를 빨아내고 적당히 치료했다.

나는 무엇을 해야 할지 갈피를 잡지 못했다. 상륙했던 그곳으로 돌아갈 엄두도 나지 않아 북쪽으로 계속 나아갔다. 바람은 아주 잠잠했지만 내가 가는 곳의 반대인 북서쪽으로 불고 있어서 어쩔 수 없이 노를 저어야만 했다. 내가 안전한 상륙 장소를 물색하고 있을 때, 북북동쪽에 돛을 발견했고, 점점 또렷하게 보였다. 나는 그들을 기다릴까 말까 확신이 서지 않았지만 결국 야후 종족에 대한 증오심이 승리했고 카누를 돌려 남쪽으로 노를 저어 아침에 출발했던 바로 그 만으로 들어갔다. 유럽의 야후들과 함께 사느니 차라리 이곳 야만인에게 자신을 맡기는 쪽을 택했다. 나는 가능한 한 해안가에 가깝게 카누를 끌어당겼고 이미 언급했던 깨끗한 물이 흐르는 작은 시내 옆의 바위 뒤에 몸을 숨겼다.

배가 이 만의 2.4km 안까지 다가와서 신선한 물을 가져가기 위해 대형 보트에 용기를 실려 보냈다(그곳은 아주 잘 알려진 곳 같았다). 하지만 나는 그 보트가 해안가에 거의 도착할 때까지 그것을 보지 못했고 그래서 다른 은신처를 찾기에는 시간이 너무 없었다. 뭍에 도착한 선원들은 내 카누를 발견했고 그것을 샅샅이 뒤졌기 때문에 배 주인이 멀리 가지 못했을 거라는 것을 쉽게 추측했다. 중무장한 그들 중 네 명이 후미진 곳이나 숨을 만한 구멍을 샅샅이 수색했고 결국 바위 뒤에 납작 엎드려 있는 나를 발견했다. 그들은 내 괴상하고 투박한 옷과 가죽으로 만든 겉옷, 나무로 밑창을 덧댄 신발, 털로 덮인 양말을 신기한 듯 잠시 물끄러미 쳐다보았다. 하지만 그 때문에 그들은 내가 그곳의 원주민이 아니라는 결론을 내렸다. 그곳 원주민들은 모두 벌거벗고 지내기 때문이다. 포르투갈 태생의 선원 한 명이 내게 일어나라고 하더니 내가 누구인지 물었다. 그 나라 말을 잘 알았고, 일어나면서, 나는 휴이넘에서 추방당한 불쌍한 야후라고 하면서 내가 떠나도록 놔줬으면 좋겠다고 말했다. 그들은 자기 나라말로 내가 답변을 하는 것을 듣고 깜짝 놀라더니 내 외모를 보고선 내가 틀림없이 유럽인이라고 생각했다. 하지만 그들은 야후나 휴이넘이라는 말이 무슨 의미인지 몰라 어리둥절해 했고, 동시에 마치 말의 히힝 소리를 닮은 내 이상한 말투에 폭소를 터뜨렸다. 나는 시종일관 두려움과 증오심에 몸을 덜덜 떨고 있었다. 나는 떠나도록 내버려두라고 다시 부탁했고 천천히 내 카누 쪽으로 이동하고 있었다. 하지만 그들은 나를 꽉 붙잡더니 여러 가지 질문들과 함께 내가 어느 나라 출신인지, 어디서 왔는지 알고 싶어 했다. 나는 그들에게 나는 영국에서 태어났고 약 5년 전에 그곳에서 왔다고 하면서 그들 나라와 영국은 사이가 좋았다고 말했다. 나는 그들에게 피해를 줄 생각도 없고 불행한 여생을 보낼 고적한 곳을 찾고 있는 그저 불쌍한 야후일 뿐이니 나를 적으로 대하지 말아 달라고 부탁했다.

그들이 말을 시작했을 때 나는 그렇게 이상한 말을 듣거나 본 적이 없었다. 그것은 마치 개나 소가 영어로 말을 하는 것처럼, 혹은 휴이넘 나라에 있는 야후가 영어를 하는 것처럼 내게는 괴상하게 들렸다. 정직한 포르투갈인들 역시 내 이상한 옷차림과 기괴한 말투에 놀라워했지만, 그들은 아주 잘 알아들었다. 그들은 대단히 친절하게 말을 걸었고 자기 선장이 분명 나를 리스본까지 공짜로 데려다 줄 거라고 말했다. 그곳에서 나는 내 조국으로 돌아갈 수 있을 거고. 그리고 선원 중 두 명이 배로 돌아가서 자기들이 본 것을 선장에게 알리고 그의 지시를 받을 것이며 그러는 동안 내가 도망가지 않겠다고 엄숙한 맹세를 하지 않는다면 그들은 나를 강제로 가둘 거라고 협박했다. 나는 그들의 제안에 순순히 따르는 것이 상책이라고 생각했다. 그들은 내 이야기를 무척 듣고 싶어 했지만 나는 그들을 거의 만족하게 할 수 없었다. 다들 내가 큰일을 겪으면서 정신이 나갔다고 생각했기 때문이다. 두 시간 후, 물통을 실은 보트가 나를 태워 오라는 선장의 명령을 갖고 돌아왔다. 나는 자유를 지키기 위해 무릎을 꿇었지만 소용없는 짓이었다. 그 사람들은 나를 밧줄로 꽁꽁 묶어 보트 안으로 잡아끌었다. 나는 그곳에서 큰 배로 옮겨 태워지고 거기서 선장실로 끌려갔다.

그의 이름은 페드로 드 멘데즈였는데 아주 예의 바르고 관대한 사람이었다. 그는 나에 관해 이야기해 달라고 부탁하며, 먹고 싶거나 마시고 싶은 것을 알고 싶어 했고 자기만큼 좋은 대접을 받을 거라며 친절한 이야기도 아주 많이 해주었다. 나는 야후한테 그런 정중한 모습을 발견하고는 의아해했지만 아무 말도 하지 않고 뚱하게 있었다. 나는 선장과 선원들에게서 풍기는 바로 그 냄새에 현기증이 날 지경이었다. 급기야 내 카누에서 먹을 것을 가져오고 싶었지만, 선장은 내게 닭고기와 아주 맛있는 와인을 제공했고 아주 깨끗한 선실에서 내가 쉴 수 있도록 조처를 해주었다. 나는 옷도 벗지 않은 채 이부자리에 누워 있다가 30분이 지났을 즈음, 선원들이 저녁 식사 중이라는 생각에 배 한쪽으로 가서 바다로 뛰어들어 목숨을 걸고 헤엄을 치려 했다. 계속해서 야후들 사이에 있느니 차라리 그게 나을 것 같았기 때문이다. 하지만 선원 중 한 명이 나를 막았고 선장에게 이 사실을 일러바쳐 나는 선실에 묶이는 신세가 되었다.

저녁 식사 후 돈 페드로가 내게 다가 와, 그렇게 무모한 시도를 한 이유를 알고 싶어 했다. 그는 그저 자신이 도와줄 수 있는 일이라면 뭐든지 해주겠다고 장담했다. 그런 감동적인 이야기에 마침내 나는 한 발 뒤로 물러서서 그를 어느 정도 이성을 가진 동물로 대하기로 했다. 나는 내 항해에 대해, 내 배의 선원들이 꾸민 나에 대한 음모에 대해, 그리고 그들이 나를 뭍에 내려놓은 그 나라에 대해, 그곳에서 보낸 나의 3년 동안의 일들에 대해 아주 간단하게 들려주었다. 그는 마치 이 모든 것들이 꿈 아니면 환상일 거로 생각했다. 나는 그것에 대해 대단히 불쾌해했다. 그들이 지배하는 모든 나라의 야후들에게 너무나 고유한 능력인 거짓말을 그리고 그 결과 자기 종족 중 다른 사람들의 진심을 의심하는 기질을 사실상 완전히 잊어버렸기 때문이다. 나는 그에게 있지도 않은 것을 말하는 것이 그의 나라의 관습인지 아닌지 물었다. 나는 그에게 거짓이라는 의미가 무엇인지 거의 잊어버렸다고 말하면서, 내가 휴이넘 나라에서 천 년을 살았다 해도, 아주 미천한 하인한테서도 거짓말을 듣지 못했을 거라고 장담했다. 그가 내 말을 믿든 말든 전혀 관심 없지만, 그의 호의에 대한 보답 차원에서 그의 타고난 부도덕성을 충분히 고려하여 그가 제기하는 모든 이의에 해명해 줄 것이고, 그러면 그도 진실을 쉽게 알게 될 거라고 말했다.

현명한 사람인 선장은 내 이야기에서 앞뒤가 맞지 않는 말을 찾아내기 위해 무척 애쓰더니 결국 내 진심을 좋게 생각하기 시작했다.[27] 하지만 내가 진실에 대한 신성한 애착을 공언했기 때문에 내

27 1726년 당시, 이 두 문장 사이에는 야후에 대한 걸리버의 설명과 비슷한 동물들에 대해 최근 선장도 들었던 터라, 걸리버가 진실을 말하고 있음을 확신했다는 것을 서술자

가 생명을 거스르는 어떤 행위도 시도하지 말고 이 항해에서 자기를 친구로 생각하겠다고 약속해야 한다고, 그렇지 않으면 우리가 리스본에 도착할 때까지 자기는 나를 계속 포로로 취급할 거라고 덧붙였다. 나는 그의 요구를 들어주기로 약속했다. 하지만 동시에 야후와 살기 위해 돌아가느니 차라리 아주 힘든 역경을 견디는 것이 더 낫다고 주장했다.

우리 항해는 특별한 사고 없이 진행되었다. 나는 선장의 은혜에 대한 보답 차원에서 가끔 그의 간곡한 청으로 그와 동석하곤 했는데, 그때마다 인간에 대한 반감을 애써 감추려 했지만 드러났고, 선장은 그것을 못 본 체 그냥 지나갔다. 그러나 나는 선원들과 마주치지 않으려고 하루 대부분을 선실에 틀어박혀 있었다. 선장은 미개한 옷을 벗어 달라고 종종 부탁하면서 자신의 아주 멋진 옷 한 벌을 빌려주겠다고 제안했다. 나는 야후의 몸에 걸쳤던 것들을 걸친다는 게 혐오스러워서 그 어떤 설득에도 그것을 받아들이지 않았다. 그저 깨끗한 셔츠 두 장을 빌려달라고 했다. 그가 셔츠들을 입은 후에 빨아 놓아서, 나는 그다지 나를 더럽히지 않을 거로 생각했다. 나는 격일로 이 셔츠들을 갈아입었고 내가 직접 빨았다.

우리는 1715년 11월 5일에 리스본에 도착했다. 우리가 상륙했을 때, 선장은 군중들이 내 주위로 몰려들지 못하도록 하려고 내게 억지로 자신의 망토를 입혔다. 나는 그의 집으로 옮겨졌고 내 간곡한 요청으로 그는 뒤쪽에 있는 가장 높은 방으로 나를 데려다 주었다. 나는 내가 휴이넘에 대해 그에게 말했던 것을 아무에게도 말하

가 암시하는 문장 몇 개가 더 있었다. 문체상의 이유로 빼버렸고 스위프트가 이것에 대한 책임이 있다고 가정하고 나는 그 절을 생략한다.

지 말아 달라고 간청했다. 왜냐하면, 그런 이야기가 조금이라도 새어나간다면, 많은 사람이 나를 보러 몰려들 뿐만 아니라 감옥에 가두거나 종교 재판으로 화형에 처할 수도 있기 때문이다. 선장은 새로 만든 옷 한 벌을 받아달라며 나를 설득했지만 나는 재단사가 내 치수를 재게 내버려 두지 않았다. 그렇지만 돈 페드로가 나랑 거의 비슷한 체구였기 때문에 그 옷들은 내게 아주 잘 맞았다. 그는 내게 필요한 그 밖의 것들을 전부 새것으로 입혔는데 나는 그것들을 사용하기 하루 전에 전부 바람에 쐬었다.

선장에게는 부인도 없었고 하인은 세 명도 안 됐다. 식사 시간에는 아무도 들이지 않았고 이해심도 아주 많을뿐더러 그의 행동 하나하나가 아주 친절하다 보니, 실제로 나는 그와 함께인 것을 참아내기 시작했다. 그와 점차 친해지자 나는 뒤쪽 창문 밖을 내다볼 용기도 생겼다. 게다가 서서히 다른 방에도 들어갔고 그곳에서 거리를 훔쳐보기도 했지만 놀라서 고개를 돌려버렸다. 일주일이 지난 후, 그는 나를 부추겨 현관까지 이끌었다. 나는 두려움이 점차 약해지는 것을 느꼈지만, 증오심과 경멸감은 갈수록 더해지는 것 같았다. 급기야 나는 용기를 내서 그와 함께 거리를 걸었지만, 약초인 루타나, 담배로 내 코를 계속해서 막고 다녔다.

열흘 후, 내 가족사에 대한 설명을 들은 돈 페드로는 나한테 그것은 명예와 양심의 문제이기에 나는 조국으로 돌아가서, 아내, 아이들과 함께 집에서 살아야 한다고 판단했다. 그는 내게 말하길, 막 항해 준비를 마친 영국 배가 항구에 있다면서 내게 필요한 모든 물품을 준비해주겠다고 했다. 그의 주장과 나의 반박이 지루하게 반복되었다. 그는 내가 살고 싶어 하는 그런 외딴 섬을 찾는 것은 전혀 불가능하지만 내 집에서는 마음대로 할 수 있고 내가 원하는 대로 홀로 시간을 보낼 수 있다고 했다.

마침내 더 나은 방법을 찾지 못하여, 나는 그의 말에 따르기로 했다. 11월 24일 영국 상선을 타고 리스본을 떠났으나, 나는 선장이 누구인지 전혀 물어보지 않았다. 돈 페드로는 배가 있는 곳까지 동행하면서 내게 20파운드를 빌려주었다. 그는 내게 다정하게 작별인사를 건넸고 헤어질 때 나를 안아주었다. 나는 나름대로 잘 참아냈다. 마지막 항해를 하는 동안 나는 선장이나 선원들과 어떤 교류도 하지 않았고 몸이 아프다는 핑계로 선실에 틀어박혀 있었다. 1715년 12월 5일 아침 9시에 우리는 다운즈항에 닻을 내렸고 오후 3시에 나는 레드리프에 있는 내 집에 무사히 도착했다.

깜짝 놀란 아내와 가족들은 매우 기뻐하면서 나를 맞이했다. 내가 분명 죽은 줄 알았기 때문이다. 하지만 솔직하게 고백하지만, 그들의 모습을 보니 증오심과 역겨움, 경멸감만 가득 차올랐고, 내가 그들과 친밀하게 협력하며 지내야 한다는 것을 생각하자 그런 느낌이 점점 심해졌다. 내가 휴이넘 나라에서 유감스럽게 추방된 후, 억지로라도 야후의 모습을 참아내려고, 돈 페드로 드 멘데즈와 대화도 나눠봤지만 내 기억과 상상은 계속해서 영원히 고귀한 휴이넘들에 대한 미덕과 관념으로 가득 차 있었다. 야후 종족 중 한 명과 섹스를 함으로써 많은 아이의 부모가 되었다는 생각이 들자 극도의 수치심과 혼란, 두려움에 사로잡혔다.

내가 집에 들어오자마자, 아내는 나를 껴안았고 내게 입을 맞추었다. 당시 나는 수년 동안 그 이상한 동물과 접촉을 한 적이 없었기 때문에 거의 한 시간 동안 정신을 잃고 말았다. 내가 이 글을 쓰고 있는 지금은 영국으로 돌아온 지 5년이 지난 시점이다. 처음 1년간은 아내와 아이들이 내 곁에 있는 것을 못 견뎌 했고 그들에게서 나는 냄새를 참을 수 없었다. 하물며 같은 방에서 그들과 식사를 하는 것은 말할 것도 없었다. 이 순간에도 그들은 내 빵에 손을 대거나 같은 컵으로 물을 마시거나 할 엄두도 내지 못하고 그들 중 한 명이 손으로 나를 만지도록 내버려두지도 않았다.[28] 나는 거세되지 않은 어린 말 두 마리를 사기 위해 처음으로 돈을 썼는데, 좋은 마구간에 녀석들을 두었고 그들 곁에 있는 마부가 내가 가장 좋아하는 사람이었다. 그의 몸에 밴 마구간 냄새를 맡으면 활력이 되살아나는 느낌이었기 때문이다. 녀석들은 나를 웬만큼 잘 이해했고 나는 매일 적어도 네 시간씩 녀석들과 대화를 나눴다. 그들은 고삐나 안장을 착용한 적이 없으며 나와 사이좋게, 서로 우정을 나누며 지냈다.

28 이 문장에는 영성체를 받은 사람들의 청결에 대한 세이트 폴의 경고와 복음서의 예수의 말씀이 반영되어 있다.

12장

저자의 진실성. 이 작품을 출판한 목적. 진실에서 벗어나는 그런 여행가들에 대해 비난. 저자는 글을 쓸 때 악의적인 목적은 스스로 없애다. 반대 의견에 답변하다. 식민지를 개척하는 방법. 조국을 찬양. 저자가 기술한 나라들 군주의 권리가 정당화된다. 식민지 점령의 어려움. 저자는 독자들에게 마지막 작별의 인사를 한다. 미래의 그의 삶의 방식을 제시하고 좋은 충고도 주며 마무리한다.

이렇게, 친애하는 독자여, 나는 16년 7개월에 걸친 내 진실한 여행기를 그대들에게 들려주었는데, 치장에는 진실만큼 공을 들이지 않았다. 어쩌면 나는 다른 사람들처럼 있을 법하지 않은 희한한 이야기로 독자 여러분을 놀라게 할 수도 있었을 것이다. 하지만 오히려 가장 단순한 방법과 문체로 명백한 사실을 전해주는 쪽을 택했다. 왜냐하면, 내가 중요하게 생각하는 목적은 여러분에게 정보를 알리는 것이지 즐거움을 주는 것이 아니기 때문이다.

영국인 혹은 다른 유럽인들의 발길이 거의 닿지 않은 외진 나라를 여행하는 우리에게 바다와 육지에 사는 신기한 동물들을 묘사하는 것은 식은 죽 먹기다. 그러나 사실 여행가의 중요한 목표는, 낯선 지역과 관련해서 그들이 전하는 좋고 나쁜 실례들을 통해 사람들을 더욱 현명하고 훌륭하게 만들고 사람들의 정신을 향상시키는 것이다.

나는 모든 여행가가 자신의 여행기에 대한 출판 허가를 받기 전에 대법원장 앞에서 자기의 모든 출판물은 자기 지식 중에서 최고임이 분명하다고 맹세하도록 법으로 제정하기를 진심으로 바랐다. 그렇게 된다면, 자기 작품이 대중에게 많은 인기를 누리게 하려고 새빨간 거짓말들로 방심한 독자들을 속이는 작가들이 있다고 해도, 세상 사람들은 지금처럼 더는 기만당하지 않을 것이다. 나는 어린 시절 여러 권의 여행기를 아주 재미나게 정독했으나, 세계 대부분을 돌아다닌 이후로, 내가 직접 본 것을 통해 수많은 거짓말을 반박할 정도가 되었다. 이런 분야의 읽을거리에 대해 정나미가 떨어졌고 쉽게 잘 믿는 인간의 특성을 그렇게 무분별하게 악용하는 것을 보니 속에서 열불이 났다. 따라서 내 지인들은 내 안쓰러운 노력이 영국에선 아마 받아들여질 거로 생각했기 때문에, 나는 진실에서 벗어나지 않도록 진실을 엄격하게 고수하는 것을 하나의 좌우명으로 삼았다. 사실 내게 그렇게나 오래 겸허한 청중이 되는 영광을 준, 내 훌륭한 스승과 뛰어난 휴이넘들의 가르침과 본보기를 간직하는 한, 그 좌우명에서 어긋나는 유혹에 빠지는 일은 절대 없을 것이다.

—운명이 시논을 불행하게 만들지라도, 그녀 또한 앙심에서 그를 거짓말하게, 기만하게 하지 못할 것이다.[29]

타고난 재주나 학식, 그 외의 다른 재능이 아니라 좋은 기억력이나 정확한 일지만을 요구하는 여행기라면, 거의 어떤 명성도 얻기 힘들다는 것을 나는 너무나 잘 알고 있다. 또한, 여행 작가들은,

---

29 침략자들이 트로이의 목마 선물을 남기고 떠났다고 그리스인들이 트로이군에게 확신시키기 위해 시몬이 남겼던 거짓말. (Aeneid 2. 79-80)

사전 편찬자들처럼, 뒤를 잇는, 그래서 가장 높은 위치에 오른 사람들의 무게와 양에 의해서 망각 속으로 가라앉는다는 것도 알고 있다. 그리고 장차 내 것인 이 작품 속에 기술된 나라를 방문한 여행가들이 나의 실수들을 발견하고(만약 있다면) 그들이 직접 발견한 새로운 많은 것들을 추가해서, 내 인기를 뺏고 그 자리를 차지하게 되면 내가 작가였다는 사실조차 세상 사람들은 잊어버릴 게 뻔하다. 사실 내가 명성을 위해 글을 썼다면, 이런 일은 무척이나 치욕스러운 일일 것이다. 하지만 나의 단 한 가지 목표는 공공의 선이기 때문에 나는 전혀 실망하지 않는다. 스스로 자기가 이성적이면서 나라를 지배하는 동물이라고 생각하는 사람 중, 자신의 부도덕함에 아무런 수치심도 느끼지 않고 내가 언급한 훌륭한 휴이넘들의 미덕에 대해 읽을 수 있는 사람이 과연 누가 있을까! 야후가 지배하는 외진 나라들에 대해서는 언급하지 않겠다. 그런 나라 중 가장 부패하지 않은 나라는 브롭딩낵이다. 도덕과 통치에 있어 그 나라의 현명한 금언을 준수하는 것이 우리의 행복일 것이다. 그러나 더 늘어놓는 것을 삼가고, 차라리 현명한 독자들에게 맡겨 스스로 자신의 의견을 밝히고 적용해나가도록 하고자 한다.

내 것인 이 작품을 비난하는 사람을 만날 수 없다는 것은 무척 기쁜 일이다. 무역이나 협상과 관련해서 우리가 전혀 관심을 두지 않은 아주 먼 나라에서 일어난 명백한 사실만 언급하는 작가에게 어떤 반박을 할 수 있겠는가! 나는 보통의 여행 작가들이 너무나 자주 당연히 비난받는 모든 오류를 없애는 데 주의를 기울였다. 게다가 나는 어떤 정당과도 관련이 없고, 어떤 개인이나 집단에 대한 악의나, 격정, 편견 없이 글을 썼다. 나는 가장 숭고한 목적을 위해, 인류에게 정보를 알리고 교육하기 위해 글을 썼다. 물론 겸손을 저버리지 않고, 오랫동안 아주 교양 있는 휴이넘들과 대화하면서 내가 얻은 이점들 덕분에 내가 인간들보다 좀 더 우월한 척하는지 모른다. 나는 이득이나 찬사를 얻고자 글을 쓰지 않는다. 비난처럼 보이는 말 한마디라도 건네지는 걸 결코 참을 수 없었고, 받아들일 준비가 되어 있는 사람이라도 그에게 불쾌감을 줄 수 있는 말은 절대 하지 않았다. 그래서 나 자신이 전혀 비난받을 일 없는 떳떳한 저자임을 당당하게 공언하고 싶다. 아무리 답변자, 평론가, 관찰자, 비평가, 발견자, 주석자 종족이 자신의 재능을 발휘한답시고 문제점을 찾으려 해도 절대 찾을 수 없을 것이다.

고백하건대, 내가 처음 귀국했을 때 영국 국민으로서 국무대신에게 연대기를 제출할 의무가 있다는 것을 누군가 귀띔해준 적이 있었다. 왜냐하면, 영국 국민이 발견한 땅은 어떤 곳이든 영국 왕의 소유이기 때문이다. 하지만 내가 다룬 나라를 정복한다는 것이 무방비 상태였던 아메리칸 인디언들에 대한 페르디난도 코르테즈[30]의 정복만큼 쉬울지는 의문이다. 릴리퍼트를 정복한답시고 해군 함대와 군대를 보내 공격하는 것은 거의 말도 안 되는 일 같고, 브롭딩낵을 습격하는 것도 신중하고 안전한 일인지 의문스럽다. 혹은, 영국군이 자기들 위를 날아다니는 섬에 마음을 놓을 수 있는지도 궁금하다. 사실 휴이넘들은 전쟁에 대한 대비를 제대로 하지 않는 것처럼 보이는데, 그들에게 과학이란 아주 낯선 분야이며 특히 쏘는 무기에 대해서는 완전 문외한이다. 하지만 내가 총리대신이라면,

30 에르난 코르테스(1485-1547), 아즈텍의 정복자.

나는 그들을 침략하라고 결코, 조언하지 않을 것이다. 휴이넘들의 신중함, 만장일치, 두려움을 모르는 기질, 애국심이 전쟁 기술에 있어 부족한 모든 부분을 충분히 메울 수 있기 때문이다. 2만여 명의 휴이넘들이 유럽 군대 속으로 돌진해서 대열을 흐트러뜨리고 끔찍한 뒷발질로 군사들의 얼굴을 강타하여 미라로 만들어버리는 것을 상상해보라. 그들은 '그는 자신에게는 피해를 주지 않으면서 사방에 발길질해댄다'[31]는 아우구스투스 황제에게 부여된 특질과 잘 어울릴 것이다. 하지만 나는 그 너그러운 나라를 정복하라고 제안하기는커녕, 오히려 명예와 정의, 진실, 절제, 공공심, 불굴의 용기, 순결, 우정, 박애, 충절 같은 아주 중요한 원칙들을 우리에게 가르쳐서, 유럽을 문명화시키기 위해 충분한 수의 자국민들을 보낼 역량이나 의향이 있기를 바란다. 위의 미덕들에 대한 모든 명칭은 우리 대부분 언어에 여전히 간직하고 있으며 고대뿐만 아니라 현대 작가들의 글 속에서도 마주친다. 나 자신의 보잘것없는 독서를 통해 그것을 장담할 수 있다.

그러나 내가 발견한 곳까지 황제의 영토를 확장하는 것에 적극적으로 나서지 않는 또 다른 이유가 있다. 솔직히 말하자면, 그럴 경우 황제의 공정한 분배에 대해 약간의 양심의 가책이 들기 때문이다. 예를 들어, 해적 일당은 자기들이 어디로 가는지도 모르는 폭풍우에 휩쓸려 다니다가, 마침내 중간 돛대에서 한 놈이 육지를 발견

---

31 그는 자신에게는 피해를 주지 않으면서 사방에 발길질해댄다.(Horace, Satires 2. I. 20) 이것은 엉뚱한 사람이 엉뚱한 시기에 보낸 칭송의 시에 아우구스투스가 어떻게 반응할 것인지에 대한 호라티우스의 설명이다. 호라티우스의 친구 트레바티우스는 아우구스투스에 대한 풍자시 대신 칭송의 시를 쓰라고 그에게 제안했는데, 그 시는 전체적으로 풍자 시인으로서의 호라티우스의 소명에 대한 변호이다.

한다. 그들은 강도질과 노략질을 하기 위해 뭍으로 올라간다. 그들은 순진한 사람들을 발견하고 그들의 친절한 환대를 받는다. 그들은 그 나라에 새로운 이름을 붙이고 그 나라 왕을 대신해서 그 나라를 공식적으로 차지한다. 그들은 기념하기 위해 썩은 널빤지나 돌을 세운다. 그들은 24~36명의 원주민을 죽이고 본보기로 남녀 한 쌍을 더 강제적으로 데리고 제 나라로 돌아오고, 용서를 받는다. 왕권신수설이라는 이름으로 획득한 새로운 영토는 이렇게 시작된다. 처음에 배들을 보내서 원주민들을 쫓아내거나 죽여 버리고 금을 찾아내라고 그들의 군주들을 괴롭힌다. 비인간적이고 탐욕적인 모든 행위를 마음대로 할 수 있는 허가증이 부여된다. 대지는 주민들의 피로 악취가 진동한다. 그렇게 경건한 탐험에 고용된 이 저주스러운 학살자 무리가, 우상 숭배하는, 야만적인 민족을 개종시키려고, 문명화시키려고 보낸 현대적인 식민지 이민단이다.

하지만 고백하건대, 이런 이야기는 영국에 아무런 영향을 주지 않는다. 영국은 식민지를 개척하는 데에 그들의 지혜, 신중, 정의는 전 세계에 본보기가 될 것이다. 종교와 학문의 발전을 위한 그들의 대범한 기부. 기독교를 전파하기 위한 독실하고 유능한 목사의 선택, 엄숙한 대화와 삶을 사는 본국 사람들로 그 지역을 채우는 그들의 신중함, 부패와는 전혀 상관없는 대단히 유능한 관리들을 전 식민 지역에 걸쳐 있는 시민 행정 기관에 제공할 때, 정의의 분배에 대한 엄격한 관심, 그리고 이 모든 것을 완성하기 위해, 지배받는 백성들의 행복과 그들의 주인인 왕의 영광만을 생각하는, 가장 빈틈없고 덕망 있는 총독을 보냄으로써 전 세계의 본보기가 되기 때문이다.

그러나 내가 언급한 나라들은 식민지 이민단에 의해 점령당하고 노예가 되고 살해당하고 쫓겨나는 것을 원치 않듯이, 금, 은, 사탕, 담배가 풍부하지 않다. 내 짧은 소견에 따르면, 그들은 우리의 열정이나 용맹, 관심을 불태울 만한 적절한 대상이 전혀 아닌 것 같다. 하지만 만약 욕망이 좀 더 관심이 있는 사람이, 다른 의견이 있음이 타당하다고 생각한다면, 내가 법정에 출두해서 나 이전에 어떤 유럽인도 이 나라를 방문한 적이 없다는 것을 증언할 준비가 되어 있다. 내 말은 그 나라 사람들의 말을 믿는다면 말이다. 그리고 옛날 휴이넘 나라 산속에서 목격됐다고 알려진 두 마리 야후, 그때부터 그 짐승 종족이 이어져 내려왔다는 것에 대해 반론이 제기되지 않는다면 말이다. 그리고 잘은 모르지만, 그들은 영국인일지도 모른다. 사실 나는 그들 후손의 얼굴 생김새를 통해 비록 무척 흉하긴 하지만 의심이 들긴 했다. 하지만 소유권을 만들기 위해 얼마나 먼 곳까지 갈 것인지는 식민법에 능통한 학자에게 맡길 것이다.

그러나 군주의 이름으로 소유권을 차지하는 형식적인 절차와 관련해서, 그것은 한 번도 내 마음속에 떠오른 적이 없었다. 만약 그랬다 해도 당시 내 상태로 봐서 아마도 신중함과 자기 보호 차원에서 더 좋은 기회가 있을 때까지 그것을 미루지 않았을까 싶다.

여행 작가인 내게 제기될 수 있는 유일한 반론에 대해 대답을 했다. 이젠 나의 정중한 독자 여러분에게 마지막 작별 인사를 고하고, 레드리프에 있는 나의 아담한 정원에서 나만의 사색을 즐기기 위해 돌아간다. 휴이넘들에게 배웠던 훌륭한 덕의 가르침을 적용하기 위해, 내 가족들이 유순한 동물이라는 것을 알게 되면 그들을 가르치기 위해, 종종 거울에 비친 내 모습을 바라보기 위해. 그리고 그러다 보면 시간이 흘러 인간의 모습을 참아내는 데 익숙해지는 것이 가능하면. 그리고 영국에 사는 휴이넘들의 야만성에 한탄하지만, 나의 고결한 주인, 그의 가족, 그의 친구들, 그리고 모든 휴이넘 종족들을 위해 항상 그들의 인격을 정중하게 대하는 데 익숙해질 것이다. 우리 것인 이들은 비록 지능은 퇴보했지만, 영광스럽게도 그들의 얼굴 모양과 닮았으니 말이다.

지난주부터 아내는 긴 식탁의 맨 가장자리에 앉아 나와 함께 저녁 식사를 하는 것을 허락받기 시작했다. 그리고(극히 짧은 시간이지만) 내가 그녀에게 묻는 몇 가지 질문에 대답하는 것을 허락받기 시작했다. 하지만 야후의 냄새는 여전히 무척 거슬렸기 때문에 나는 항상 루타나 라벤더, 혹은 담뱃잎으로 코를 막고 지냈다. 그리고 노년기에 접어든 사람이 오래된 습관을 고치는 것은 힘들겠지만, 나는 장차 내가 이웃 야후의 이빨이나 발톱에 대한 두려움 없이 그와 함께 지내게 될 거라는 기대를 절대 버리지 않고 있다.

만약 야후 종족이 자연이 그들에게 부여한 악한 행동과 어리석은 짓에만 만족한다면, 나와 야후 종족 일반과의 화해는 사실 그리 어렵지 않을 것 같다. 나는 법률가, 소매치기, 대령, 바보, 귀족, 노름꾼, 정치인, 포주, 의사, 증인, 매수자, 변호사, 반역자 같은 사람들을 보고도 전혀 화내지 않는다. 이것은 모두 사물의 당연한 과정에 따른 것이다. 하지만 내가 다량의 기형, 오만함으로 똘똘 뭉친 육체와 정신 양쪽의 질병을 볼 때면, 그 즉시 내 모든 인내심의 한계를 부숴버린다. 나는 그런 동물들과 그런 사악함이 어떻게 일치할 수 있는지 절대 이해하지 못할 것이다. 이성적인 동물을 돋보이게 해주는 장점들이 가득하며, 현명하고 덕이 있는 휴이넘들의 언어에는 이 사악한 행위를 표현하는 이름이 없고, 야후의 혐오스러운 특징들을 표현하는 용어들을 제외하면 사악한 것들을 표현하는 용어가 없다. 야후들이 지배하는 나라에서는 그것이 드러나겠지만, 휴이넘들은 인간 본성에 대한 이해 부족으로, 오만과 사악을 구별하지 못한다. 그러나 더 많은 경험을 가진 나는 그 야생 야후들 사이에서 오만의 싹을 분명 관찰할 수 있었다.

그러나 이성의 지배를 받으며 살아가는 휴이넘들은, 자신들이 소유한 좋은 특질들에 대해 더는 자랑스러워하지 않는데, 이는 내가 다리나 팔이 부족하지 않다고 자랑스러워하지 않는 것과 마찬가지다. 팔다리가 없으면 불쌍하긴 하겠지만, 그것이 있다고 으스대는 사람이라면 제정신은 아닐 것이다. 나는 어떻게 해서든 견딜 수 있는 영국 야후의 사회를 만들어야 한다는 바람에서 이 주제를 꽤 길게 설명했다. 그러므로 나는 여기서 이 부조리한 악덕의 징후를 가진 사람들에게 간곡히 부탁하고자 한다. 내 앞에 얼씬도 하지 말아 달라고.

끝

부클래식 출간 도서

시와 진실 2 요한 볼프강 폰 괴테 | 박광자 051

시와 진실 1 요한 볼프강 폰 괴테 | 박광자 050

유대인의 너도밤나무 드로스테 휠스호프 | 이미선 049

베네치아에서의 죽음 토마스 만 | 윤순식 048

페스트 알베르 카뮈 | 김성범 047

해는 다시 떠오른다 어니스트 헤밍웨이 | 최인환 046

무기여 잘 있거라 어니스트 헤밍웨이 | 유정화 045

이방인 알베르 카뮈 | 김용석 044

위건 부두로 가는 길 조지 오웰 | 김설자 043

노인과 바다 어니스트 헤밍웨이 | 강문순 042

내가 누워 죽어갈 때 윌리엄 포크너 | 김경민 041

카탈루냐 찬가 조지 오웰 | 김영희 · 김정은 · 이진숙 040

쾌락원리 너머 프로이트 | 김인순 039

헤밍웨이 단편소설 선집 어니스트 헤밍웨이 | 현혜진 038

수레바퀴 아래서 헤르만 헤세 | 이미선 037

토니오 크뢰거 토마스 만 | 이온화 036

인간 불평등 기원론 장자크 루소 | 홍지화 035

이야기 보석 상자 요한 페터 헤벨 | 강창구 034

싯다르타 헤르만 헤세 | 박광자 033

데미안 헤르만 헤세 | 전대호 032

변신 프란츠 카프카 | 진일상 031

지킬 박사와 하이드 로버트 스티븐슨 | 남장현 030

어린 왕자 생텍쥐페리 | 변광배 029

인간의 대지 생텍쥐페리 | 김모세 028

훌륭한 군인 포드 매독스 포드 | 홍덕선 · 김현수 027

백마를 탄 사람 테오도어 슈토름 | 조영수 026

1984 조지 오웰 | 김설자 025

와인즈버그, 오하이오 셔우드 앤더슨 | 최인환 024

그림 형제 옛이야기 모음집 I 그림 형제 | 이은자 022

내 영혼이 깨어나는 순간 케이트 쇼팬 | 홍덕선 · 강하나 021

차라투스트라는 이렇게 말했다 니체 | 두행숙 020

사회계약론 장 자크 루소 | 김성범 019

주홍색 연구 코난 도일 | 강의선 018

페터 슐레밀의 기이한 이야기 샤미소 | 박광자 017

동물농장 조지 오웰 | 강문순 016

미하엘 콜하스의 민란 클라이스트 | 전대호 015

위대한 개츠비 F.스콧 피츠제럴드 | 유정화 014

대장 몬느 알랭 푸르니에 | 김현화 013

셜록 홈즈의 귀환 코난 도일 | 강의선 012

젊은 베르테르의 슬픔 괴테 | 두행숙 011

카르멘 메리메 | 변광배 010

고독한 산책자의 몽상 장 자크 루소 | 김모세 009

왕자와 거지 마크 트웨인 | 조애리 007

거울 나라의 앨리스 루이스 캐럴 | 남장현 006

이상한 나라의 앨리스 루이스 캐럴 | 류경아 005

셜록 홈즈의 회상록 아서 코난 도일 | 강의선 004

셜록 홈즈의 모험 아서 코난 도일 | 강의선 003

포 단편 선집 에드거 앨런 포 | 전대호 002

이성과 감성 제인 오스틴 | 김현숙 001

걸리버 여행기

초판 1쇄 인쇄 2014년 7월 11일

초판 1쇄 발행 2014년 7월 18일

지은이 조너선 스위프트

옮긴이 현혜진

발행인 신현부

발행처 부북스

주소 100-835 서울시 중구 동호로17길 256-15 (신당동)

전화 02-2235-6041

팩스 02-2253-6042

이메일 boobooks@naver.com

ISBN 978-89-93785-66-1

ISBN 978-89-93785-07-4 (세트)

이 도서의 국립중앙도서관 출판예정도서목록(CIP)은 서지정보유통지원시스템 홈페이지(http://seoji.nl.go.kr)와 국가자료공동목록시스템(http://www.nl.go.kr/kolisnet)에서 이용하실 수 있습니다.(CIP제어번호: CIP2014019627)